NICK CUTTER

DIE ERLÖSER

THRILLER

Aus dem Englischen
von Frank Dabrock

WILHELM HEYNE VERLAG
MÜNCHEN

Die Originalausgabe THE ACOLYTE
erschien 2015 bei Chizine Publications, Toronto

MIX
Papier aus verantwortungsvollen Quellen
FSC® C014496
FSC
www.fsc.org

Verlagsgruppe Random House FSC® N001967

2. Auflage
Vollständige deutsche Erstausgabe 08/2016

Redaktion: Sven-Eric Wehmeyer
Printed in Germany
Umschlagillustration: Nele Schütz Design unter Verwendung des
Original Cover-Artworks von © 2015 by Erik Mohr/Samantha Beiko
Satz: Schaber Datentechnik, Austria
Druck und Bindung: GGP Media GmbH, Pößneck

ISBN: 978-3-453-41941-5

www.heyne.de

Für einen Penny pro Wort zu schreiben ist lächerlich. Wenn man ein echtes Vermögen machen will, gründet man am besten seine eigene Religion.

– L. RON HUBBARD, *Gründer von Scientology*

Haben Sie die Nase voll vom lauwarmen Christentum?

– VERTREIBER EVANGELIKALER TRAKTATE

Dies ist die Geschichte von Jonah Murtag.
Jonah war ein rechtschaffener Mann,
der einzige aufrechte Mann seiner Zeit.
Er wandelte mit Gott.

Ich träumte davon, wie ich als Kind zusah, als ein Moslem in Brand gesteckt wurde.

Das war zurzeit der Großen Säuberung. Juden, Sikhs, Hindus und all die anderen wurden aus ihren Häusern gezerrt und hinter hohen Stacheldrahtzäunen zusammengepfercht. Christliche Bürgermilizen, Trupps von Männern mit Bibeln und Baseballschlägern, rotteten sich zusammen.

Einer dieser Trupps fiel über den Moslem her, der außerhalb der kürzlich eingerichteten Zone namens »Little Baghdad« mit dem Fahrrad herumfuhr. Ich war sechs oder sieben Jahre alt und machte mit meiner Grundschulklasse gerade einen Ausflug. Unser Busfahrer trat auf die Bremse, um die Mitglieder der Miliz anzufeuern.

Der Moslem war geistig behindert. Das konnte man zunächst gar nicht erkennen – eigentlich nur daran, dass er immer noch über das ganze Gesicht strahlte, als die weißen Männer ihn anbrüllten und ein Stein gegen das Schutzblech seines Fahrrads flog.

Die Meute bildete einen Kreis um ihn. Aber der Moslem hörte nicht auf zu lächeln, was die Männer nur noch wütender machte. Einer von ihnen stieß ihn von seinem Fahrrad.

Mit etwas, das aussah wie eine alte Wäscheleine, fesselten die Männer ihn an den Fahrradrahmen. Der Moslem stöhnte auf und sagte irgendetwas, das die anderen für Arabisch hielten, obwohl es vielleicht nur irgendwelches zusammenhangloses Gebrabbel war. Die Männer leerten einen Behälter mit Flüssigkeit über dem Moslem aus. Es konnte sich eigentlich nur um Benzin handeln, aber ich kann mich noch an den harzigen Geruch erinnern und daran, wie die Flüssigkeit in der Sonne violett schimmerte. Später wurde mir klar, dass es wahrscheinlich Terpentin war.

»Nicht vor den Kindern«, sagte einer der Männer.

»Lasst sie ruhig zuschauen«, sagte ein anderer. »Die anderen machen mit uns genau dasselbe. Die Kinder sollen ruhig wissen, was hier los ist.«

Einer der Männer holte ein Streichholzbriefchen hervor, zündete es an und warf es dem Moslem ins Gesicht. Flammen loderten empor und schlugen gegen seinen Körper. Die Luft über seinen Schultern fing an zu flirren, und durch die Terpentindämpfe konnte man ihn nur noch verschwommen erkennen.

»So ist es Tradition bei denen«, sagte einer der Männer an niemand Bestimmtes gerichtet. Ich kann mich noch an die Hände des Opfers erinnern, die aussahen wie in Schweinsleder eingewickelte Knochen. »Sie stecken sich selbst in Brand. Das ist Teil ihrer Religion.«

Als Erwachsener wurde mir klar, dass er das Ritual der Sati meinte, bei dem sich indische Witwen zusammen mit dem Leichnam ihres Mannes auf einem Scheiterhaufen verbrennen lassen. Allerdings handelt es sich um eine hinduistische Tradition, und das Opfer war Moslem. Ich hatte damals keine Möglichkeit zu protestieren, außerdem hätte es keinen Unterschied gemacht.

Das letzte Streichholz des Briefchens entzündete die Terpentindämpfe, und mit einem dumpfen *Whup* umzüngelte ein purpurner Mantel aus Feuer den Körper des Moslems; sein Gesichtsausdruck war die reinste Glückseligkeit.

Arme und Beine wurden in Flammen gehüllt, doch er spürte noch keinen Schmerz – er schien benommen, während dieses merkwürdige Licht um ihn herum aufleuchtete. Dann fingen seine Haare Feuer, und einige der Männer wandten wie von einem schwerkranken Menschen den Blick ab. Es war nicht das geringste Geräusch zu hören, kein einziger Schrei, nicht mal das Knistern der Flammen. Ich weiß noch, wie ich dachte: *Bin ich etwa taub geworden?*

Der Moslem versuchte aufzustehen, wurde jedoch vom Gewicht des unförmigen Fahrradrahmens, der an seinem Rücken festgebunden war, daran gehindert. Seine Füße hämmerten gegen den Asphalt, während von seinen Zehen winzige Flammen emporloderten. Schließlich bäumte er sich wie die Marionette eines parkinsonkranken Puppenspielers schmerzerfüllt auf – zappelnd und verwirrt wirbelte er um die eigene Achse, und das Feuer drang in seinen Rachen, um die letzten Reste Sauerstoff in seiner Lunge zu entzünden. Von den geschmolzenen Fahrradreifen, die sich wie zwei Feuerräder langsam im Kreis drehten, schossen gezackte Flammen empor. Wankend überquerte der Moslem die Straße und lief blindlings gegen den Zaun, der das Ghetto umgab, worauf sich die Pedale in den Maschen verhakten und er dort aufrecht stehend verbrannte.

ARTIKEL I

ER TRÄGT SEIN KREUZ

»Kirche und Staat.
Von nun an soll jeder Gläubige zwischen
beiden keinen Unterschied mehr machen.
Fortan und in alle Ewigkeit gilt:
Die Kirche IST der Staat.«

Das Neue Republikanische Testament,
5. Ausgabe, Einleitung

Hochgeschätzte Gläubige,

in Euren Händen haltet Ihr die Glaubenssätze der Republik, in der Ihr lebt und der Ihr dient. Ihre Güter sind unantastbar und unabänderlich.

Und dies sind Eure Gesetze. Die Gesetze, die Gott durch die Heiligen Väter festgeschrieben hat und die durch den Propheten Eures Stadtstaates vollstreckt werden.

Niemand darf gegen diese Gesetze verstoßen. Wer dies dennoch tut, muss von allen aufrichtigen und folgsamen Gläubigen verurteilt und geächtet werden.

Ungläubige werden ermutigt, ihren rückschrittlichen Religionen abzuschwören und sich zu bekennen zur erlösenden Kraft und göttlichen Seligkeit des reinen und alleinigen – des einzig wahren Glaubens.

GEÄNDERTE STATUTEN
Abschnitt 86
Police Department of New Bethlehem
Sektion 86.420

Einheit für Religionsverbrechen –
Aufgaben und Zuständigkeitsbereiche

1. Auf Anordnung des Göttlichen Rates in New Kingdom soll jeder Stadtstaat [New Jericho, New Halah, New Bethlehem, New Nazareth, New Beersheba] eine Spezialeinheit für Religionsverbrechen bilden, die sich aus den qualifiziertesten Mitarbeitern oder anderweitig geeigneten Angehörigen der unteren Dienstränge zusammensetzt. Die Beamten dieser Einheit [nachstehend Gefolgsleute genannt] sind mit folgenden Aufgaben betraut:

(1) Die Durchsetzung der moralischen Grundsätze gemäß der biblischen Lehre des jüdisch-christlichen Glaubens, wie sie im Neuen Republikanischen Testament festgelegt sind;

(2) Das Aufspüren sowie die Vernichtung von Symbolen, Gebetsräumen und Gläubigen sämtlicher abweichender Glaubensrichtungen.

2. Sollten die Arbeitsabläufe der Bereitschaftspolizei denen der Einheit für Religionsverbrechen zuwiderlaufen oder sich die beiden Zuständigkeitsbereiche überschneiden, haben die Ziele der Einheit für Religionsverbrechen stets Vorrang.

1 INITIATION

»Sagen Sie's uns, Kadett Murtag.«

Ich lag nackt und ausgestreckt auf einer Marmorplatte. Befand ich mich in einem Schlachthof? In einem abbruchreifen Fabrikgebäude? Der Marmor an meiner Wirbelsäule fühlte sich eiskalt an.

Meine Initiation fand vor einigen Jahren statt. Ich gebe hier meine Erinnerung daran wieder.

Ich wurde von mehreren Männern in purpurroten Gewändern umringt, deren Gesichter mich aus ihren tiefroten Kapuzen anstarrten – bei den Männern handelte es sich um meine Ausbilder und Vorgesetzten. Obwohl der Gedanke reinste Blasphemie war, fand ich, dass es aussah, als würden ihre Gesichter aus den Falten einer unglaublich großen, furchtbar weiten Vagina hervorragen ... Allerdings hatte ich noch nie eine Vagina gesehen. Zumindest nicht aus Fleisch und Blut, nur ein anatomisches Schaubild in einem Buch aus der Bibliothek, das die Große Säuberung überlebt hatte.

»Was ist Ihr Geheimnis, Kadett Murtag? Wir müssen Ihnen vertrauen können.«

Hollis, mein zukünftiger Chef, hatte diese Frage gestellt. Hinter dem Kreis aus Kapuzen standen die anderen Elitekadetten: Garvey, Cruikshank und Applewhite. Alle drei waren splitternackt und hüpften auf dem Steinboden von einem Fuß auf den anderen.

»Sie werden die verbotenen Schriften zu sehen bekommen«, fuhr Hollis fort. »Sie werden die Evangelien der

Ungläubigen kennenlernen, die Traktate und Abhandlungen ihrer rückständigen Religionen. Wir müssen sichergehen, dass Sie keinen moralischen Schaden nehmen. Darum müssen wir Ihnen vertrauen können.«

Sie wussten bereits alles über mich. Welche Schulen ich besucht hatte und wie viel Geld auf meinem Konto bei der First Divinity war, wie viel Steuern ich letztes Jahr gezahlt hatte und dass ich als Teenager an Scharlach erkrankt war, und sie kannten auch meinen Highschool-Aufsatz mit dem Titel: »Ein feste Burg ist unser Gott.«

Sie wollten, dass ich es selbst sagte. Weil die Beichte der Seele guttut. Ja, die Beichte *ist* gut für die Seele. Gott ist gut. Der Prophet ist gut. Die Republik ist gut.

Unsere Lebensweise – *gut*.

»Man hat meine Mutter der Therapie unterzogen«, sagte ich.

»War sie eine von den Aufständischen?«, fragte Hollis. »Wollte sie die Republik zu Fall bringen?«

»Sie hat Sachen gesagt, die sie nicht hätte sagen dürfen«, antwortete ich. »Das war kurz nach Gründung der Republik. Und ich habe in der Schule davon erzählt ...«

»Sie haben Ihre eigene Mutter verpfiffen?« Hollis grinste.

»Nein«, sagte ich. »Das war mir damals nur so rausgerutscht. Mein Lehrer hat es dann gemeldet. Sie ... hat ein paar dumme Sachen gesagt. Und sie hatte sündige Gedanken. Eines Tages wurde sie dann abgeholt.«

»Besuchen Sie sie immer noch?«

»Hin und wieder. An ihrem Geburtstag, am Muttertag. Aber die Hälfte der Zeit weiß sie nicht mal, wer ich überhaupt bin.«

»Hegen Sie irgendeinen Groll gegen die Republik wegen dem, was geschehen ist?«

»Nein.« Das war die Wahrheit. »Sie hat es verdient.«

Man legte mir ein goldenes Leintuch um den Körper, und all die Gesichter unter den scharlachroten Kapuzen schauten mich plötzlich voller Verbundenheit an. All diese grinsenden, in eine Vagina gehüllten Gesichter.

Ich hatte es geschafft. Ich war jetzt einer von ihnen.

Ein Gefolgsmann.

2 RAZZIAROUTINE

Es handelte sich um ein zweistöckiges Gebäude mit Giebeldach, das auf einer Seite mit Efeu bewachsen war. Es befand sich unweit der MegaKirche, allerdings nicht in der exklusiven Gegend, die den Ministern und Würdenträgern vorbehalten war. Es war ein Haus, wie ein stellvertretender Minister es bewohnen würde, ein ehrgeiziger Karrierist mit seinen fotogenen dreieinhalb Kindern.

Aber dieser zweistöckige Giebelbau beherbergte lauter Homosexuelle. Wir wussten bereits seit Längerem von der Existenz dieser Gruppe. Es handelte sich um eine Schar harmloser Schwuchteln. Aber heute Abend waren nicht viele von ihnen da.

Angela Doe, Garvey und ich hockten in einem Lieferwagen am Straßenrand, auf dessen Außenseite ein knallbuntes Bild von *Buckles, dem Geburtstagsclown* prangte. BUCKLES IST EIN AMTLICH ZUGELASSENES UND STAATLICH GEPRÜFTES ENTERTAINMENT-UNTERNEHMEN stand in kleinen Buchstaben halbkreisförmig über den Kotflügeln.

Das Haus war verwanzt, und jeder von uns trug einen Kopfhörer, aus dem mehrere verrauschte Stimmen drangen:

Stimme 1: »Schau schon hin – *los.* Es geht darum, deine Triebe zu kontrollieren, okay? Schau es dir an, ohne es anzufassen. Und lass dir nicht anmerken, dass du es anfassen *willst.*«

Stimme 2: »Aber dann kontrolliert man seine Triebe gar nicht, oder? Man setzt nur eine Maske auf.«

[UNVERSTÄNDLICHER WORTWECHSEL]

Stimme 1: »... und schließlich läuft man ständig mit dieser Maske herum. Man verbirgt alle seine Triebe hinter dieser Maske, und irgendwann wird sie einem zur zweiten Natur.«

Garveys Gesicht lief rot an. Gegenüber Schwulen war er besonders intolerant.

»Gehen wir rein«, sagte er finster.

»Wärst du auch so aufgebracht«, fragte Doe, »wenn es sich um eine Gruppe Lesben handeln würde?«

Garvey starrte sie an. »Was glaubst du wohl? Erzähl mir bloß nichts davon – ich will es mir erst gar nicht vorstellen.«

Bewaffnet mit Schutzschilden und Gewehren stiegen wir aus dem Lieferwagen und schlichen hinauf zur Veranda. Die Tür war nicht abgeschlossen. Trotzdem trat Garvey sie ein. Wie ein waschechter Cowboy.

»Religionspolizei! Auf die Knie!«

Die Homosexuellen – ich zählte insgesamt acht – saßen alle im Wohnzimmer. Sie waren konservativ gekleidet, mit Button-down-Hemden und hellbraunen Hosen, im langweiligen Stil von Ehemännern und Vätern, was einige von ihnen wahrscheinlich auch waren. Aus irgendeinem Grund hatte ich mit einer dekadenten, ausschweifenden Szenerie gerechnet: Typen, die in Federboas herumstolzierten, während ein nackter Zwerg auf einem Konzertflügel herumklimperte.

»Gesicht nach unten«, sagte ich. »Ihr verstoßt gegen die Gesetze der Republik.«

Der Anführer der Gruppe hielt ein paar mottenzerfressene Broschüren von Exodus International in die Höhe.

»Wir versuchen, uns zu ändern«, erklärte er. »Wir wollen uns selber heilen.«

Doe und Garvey warfen die Männer zu Boden und legten ihnen Plastikfesseln an, während ich aus der Verfügung der Republik zitierte: »Jeder Gläubige, der gottlose Gedanken hegt, muss der nächstgelegenen Konditionierungseinrichtung gemeldet werden, damit er sich dort einer Glaubenstherapie unterzieht …«

»Und was dann?«, kreischte der Leiter der Gruppe. »Da bohren sie dir den Schädel auf, um deine sündigen Gedanken zu entfernen! Die verwandeln dich in Gemüse!«

Ich ging ins Esszimmer, dessen Parkettboden vollständig mit Matratzen ausgelegt war. Drauf lagen mehrere Kissen. Und Pornohefte … Bei genauerem Hinschauen stellte sich jedoch heraus, dass es sich lediglich um die vergilbten Reklamebeilagen einer Kaufhauskette handelte. Die Sommer-Ausgabe, voller muskelbepackter Männer in Badeklamotten und Unterhosen. Ein Bild zeigte einen Typen mit nacktem Oberkörper, der in Unterwäsche angelte. Garvey trat zu mir. Er nahm einen der Prospekte, betrachtete eingehend den halb nackten Angler und warf den Prospekt wieder auf den Boden.

»Pervers, diese Typen.«

Während ich ihn die Prospekte einsammeln ließ, ging ich hinaus zum Lieferwagen und forderte über Funk einen Krankenwagen an. Als er schließlich eintraf, verfrachteten wir die Straftäter in sein Inneres. Sie würden die nächste Woche untätig im nächstgelegenen Konditionierungszentrum herumlungern. Oder zu Gott finden.

Nacht.

Wir befanden uns jetzt im Westen der Stadt, am Fluss, zwischen Lagerhallen und billigen Absteigen, deren Umrisse sich deutlich abzeichneten. Die Gebäude sahen aus, als wären sie aus schwarzer Pappe ausgeschnitten worden. Der Wind fegte durch die rostigen Hafenanlagen und erfüllte meine Nase mit dem Geruch von Stahl.

»Ich wette zehn zu eins, dass wir sie nicht brauchen werden«, sagte Garvey, während er sich seine kugelsicheren Beinschützer umschnallte.

Doe legte sich eine kugelsichere Weste an. »Was, wenn du während der Razzia bei den Mormonen keine Schutzkleidung getragen hättest?«

Vor einem Monat hatten wir eine Gruppe Mormonen hochgenommen, die in einer verlassenen Lagerhalle ihre Gottesdienste abhielten. Ihr Wachposten hatte aus kürzester Entfernung eine Ladung Schrot Kaliber 20 auf Garvey abgefeuert.

»Mormonen sind Spinner.« Garvey drückte mehrere Patronen in das Magazin eines Mossberg-Gewehrs. »Diese Religion wurde von einem Typen gegründet, der einen leuchtenden Kieselstein in seinen Hut gestopft hat und sich von ihm zu mehreren unter einem Baum vergrabenen goldenen Platten führen ließ. Das sind polygame Psychos.«

Ich ließ meinen Blick über ein erleuchtetes Fenster in nordöstlicher Richtung wandern. »Die Typen da sind ebenfalls Spinner.«

»Sie werden keinen Widerstand leisten«, sagte Garvey und klappte den Gesichtsschutz seines Helms herunter. »Das sind harmlose Spinner.«

Sobald wir unsere Montur umgeschnallt hatten, ging ich in der Gasse in die Knie und sprach ein Gebet.

»Herr, wir bitten dich um deinen Segen für diesen Einsatz, den wir in deinem Namen durchführen. Für die Sicherheit deiner Vertreter und dafür, dass wir den Mut aufbringen, dein gutes Werk zu vollenden. Darum bitten wir dich, o Herr.«

»Herr, erhöre unser Gebet.«

»Für die göttlichen Väter in Kingdom City und ihre ergebenen Abgesandten hier in New Bethlehem und für die

Kraft, der Herrlichkeit und Reinheit des einzig wahren Glaubens Geltung zu verschaffen. Darum bitten wir dich, o Herr.«

»Herr, erhöre unser Gebet.«

»Amen.«

Doe klappte meinen Gesichtsschutz herunter und klopfte gegen den durchsichtigen Kunststoff. »Möge der Herr mit dir sein, Gefolgsmann Murtag.«

»Und mit dir, Gefolgsfrau Doe.«

»Und ich, bin ich etwa ungläubiger Abschaum?«

Doe seufzte. »Und auch mit dir, Gefolgsmann Garvey.«

Wir standen jetzt im Flur vor der Wohnung im zweiten Stock. Durch die Tür aus billigem Pressspan drangen mehrere Stimmen:

»Nehmen wir ein anderes Erlebnis, dem Sie sich ohne Angst stellen können ... Okay, das Gerät zeigt einen Ausschlag. Versetzen wir uns in jenen Moment zurück.«

Garvey formte mit den Lippen das Wort *Auditing-Sitzung*. Durch meine Adern pulsierte das Adrenalin, und an der Unterseite meines Halses spürte ich ein nervöses Pochen.

Ich formte mit den Lippen das Wort *Los*.

Garvey richtete sein Gewehr auf den Türknauf. Das Metall warf Blasen, und das Holz splitterte. Ich trat gegen die Tür, sodass die Sicherheitskette riss, und wir stürmten ins Innere.

»Religionspolizei! Auf die Knie!«

Das Zimmer war hell erleuchtet. Darin standen vier Klapptische und acht Klappstühle. Im Zimmer befanden sich insgesamt acht gesuchte Personen: sechs Männer und zwei Frauen. An der Wand hing ein Schwarz-Weiß-Porträt ihres Messias.

Bleich und krötengesichtig, mit wässrigen Augen. Um den Hals eine Seidenkrawatte.

L. Ron Hubbard.

Garvey trat einen der Tische um, und das Elektrometer darauf sauste durch die Luft. Ein gertenschlanker Scientologe erhob sich von seinem Platz, worauf Garvey ihm mit seinem Gewehrkolben einen Stoß versetzte. Die Brille des Mannes rutschte von seinem Nasenrücken, und er fiel hin.

»Alle auf den Boden!«, blaffte Garvey. »Mit dem Gesicht nach unten!«

Die Scientologen waren vom Knall des Schusses halb taub und von ihrer Auditing-Sitzung noch leicht benommen. Doe trat auf eines der Elektrometer, das unter ihrem Fuß wie ein billiger Taschenrechner zersplitterte.

»Wisst ihr, was das ist?«, sagte sie zu den winselnden Fanatikern. »Ein Apparat, der auf den Schweiß in euren Handflächen reagiert. Das ist nichts weiter als ein Haufen Plastik und ein paar Kabel; das Ding kostet in der Herstellung elf Schekel. Ihr werdet alle ins Konditionierungszentrum wandern – und wofür? Weil ihr mit einem *Spielzeug* rumgemacht habt.«

»Hört nicht auf sie.«

Der gertenschlanke Scientologe hatte sich erhoben – seine Beine zitterten, aber er stand aufrecht. An den Seiten seiner Nase lief Blut herunter, und die zerbrochene Brille baumelte an seinem Ohr herunter.

»Was wir hier tun, dient dem Wohl der Menschheit.«

Garvey packte den Gesuchten am Revers und drückte ihm den Unterarm unters Kinn.

»Ich sag's ja nur ungern, aber eure ganze Religion ist reine Geldmacherei. Dieser Typ da« – er deutete mit dem Kopf angewidert auf L. Ron – »lebte auf einer Jacht auf dem Meer, deren Besatzung aus lauter Jungs bestand. Der Typ war ein pädophiler Perverser, dessen Verbrechen von Schwachköpfen wie euch finanziert wurden.«

Der Scientologe musste würgen. Aber seine Augen waren hell und klar und erfüllt von jenem Ausdruck inbrünstigen Wahnsinns, den man in meinem Beruf häufig zu sehen bekommt.

»Glaubt ihr wirklich«, fuhr Garvey fort, »dass in euren Körpern Aliens leben?«

Garvey und Doe vollzogen Anordnung 46.23 der Satzung für Religionsverbrechen: *Legen Sie die gravierenden Unzulänglichkeiten und Widersprüche aller falschen Propheten und/oder Religionen dar.*

»Ist euch eigentlich klar, wie bescheuert eure Religion ist?«

»Auch nicht bescheuerter als ein Erlöser, der an einem Kreuz stirbt und drei Tage später wiederaufersteht«, sagte der Scientologe.

Garvey rammte dem Typen den Schaft seines Gewehrs in den Mund, und mehrere seiner Zähne prasselten gegen die Wand. Zuckend ging der Scientologe zu Boden.

Bis zu diesem Moment hatte keiner von uns die Scientologin, die neben der Tür stand, bemerkt. Eine rundliche, pickelige Frau in einem lilafarbenen Angorapullover, die ungefähr so lebendig wirkte wie eine Zimmerpflanze. Sie griff nach einer Pistole unter einem der Tische, die dort mit Klebeband befestigt war.

Die erste Kugel schlug in der Wand hinter Does Kopf ein. Die Frau mit dem Angorapullover drückte erneut ab, und die Kugel zertrümmerte eine der Deckenfliesen. Dann stürzte sie zur Tür hinaus. Mein Kopf fuhr zu Doe herum – sie hatte die Augen weit aufgerissen, war jedoch unverletzt –, also drehte ich mich um und nahm die Verfolgung auf.

Während die Frau den Flur hinunterrannte, wirbelte sie herum und feuerte einen weiteren Schuss ab. Putz und Holzsplitter spritzten durch die Luft. Ich hob meine Schrotflinte und drückte ab. *Kawumm.* Die Mitte ihres Körpers verwandelte sich in roten Kartoffelbrei, und lilafarbene Stofffetzen stoben sternförmig auseinander.

Als ich ins Zimmer zurückkehrte, hatte Doe sich nicht von der Stelle bewegt. Die Kugel hatte ihren Kopf lediglich um zwei Zentimeter verfehlt.

Ich legte ihr die Hand auf die Schulter. »Alles in Ordnung? Hey. *Hey.*«

Does kurz geschnittene Haare rochen nach Kordit, und die Enden waren gekräuselt, als wären sie damit zu dicht ans Feuer gekommen. Ich beugte mich zu ihr vor, obwohl ich wusste, dass ich das nicht tun sollte – nicht jetzt, nicht vor den gesuchten Personen, unter keinen Umständen, *niemals.* Meine Lippen strichen über ihre Stirn.

»Tut mir leid, Angela. Sie stand in meiner Ecke.«

Die Berührung mit Doe ließ meinen Unterarm erschauern. Ich taumelte zurück, und sie rammte einem der Scientologen ihr Knie in den Rücken und legte ihm Handfesseln an.

Im Flur forderte ich per Funk einen Löschtrupp an. In den anderen Türen erschienen mehrere verschlafene Mieter, und einer von ihnen erkundigte sich nach dem Lärm.

»Packen Sie alles zusammen, was Ihnen wichtig ist, und machen Sie, dass Sie hier rauskommen«, sagte ich zu ihnen.

In diesem Moment detonierte Does Schrotflinte. Ich warf erneut einen Blick in die Wohnung. Sie hatte ein Loch in L. Rons Gesicht geschossen.

Der Hausbesitzer trug eine Kette mit einem riesigen Kruzifix um den Hals.

»Das ist ziemlich unchristlich«, sagte er. »Das hier ist meine Existenzgrundlage. Das ist alles, was ich habe.«

»Es ist wie bei den Kakerlaken«, erklärte ich ihm. »Wer ihnen Unterschlupf gewährt, muss auch für die Kosten der Beseitigung aufkommen.«

»Woher sollte ich denn wissen, dass das Ungläubige sind?« Der Jesus an seinem Hals baumelte hin und her. Der Typ schwitzte wie ein Schwein; das billige Metallkruzifix würde bald anfangen zu rosten, und dann würde sich unser Erlöser grün verfärben.

Ich zuckte mit den Achseln. »Diese Gegend ist der ideale Nährboden für solche Leute. Sie sollten Ihre Mieter genauer unter die Lupe nehmen.«

In diesem Moment traf der Löschtrupp ein. Die Männer zogen feuerfeste Kleidung an, schulterten ihre Flammenwerfer und rannten die Treppe hinauf.

»Ich besuche dreimal pro Woche das Hochamt!«, kreischte der Hausbesitzer. »Wenn der Klingelbeutel rumgeht, gebe ich mehr als nötig – ich unterstütze den Propheten aus tiefstem Herzen!«

Ein Feuerstrahl zerschnitt die Wohnung. Das Fenster darin vibrierte, wölbte sich und splitterte. Mit einem Geräusch, als würde man ein Stück Leinen zerreißen, wurde die Luft durch die Öffnung gesaugt. Die Tanks des Löschtrupps waren mit einem Gemisch aus geliertem Benzin und Weihwasser gefüllt, ein zerstörerisches, heiliges Gemisch. Es war faszinierend, dem Feuer zuzuschauen. Flackernd und gefräßig war es unaufhörlich in Bewegung und bildete Muster, wie nur Flammen sie bilden konnten. Öliger, schwarzer Rauch quoll aus dem Fenster. Der Hausbesitzer kniete brüllend auf dem Gehweg und schlug sich gegen die Brust, als wir schließlich den Einsatzort verließen.

3 DER VERTRAUTE UNHEILVOLLE ZAUBER

Zurück auf dem Polizeirevier.

Zeit für den Einsatzbericht. Ich bin der Teamleiter und damit für den ganzen Papierkram verantwortlich. Doe würde es nie zur Teamleiterin bringen; als Frau hatte sie bereits das gesetzlich festgelegte Ende der Karriereleiter erreicht. Unser Gehaltstarif richtete sich nach dem dritten Buch Mose 27: *So sollst du sie also schätzen: Einen Mann vom zwanzigsten bis zum sechzigsten Lebensjahr sollst du schätzen auf fünfzig Schekel Silber, nach dem Schekel des Heiligtums. Ist es aber ein Weib, so sollst du sie auf dreißig Schekel schätzen.*

Nachdem ich den Einsatzbericht getippt hatte, warf ich die Durchschläge in Deacon Hollis' Fach. Dann durchquerte ich das Großraumbüro und ließ meinen Blick über die Pinnwand mit den Informationen zu den laufenden Ermittlungen wandern.

> *Illegale Anbetung/Tieropfer. Wicca, die im East Seraphim Park und Umgebung ihre Religion ausüben. 20 bis 25 Personen, weiß M/F 16–50 Jahre alt. Bedrohungspotenzial: niedrig. Priorität: niedrig. Ermittelnde Gefolgsleute: Henchel/Brewster.*

> *Illegale Anbetung/Verschwörung/Höchste Gefahr für den öffentlichen Frieden. Islamische Zelle irgendwo im Umkreis von Hollis Heights/Kiketown. 6 aktenkundige Personen, arabisch M 15–35 Jahre alt. Möglicherweise chassidische*

Sympathisanten in Demsky's Kosher Meat Mart. Bedrohungspotenzial: hoch. Priorität: hoch. Ermittelnde Gefolgsleute: Applewhite/Mathers/Palmer.

Ich schaltete den lokalen Sender des Republic Public Radio an. Es lief gerade die Nachricht von unserem Einsatz:

»... Heute Abend ist es der Polizei gelungen, bei einem gefährlichen Einsatz sieben Religionsstraftäter dingfest zu machen. Die flüchtigen Scientologen übten ihre Religion in einem Wohnblock in den Underdocks aus. Obwohl sie schwer bewaffnet waren, leisteten sie kaum Widerstand und konnten ohne Zwischenfall verhaftet werden. Gesegnet seien die, die mit Gott gehen. Gesegnet seien die, die seinem Propheten folgen. Beim Piepton ist es elf Uhr RPR-Zeit.«

Die Ladenfront war hoch und schmal und zwischen eine Suppenküche und eine Blutbank gequetscht. Über der Tür, an zwei Ketten, hing der große, hölzerne Kopf eines Schafbocks. In den Fenstern brannte zwar kein Licht, doch auf einem Neonschild blinkte der Schriftzug *24 Std. geöffnet.*

Zu beiden Seiten des Ganges in der Mitte des Ladens standen Maschendrahtgehege mit verschiedenen Tieren: Lämmer, Ziegen und Hasen. An den Wänden hingen mehrere Vogelkäfige.

»Officer Murtag. Schön, Sie wiederzusehen.«

Der Ladenbesitzer war groß und schmal, wie sein Laden, und er roch nach Luzernenduft.

»Ich möchte ein Opfer darbieten«, sagte ich.

»Ein Tieropfer oder ein Blutopfer?« Dann beantwortete er seine Frage selbst: »Es kommt wohl auf die Art des Vergehens an, nicht wahr?«

Ich dachte an die Frau in dem lilafarbenen Angorapulli. An das Loch in ihrem Bauch und an die Wollfetzen. Ich deutete auf die Ziege, die mir am nächsten stand. »Wie wär's mit der da?«

»Ein schönes Tier«, sagte der Inhaber nur wenig überzeugend. »Es würde ein stattliches Opfer abgeben. Aber ...«

Er nahm eine Holzstange und schob ihre Spitze durch die Öse eines der Vogelkäfige aus Weidenholz.

»Das sind Dolchstichtauben«, sagte er und ließ den Käfig auf Augenhöhe herunter. »Wunderschöne Tiere. Danach ist Ihre Seele vollkommen rein.«

»Eine Taube reicht nicht für das Vergehen.«

»Verstehe.« Der Inhaber rieb sich das Kinn und dachte nach. »Schön, wenn Sie unbedingt eine Ziege wollen, wie wär's dann mit diesem jüngeren Exemplar hier?«

»Wie viel kostet es?«

»Sieben Schekel und sieben Gera.«

Der Inhaber legte der Ziege ein Halsband an. Ihre Hörner waren zu kleinen Knubbeln angeschliffen worden.

»Da entlang.« Er deutete auf einen abgehängten Durchgang im hinteren Bereich des Ladens. »Dort wartet der Priester auf Sie.«

Der Altar hatte die Größe eines Vorratsschranks, und in dem Raum hingen ein Porträt von Jesus sowie des Propheten. Der Priester hockte schnarchend hinter seinem Pult, während die Ziege an meinem Hosenaufschlag knabberte.

»Tut mir leid, mein Sohn«, sagte der Priester, als er zu sich kam. »Es war eine ruhige Nacht.«

Der Priester wirkte ausgemergelt, wie viele Hüter der heiligen Stätten. Vor einigen Jahren hatte er vielleicht seine eigene Kirche gehabt, seine eigenen Diözese, mit einer Gemeinde, die ihn bewunderte. Der Priester legte eine Gummischürze und einen Ledergürtel mit mehreren funkelnden Messern an. Dann spülte er die Auffangschüssel aus und stellte sie neben das Ablaufgitter.

Die Ziege zuckte mit den Ohren und knabberte am Gewand des Priesters.

»Wie heißt du, mein Sohn?«

»Murtag.«

»Um was für ein Vergehen handelt es sich, mein Sohn?«

»Vorsätzliche Körperverletzung.« Eine kurze Pause. »Mit Todesfolge.«

Der Priester nickte. »Hast du die Tat im Affekt begangen?«

»Ja.«

»In Ausübung deiner Dienstpflicht?«

»Ja.«

»Im Dienst unseres Herrn und unseres Propheten?«

»Ja.«

Der Priester legte eine Schlinge um die Hinterbeine der Ziege und drückte auf den Knopf eines Schaltkastens, worauf das Tier in die Höhe gezogen wurde. Die Ziege strampelte und blökte.

»Herr, schau auf dieses Opfer deines ergebenen Dieners.«

Der Priester zog ein Messer mit langer Klinge aus seinem Lederfutteral.

»Empfange diese Gabe, o Herr, die dir so großzügig und von ganzem Herzen dargebracht wird, möge sie seine mit Sünde befleckte Seele reinigen. Darum bitten wir dich in deinem Namen, Amen.«

Mit einer Hand packte der Priester die Ziege unter dem struppigen Kinnbart, worauf ihre Augen wie schwarze Kugeln aus den Höhlen traten. Dann ließ er mit einer routinierten Bewegung das Messer über ihren Hals gleiten.

Die Ziege stieß einen röchelnden Schrei aus. Der Priester packte sie am Maul und fing mit der Schüssel das Blut auf. Etwas davon spritzte er an die Wand, während er seine Worte sprach.

Der Priester wiederholte den Vorgang. Dann entrollte er einen Schlauch und spritzte die Wand ab.

»Du kannst jetzt gehen, mein Sohn. Deine Sünden sind gesühnt.«

Auf dem Weg nach draußen fragte mich der Ladeninhaber, was mit dem Tier geschehen solle.

»Der Priester ist staatlich zugelassener Metzger«, erklärte er. »Für fünf Schekel wird das Tier ausgeweidet, zerteilt und Ihnen in Wachspapier nach Hause geliefert.«

Ich lehnte sein Angebot ab. Mein Gefrierfach war bereits voller Ziegenfleisch.

Der Blick aus meiner Wohnung war himmlisch.

Auf sämtlichen Gebäuden standen erleuchtete Kreuze, auf jedem Wohnkomplex und jedem Fabrikgebäude, auf jedem Haus, dessen Besitzer es sich leisten konnten. Neonkreuze, Plexiglaskreuze und riesige Holzkreuze, die mit blinkender Weihnachtsbaumbeleuchtung geschmückt waren.

Im östlichen Teil der Stadt gab es einen Stromausfall, und die Lichter der Kreuze erloschen. Wie eine Woge wälzte sich die Dunkelheit über die Stadt.

Der Motor meines Kühlschranks verstummte, und die rote Leuchtanzeige am Wecker neben meinem Bett ging aus. Ich hockte in der brütenden Dunkelheit. Infolge der Energiesparmaßnahmen fiel jede Nacht der Strom aus. Aber die Flutlichter, die das MegaKirche-Stadion umgaben, brannten immer noch.

Ich legte mich ins Bett und versuchte zu schlafen. Doch ich konnte nicht. Wie viele Ziegen waren es im Laufe der Jahre gewesen? Wie viele Tauben, wie viele Kaninchen und Schafe? Ich kam mir vor wie ein Alkoholiker, dessen Zellen so sehr nach dem Stoff verlangten, dass er den Alkohol nicht mehr genießen konnte, wie jemand, der soff, um seinen Pegel zu halten.

Biete ein Opfer dar. Wasch dich rein. Iss von meinem Leib, und trink von meinem Blut.

Sprecht mir nach: *Jesus Christus, der Sohn Gottes, ist am Kreuz für uns gestorben zur Vergebung unserer Sünden.*

Als ich noch ein Kind war und eines Morgens nach unten in die Küche lief, unterhielt sich dort ein Mann in einem weißen Anzug mit meiner Mutter. Er teilte ihr mit, dass man unsere Kirche geschlossen habe und es eine neue Kirche gebe, eine *bessere* Kirche. Der Mann im weißen Anzug sagte, dass er sich sehr freuen würde, wenn wir beide uns dazu entschließen könnten, an den Gottesdiensten teilzunehmen.

Ich kann mich zwar auch noch an andere Ereignisse aus meiner Kindheit erinnern, an Kleinigkeiten, aber im Grunde genommen ist der Mann in dem blütenweißen Anzug meine erste Erinnerung.

Ich bin nur ein unbedeutender Mann. Ich bin nur eine unbedeutende Frau.

Das sagten die Leute ständig. Ein einzelner Mann kann die Zukunft nicht aufhalten. Und die Zukunft kam. Wurde Gegenwart. Irgendwie war sie ... plötzlich da.

Der Mann in dem weißen Anzug. Die Republik. Der Prophet. Die Unbefleckte Mutter. Die Fünflinge. Die Kreuze, die in den Nachthimmel ragten. Die Gefolgsleute.

Es war der vertraute unheilvolle Zauber.

4 EINSATZBESPRECHUNG

Das Erste, was ich am nächsten Morgen beim Betreten des Mannschaftsraums sah, war Garvey, der im Kreis der Kollegen von der Razzia erzählte.

»Diese Alien-Jünger hielten sich in der Nähe des Hafens versteckt. Ich habe das Schloss aufgeschossen, Murtag hat die Tür eingetreten, und dann haben wir die Wohnung gestürmt. Einer dieser Freaks ging mir total auf den Keks« – er sprach jetzt in einem hohen, affektierten Tonfall –: »›Unsere Religion dient dem Wohl der Menschheit!‹ Also habe ich ihm ordentlich eine verpasst. Da, wo man ihn hinbringt, sollte man ihm besser Bananenbrei zu essen geben, denn er wird für eine Weile keine feste Nahrung mehr zu sich nehmen können.«

Die anderen lachten beifällig. Die meisten von ihnen waren früher Anhänger der Brüderbewegung oder Lutheraner oder Baptisten gewesen. Alles strenggläubige Religionsgemeinschaften. Garvey war Anhänger der Pfingstbewegung gewesen, die Rituale mit Schlangen durchführte.

Ich setzte mich an meinen Schreibtisch. An der nördlichen Wand hing ein Porträt von Jesus, der das Lamm Gottes im Arm hielt, und die südliche Wand zierte ein Bild des Propheten, ebenfalls mit dem Lamm Gottes im Arm. Unser Mannschaftsraum befand sich in einem anderen Bereich des Gebäudes als die Hauptwache. Insgesamt waren wir neun Gefolgsleute, die jeweils zu dritt ein Team bildeten und der Leitung von Deacon Hollis unterstanden. In einigen Details unterschieden wir uns deutlich von den gewöhnlichen Beamten: Ihre Marken waren silbern, unsere golden. Sie trugen die traditionelle blaue Uniform, wir hingegen waren im Stil christlicher Missionare gekleidet, mit knöchellangen Staubmänteln und schwarzen Westen mit Knöpfen aus Walknochen.

Acht Gefolgsleute hatten sich zum Dienst gemeldet. Nur Doe fehlte.

Aus der Gegensprechanlage tönte die Stimme von Chief Exeter: »Meine Herren, alle ins Besprechungszimmer. Und zwar sofort.«

Deacon Hollis kam aus seinem Büro. Er war Anfang fünfzig und hatte ein kantiges, flaches Gesicht. Seine Gesichtszüge passten nicht ganz zusammen, als hätte man einen Apfel in der Mitte durchgeschnitten und leicht verschoben wieder zusammengesetzt.

»Ihr habt unseren furchtlosen Anführer gehört«, sagte er und befingerte die Holzkugeln seines Rosenkranzes. »Alle in einer Reihe aufstellen!«

Ich schnappte mir mein Notizbuch, und Chief Exeter trat durch die Tür mit der genoppten Glasscheibe und durchquerte das Großraumbüro. Er war schlank und muskulös, hatte hohe Wangenknochen, und seine Zähne sahen aus wie die Zehen eines Elefanten.

Die Gefolgsleute nahmen im Besprechungszimmer Platz und schlugen den Saum ihrer Öljacken übereinander. Exeter trat hinter das Pult, und Hollis setzte sich links neben ihn.

»Heute geht es in der Einsatzbesprechung um die laufenden Ermittlungen der Abteilung in der Reihenfolge des Bedrohungspotenzials«, begann Exeter. »Ganz oben auf der Liste steht der 254 – ein Mord/Selbstmordattentat – letzte Woche am Matthew's Square, während der Minstrel-Show ›Gelobt sei der Herr‹. Dabei gab es siebzehn Todesopfer. Aufgrund der Beschreibungen eines Überlebenden, der vor

Kurzem das Bewusstsein wiedererlangt hat, hat unser Zeichner ein aktualisiertes Bild des Dschihadisten angefertigt.«

Bei dem Bombenattentäter handelte es sich um den typischen islamischen Fanatiker, mit Wangenknochen scharf wie zersplitterte Untertassen, einer listigen Nase und dunklen Augen, ausdruckslos wie Steine. Er war ungefähr einen Meter fünfundsechzig groß und wog gut siebzig Kilo. Es wunderte mich, dass er bei seinem Körperbau eine Ladung Sprengstoff tragen konnte, die über fünfzig Kilo schwer gewesen sein muss.

Die Anwesenden im Besprechungszimmer wurden von einer Woge der Wut erfasst, während das Phantombild verteilt wurde. Garvey spuckte auf seine Kopie und trat mit seinem Absatz darauf.

»Die Kollegen vom CSI haben inzwischen herausgefunden, was für eine Art von Bombe dabei verwendet wurde. Ausgehend von der Sprengkraft deuten die vorläufigen Daten darauf hin, dass es sich um einen mit Düngemittel bestückten Sprengsatz mit manuellem Brandzünder handelte, möglicherweise eine Leuchtfackel. Diese Informationen stützen sich auf die Daten, die die Kollegen vom CSI durch Inaugenscheinnahme des Tatorts gesammelt haben.«

Vor Gründung der Republik stand das Kürzel CSI für Crime Scene Investigation, inzwischen jedoch für Christian Science Investigation. Die Forensik wurde als ketzerisches Fachgebiet verfemt, weil sie die Existenz von Dinosauriern und Ähnlichem beweisen konnte. Die Ermittler der Christian Science Investigation hingegen durften nur eine Lupe benutzen und ihre Schlussfolgerungen ziehen.

»Ohne einen Ausweis der Republik kann man keinen Dünger aus Ammoniumnitrat kaufen«, rief uns Exeter ins Gedächtnis. »Die Kaufdaten müssten in dem entsprechenden Geschäft gespeichert worden sein. Darum müssen wir jeden Bau- und Gartenmarkt in der Stadt überprüfen.«

Die normalen Polizeibeamten stöhnten kollektiv auf.

Exeter sprach aus, was jedem klar war. »Wir suchen nach der berühmten Nadel im Heuhaufen, meine Herren. Lieutenant Toppenger und Paulsen werden die Befragungen leiten. Die Polizeibeamten sollen Zweier-Teams bilden und dem Revier Bericht über ihre Ergebnisse erstatten. Die Ermittlungen müssen für jeden von Ihnen oberste Priorität haben, bis sich eine relevante Spur ergibt ...«

Hollis räusperte sich und sah Exeter leicht amüsiert an. Der Chief erwiderte seinen Blick, während er die Brücke seines schwarzen Brillengestells zurechtrückte, und wandte sich dann wieder den Männern zu.

»... anschließend wird die Einheit für Religionsverbrechen den Fall übernehmen und, wie es die Dienstvorschriften vorsehen, die weiteren Ermittlungen leiten. Aber die Kollegen brauchen unsere Unterstützung. Dreht jeden Stein um, nehmt euch jeden Verräter vor, das ganze ungläubige Gesindel. Die Verhörzimmer stehen euch rund um die Uhr zur Verfügung. Denkt auch an den Abschaum in Pakitown, Litte Baghdad und Kiketown. Schließt keine Möglichkeit aus.«

Exeter fragte Hollis, ob er noch etwas zu ergänzen habe.

»Nein, das war eine ziemlich gute Zusammenfassung der Situation ... Chief.«

Keinem der Anwesenden entging der leicht abschätzige Tonfall, mit dem Hollis das Wort *Chief* aussprach.

»Damit sind Sie entlassen, meine Herren«, sagte Exeter. »Der Prophet segne Sie.«

Die Beamten in Zivil verließen den Raum. Exeter beugte sich über das Rednerpult und sah Hollis kühl an, der zurückgelehnt auf seinem Stuhl saß und den Glanz von den Kügelchen seines Rosenkranzes rieb. Ihre Körpersprache sagte alles. Exeters: Springen Sie niemals vor meinen Männern so herablassend mit mir um. Hollis': Mit Ihrem aufgesetzten Sheriff-Getue jagen Sie mir keine Angst ein.

Hollis hob die Hand. »Gefolgsmann Murtag – ich muss kurz mit Ihnen reden.«

»Exeter ist ein elender Schwachkopf«, sagte Hollis, nachdem wir in seinem Büro Platz genommen hatten. »Die Stadt mit der Zeichnung eines Fanatikers abzugrasen – eines Fanatikers, der sich inzwischen in die Luft gesprengt hat –, um die Leute zu fragen: ›Hat dieser dunkelhäutige Kameltreiber in Ihrem Laden Material für den Bau einer Bombe gekauft?‹«

Er nahm eine Flasche Wein aus seiner Schreibtischschublade und goss etwas davon in zwei Gläser voller Wasserflecken.

»Wussten Sie, dass Exeter früher Episkopale war? Ich würde mir lieber eine Kugel in den Kopf jagen, als mich den Episkopalen anzuschließen. Außerdem ist er *aalglatt*. Exeter ist der einzige Mensch, der hinter einem eine Drehtür betritt und sie vor einem wieder verlässt. Behalten Sie ihn im Auge, mein Junge. Okay?«

Ich nahm einen Schluck von dem Wein, der so sauer war, dass mein Zahnfleisch brannte.

»Die Einsatzzentrale hat mir mitgeteilt, dass Gefolgsfrau Doe heute nicht zum Dienst erscheint.«

Ich schaute misstrauisch von meinem Glas auf – zu misstrauisch – und sah, wie Hollis mich über den Rand seines Glases hinweg betrachtete.

Er stellte es wieder ab und verschränkte auf der Schreibtischplatte seine Finger. Hollis hatte riesige, vernarbte Hände, deren Knöchel wie zerquetschte Wurzeln zusammengewachsen waren. Hollis, vor seiner Konvertierung ein strenger Katholik, war einer der Ersten gewesen, die zum

Gefolgsmann ernannt wurden. Seinen Ruf verdankte er einem legendären Vorfall, der sich zu Beginn seiner Beamtenlaufbahn ereignet hatte.

Er war mit einem Streifenwagen unterwegs gewesen, als die Einsatzzentrale per Funk ein 533 meldete: *Nonkonformes Verhalten.* In den Anfangstagen der Republik versammelten sich die Ungläubigen in ihren Wohnungen, um ihre illegalen Religionen oder wissenschaftlichen Fachrichtungen auszuüben. In diesem Fall hauste eine Mormonen-Familie in einem Farmhaus abseits der Eisenbahnroute 7.

Als Hollis an die Tür klopfte, wurde das Feuer auf ihn eröffnet, worauf er zur Rückseite des Hauses lief und die Hintertür eintrat. Im Innern befanden sich der Vater, die Mutter und acht Kinder. Hollis brachte sie alle um. Für sein Vorgehen wurde er mit dem Stern von Gilead ausgezeichnet, verliehen für »besondere Tapferkeit bei der Verteidigung der Ideale der Republik unter Einsatz des eigenen Lebens, über die bloße Pflichterfüllung hinaus«.

Allerdings gab es in Hollis' offizieller Darstellung der Ereignisse einige Ungereimtheiten. Zwei seiner Kollegen gaben an, dass sie in dem Farmhaus außer einer Doppelflinte und einer Mistgabel keine Waffen gefunden hatten, was im Widerspruch zu der Behauptung in Hollis' Bericht stand, dass man ihn mit einer »Gewehrsalve« empfangen habe. Außerdem deuteten Abschürfungen an den Händen der Opfer darauf hin, dass sie gefesselt worden waren – womöglich nachdem sie sich ergeben hatten –, bevor man sie erschossen hatte. Das jüngste Familienmitglied, ein Mädchen, fand man mit durchgeschnittener Kehle über dem Stacheldrahtzaun am Rand des Grundstücks.

Doch alle, die Hollis' Bericht infrage stellten, waren mittlerweile tot oder degradiert worden, weil man sie wegen moralischer Verkommenheit angeklagt hatte – Hollis selbst hatte die Klage eingereicht. Der offizielle Einsatzbericht war inzwischen verschwunden. Entweder hatte Hollis ihn verbrannt, oder ein Abgesandter der Regierung hatte ihn vernichtet.

Das Einzige, was von damals noch übrig war, war der Stern von Gilead, der in einem Rahmen über Hollis' Schreibtisch hing. Dieser Orden prägte die kollektive Erinnerung an ein Ereignis, an das sich keiner mehr genau erinnern konnte. Dieser Orden wies Hollis als Helden der Republik aus.

»Ist gestern Nacht alles ordnungsgemäß abgelaufen?« Hollis suchte in meinem Gesicht nach einem Muskelzucken, das mich verraten würde. »Nach Vorschrift?«

»Sie haben meinen Einsatzbericht.«

Er klopfte mit der Handfläche auf die Durchschläge, die ich auf seinen Schreibtisch gelegt hatte. »Es gibt nicht das Geringste auszusetzen, wie immer. Aber in einem Bericht steht nie die ganze Wahrheit.«

Niemals. Denn die Löschtrupps vernichteten sämtliche Beweise, sodass der Gefolgsmann, der den Bericht schrieb, die Fakten nach Belieben schönen konnte. In einem Bericht durfte kein Fehlverhalten der Gefolgsleute und damit der Republik eingeräumt werden.

Hollis' setzte eine väterliche Miene auf. »Ich mache mir Sorgen um meine Einheit, wissen Sie? Besonders um Doe. Nennen Sie mich ruhig altmodisch.«

Ich gab mir Mühe, das Gesicht nicht zu verziehen. Hollis machte sich Sorgen um uns wie ein Farmer um seine kostbaren Rinder – es ging ihm dabei immer nur um seine eigenen Interessen.

»Diese Typen werden alle in einem Konditionierungszentrum verrotten«, sagte er über die verhafteten Straftäter. »Außer Timothy McSweeney – dem Anführer der Tuntentruppe.«

McSweeney. Der Name kam mir bekannt vor. »Ist das der Sohn von Alex McSweeney ...?«

»Dem Minister für kulturelle Verhaltensweisen«, sagte Hollis. »Seinen Sohn wird man laufen lassen, damit er weiter andere Kerle vögeln kann, aber wenigstens haben wir dann einen Gefallen gut.«

Er lächelte. Die Spitzen des Sterns von Gilead über seinem Kopf funkelten.

»Ich will, dass Sie heute nach Feierabend jemanden beschützen. Die älteste Tochter des Propheten, Eve ...«

»Ich soll also den Babysitter spielen.«

Holly sah mich mit einem durchdringenden Blick an. »Ganz so harmlos ist die Sache nicht, mein Junge. Der Prophet hat Feinde – verblendete Nichtsnutze, deren einziges Ziel es ist, sich zu opfern. Wenn sie den Propheten selbst nicht erwischen können, werden sie versuchen, die Menschen, die ihm nahestehen, zu treffen.«

»Und wohin soll ich sie begleiten?«

»In einen Club in der Innenstadt. The Manger.«

»Mit Vergnügen«, sagte ich.

»Der Prophet weiß Ihr Opfer zu schätzen«, sagte Hollis trocken.

5 THE MANGER

Ein Babysitter-Job.

Der Buick, den ich fuhr, war eine Sonderanfertigung, die ich in der Einsatzzentrale abgeholt hatte. Es handelte sich um eine Stretch-Limousine mit gepanzerten Bodenplatten, verstärktem Fahrgestell, selbstdichtenden Reifen und kugelsicheren Scheiben.

Um Viertel nach sieben erreichte ich mein Ziel. Da um Mitternacht Sperrstunde war, ging man früh aus. Ich nickte den beiden Beamten am Tor, die ebenfalls einen Feierabendjob übernommen hatten, zu und rollte die Kiesauffahrt zum Anwesen hinunter. Der Anblick der saftig grünen Eichen verwunderte mich, denn seit Jahren wurde das Wasser rationiert. Im letzten Sommer hatte die Dürre sämtliche Bäume in der Stadt in trockenes Gestrüpp verwandelt.

Die Villa hatte hundertzwanzig Zimmer sowie einen Festsaal und goldene Wasserhähne – zumindest hatte man mir das erzählt. In der Mitte des Hofes stand ein Springbrunnen mit einer sechs Meter hohen Alabaster-Statue des Propheten, aus deren hohlen Handflächen das Wasser sprudelte. Auf der Tafel an ihrem Sockel stand: STIFTER ALLER DINGE.

Am oberen Absatz des Treppenaufgangs warteten drei Personen. Die älteste Tochter des Propheten und zwei ihrer ausgehungerten Speichelleckerinnen.

Eve war groß, feingliedrig und wunderschön. Sie trug ein weißes Abendkleid. Ein goldenes Kruzifix lenkte die Aufmerksamkeit auf ihr Dekolleté. In einer Handtasche an ihrem Unterarm hockte ein winziger Chihuahua namens Erasmus, ihr ständiger Begleiter. Das Fell zwischen seinen Augen war in der Form eines Kreuzes gefärbt.

»Sie sind spät dran«, sagte sie, als ich ihr die Tür aufhielt.

Ich tippte gegen eine imaginäre Chauffeursmütze. »Tut mir leid.«

Sie verschwand auf dem Rücksitz, eingerahmt von ihren beiden menschlichen Schoßhündchen: zwei Mädchen, die mager wie Zeltstangen waren und deren Arme aus den gebauschten Ärmeln ihrer Taftkleider ragten. Sie sahen sich zum Verwechseln ähnlich. Ab einem bestimmten Punkt sehen alle unterernährten Menschen gleich aus. Ihre Köpfe ähnelten Totenschädeln, die mit Krepppapier umwickelt waren.

Als ich mit dem Buick in die Stadt fuhr, ging über dem Zentrum gerade die Sonne unter und spiegelte sich in den Wolkenkratzern. Ich bog von der Gilead Street auf die Ischariot Street ab und umkurvte Kiketown. Das Ghetto war von einem zehn Meter hohen Stacheldrahtzaun umgeben. Es war den Juden zwar gestattet, in der Stadt zu arbeiten, aber von zehn Uhr abends bis fünf Uhr morgens durften sie das Ghetto nicht verlassen.

»Jimmy St. Kincaid spielt heute Abend«, hörte ich Eve sagen. »Ich *vergöttere* ihn.«

»Oh ja«, sagte eine der Handpuppen im Taftkleid. »Er ist so unglaublich fromm.«

»Habt ihr seinen neuesten Song gehört?«, fragte Eve. »*Nailz Thru My Palms?*«

»Der Song ist fantastisch, absolut fantastisch«, sagte die andere Handpuppe. »Aus seiner Musik spricht die Liebe Gottes.«

»Eehhh.« Eve klang gelangweilt. »Er hat einen tollen Arsch, das muss man ihm lassen.«

Die zwei Handpuppen bedeckten entsetzt ihre Münder. Sie saßen, wie zwei spindeldürre Buchstützen, links und rechts von Eve. Die Ehefrau des Propheten, Effie – die Unbefleckte Mutter, die Heilige Jungfrau, Mutter des Heiligen Kindes – war ihr Vorbild. Die Unbefleckte Mutter sah aus wie ein Skelett aus Treibholz; sie war so blass, dass man bei der wöchentlichen Messe auf dem drei Stockwerke hohen JumboTron-Fernseher in der MegaKirche die Adern in ihrem Gesicht erkennen konnte.

Die Unbefleckte Mutter behauptete, ihr sei im Traum der Herr erschienen und habe gesagt, wahrhaft gläubige Menschen würden ihre Frömmigkeit durch Enthaltsamkeit unter Beweis stellen. Ihr Profil zierte die Flaschen des beliebtesten Getränks der Stadt, des Reinigungselixiers. Es enthielt Wasser, Zitronensaft und ein schwaches Abführmittel.

Ich bog auf die Jericho Street ab und steuerte auf das Viertel mit den Clubs zu. Vor einer Segnungskabine an der Ecke herrschte reger Betrieb. Für zwei Gera konnten die Gläubigen eine der zahlreichen Kabinen in der Stadt aufsuchen, um auf einem Video den Segen des Propheten zu empfangen. Für einen Gera zusätzlich gaben die Kabinen eine Daumennagel große Oblate und Wein-Pastillen aus.

Schließlich erreichten wir The Manger.

Ich parkte in einer Seitenstraße, um dem Menschenauflauf vor dem Eingang aus dem Weg zu gehen, und klopfte an einen Lieferanteneingang aus geriffeltem Stahl, worauf uns ein großer schwarzer Türsteher in einem schicken weißen Anzug öffnete.

»Bringen Sie sie rein.«

Ich führte meine Schützlinge durch die Küche und weiter durch eine Schwingtür in den Club. Der hohe Raum war hell erleuchtet – Dunkelheit bringt nur Laster hervor – und gerammelt voll.

Aus der Lautsprecheranlage wummerte Musik. In der Republik durften keine Stücke mit mehr als sechzig Beats pro Minute komponiert werden. Ein schnelleres Tempo fördere »unzüchtige Körperbewegungen«. Ein Song mit lauter Orgelbegleitung, der gerade lief, verbreitete ein allgemeines Gefühl des Unbehagens: Die Gäste stapften wie zottelige Mammuts auf der Tanzfläche umher ... Nicht, dass es Mammuts je gegeben hätte.

Die Türsteher hatte das Absperrseil von einer Nische entfernt, und ich überprüfte mein Sichtfeld: alles sauber. Dann ließ ich meinen Blick über die Menschenmenge wandern: lauter junge, weiße Menschen.

Unauffällig nahm ich meine Position ein. Eine in Ehrfurcht erstarrte Kellnerin nahm die Bestellungen entgegen: für die Handpuppen das Reinigungselixier, BR für Eve. Jeder Club in der Stadt verkaufte eine einzige Sorte Alkohol – Bordeaux der Republik – und hatte über der Bar deutlich sichtbar ein Schild hängen: MAX. 2 DRINKS. Allerdings wurde diese Bestimmung für Eve sehr großzügig ausgelegt. Ich hatte schon erlebt, dass sie in einer Nacht zwölf Gläser wegbecherte. Anschließend durfte ich dann mit einem Schlauch vom Rücksitz ihre Kotze abspritzen.

Plötzlich berührte mich jemand am Ellbogen. Doe. Sie trug ihre Uniform, und ihr schwarzes Haar war den Vorschriften entsprechend kurz geschnitten und wie bei einem Mann nach hinten gegelt. Ihr Ölmantel war offen, sodass ich den Griff eines Volver 927 in ihrem Schulterhalfter erkennen konnte.

»Ich vertrete Garvey.«

»Bist du okay?« Ich strich mit der Hand über ihren Arm und zuckte dann verlegen zurück. »Ich habe bei dir zu Hause angerufen ...«

»Mir geht's gut.« Ihr Blick huschte über die Tanzfläche hinweg und verharrte auf Eve. »Wie macht sich unsere Prinzessin heute Abend?«

Eve trank gerade ihren dritten BR. Sie gab etwas davon ihrem Hund, Erasmus, und der Wein lief an seiner Schnauze herunter und beschmutzte sein Fell.

»Reizend wie immer.«

Mehrere Bühnenarbeiter testeten die Lautstärke für das bevorstehende Konzert, und ein Ansager trat auf die Bühne.

»All ihr wahrhaft Gläubigen«, intonierte er, »ich bitte um einen freundlichen Applaus für den einzigartigen, den unvergleichlichen – Jimmy Saint Kincaid!«

Tosender Beifall. Atemloses Kreischen. Bekleidet mit einem purpurfarbenen Samtmantel betrat Jimmy Saint barfuß die Bühne. Er lächelte, sodass man die kreuzförmigen Diamanten auf seinen oberen Schneidezähnen sehen konnte. Er stimmte »You Take Control« an.

You are my guide
You take control,
You are the one
I embrace you

See me let it go
You are in control
Suffer as we grow
Holding nothing

Zwei maskierte Gestalten schlugen auf ein Paar Messinggongs ein, und das Publikum reckte die Arme in die Höhe und schwenkte sie hin und her.

»Ich geh jetzt zur Bühne«, sagte Eve zu mir. »Bringt mich da rüber.«

»Ich habe Anweisungen, Sie zu ...«

»Ist mir egal.«

»Dort kann ich nicht für Ihre Sicherheit garantieren ...«

»Ist mir ... E-G-A-L.«

»Aber Ihr Vater …«

»Es ist mir scheißegal.«

Schließlich lenkte ich ein, und Doe und ich nahmen Eve in die Mitte. Während Erasmus sich in Eves Armbeuge schmiegte, führten wir sie Richtung Bühnenrand. Mit der Schulter schirmte ich einen Typen in einem vanillefarbenen Anzug ab, und Doe versetzte einem Trottel in einem glitzernden Jimmy-Saint-Kincaid-Fanshirt einen Stoß in die Nieren. Währenddessen plärrte Kincaid:

You define me
With your identity
Lose my life in You
I can take – I'll take what it costs me …

Als wir die Bühne erreichten, wurden wir von den Rampenlichtern geblendet.

»Treten Sie zurück«, sagte Eve zu mir. »Ich will tanzen. *Alleine.*«

»Auf keinen Fall.«

Sie versetzte mir mit der Handfläche einen Schlag ins Gesicht, und Erasmus jaulte auf.

Ich beugte mich zu ihr vor und brüllte gegen die Musik an: »Auf keinen Fall.«

Erneut verpasste sie mir einen Schlag.

»Tun Sie sich keinen Zwang an«, sagte ich unverblümt. »Lassen Sie es raus.«

»Wenn Sie nicht zurücktreten, Gefolgsmann Murtag« – zu meinem Entsetzen kannte Eve meinen Namen – »erzähle ich meinem Vater, dass Sie sich mir gegenüber in unangemessener Weise Freiheiten herausgenommen haben.«

Mit einer lasziven Bewegung, die mir das Blut in den Adern gefrieren ließ, wanderte ihre Hand an ihrem Bauch hinunter zwischen ihre Beine.

Sollte sie ihre Drohung wahrmachen, würde man mich morgen ins Exil schicken. Ich trat zurück. Und Doe ebenfalls.

Kincaids Stimme verhallte, und für einen Moment herrschte Stille, bevor das Publikum ehrfürchtig applaudierte und einige treu ergebene Fans Taschenbibeln und Rosenkränze auf die Bühne warfen.

Kincaid bat Eve zu seiner bekanntesten Ballade, »Spear in My Side«, auf die Bühne. Sie kreischte vor Freude laut auf.

Doe und ich standen Rücken an Rücken vor der Bühne. Während Doe das Publikum beobachtete, behielt ich Eve im Auge. Kincaid ging auf die Knie, um sie anzusingen – *sie* war der Speer in seiner Seite.

Einer der lang gewandeten Gongspieler, der ein paar Meter hinter Eve und Kincaid stand, breitete wie Jesus die Arme aus. Ich hielt das für einen Teil der Show, bis der Gitarrist einen falschen Ton spielte und ich seinen bestürzten, verwirrten Gesichtsaudruck bemerkte.

Und dann sah ich es, in allen Einzelheiten: die verdrehte Sprengschnur, die sich aus dem Ärmel des Mantels schlängelte. Den schmalen Auslöser. Die Wölbung über dem Bauch, der mit Sprengstoff bestückt war.

Den Wahnsinn in den Augen unter der Kapuze – es waren die Augen eines Märtyrers.

Ich packte Angela und zerrte sie unter den Bühnenvorsprung, warf mich über sie und stieß ein kindliches Gebet hervor – *Bitte, Gott, bittebittebitteBITTE* –, während ich versuchte, das Unfassbare zu begreifen:

Der Bombenattentäter hatte die falsche Hautfarbe.

Er war *weiß*.

6 KAWUMM

Wie eine Plastiktüte im Wind werde ich von der Detonation in die Höhe geschleudert. Ich spüre keinen Schmerz. Ich spüre überhaupt nichts. Alles passiert ganz langsam, ja geradezu anmutig.

Der Attentäter verwandelt sich in einen feinen Blutregen, der in der Explosionshitze verdunstet. Das Einzige, was von ihm übrig bleibt, ist die verkohlte Stahlplatte, die er auf den Rücken geschnallt hat, damit die Explosion das Publikum trifft. Unwillkürlich denke ich: *Echt clever.*

Die Explosion brutzelt Eve und Kincaid die Haut von den Knochen und lässt ihre Körper wie Wachsfiguren zerfließen, bevor eine zweite Detonation sie in ein Häufchen Asche verwandelt.

Ich starre an mir herunter, während ich durch die Luft segle. Ich schwebe. Schwerelos. Meine Arme sehen ziemlich übel aus; rot und zusammengeschrumpft wie geräuchertes Schweinefleisch. Ohne mich allzu sehr darüber zu wundern, begreife ich, dass die blanken Stöcke, die durch die verschrumpelten Fetzen schimmern, in Wirklichkeit meine Knochen sind.

Granatsplitter fegen über das Publikum hinweg. Eine junge Frau mit zarter Porzellanhaut wird wie eine Papier-Anziehpuppe in Stücke gerissen. Ist Angela unversehrt geblieben? Geht es ihr gut? Bitte, Gott.

Eine glühend heiße Metallkugel wird gegen mein Gesicht geschleudert und durchschlägt oberhalb der Augenhöhle meinen Schädel. Der Knochen gibt nach, splittert und zerbröselt. Ich spüre, wie sich die Kugel durch meinen Schädel bohrt, sein Inneres aushöhlt und mit einem dumpfen *Plop!* auf der Rückseite wieder austritt. Mein Kopf fühlt sich jetzt sehr viel leichter an. Ich kann nicht klar denken. Eigentlich denke ich so gut wie gar nichts. Ich halte immer noch Ausschau nach Angela, als alles um mich herum schwarz wird; ein dunkler Schatten legt sich über die Lichter, und dann falle oder fliege ich mit unglaublicher Geschwindigkeit zu Boden.

»Los. Mach schon, Jonah. Komm zu dir.«

Ich schlug die Augen auf. Langsam tauchte aus dem Rauch ein Gesicht auf, Does Gesicht, rußverschmiert. Der Schein einer Straßenlaterne umgab ihren Kopf mit einem goldenen Lichtkranz, sodass sie wie einer der Heiligen in den Buntglasfenstern einer Kirche aussah.

»Du bist am Leben.« Ich lächelte benommen, aber dankbar. Das Geräusch in meinen Ohren hörte sich an wie brutzelnder Speck.

»Wir sind beide am Leben. Mich hat es nicht ganz so schlimm erwischt wie dich.«

Ich lehnte gegen die Außenwand des Clubs. Mein Mantel und meine Weste waren zerfetzt, und in den Kevlarfasern, zwei Zentimeter neben meinem Herzen, steckte eine Kugel. Abgesehen davon ging es mir gut ... einigermaßen zumindest.

Ich war mit einer feinen Ascheschicht bedeckt. Einer feinen Schicht *Eve*.

»Wie ...?«

»Ich habe dich nach draußen geschleppt«, sagte Doe. »Ich wusste nicht, ob du noch lebst.«

»Und Eve?«

»Sie ist tot.«

»Dann sind wir erledigt.«

Doe nickte zustimmend. Aus den Flügelfenstern des Clubs drang schwarzer Rauch, der nach verkohltem Fleisch roch.

»Deine Haare sind verschmort.« Schweiß lief über Does Gesicht und hinterließ auf dem Ruß weiße Linien. »Dein rechter Arm ist verletzt.«

Durch die Muskeln meines Bizeps verlief eine schmale, etwa fünf Millimeter tiefe Furche. Die Wunde tat höllisch weh.

»Das da drin sieht aus wie eine Gitarrensaite«, sagte Doe.

Fest stand: Wir waren am Leben, und Eve war tot. Was sollte ich zu meiner Rechtfertigung vorbringen? Dass mir keine Zeit geblieben war, um zu reagieren? Dass man mich überrumpelt hatte? Dass Eve es nicht wert war, gerettet zu werden? Aber ich hatte eine Entscheidung getroffen und Angela den Vorzug vor Eve gegeben. Wahrscheinlich würde man uns aus der Einheit für Religionsverbrechen werfen. Uns rituell verstümmeln. Ins Exil schicken. Oder sogar exekutieren.

»Wie viele Tote gab es?«, fragte ich.

»Dutzende«, sagte Doe. »Der Laden war gerammelt voll. Der Bühnenvorsprung hat uns das Leben gerettet.«

Die Hautfarbe des Attentäters behielt ich für mich. Ich bezweifelte, dass es jemand bemerkt hatte. In diesem Moment bogen zwei Streifenfahrzeuge, gefolgt von einem Rettungswagen, auf den Parkplatz.

»Wir müssen von hier verschwinden«, sagte Doe.

»Den Tatort verlassen?«

»Du bist verletzt. Eve ist tot. Wir können hier nichts mehr tun. Das CSI wird sich darum kümmern.«

»Wo sollen wir hin?«

»Erst mal zu mir nach Hause.«

Does Wohnung.

Eine kleine, adrette Einzimmerwohnung. Vom Fenster aus hatte man einen Blick auf den Süden der Stadt. Zehn Blocks von hier entfernt loderten vom Manger spitze Flammen empor.

Doe führte mich in die Küche. Sie nahm eine Schere und schnitt die Riemen meiner kugelsicheren Weste durch. Ihre Enden waren durch die Explosion mit meinem Brustkorb verschmolzen.

»Wie bei einem Pflaster?«

Ich nickte, und mit einem kräftigen Ruck zog sie an den Riemen, während ich durch die zusammengepressten Zähne Luft holte. Doe befeuchtete einen Lappen und wischte das Blut ab.

Dann verschwand sie im Badezimmer und kehrte mit Jod, einer Pinzette und einer Flasche voller Tabletten zurück.

»Gegen die Schmerzen.«

Auf dem Etikett stand *VICODIN*. Ursprünglich waren die Tabletten einer Mrs. Penny Thacker gegen eine schwere Bauchspeicheldrüsenentzündung verschrieben worden. Das Verfallsdatum war bereits seit einigen Jahren abgelaufen.

»Wo hast du die ... ?«

»Aus der Asservatenkammer.«

Herstellung, Verkauf und/oder Einnahme verschreibungspflichtiger Medikamente waren in der Republik verboten; so hatte es der Göttliche Rat in New Kingdom verfügt.

Ich steckte mir eine von den Tabletten in den Mund. »Nimm zwei davon«, sagte Doe. »Das Verfallsdatum ist vor Ewigkeiten abgelaufen.«

Sie rieb meinen Arm mit Jod ein, dann zog sie mit der Pinzette das verdrehte Metallstück heraus. Trotz der Tabletten stieß ich einen Schrei aus. Unten auf der Straße ertönten Sirenen, was mich jedoch nicht beunruhigte. Denn wenn sie einen holen kamen, rückten sie ohne Sirenen an. Vollkommen lautlos. Wir beide wussten das, weil wir es selbst schon getan hatten.

Doe brachte mich ins Badezimmer, um die Wunde zu verbinden. Im Spiegel sah ich, dass meine Haare, abgesehen von dem zarten Flaum in meinem Nacken, restlos verkohlt waren.

Anschließend ging ich zurück ins Wohnzimmer und setzte mich aufs Sofa. Die Wände waren kahl, es gab hier weder ein Porträt von Jesus noch ein Bild des Propheten. Über der Tür hing nicht mal ein Kreuz. Doe war immer noch im Badezimmer, und aus professioneller Neugier sah ich die Post auf dem Couchtisch durch.

Darunter war ein weißer DIN-A4-Umschlag ohne Absender, in dem sich ein Scheck mit dem handschriftlichen Vermerk *Wir werden dich immer lieben* befand. Seit Jahren erhielt Doe stets den gleichen Scheck über den gleichen Betrag. Sie vermutete, dass er von ihren leiblichen Eltern kam, als verspäteter Akt der Wiedergutmachung. Sie hatte versucht, die beiden über das Postsystem ausfindig zu machen, jedoch ohne Erfolg. Sie löste die Schecks nie ein, trotzdem trafen sie mit zuverlässiger Regelmäßigkeit bei ihr ein.

Wir werden dich immer lieben.

In diesem Moment betrat Doe das Zimmer. Ihr Gesicht war jetzt sauber, ihre Haare waren nass, und sie trug einen Frotteebademantel. Ich starrte sie einfach an, denn die Medikamente hatten mir jede Hemmung genommen. Ihre Wangen waren rosig, und ihre Augen hatten die Farbe von Frostschutzmittel. Sie war barfuß. Ihre zweiten Zehen waren etwas länger als die beiden großen.

Sie trottete zum CD-Spieler hinüber und schaltete ihn an. Ich kannte das Lied – nicht weil es ständig im Radio gespielt wurde, sondern weil es auf dem Index stand. »American Pie« von Don McLean. Die Passage, in der Gott, sein Sohn und der Heilige Geist den letzten Zug Richtung Küste nehmen, legte nahe, dass Gott so ein armseliges irdisches Transportmittel wie einen Zug benutzte.

»Auch aus der Asservatenkammer?«

Doe nickte. Die Melodie wehte in die Nacht hinaus. Sollte jemand das Lied hören, würde er womöglich die Hinweis-Hotline für ketzerische Aktivitäten anrufen.

Wir waren beide jeder auf seine Art Waisen. Doe hatte ihre Eltern nie kennengelernt – man hatte sie, wie allgemein üblich, in einem Körbchen aus Schilf auf den Eingangsstufen des republikanischen Waisenheims ausgesetzt –, und meine Mutter war wegen Ketzerei verhaftet worden, was einer Aussetzung gleichkam. Alle Waisen erhielten den Nachnamen Doe.

Wir waren in unterschiedlichen Kinderbetreuungseinrichtungen untergebracht gewesen und lernten uns als Teenager bei »Kids in Flammen« kennen, einem reizvollen christlichen Ferienlager, das von der republikanischen Regierung zu einem Sommerritual umfunktioniert worden war. Ich konnte mich noch daran erinnern, wie ihr Gesicht bei unseren nächtlichen Lagerfeuern von den brennenden Puppen mit der Aufschrift »Homosexueller«, »Abtreibungsbefürworter« und »Darwin« erhellt wurde. Wie sie während der Gebetsstunde zu Boden fiel und zitternd und strampelnd in fremden Zungen redete, beseelt von der Kraft des einzig wahren Glaubens.

Mein erster unreiner Gedanke drehte sich um sie. Ich stellte mir vor, wie sie an einem Sommermorgen aus dem Atonement Lake stieg und ihre Nippel unter dem vorschriftsmäßigen schwarzen Badeanzug von dem kalten Wasser hart wurden, bevor sie sich beschämt bedeckte.

In jener Nacht lag ich in der Dunkelheit meiner Hütte, die Hände zwischen den Beinen, und flüsterte: *Keine sündigen Gedanken. Keine sündigen Gedanken. Keine sündigen Gedanken.*

Jahre später trafen wir uns auf der Ausbildungsakademie wieder. Man entsandte uns in den Bezirk New Bethlehem, und wir wurden Gefolgsleute – Doe ist die erste Frau, die dazu ernannt wurde. Ich habe mich oft gefragt, wie einer elternlosen Waise so eine Ehre zuteilwerden konnte.

Ich bin eben ein Glückskind, sagte Doe oft. Schließlich wurden wir Partner. Auf merkwürdige Weise waren unsere beiden Lebenswege miteinander verbunden.

Konnte man mir einen Vorwurf machen, weil ich dachte, dass das irgendwie Teil von Gottes Plan war?

»Meinst du, wir können abhauen?«, sagte sie. »Irgendwohin, wo sie uns nicht finden.«

»Egal, wo wir hingehen, sie werden uns dorthin folgen«, sagte ich. »Und sollten wir es schaffen, für mehrere Monate unterzutauchen, schicken sie ihre Häscher los. Vielleicht sogar die Fünflinge.«

»Glaubst du, wir kommen mit einer milden Strafe davon?«, fragte sie. »Mit einer Amputation vielleicht?«

»Ich glaube nicht, dass es hilfreich war, den Tatort zu verlassen.«

Don McLean sang etwas von irgendwelchen Kumpels, die Whiskey tranken, und der Wind pfiff durch das Zimmer und trug den Geruch von Herbst herein.

»Wie lange ist es her?«, fragte ich. »Wie lange ist es her, dass du aufgehört hast zu glauben?«

Sie warf mir einen forschen Blick zu. »Das ist nicht so, als würdest du jemanden fragen, wann er seine Autoschlüssel verloren hat, Jonah.«

Nach einem Moment des Schweigens sagte sie: »Als Kind ist das alles ganz einfach. Gott ist gut, und die Gläubigen tun Gutes. Wenn du dann älter wirst, erzählt man dir vom Propheten, und der Prophet ist gut. Du besuchst die MegaKirche, schaust dir das Feuerwerk an, man präsentiert dir das Heilige Kind, und du spürst all diese Energie und denkst, ich kann mich glücklich schätzen, dazuzugehören. Aber das ist alles nur Show. Und wenn du hinter die Kulissen blickst, auf die rostigen Flaschenzüge und die ausgefransten Schnüre – wenn es plötzlich dein *Job* ist, die Fäden zu ziehen und die Drähte zu spannen –, dann begreifst du, wie unecht das alles ist. Du weißt ja selbst, was unsere Aufgabe ist, Jonah. Was für Spielchen wir spielen und warum.«

»Um die Bevölkerung in Ruhe zu wiegen. Um die Stabilität und den sozialen Frieden zu wahren ...«

»Hör auf, die Verfassung zu zitieren.«

»Das kann nicht dein Ernst sein, Angela. Wir sind ... Wir sind die Auserwählten.«

»Jeder hält sich für auserwählt.«

»Aber«, sagte ich verstört, »wir sind tatsächlich auserwählt.«

Sie lächelte, als sei sie traurig oder verwirrt oder beides gleichzeitig. »Du kannst den Menschen fast alles nehmen – all ihre Rechte und Freiheiten, all ihre Bedürfnisse. Aber du kannst ihnen nicht ihre Götter nehmen. Und das tun wir, Jonah.«

Ich rief mir unsere Dienstvorschrift ins Gedächtnis. *Moralische Verkommenheit: ein bedenklicher Glaubensverlust, der die Ausübung der Dienstpflichten ernsthaft beeinträchtigt und sowohl der eigenen Person als auch der Einheit Schaden zufügen kann. Jeder Gefolgsmann, der einen Kollegen der moralischen Verkommenheit verdächtigt, ist verpflichtet, seinen Kommandeur davon zu unterrichten.*

Angela trat zu mir und streckte ihre Hand aus. »Würdest du mit mir tanzen?«

Mit einer Frau, die nicht meine Verlobte war, alleine im Dunkeln zu tanzen war ein großes Sakrileg …

Ich reichte ihr die Hand.

Ihr Körper war immer noch leicht warm von der Explosion. Meine Bewegungen waren unbeholfen und fahrig, und Doe legte meine Handfläche auf ihre Taille. Ihr feuchtes Haar roch wie ein Lagerfeuer, das man mit Wasser übergossen hatte. Sie sang vor sich hin, während ihr Kinn auf meiner Schulter lag und ihr Atem über meine Härchen strich. Don McLean sang von Flammen, die in den Nachthimmel loderten, und vom Teufel, der vor Entzücken lachte.

Mit einer Hand öffnete Doe den Gürtel ihres Bademantels, und ich warf einen flüchtigen Blick auf den schmalen Streifen weicher Haut darunter. Sie bewegte ihre Hüfte ruckartig zur Seite – eine sexuelle Geste, die sie sich irgendwo abgeschaut haben musste. Denn was wusste sie schon? Was hatten wir beide schon für Erfahrung? Wir hatten beide noch keinen Sex gehabt … oder?

»Versuchst du etwa«, ich grinste wie ein kleines Kind, »mich zu verführen?«

»Willst du, dass ich das tue?«

Doe ließ den Bademantel von ihren Schultern gleiten, die bis hinunter zur straffen Haut ihres Brustkorbs mit alten Stichverletzungen übersät waren. Auf ihrem linken Oberschenkel hatte sie eine Narbe von einer Schusswunde, die so tief war, als hätte man ein Loch hineingebohrt. Ihr Körper war eine Landkarte der Einsätze, die sie für die Republik bestritten hatte.

»Liebst du mich, Angela?«

»Ich liebe niemanden, Jonah«, sagte sie. »Vielleicht würde ich dich lieben, wenn sich die Welt anders entwickelt hätte. Reicht das?«

»Nein.«

»Reicht es denn für heute Nacht?«

Ihr Mund war sehr weich, ihre Zunge auch, aber ihr Körper fühlte sich fest an. Ich wusste immer noch nicht, wo ich sie mit meinen Händen berühren sollte – ihren festen Körper mit all den Narben und Verletzungen. Wo berührte man jemanden, dessen Körper völlig lädiert war?

Ungeschützt drang ich in sie ein, denn Verhütungsmittel waren verboten. Sie stöhnte auf vor Schmerz, aber es war kein Blut zu sehen. Später erzählte sie mir, dass ihr Jungfernhäutchen bei einem Faustkampf mit einem Sikh, der sich der Verhaftung widersetzt hatte, gerissen war. Wir bewegten uns langsam hin und her. Angela umschlang mit ihren Beinen meinen Rücken, umklammerte die Seiten des Bettes und drückte sich mit kreisenden Bewegungen gegen meinen Körper.

Ich schloss die Augen und sah, wie Eves Gesicht sich in Asche verwandelte und von einem glühend heißen Windstoß fortgeblasen wurde. Ich fragte mich, wer Jagd auf uns machen würde, und tippte auf ein paar langjährige Kollegen: Henchel, Applewhite und Garvey. Ich sah den Stern von Gilead, der funkelnd über Hollis' Schreibtisch hing, und musste an das Gesicht unter der Kapuze denken ... Er hatte die falsche Hautfarbe gehabt. Die *ganz und gar falsche Hautfarbe.*

7 DER SACK

Ich saß auf einem Klappstuhl aus Metall, das Gesicht der Eingangstür meiner Wohnung zugewandt. Ich hatte Does Apartment bereits vor einigen Stunden verlassen. Normalerweise trafen einen die Häscher im Bett an, aber ich wollte sie überraschen. Sämtliche Lichter waren ausgeschaltet, und ich hatte die Augen geschlossen. Ich wollte hören, wenn die Männer anrückten.

Es war Angelas Entscheidung gewesen: *Sie sollen uns getrennt voneinander holen. Dann sind sie vielleicht nachsichtiger mit uns.* Also hatte ich sie alleine zurückgelassen.

Im Flur waren Schritte zu hören. Ich konnte die Männer dort draußen spüren, ihre Körperspannung, ihre wilde Entschlossenheit. Kurz darauf ertönte eine ohrenbetäubende Explosion, gefolgt von einem glühend heißen Windstoß, der flach über den Boden fegte und die Haut an meinen Fußknöcheln verbrannte. Als ich mich später im Einwegspiegel des Verhörzimmers sah, bemerkte ich, dass mein Gesicht und mein Hals mit stecknadelgroßen Flecken getrockneten Blutes übersät waren und dass über meinen Schädel von den Trümmerteilen, die mich getroffen hatten, flache Furchen verliefen.

Durch einen Nebel aus Korditrauch bewegten sich mehrere Gestalten. Eine von ihnen sagte: »Hier drüben – auf dem Stuhl.« Es war ein fieses Kichern zu hören, dann, wie jemand mit schottischem Akzent flüsterte: »Du hast uns erwartet, nicht wahr, Alter?« Ich lächelte, zumindest versuchte ich es, denn ich konnte mein Gesicht nicht mehr spüren. Dann zog mir jemand einen Sack über den Kopf, was mir eine Heidenangst einjagte.

Jeder Häscher kannte diesen Sack. Er bestand aus schwarzem Leinen, und auf der Vorderseite stand in gelben Druckbuchstaben das Wort KETZER. Ich selbst hatte den Sack schon über eine Menge Köpfe gestülpt.

Die Kordel wurde festgezurrt und schnitt in meine Luftröhre. Eine Faust sauste in meine Magengrube, sodass ich keine Luft mehr bekam. Nach einem weiteren Schlag kippte der Stuhl hintenüber, und ich landete auf dem Boden, wo ich einen spärlichen Schwall Gallenflüssigkeit in den Sack würgte.

Die Klinge eines Teppichmessers glitt zwischen meinem Kragen und der Haut an meiner Kehle entlang. Man schnitt mir mein Hemd sowie Gürtel, Hose und Unterwäsche vom Körper. Zwei Hände packten mich unter den Achselhöhlen und zerrten mich nackt und zitternd in den Flur.

»Ketzer!«, riefen die Häscher, damit meine schaulustigen Nachbarn Bescheid wussten. »Verräter der Republik!«

Die Männer warfen mich in das Heck eines Krankenwagens, wo mein Schädel gegen die Bodenplatte krachte; gleißend helle Sterne explodierten in der stinkenden Dunkelheit. Dann wurde die Tür zugeknallt.

Irgendjemand war bei mir im Krankenwagen. Ich hörte seinen heiseren Atem.

»Wie konntest du das nur zulassen?«

»Garvey?«, krächzte ich.

»Wie konntest du sie nur sterben lassen?«

Der Sack war feucht vom Blut und von der Kotze und klebte an meinem Gesicht wie Frischhaltefolie.

»Ich wusste nicht ... Der Typ trug eine Kapuze ... Ich dachte, er gehört zur Band ...«

»Sie war die *Tochter* des Propheten. Hast du den Täter sehen können?«

Er war weiß, Garvey, dachte ich. Er war einer von *uns*.

»Nein. Er trug diese Kapuze. Werdet ihr mich töten?«

»Ich glaub schon«, sagte Garvey und wiegte meinen Kopf in seinem Schoß hin und her. »Ich kann nichts dagegen tun – du kennst die Vorschriften.«

»Und Doe?«

»Wir haben sie als Erste verhaftet. Für sie gelten dieselben Regeln.«

Ich wurde von einem Gefühl der Panik ergriffen; unzählige Spinnen huschten über die Innenseite meines Bauches.

»Hör zu – sie hatte nichts damit zu tun.«

»Hey.« Er klang wie ein Hundebesitzer, der seinen kläffenden Hund beruhigte. *»Hey.«*

Angela verstümmelt. Im Exil. *Tot.* Ich stellte mir vor, wie sie mit dem Gesicht nach oben in einer flachen Grube lag, während sich der Branntkalk in ihre kühlen grünen Augen fraß ...

Mit einem Ruckeln kam der Krankenwagen zum Stehen. Mehrere Hände packten meinen Knöchel und zogen mich nach draußen. Dort zerrte man mich über eine Steintreppe, sodass ich mit den Kniescheiben gegen die Stufen knallte und meine Wirbelsäule von einem stechenden Schmerz durchzuckt wurde. Dann waren das gedämpfte Klappern von Tastaturen und Telefonklingeln zu hören. Befand ich mich auf der Polizeiwache?

»Bringt ihn in Raum Nummer drei, und schnallt ihn fest«, hörte ich Hollis sagen.

Verhörzimmer Nummer drei. Die Männer setzten mich auf den Beichtstuhl, der aussah wie ein altmodischer gynäkologischer Stuhl. Meine Beine waren gespreizt und die Füße auf Kopfhöhe festgeschnallt.

Leise fiel die Tür zu, und ich bekam von dem schwachen Windzug eine Gänsehaut. Die kalte Klinge eines

Teppichmessers durchschnitt einen halben Zentimeter von meinen Augen entfernt die Dunkelheit. Grelles Licht strömte ins Innere.

Die Perlen von Hollis' Rosenkranz machten *klicker klicker klicker* ...

»Wir müssen der Sache auf den Grund gehen, Sie und ich. Wir müssen jetzt Tacheles reden.«

Langsam gewöhnten sich meine Augen an das Licht. Hollis war die einzige Person im Zimmer. Vor seinen Füßen stand eine Leinentasche, in demselben tristen Grau wie die Wände. Hollis' berüchtigte Werkzeugtasche.

»Ich habe keine Ahnung, was ich Ihnen erzählen soll«, sagte ich mit ausdrucksloser Stimme. »Ich weiß sowieso nichts.«

»Sie wissen, dass die Tochter des Propheten tot ist«, sagte Hollis. »Sie wissen, dass das, was von dem armen Kind noch übrig ist, nicht mal einen Aschenbecher füllen würde. Sie wissen, dass Sie sich von einem Tatort entfernt haben – Sie, ein Officer und einer der wichtigsten Zeugen, und jetzt ein Verdächtiger. Aber vor allem kennen Sie die Arbeitsabläufe unserer Abteilung, darum kann ich mir nicht vorstellen, dass Sie das hier überrascht.«

Er zog eine Zigarettenpackung aus seiner Westentasche und hielt sie mir hin. Ich hatte seit Jahren nicht mehr geraucht, aber es war höchste Zeit, mit der schlechten Angewohnheit wieder anzufangen.

Hollis schnitt einen weiteren Schlitz in den Sack und steckte mir eine Zigarette zwischen die Lippen. Nachdem ich daran gezogen hatte, spuckte ich sie aus, und sie landete auf meiner Brust, wo sie zischend auf der glänzenden Schweißschicht lag, bevor Hollis sie mir wieder in den Mund steckte.

»Los, mein Junge. Erzählen Sie mir, was passiert ist. Und lassen Sie keine noch so unbedeutende Einzelheit aus.«

»Ich habe sie kurz nach sieben abgeholt. Eve und zwei ihrer Freundinnen. Sie wollte ins Manger, wo ein Sänger auftrat, den sie unbedingt sehen wollte. Jimmy irgendwas.«

»Saint Kincaid.«

»Es war ein ganz normaler Einsatz. Ich filzte die Cocktail-Kellnerinnen und hielt Eve die Schaulustigen vom Hals. Es gab keine ...«

»Der Türsteher«, hakte Hollis nach. »Hat er mit der Sache zu tun?«

»Weiß ich nicht. Ich glaub nicht.«

»War er der Einzige, der den Lieferanteneingang bewacht hat?«

»Ja.«

Hollis warf einen Blick Richtung Einwegspiegel und nickte. Irgendwann heute Nacht würde man den Türsteher aus seinem Bett holen, fesseln, ausziehen und ihm einen Sack über den Kopf stülpen.

»Wann traf Gefolgsfrau Doe dort ein?«

»Kurz nachdem die Mädchen Platz genommen hatten.«

»Und Sie waren froh, dass sie da war«, sagte Hollis zweideutig.

»Ich war froh über angemessene Unterstützung, falls Sie das meinen.«

Ich starrte Hollis durch den gezackten Schlitz in dem Stoff an und zog kräftig an der Zigarette. Hollis nahm sie mir aus dem Mund.

»Die Dinger sind ungesund«, sagte er und trat sie mit seinem Stiefel aus. »Die Dinger bringen Sie um, wissen Sie?«

»Es gibt eine Menge ungesunder Sachen, die mich umbringen können.«

Hollis musste über die Bemerkung schmunzeln.

»Sie haben zugelassen, dass Eve sich unters Publikum mischt.«

»Sie ist die Tochter des Propheten«, sagte ich.

»*War* die Tochter des Propheten.«

»Eve bekommt – *bekam* – immer ihren Willen.«

»Obwohl Ihnen klar war, wie sehr das ihre Sicherheit gefährden würde.«

»Ich habe sie darauf aufmerksam gemacht. Aber sie wollte tanzen, ohne mich in ihrer Nähe zu haben. Ich weigerte mich, ihr von der Seite zu weichen, worauf sie auf mich einschlug.«

Hollis grinste. »Und das reichte aus, um Ihre Entschlossenheit ins Wanken zu bringen? Der Schlag eines neunzehnjährigen Mädchens?«

»Nicht der Schlag selbst, aber die Tatsache, von wem er kam.«

Hollis nickte mit gespieltem Verständnis. Der nette Onkel Hollis. Ich hatte keine Ahnung, warum er sich überhaupt die Mühe machte. Wollte er mir etwas entlocken, das der Wahrheit nahekam, bevor er ein falsches Geständnis aus mir herausprügelte? Die ehrliche Wahrheit vor der offiziellen Lüge?

»Haben Sie sie alleine und schutzlos auf die Bühne gelassen, weil Sie von der Explosion wussten und sich in Sicherheit bringen wollten?«

»So läuft das Spielchen also?«

»Das hier ist kein Spiel, mein Junge. Niemand spielt hier irgendein Spielchen.«

»Ich bin dabei fast draufgegangen.«

»Aber Sie sind nicht tot.«

»Noch nicht.«

»Und Ihre Komplizin, Doe, sie ist auch noch nicht tot.«

»Wenn Sie die Sache so drehen wollen«, sagte ich, »dass ich Mist gebaut habe und Eve deswegen getötet wurde, okay – das stimmt vielleicht. Wenn Sie es so aussehen lassen wollen, dass ich die ganze Sache eingefädelt habe, damit man mich im Fernsehen einen Kopf kürzer macht, schön, dann werde ich sagen, was Sie von mir verlangen. Aber vorher möchte ich unter Zeugen zu Protokoll geben: Doe ist unschuldig. Holen Sie also Chief Exeter, und bringen wir die Sache hinter uns.«

Hollis grinste wie ein Totenschädel.

»Das ist wirklich edel von Ihnen – Jonah Murtag, der selbstlose Held eines Liebesromans.« Dann sagte er leise, sodass die Mikrofone im Verhörzimmer es nicht aufnehmen konnten: »Sie sind seit Jahren scharf auf Doe – ich weiß, dass Sie sie vögeln wollten.« Seine Stimme triefte vor Boshaftigkeit. »Sie waren scharf auf ihre süße kleine Muschi, nicht wahr?«

Bevor ich widersprechen konnte, fuhr er fort: »Der Attentäter. Dieser ketzerische Dschihadist. Haben Sie sein Gesicht sehen können?«

»Nein«, sagte ich nach einer kurzen Pause. »Es ging alles viel zu schnell.«

»Zu schnell? Er stand fünfzehn Minuten lang auf der Bühne.«

»Er trug eine Kapuze.«

»Sie konnten ihn also nicht sehen oder haben ihn absichtlich ignoriert?«

»Ich habe Eve im Auge behalten. Die größte Bedrohung ging …«

»Von *Ihnen* aus – ist es nicht so?«

»Vom Publikum. Von …«

»Nein. *Nein.* Von Ihnen.« Hollis schleuderte mir seine Faust mit dem Rosenkranz ins Gesicht. »Sie, Doe und Ihr Komplize haben das alles geplant. Sie haben Eve auf die Bühne gelassen, ja sie dazu ermutigt, und dann haben sie sich selbst in Sicherheit gebracht, während jeder echte Gläubige sich für sie geopfert hätte. Stimmt das?«

»Nein!«

»Ganz ruhig.« Er schlug eine andere Gangart an, war jetzt verständnisvoll und liebenswürdig. »Kommen wir noch mal auf den Attentäter zurück. Wann wurde Ihnen klar, dass er etwas Böses im Schilde führt?«

»Zu spät.«

»Kommen Sie mir nicht blöd. Wann genau wurde Ihnen klar, dass er eine Bedrohung darstellt?«

»Irgendwann tauchte er hinter Eve und Saint Kincaid auf und breitete die Arme aus, zu einer ... Kreuzigungspose. Ich dachte, das gehörte zur Show. Alle dachten das. Dann bemerkte ich die Sprengschnur, die aus seinem Ärmel hing. Eine halbe Sekunde später ...«

Hollis beugte sich zu seiner Werkzeugtasche hinunter und zog einen Gegenstand heraus.

»Eine Frage, mein Junge ...«, er trat aus meinem Blickfeld, »wenn Ihnen klar war, dass Sie es mit einer Bedrohung zu tun hatten, warum wurden Sie dann nicht in Stücke gerissen, als Sie versuchten – auch wenn das aussichtslos gewesen wäre –, sich zwischen Eve und den Attentäter zu werfen? Wie kommt es, dass Sie unter dem Bühnenvorsprung kauerten, dem einzigen Ort, an dem man vor der Explosion sicher war?«

»Holen Sie Exeter«, sagte ich. »Ich werde alles gestehen.«

Aus Hollis' Stimme sprach kalte Wut. »Das werden Sie erst, wenn ich es sage, Sie dreckiges Schwein.«

Die Stahlstifte eines Viehtreibers jagten eine 10 000-Volt-Ladung durch meinen Körper. Als Nächstes spuckte ich Blut, während der Riemen, der um meinen Hals befestigt war, mir den Atem raubte. Ich bemerkte einen weißgrauen Splitter voller blutiger Spucke, der an meinem Knie klebte, und stellte nicht allzu verwundert fest, dass es sich um einen meiner Zähne handelte.

Hollis wetterte wie ein alttestamentarischer Prophet: »Ich bin das Schwert göttlicher Gerechtigkeit, das die Niedertracht aufspürt und herausschneidet!« Er zitierte das Buch der Offenbarung, Speichel benetzte seine Lippen: »*Und in jenen Tagen werden die Menschen den Tod suchen und werden ihn nicht finden, und werden zu sterben begehren, und der Tod flieht vor ihnen!*«

Er stopfte mir den Viehtreiber in den Mund, worauf erneut ein Stromstoß durch meinen Körper jagte. Doch ich verspürte keinerlei Schmerz, nur ein furchterregendes Gefühl von Verwirrtheit, als würde man mir das Gehirn heraussaugen und meinen leeren Schädel mit zappelnden schwarzen Käfern vollstopfen.

»*... und eine jede der vier Gestalten hatte sechs Flügel, und sie waren außen und innen voller Augen ...*«

Zu Hollis' Stimme gesellte sich eine zweite. Erstickt und kindlich. Meine eigene Stimme.

»Der Herr ist mein Hirte, mir wird nichts mangeln ...«

Zzap!

»... Er weidet mich auf grüner Aue ... Er führet ... mich auf rechter ... rechter Straße ...«

Zzzzaaap!

»... Und ob ich schon wanderte im finstern Tal, fürchte ich kein ...«

Zzzzzzzzzzzaaaaaaaaaaap!

»Und schenkst ... schenkst mir voll ... schenkst mir ... schenkst mir ... schenkst ...«

Ein Funke. Ein knisternder blauer Blitz in der Dunkelheit. Dann noch einer. Mit aller Kraft versuchte ich, mich darauf zuzubewegen, doch vergeblich. Ich war wieder in meinem Körper; Arme und Beine waren festgeschnallt. Dann war eine Stimme zu hören:

»Was soll das heißen, Gnade? Wir reden hier von dem Mann, der dafür verantwortlich ist, dass die Tochter des Propheten jetzt tot ist. Er hat es praktisch gestanden.«

Ich saß immer noch auf dem Beichtstuhl. Die Stimme gehörte Hollis, der aus dem Verhörzimmer telefonierte, und der Funke kam von seinem Viehtreiber, den er in seiner Aufregung immer wieder auslöste.

»Nein ... Augenblick mal.« *Zzap.* »Dieser Mann war Mitglied meiner Einheit, und wir regeln die Sache intern. Ich rate Ihnen, sich nicht mit mir anzulegen, Exeter ...« *Zzap.* »Nein, das war keine Drohung, denn genau das wird passieren.«

Machte sich Chief Exeter etwa für mich stark?, fragte ich mich. Aber warum?

»Gabriel hat geweint!« – Ein schneeballgroßer Funke – »Glauben Sie etwa, ich werde nicht um eine Audienz bei ihm ersuchen? Und wenn ich das tue, dann werden Ihre Eier vom nächsten Fahnenmast baumeln.«

Wütend knallte Hollis den Hörer auf die Gabel.

»Glauben Sie an Wunder, Murtag?«, fragte er. »An die schützende Hand Gottes?«

Ich antwortete nicht. Meine Lippen waren mit Blut verklebt.

»Das sollten Sie nämlich«, sagte er. »Man wird Sie verschonen. Auf Anweisung von ganz oben.«

Die scharfen Metallschneiden einer Blechschere oder eines Bolzenschneiders schlossen sich um meinen rechten kleinen Finger. Das war die vorgeschriebene Strafe für grob fahrlässiges Verhalten durch einen Abgesandten der Republik. Das war die mildeste Strafe, die ich erwarten durfte.

»Nicht zucken«, sagte Hollis. »Ich will nicht zweimal ansetzen.«

Ein heftiges Druckgefühl, das Knacken von Knochen, dann das Geräusch von spritzendem Blut. Als Hollis eine Lötlampe an die Wunde hielt, um sie zu kauterisieren, wurde ich vor Schmerz ohnmächtig.

Irgendwann später kam ich wieder zu mir.

In einem hell erleuchteten Zimmer, an eine Trage geschnallt. Es roch nach Desinfektionsmittel. Alles hier war sauber, blitzblank und strahlend weiß. Hin und wieder eilte eine Schwester vorbei.

Zehn Meter von mir entfernt lag Angela, ebenfalls an eine Trage geschnallt.

Sie lächelte müde, dann formte sie mit den Lippen das Wort »Okay?«, und ich antwortete stumm: »Okay.«

Sie hob die Hand und winkte mir verstohlen zu. Und gleich ging es mir besser.

Hollis hatte mir den kleinen Finger vollständig abgeschnitten.

Ihr nur die Fingerkuppe.

8 GENESUNG

Ich öffnete die Augen. Fahles Nachmittagslicht schien durch das Krankenhausfenster. Am Ende meines Bettes saß Garvey.

Die Finger meiner rechten Hand waren bis zu den Knöcheln mit einem Verband umwickelt, und auf dem Stumpf meines kleinen Fingers steckte ein Pfropfen aus geschmolzenem gelbem Wachs. Die Haut war lila angelaufen und entzündet. Hoffentlich war das kein Wundbrand.

»Was passiert jetzt?«, krächzte ich. »Was wird jetzt aus mir?«

Garvey kaute auf einem Stück Tabak herum, schob es von einer Seite des Mundes in die andere und sagte dann: »Jeder, der es wissen muss, ist darüber informiert, und ich muss es nicht wissen. Aber so, wie ich das sehe, hat man dich verschont.«

»Wem habe ich das zu verdanken?«

Er verdrehte die Augen Richtung Himmel.

»Dem Propheten?«, fragte ich.

»Du bist am Leben und befindest dich noch immer in der Stadt.« Garvey zuckte mit den Achseln. »Dafür solltest du dankbar sein.«

Auf beiden Seiten meines Brustkorbs befanden sich mehrere Blasen – Brandwunden von Hollis' Viehtreiber.

»Bin ich immer noch ein Gefolgsmann?«

»Sieht ganz so aus. Ihr beide, du und Doe. Aber ihr steht jetzt unter meinem Kommando.«

Garvey trat an das Bettende, stützte sich mit den Händen

auf der Matratze ab und ging in die Knie, sodass sein Gesicht mit meinem auf Augenhöhe war.

»Wir haben eine Menge zusammen durchgemacht, was?«

»Ja, Garvey.«

»Wir haben Seite an Seite gegen die Ungläubigen gekämpft – du hast mir mehr als einmal das Leben gerettet, und ich bin dir dankbar dafür. Bei Gott, ich liebe dich wie einen Bruder. Und ich weiß nicht, was mit Eve in dem Club passiert ist.«

Er hielt inne, weil er vielleicht glaubte, dass ich ihm irgendwas anvertrauen würde. Als ich es jedoch nicht tat, ballten sich seine Hände zu Fäusten und zogen das Laken straff.

»Aber sollte ich je einen Grund haben, an deinem Glauben zu zweifeln, bringe ich dich um. Du darfst niemals meine Loyalität auf die Probe stellen, sonst bist du erledigt. Ist die Warnung angekommen?«

»Ist angekommen.«

»Ich weiß, dass du es zu schätzen weißt, wenn man mit offenen Karten spielt.«

Garvey griff nach der Plastikflasche aus dem Nachttisch. »Die Schwester meinte, ich solle dir einen Schluck hiervon geben. Ein Schlummertrunk, damit du schlafen kannst.«

Ich schloss meine Lippen um das Plastikrohr, und süßer gespritzter Wein rann meine Speiseröhre hinunter. Ich schmeckte das bittere Aroma von Alraunwurzel, dann war ich weg.

Als ich wieder zu mir kam, war es bereits Nacht. Diesmal hockte Hollis am Fuß des Bettes und lächelte mich an. In der spärlichen Beleuchtung wirkte es, als wären seine Zähne angespitzt. Er hatte den Vorhang um das Bett zugezogen.

»Was ich Ihnen angetan habe, war nur mein Job. Meine Pflicht.« Er lächelte erneut.

»Ihre Pflicht«, sagte ich, als könnte ich damit leben. »Werden wir in Zukunft weiter zusammenarbeiten können ... auf einer professionellen Ebene, Sie und ich?«

»Das hängt von Ihnen ab, mein Junge. Ich habe nur getan, was man mir befohlen hat, ich wollte Ihnen nichts Böses. Sie haben einen Tatort verlassen. Ich bin ein gottesfürchtiger Mann, und gottesfürchtige Männer kennen keinen ungerechtfertigten Groll. Wie ist das mit Ihnen?«

Ich schüttelte Kopf.

»Falls Sie es auf mich abgesehen haben, dann kämpfen Sie mit offenem Visier und versuchen nichts hintenherum.«

Ich zwang mich, keine Miene zu verziehen. »Ich hege keinen Groll gegen Sie.«

Er starrte mich eine Weile lang an. »Wir sind auf dieser Erde, um den einzig wahren Glauben zu verbreiten. Wir beide stehen auf derselben Seite, nicht wahr? Was ich gesagt haben, während Sie auf dem Beichtstuhl saßen ...«

»War nur Ihre Pflicht.«

»Sie und Doe haben Ihre Strafe bekommen und für Ihre Tat gebüßt. Vielleicht haben Sie mit Ihren Kollegen noch das eine oder andere zu klären, aber ich werde Sie nach Kräften dabei unterstützen. Angesichts der aktuellen Ereignisse müssen wir alle an einem Strang ziehen.«

Plötzlich fühlte ich mich entsetzlich einsam, denn mir wurde klar, dass das Scheusal an meinem Bettende, das mir den Finger abgeschnitten hatte, vielleicht die einzige Person war, in der ich so etwas wie einen Verbündeten hatte.

»Ich habe Doe lediglich die Fingerkuppe abgeschnitten.« Er unterbreitete mir diese Tatsache als Friedensangebot. »Ich hätte auch den ganzen Finger abschneiden können. Von Rechts wegen.«

Ich blinzelte mit den Augen und tat so, als wäre ich erschöpft. Hollis zog den Vorhang zurück. Der Mond hing tief am schwarzen Himmel, und die Dächer und Kirchturmspitzen von New Bethlehem waren in ein unheimliches orangefarbenes Licht getaucht.

Ich schloss die Augen.

Ein neuer Tag brach an. In den herabhängenden Infusionsflaschen funkelte das Sonnenlicht. Es fühlte sich herrlich auf der Haut an. Allerdings musste ich dringend pinkeln.

Die Schwester unterhielt sich gerade mit Chief Exeter, der in diesem Moment bemerkte, dass ich aufgewacht war.

»Gefolgsmann Murtag.« Er ließ sich in den Stuhl neben dem Bett sinken.

»Ich sehe wohl eher aus wie Gevatter Tod.«

»Wie geht es Ihnen?«

Besser. Aber das sagte ich nicht. »Ich habe tierischen Druck auf der Blase.«

Exeters Hals lief über seinem Kragen rot an. Der Mann war bekannt für seine Schamhaftigkeit. Die Schwester kam mit einer Bettpfanne herbeigeeilt.

»Möchten Sie ...?«, sagte Exeter. »Soll ich mich umdrehen?«

»Nicht nötig.« Ich wusste, dass ihm die Situation peinlicher war als mir, und es war ratsam, ihn in die Defensive zu drängen. »Ich muss nur mein Geschäft verrichten.«

Ich schob meine Beine von der Matratze und steckte meinen Schwanz durch den Schlitz meines Krankenhaushemds. Exeter hockte mit übereinandergeschlagenen Beinen und über den Knien gefalteten Händen da, während er den Blick abgewandt hatte.

Über Exeter hieß es, er sei überqualifiziert – er hatte einen Abschluss in theologischer Staatsführung an der Oral Roberts University gemacht und einen Doktortitel in dieser Fachrichtung an der Pat Robertson University –, verfüge aber nur über wenig praktische Erfahrung. Natürlich konnte ich ihn nicht ausstehen – obwohl er, soweit ich wusste, derjenige war, der mich gerettet hatte. Allerdings bezweifelte ich, dass er das aus reiner Herzensgüte getan hatte.

»Womit habe ich die Ehre verdient?«, fragte ich.

Exeter seufzte. »Ich habe ja keine Liebenswürdigkeiten erwartet, aber auf Ihre offene Feindseligkeit kann ich verzichten.«

»Die aktuellen Ereignisse haben mich vorübergehend in eine unchristliche Stimmung versetzt.«

Er putzte mit dem Saum seiner Weste seine Brille. »Sprechen Sie von Ihrem vergeblichen Versuch, die Tochter des Propheten zu retten?«

Ich nahm einen Rasierspiegel vom Nachttisch und betrachtete mich darin. Der Anblick trug nicht dazu bei, meine Laune zu heben: Mein Kopf war kahl, die Haut bleich wie Kerzenwachs, und meine Augen waren von schwarzen Ringen umgeben, die aussahen wie Unterlegscheiben. Während des Verhörs durch Hollis war einer der Vorderzähne herausgebrochen. Ich schob die Zunge durch die Lücke und war erstaunt darüber, wie dämlich ich aussah.

»Sie sind am Leben«, sagte Exeter. »Sie haben sich nichts gebrochen und keine inneren Blutungen. Außerdem müssen Sie zur Erfüllung Ihrer Pflichten nicht gut aussehen.« Er versuchte, ungezwungen zu wirken, was nicht zu ihm passte. »Ein, zwei Narben, eine ramponierte Visage – wer sagt denn, dass das nicht von Vorteil sein kann?«

»Ich nehme an, Sie sind der Grund dafür, dass ich jetzt nicht zwei Meter unter der Erde liege.«

Man musste Exeter zugute halten, dass er keine Miene verzog; er putzte seine Brille zu Ende und schob sie auf sein Gesicht, das ausdruckslos wie ein Testbild war.

»Ich habe mitbekommen, was Hollis im Verhörzimmer am Telefon gesagt hat«, fuhr ich fort, »während er mir mit seinem Viehtreiber immer wieder einen Stromstoß verpasst hat. Wahrscheinlich sollte ich dankbar sein.«

»Ich denke, Sie sollten gar nichts«, sagte Exeter, nachdem er einen Moment nachgedacht und offensichtlich überlegt hatte, welche Vor- und Nachteile es hatte, mir die Wahrheit zu sagen. »Ich hatte keine Ahnung, was mit Ihnen geschieht. Wie Sie wissen, operiert Ihre Einheit völlig eigenverantwortlich und im Verborgenen.«

»Wer wusste dann davon?«

Er winkte ab. »Das tut nichts zur Sache. Es muss genügen, wenn ich sage, dass ich von der Sache erfahren und sie beendet habe. Es gab nie die Absicht, Sie oder Gefolgsfrau Doe zu exekutieren. Und das da« – er deutete auf meinen Fingerstumpf – »ist bedauerlich, aber Deacon Hollis hielt das für rechtens. Die Ermittlungen wegen des Bombenattentats dauern noch an. Sie und Doe sind Zeugen, das heißt, Hollis' Vorgehen war nicht nur unbeherrscht, sondern grenzt an Hochverrat. Was, wenn einer von Ihnen beiden gestorben wäre? Warum saßen Sie überhaupt auf dem Beichtstuhl – ein Schwachkopf mit einem Schneidbrenner kann dort jedes Geständnis aus Ihnen herausbekommen.«

Die Schwester holte die Bettpfanne. Sie war voller roter Brühe, halb Blut, halb Pisse.

»Gestern Abend gab es ein weiteres Bombenattentat«, sagte Exeter.

»Zwei Nächte in Folge?«

Er schüttelte den Kopf. »Sie liegen hier bereits seit drei Tagen. Man hat Ihnen Äther und das hier verabreicht« – er deutete mit dem Kopf auf die Flasche mit dem gespritzten Wein und der Alraunwurzel – »es wundert mich also nicht, dass Sie ein wenig benebelt sind. Trotzdem, zwei

Bombenattentate in vier Nächten sind eine beunruhigende Entwicklung.«

»Wo?«

Exeter runzelte die Stirn. »In Kiketown. Ein achtstöckiges Verwahrungsgebäude.« Im Ghetto machte man keinen Unterschied zwischen einem Lagerhaus und einem Wohnkomplex, sie wurden beide als Verwahrungsgebäude bezeichnet. »Eine Explosion im zweiten Stock. Dabei sind siebzehn Mieter verbrannt, und ein weiteres Dutzend hat eine Rauchvergiftung erlitten.«

Wäre die Bombe in der Stadt selbst explodiert, hätte sie nicht einen so großen Schaden angerichtet. Doch bei einem Feuer in einem Verwahrungsgebäude rückte die Feuerwehr nicht aus.

»Es ... handelte sich also um ein zufälliges Ziel?«

Exeter nickte. »Und es sieht so aus, als wäre das Manger ebenfalls ein zufälliges Ziel gewesen. Dass die Tochter des Propheten getötet wurde, kann als unvorhergesehener Unglücksfall betrachtet werden, oder als willkommener Nebeneffekt, je nachdem, auf welcher Seite man steht.«

Zufall. Das furchterregendste Wort im Wörterbuch eines Gesetzeshüters. Wenn die Ungläubigen nach einem bestimmten Muster vorgingen, konnte man ihre potenziellen Ziele überwachen und sie schnappen. Aber wenn sie es auf keinen konkreten Feind abgesehen hatten – wenn die Taten gegen alle Menschen gleichermaßen gerichtet waren –, war alles möglich.

»In zwei Tagen«, sagte Exeter, »wird der Prophet bei seiner wöchentlichen Predigt über den Tod seiner Tochter reden. Es ist zu Ihrem Vorteil, wenn Sie bis dahin wieder auf den Beinen sind und Ihren Dienst verrichten.«

»Ich werde mich morgen zurückmelden.«

»Wahrscheinlich wird die Rückkehr in den Dienst nicht ganz reibungslos verlaufen. Ihr Gefolgsleute seid eine eingeschworene Truppe, und vielleicht herrscht bei einigen Kollegen ein gewisser Unmut. Wenn ich also in Zukunft irgendetwas für Sie …«

In diesem Moment wurde das Krankenhaus von einer Detonationswelle erschüttert. Die Betten wurden durchgerüttelt, Deckenfliesen platzten, und mehrere Infusionsflaschen splitterten. Exeter stürzte zum nächstgelegenen Fenster.

Im Osten der Stadt stieg Rauch in den wolkenlosen Morgenhimmel. Ölige schwarze Schleier vermischten sich mit grauen Rauchsäulen, die sich von den Trümmern emporkräuselten. Allerdings befanden sie sich außer Sichtweite. Dennoch konnte ich alles vor meinem geistigen Auge sehen: die von der Hitze verbogenen, zerfetzten Träger, die kreuz und quer herumlagen, die Flammen, die aus den geborstenen Fenstern loderten, und die abgetrennten Gliedmaßen, die auf dem verkohlten Mauerwerk geröstet wurden. Dazu die Schreie. Die Schreie vieler Menschen.

»Das ist in Little Baghdad«, sagte Exeter. »Mein Gott, jetzt werden die Attentäter schon selbst in die Luft gesprengt.«

Die Tatsache, dass die Feuerwehr nicht anrückte, verriet mir, dass er recht hatte. Ich konnte keine Sirenen hören, weil man keine Rettungsfahrzeuge losschickte.

Ich war vollgepumpt mit Adrenalin. »Das ergibt absolut keinen Sinn.«

Exeters Pager fing an zu piepen, und er warf einen Blick auf die Nummer und schloss die Augen.

Und behielt sie eine ganze Weile geschlossen.

ARTIKEL II

ER FÄLLT ZUM ERSTEN MAL

9 MOM

Irgendwann zur Geisterstunde verließ ich das Krankenhaus. Um mich herum knieten drei Stationsschwestern und sprachen das übliche Abschiedsgebet. Eine von ihnen gab mir ein Stück Maisbrot, das mit einer blau-grünen Schimmelschicht überzogen war.

»Essen Sie das«, sagte sie. »Das hilft gegen Ihre Infektion.«

Draußen hielt ich ein Taxi an, und der Fahrer setzte mich an meinem Wohnblock ab. Da ich die Hausschlüssel nicht dabeihatte, kletterte ich die Feuertreppe hinauf, warf mein Fenster ein und stieg unbeholfen hindurch. In der Wohnung stank es nach Kordit, und die Wände waren voller Ruß.

Aus dem Wandschrank holte ich eine in Geschenkpapier eingewickelte Schachtel. Ein Geschenk für Mom.

Raphael's Roost war ein Pflegeheim für Patienten, die man der Therapie unterzogen hatte. Es befand sich in einem niedrigen, u-förmigen Gebäude mit drei verschiedenen Ebenen, und die Farbe, die von seiner Fassade blätterte, schimmerte wie eine kranke Leber. Der Rasen davor war so stark verdorrt, dass die Überreste an den Flaum auf der Außenseite eines Tennisballes erinnerten.

Mehrere Wandleuchten tauchten das Innere des Heimes in ein schwaches Licht. In den Gängen roch es nach Hoffnungslosigkeit, Verwirrung und Krankheit. Als hätte der Gemütszustand der Bewohner auf die Mauern des Gebäudes selbst abgefärbt, eine Lage Irrsinn um die andere.

Der Krankenwärter der Nachtschicht wirkte nicht besonders helle. Auf seinem Namensschild stand: REMO PALLADINI, AUSZUBILDENDER.

Ich legte das Geschenk auf seinen Prüftisch. »Meine Mutter wohnt hier. Das ist für sie. Zum Geburtstag.«

Palladini fragte nach ihrem Namen. Dann sagte er: »Die Besuchszeit ist längst vorbei, Mr. Murtag.«

»Officer.« Ich zeigte ihm meine Marke. »Officer Murtag.«

»Schön. Officer. Die Besuchszeit ist vorbei.«

»Ich werde sie nicht wecken. Ich möchte ihr nur das Geschenk bringen, damit es da ist, wenn sie aufwacht.«

»Sie können es auch am Empfang abgeben.« Er fletschte die Zähne, als wollte er signalisieren, dass er deswegen Schwierigkeiten bekommen könnte. »Vielleicht kann es ihr der Wärter von der Tagesschicht vorbeibringen.«

Ich bat ihn um einen Stift und ein Blatt Papier, und nachdem er mir beides gereicht hatte, warf ich einen Blick auf sein Schild und notierte mir sorgfältig seinen Namen.

»Was haben Sie damit vor?«

Ich steckte das Blatt in meine Tasche. »Ach das? Nichts. Hin und wieder schreibe ich mir den Namen einer Person auf, um sie zu überprüfen. Wir werden von unserer Abteilung dazu angehalten.«

Palladinis Gesicht wurde blass, und seine Nasenlöcher weiteten sich.

»Weshalb tun Sie das? Es gibt keinen Grund dafür.«

»Genau das ist der Punkt. Das ist reine Willkür. So wie Streifenpolizisten das Nummernschild des Wagens vor sich an der Ampel überprüfen. In neunundneunzig Prozent der Fälle haben sich die Besitzer nichts zuschulden kommen lassen. Das trifft doch bestimmt auch auf Sie zu – oder?«

Palladinis Kiefer spannte sich.

»Fünf Minuten, Officer Murtag.«

Meine Mutter lag, das weiße Haar über das Kissen ausgebreitet, schlafend in ihrem Bett.

Die wabenförmigen Schatten vom Sicherheitsfenster zerschnitten ihr angespanntes Gesicht. Wenn sie wach war, war ihr Gesicht ruhig wie die Oberfläche eines Sees. Man hatte ihr diesen sanftmütigen Ausdruck mit einem Skalpell ins Gesicht geschnitten.

Ich legte das Geschenk auf die Kommode. Als meine Mutter sich unruhig hin und her wälzte, schlug mir der Geruch des Zimmers – derselbe Geruch von Krankheit wie in den Gängen – entgegen, und ich hätte schwören können, dass ich sah, wie sich in der Dunkelheit die Schichten ihrer kranken Psyche, die dünn wie Zwiebelhäute waren, von ihr abschälten.

10 MASSENMORD

Wieder im Einsatz.

Kurz nach sieben Uhr morgens. Ich war vom Pflegeheim direkt zum Revier gefahren und hatte im Umkleideraum meine Ersatzuniform angezogen.

Während ich hinter meinem Schreibtisch saß, dessen Schwanenhalslampe mit Milchglasschirm die einzige Lichtquelle im Besprechungszimmer war, stopfte ich mir das schimmelige Maisbrot in den Mund. Die faserigen Krümel kitzelten die weiche Haut auf der Innenseite meiner Wangen. Das natürliche Penicillin würde helfen.

Ich ging zu der Pinnwand mit den Informationen zu den laufenden Ermittlungen hinüber.

Entführung/Versuchter Mord. Das weibliche Opfer wurde in Lower Jerusalem, nahe dem St. Matthew's Way überfallen. Ein unbekannter männlicher Angreifer schlitzte der Frau die Kehle auf und entführte ihren Sohn. Angreifer: ein Mulatte mit ausgeprägt negroiden Zügen. 20–30 Jahre alt. Bedrohungspotenzial: niedrig. Priorität: mittel. Ermittelnde Gefolgsleute: nicht zugeteilt.

Herstellung/Besitz von verbotenen religiösen Gegenständen. Hindu-Sekte produziert in einem dreistöckigen Gebäude am Shepherd's Court Statuen von Ganesha, Brahma, Shiva und anderen Gottheiten. 10 gesuchte Personen: 6 gefasst, 4 auf freiem Fuß. Bedrohungspotenzial: niedrig. Priorität: niedrig.

Ermittelnde Gefolgsleute: zurückverwiesen an die Bereitschaftspolizei.

Ab 7.45 Uhr trudelten nach und nach meine Kollegen ein. Martel Applewhite, ein gottesfürchtiger ehemaliger Baptist, mit dem zusammen ich meinen Diensteid abgelegt hatte, schenkte mir keinerlei Beachtung, und die anderen warfen mir böse Blicke zu.

Als Garvey eintraf, machte ich mich auf etwas Ähnliches gefasst. Doch zu meiner Überraschung zog er einen Stuhl zu mir heran. Er hatte eine Flasche mit einer trüben gelben Flüssigkeit dabei, die er austrank, bevor er mir kameradschaftlich aufs Knie schlug.

Doe traf als Letzte ein. Man hatte ihr den Schädel kahl rasiert. Ihr Anblick löste ein flüchtiges Gefühl der Panik bei mir aus – *sie haben ihr einen Teil des Gehirns herausgeschnitten.* Doch zu meiner Beruhigung hatte sie einen klaren Blick, und als sie den Kopf drehte, konnte ich weder eine Schnittwunde noch eine Naht entdecken. Sie trat an die Kaffeemaschine und schenkte sich eine Tasse koffeinfreien Kaffee ein.

»Wenn jemand was zu sagen hat, dann soll er es jetzt tun«, sagte sie mit dem Rücken zum Zimmer. Dann drehte sie sich um und hielt ihre linke Hand vors Gesicht. Der Stumpf ihres kleinen Fingers war entzündet. Sie starrte durch ihre verbliebenen Finger alle Kollegen der Reihe nach an. Niemand sagte etwas.

In diesem Moment betrat Hollis den Raum, um die tägliche Einsatzbesprechung abzuhalten.

»Zunächst einmal möchte ich Doe und Murtag wieder bei uns willkommen heißen.« Als keiner etwas sagte, klopfte Hollis mit seinen Fingerknöcheln auf den Schreibtisch. »Ich sagte, begrüßen wir zwei Kollegen zurück im Schoß unserer unendlich nachsichtigen Einheit.«

Nachdem die anderen halbherzig applaudiert hatten, fuhr Hollis fort: »Kollegen, die aktuelle Situation ist folgende: Ihr werdet alle offiziell von euren bisherigen Fällen abgezogen, um wegen der Sprengstoffanschläge zu ermitteln. Wir brauchen dafür alle verfügbaren Leute. Applewhite, Sie waren gestern in Litte Baghdad als Erster am Tatort des Bombenattentats. Was haben Sie herausgefunden?«

Applewhite starrte angestrengt auf seinen Notizblock – vielleicht hoffte er, dass sich seine Notizen durch göttliche Fügung zu etwas zusammenfügten, das so etwas wie eine Spur ergab.

»Das Ziel des Anschlags war eine staatliche Abfüllanlage. Dort wurde hauptsächlich das Reinigungselixier abgefüllt; sowie Sündenbrenner aus Meerträubel und Seelenglut, eine entgiftende Gesichtscreme mit Himbeerduft. Abgesehen von der Geschäftsleitung bestand die Belegschaft aus Moslems. Bei dem Anschlag kamen zwischen fünfzig und fünfundfünfzig Mensch ums Leben ...«

»Ersparen Sie uns die Zahlen«, sagte Hollis.

Applewhite blätterte um. »Die tausend Quadratmeter große Anlage wurde dem Erdboden gleichgemacht. Die vorläufigen Untersuchungsergebnisse des CSI deuten darauf hin, dass ein Sprengsatz auf Nitratbasis dafür wahrscheinlich nicht infrage kommt. Dazu wäre eine Menge von ungefähr hundert Kubikmetern nötig gewesen.«

»Warum kommt das nicht infrage?« Hollis hatte seine Lippen zu einem blutleeren Streifen zusammengepresst. »Man fährt mit einem Laster rückwärts vor den Haupteingang und jagt sich damit in die Luft.«

»Das Streumuster deutet darauf hin, dass die Bombe innerhalb der Anlage gezündet wurde. Die nördliche und die südliche Wand des Gebäudes sind unbeschädigt, und dort, wo sich das Fließband der Anlage befand, klafft ein verkohlter Krater.«

»Und das heißt ...?«

Applewhite räusperte sich nervös. »Der oder die Bombenattentäter haben ein wirkungsvolleres und unauffälligeres Gemisch für die Bombe verwendet. Sie detonierte neben dem Druckbehälter mit flüssigem Chrom, dem Wirkstoff in Seelenglut, der für die Hautaufhellung verantwortlich ist. Auf diese Weise kam es zu einer zweiten Explosion. Das bedeutet, dass die erste Detonation heiß genug war, um Metall zum Schmelzen zu bringen.«

Hollis rieb sich den Nacken, als hätte sich am Ende seines Hirnstamms ein Kiesel eingenistet. »Erinnert sich noch jemand an die Zeit, als diese Irren nichts anderes bauen konnten als Rohrbomben voller Streichholzköpfe? Als Ausdruck ihrer moralischen Überlegenheit. Woher haben sie diese ganze teuere Ausrüstung?«

»Das ... wissen wir nicht«, sagte Applewhite. »Wir müssen ...«

»Vergessen Sie's, mein Junge«, sagte Hollis. »Die eigentliche Frage ist doch: Warum jagen sich die Attentäter selbst in die Luft?«

Eine bedrückende Stimmung machte sich im Besprechungszimmer breit. Die Frage rührte von Grund auf an einem Gefühl des Unbehagens, das uns alle ergriffen hatte. In unserer Vorstellung waren Moslems kriegsbegeisterte, gewalttätige Fanatiker, deren Wahnsinn so ziellos war, dass sie schließlich auf ihre eigenen Leute wütend wurden, über sie herfielen und sie massakrierten, um sich am Ende selbst auszulöschen. Allerdings würde das erst passieren, wenn sie ihr Ziel erreicht und sämtliche Ungläubigen ausradiert hatten.

Es sei denn, bei den Attentätern handelt es sich nicht um Moslems, sagte eine energische Stimme in meinem Kopf.

Es sei denn, es handelt sich um Weiße. Es sei denn, es handelt sich um ... Gläubige.

Aus dem Fernschreiber ratterte ein Unfallbericht, und Garvey riss den Ausdruck ab.

»Ein Verkehrsunfall außerhalb der Stadt. Ein Sattelschlepper mit Opfertieren ist von der Straße abgekommen. Hier steht, der Fahrer sei ermordet worden.«

»Darum sollen sich die Kollegen von der Bereitschaft kümmern«, sagte Hollis. »Offensichtlich handelt es sich um eine missglückte Entführung.«

»Von Opfertieren?«, sagte ich. »Eine merkwürdige Fracht für eine Entführung.«

Hollis schien verwirrt, bevor sich seine Gesichtszüge zu einem Grinsen entspannten. »Es freut mich, dass Sie Ihren Spürsinn wiedergefunden haben, Gefolgsmann Murtag. Obwohl ich nicht glaube, dass was dabei herauskommen wird, gehen Sie mit Garvey der Sache mal nach.«

Hollis wandte sich an die anderen Gefolgsleute.

»Applewhite, Sie und Doe fahren nach Little Baghdad. Befragen Sie die Leute in der Gegend und finden Sie heraus, ob jemand etwas Ungewöhnliches gesehen oder gehört hat. Alle anderen sollen die Stadt abgrasen und nach brauchbaren Hinweisen suchen. Wegtreten.«

Garvey holte einen Streifenwagen aus dem Fuhrpark, und wir fuhren Richtung Süden. Er saß hinterm Steuer. Er warf mir einen abwesenden Blick zu und trommelte mit den Fingern auf das Lenkrad.

»Du hättest die Klappe halten sollen. Du bestimmst nicht länger, welche Aufgaben wir übernehmen. Jetzt gurken wir endlos durch die Gegend, nur um deiner spontanen Eingebung zu folgen. Das ist reine Zeitverschwendung und bringt uns Eves Mörder keinen Schritt näher.«

Die Straßen waren fast vollkommen leer. Wir kamen an einer Werbetafel für Sündenfrei-Shampoo vorbei, mit dem Slogan: *Einseifen, Spülen, Buße tun.*

Kurz darauf hielt Garvey an einer Puritan's Pantry, und als er zum Streifenwagen zurückkehrte, warf er mir eine Flasche Wasser und eine Packung Halleluja-Energiepulver zu.

»Mix das für mich, okay?«

Ich las die Zutatenliste: *Nahrhafte Flavanoide, verjüngende spirituelle Wirkstoffe, Vitamin V für Vitalität, geheime Gewürze, Guaran, Farbstoff #29 für eine kräftige Gesichtsfarbe.*

Garvey bog auf eine Seitenstraße ab und schaltete die Sirene ein, um die Fußgänger zu verscheuchen, dann fädelte er sich auf den Falwell Memorial Boulevard ein. Die Auffahrt verlief in einem Bogen um die St. Mark's Cathedral, dem Sitz der Heiligen Huren. Die Kirche mit ihren vielen Türmchen war auf Augenhöhe von prunkvollen Schaukästen mit einer Glasfront umgeben, in denen sich lauter junge Frauen räkelten. Jeder Kasten war von hinten mit purpurroten Scheinwerfern beleuchtet. Die Frauen waren wunderschön und unerreichbar, denn sie standen lediglich den Spitzenfunktionären zur Verfügung. Republikanische Beamte durften höchstens einmal ihre Dienste in Anspruch nehmen, wenn sie sich in vorbildlicher Weise um das öffentliche Wohl verdient gemacht hatten.

Garvey kippte seinen Halleluja-Energiedrink hinunter. »Das gibt Tinte auf den Füller. Oder wie der Prophet sagt: Eine gute Gesundheit bringt einen der Gottesfurcht näher.«

Nach zweiunddreißig Kilometern kamen wir schließlich vor einem Sattelschlepper zum Stehen, der zur Hälfte auf einer unbefahrenen Landstraße lag.

Die Hinterräder des Schleppers waren im weichen Schlamm des Straßengrabens versunken, und der Hänger hatte einen Stacheldrahtzaun durchbrochen und lag umgekippt auf einem Feld voller Unkraut. Der Asphalt war mit großen Fetzen geschmolzenen Gummis übersät.

Hinter dem linken Vorderreifen ragte ein Paar Beine hervor.

»Straßenräuber«, sagte Garvey, während er den Unfallort inspizierte. »Zehn zu eins.«

Aufgrund von Etatkürzungen vor einigen Jahren hatte die Autobahnpolizei ihren Dienst eingestellt. Der Bereich, in dem die öffentliche Sicherheit gewährleistet war, endete an der Stadtgrenze. Das hier draußen waren die Badlands; die Gegend trug ihren Namen nicht aufgrund seiner geologischen Beschaffenheit oder der kargen Vegetation, sondern weil die Leute, die sich hier herumtrieben, nicht der richtigen Glaubensrichtung angehörten.

Straßenräuber – Ungläubige oder ehemals ergebene Gläubige, die vom rechten Weg abgekommen waren – durchstreiften jetzt diese verlassenen Abschnitte des Highways. Sie lebten als Nomaden und hausten in Zelten, provisorischen Bretterverschlägen oder leer stehenden Farmhäusern. Sie machten Jagd auf einzelne Lastwagen, die von einem sicheren Convoy abgeschnitten worden waren. Die Fahrer setzten sich zur Wehr, indem sie ihre Sattelschlepper mit selbstdichtenden Reifen und kugelsicheren Scheiben ausstatteten und am Kühlergrill Kuhfänger anbrachten, um Straßensperren aus Schrottteilen zu durchbrechen. Die Straßen waren gesäumt von ausgebrannten und durchsiebten Autowracks.

Ich stieg aus dem Wagen und trat in die saubere, frische Luft. Es war lange her, dass ich so weit außerhalb der Stadt gewesen war. Der Wind drehte sich, und ein anderer Geruch wehte zu mir herüber, der stechende, penetrante Geruch von Blut; als würde sich in der Nähe ein Schlachthof befinden.

Dr. Calvin Newbarr, ein altgedienter Knochenbrecher des CSI, war bereits vor uns am Unfallort eingetroffen. Er war Ende sechzig und hatte vor Gründung der Republik im Bezirk als Gerichtsmediziner gearbeitet. Er war ein Gentleman alter Schule und stets tadellos gekleidet. Er trug einen frischen schwarzen Anzug, eine Krawatte mit Windsorknoten und einen Hut aus gebürstetem Filz. Seine struppigen Augenbrauen hingen wie Seidenvorhänge über seine Augen.

»Der Prophet sei mit euch«, begrüßte er uns.

»Durch ihn spricht der Herr«, sagte ich. »Sie sollten sich hier draußen nicht so alleine herumtreiben.«

Er zuckte mit den Achseln. »Was soll ein Straßenräuber von einem alten Knacker wie mir schon wollen?«

Die Beine, die unter der Rückseite des Schleppers hervorragten, gehörten dem Fahrer. Er war vollständig bekleidet und lag mit dem Gesicht nach unten auf der Straße. Man war über seinen Kopf gefahren, und das Gewicht des fünf Tonnen schweren Trucks hatte seinen Schädel platt gedrückt. Seine Kopfhaut hatte man in das Reifenprofil gestopft. Sein kahler weißer Schädelknochen sah aus wie ein Teller, auf dem man herumgetrampelt hatte, bis er zersplittert war.

Newbarr nahm seinen Hut ab und hielt ihn einen Moment vor seine Gürtelschnalle, bevor er ihn wieder aufsetzte.

»Haben Sie was dabei, um ihn vom Boden zu kratzen, Doc?«, fragte Garvey.

Der Gerichtsmediziner öffnete seinen Koffer. »Das war ziemlich geschmacklos, mein Sohn.«

»Entspannen Sie sich.« Garvey spuckte ins Gestrüpp. »Er hat das bestimmt nicht gehört.«

Garvey marschierte die Straße hinauf, um sich den Rand der Unfallstelle anzuschauen. Newbarr zog ein Paar Latex-handschuhe über und untersuchte den Toten, während er in ein altmodisches Diktafon sprach: »Starke Schädelfrakturen.« Dann: »Die Kopfhaut wurde infolge stumpfer Gewalteinwirkung vom Schädel entfernt.« Und: »Identifikation anhand des Gebisses nicht möglich.«

»Könnten Sie mir die Stirn abwischen?« Um seiner Bitte Nachdruck zu verleihen, hob Newbarr seine blutverschmierten Hände in die Höhe. Mit meinem Taschentuch tupfte ich ihm unterhalb der Hutkrempe den Schweiß von der Stirn.

»Ich habe gehört, was der Tochter des Propheten zugestoßen ist«, sagte er. »Es tut mir wirklich leid, Sie in so einem schlechten Zustand zu sehen.«

Ich winkte ab. »Haben Sie nicht auch den Eindruck, dass man sich hier unnötig viel Mühe gemacht hat?«

»Was soll das heißen?«

»Der Fahrer ist ziemlich groß und war wahrscheinlich in der Lage, sich zur Wehr zu setzen. Warum hat man ihn nicht einfach erschossen? Alles deutet darauf hin, dass ein Mann den Schlepper steuerte, während zwei oder drei Männer das Opfer festgehalten haben, damit er über seinen Kopf fahren konnte – warum haben sie sich so viel Mühe gemacht?«

Newbarr schob seinen Hut nach oben, und darunter kam ein Leberfleck zum Vorschein. »Wollen Sie damit sagen, dass es mehrere Täter waren?«

Ich schüttelte den Kopf. »Straßenräuber sind in der Regel Einzeltäter. Es ist ihre menschenverachtende Gesinnung, die sie ursprünglich hierhergeführt hat.«

Newbarr nickte. »Selbst wenn es nur zwei Männer waren, muss einer von ihnen ungewöhnlich groß und stark gewesen sein.«

»Was ich sagen will: Was, wenn es überhaupt kein Straßenräuber war?«

»Sondern?«

Ich antwortete ihm mit einer weiteren Frage: »Wie soll man für die Opfertiere überhaupt einen Abnehmer finden? Man muss dafür in die Stadt fahren, wo einen alle sehen können. Außerdem braucht man für die staatlich zugelassenen Opferstätten die entsprechenden Papiere. Das ist das Risiko kaum wert.«

Ich kletterte in das Führerhaus, während Newbarr mit Kreide die Umrisse des Toten nachzeichnete. In die Bodenplatte auf der Beifahrerseite war ein gezacktes Loch gerissen worden, und im Getränkehalter lag eine Handgranate.

Im Handschuhfach fand ich die Versicherungspapiere mit dem Namen des Fahrers: Irvine B. Coughlin. Er kam aus New Nazareth, das dreihundert Kilometer von hier im Südosten lag. Ich klappte die Sonnenblende herunter; an den ausgebleichten Filz waren mit einer Büroklammer das Foto eines Jungen und eines Mädchens geheftet, beide lächelten. Über den Bildern hing ein Schnipsel mit einem Zitat aus Matthäus 28: *Und siehe ich bin bei euch alle Tage bis an der Welt Ende.*

Als ich aus dem Führerhaus sprang, kehrte Garvey gerade zurück.

»Die Fahrertür liegt da hinter dem Hügel. Darin sind zwei Löcher.«

»Einschusslöcher?«

Garvey schüttelte den Kopf. »Nein, sie wurden von der Innenseite hineingebohrt. Offensichtlich hat jemand einen Enterhaken durch das Fenster geschleudert und die Tür herausgerissen.«

»Sonst noch was?«

»Es gib unterschiedlich breite Bremsspuren. Es war also mehr als nur ein Fahrzeug an dem Raubüberfall beteiligt.«

Nachdem Newbarr seine vorläufigen Untersuchungen beendet hatte, sagte er: »Keiner weiß, ob wir es mit einem Raubüberfall zu tun haben. Dazu müsste etwas gestohlen worden sein.« Er warf einen besorgten Blick auf den umgeworfenen Hänger. »Hoffen wir, dass man ihn leer geräumt hat und nichts mehr da ist. Das würde wenigstens Sinn ergeben.«

Den Fahrer hatte es zwar schlimm erwischt, aber sein Hänger sah noch schlimmer aus.

Er hatte sich von der Zugmaschine gelöst und war über ein taunasses Feld gerutscht. Die geschlängelte Furche, die das Fahrgestell in den Boden gerissen hatte, füllte sich jetzt mit Grundwasser.

Wir stiegen über mehrere umgeknickte Zaunpfähle und ein Wirrwarr aus Stacheldraht hinweg. Garvey hatte ein Gewehr dabei; Newbarr und ich trugen jeder eine Taschenlampe.

Der Hänger lag auf der Seite, und eine seiner Ladetüren war wie eine Zugbrücke nach unten geklappt. Das Sonnenlicht fiel schräg durch die tief liegende Wolkendecke und erleuchtete das Blut auf der Tür, dem Gestrüpp und dem Gras, von wo es auf das Erdreich tropfte. Weiße, braune und gelbe Federn – die meisten voller Blut – waren über die Unfallstelle verstreut.

Der Kopf von einer Ziege oder einem Hirsch war in ein Gestrüpp aus Kletten geschleudert worden. Die gezackte Wunde am Hals deutete darauf hin, dass der Kopf nicht sauber abgetrennt, sondern abgerissen worden war. Das Fell hing voller Kletten, und die Augen waren milchig – sie sahen aus wie Murmeln, die man mit Sandpapier abgeschmirgelt hatte.

Aus der Dunkelheit des Hängers drangen Geraschel, Kratzgeräusche und vereinzeltes Piepen. Ich zog meinen Revolver aus dem Schulterhalfter. Ohne den kleinen Finger an meiner Hand kam ich mir hilflos vor.

Die zweite Ladetür hing wie ein Hautfetzen schlaff herunter. Ich tauchte darunter ab und trat in den Hänger. Der Gestank im Innern traf mich wie ein Faustschlag; es war kein Verwesungsgeruch, denn es war noch nicht genug Zeit vergangen – es war der intensive, betäubende Gestank des Todes.

Neben dem Strahl meiner Taschenlampe tauchte der von Newbarrs Lampe auf. Sie beleuchteten beide den Schauplatz eines Massenmords.

Es schien, als wären unzählige Rasierklingen durch den mit Tieren vollgestopften Hänger gewirbelt. Da waren Ziegen, Hirsche, Kaninchen, Meerschweinchen und verschiedene Vogelarten. Die meisten von ihnen befanden sich in Käfigen, aber einige waren offensichtlich an den Wänden festgebunden gewesen; und als der Hänger auf die Seite gekippt war, waren diese Tiere – mehrere Ziegen und ein paar Lamas – von ihren Leinen erwürgt worden. Sie hingen jetzt wie Sandsäcke in der feuchtwarmen Dunkelheit.

Man hatte die Käfige aufgebrochen und die Gitterstäbe verbogen, die Tiere herausgerissen und noch sehr viel übler zugerichtet als die Ziegen.

Irgendjemand hatte mehrere Kaninchen in das Kühlgebläse des Hängers gestopft – den roten Spritzern an den Wänden nach zu urteilen, war es nach dem Unfall noch in Betrieb gewesen. Die Vogelkäfige aus Weidenholz waren mitsamt den Vögeln zertrampelt worden. Die herabbaumelnden Hirsche hatte man ausgeweidet und in ihre Brusthöhlen tote Meerschweinchen gestopft.

Eine Schmeißfliege flog in mein Ohr, völlig benommen angesichts der fetten Beute. Tausende von Fliegen gaben ein unerträgliches Brummen von sich. Außer dem Brummen hörte ich aber noch etwas anderes, ein verwirrendes, klägliches Summen in meinem Kopf.

»Wer?«, schnaubte Garvey wütend. »Wer würde so ein Sakrileg begehen?«

Er schnappte sich Newbarrs Taschenlampe und lief weiter in den Hänger. Ich taumelte zurück und hörte ein trockenes, knirschendes Knacken. Als ich meine Taschenlampe nach unten richtete, sah ich, dass ich auf den Schädel eines hellblauen Wellensittichs getreten war. Ich bekreuzigte mich und suchte den Boden nach Fußspuren ab, konnte jedoch keine entdecken – wie war das möglich?

Plötzlich wurde mir klar, dass diese Tiere nicht sofort tot gewesen waren, dass man die meisten von ihnen nur verstümmelt hatte. Den Vögeln hatte man die Flügel ausgerissen, den Kaninchen die Füße abgehackt, und dann hatte man sie hier verbluten und sterben lassen. Man hatte sie gewissenhaft und sorgfältig verstümmelt; das Ganze musste Stunden gedauert haben. Eine flügellose Taube, die auf einem Haufen weiterer Tauben lag, war noch am Leben – es war unerträglich. Mit einem unterdrückten Schluchzen trat ich auf ihren Kopf.

»Müssen Sie noch mehr sehen?«, fragte Newbarr leise. »Das hier ist nichts anderes als ...«

»Eine Art Botschaft«, beendete ich den Satz für ihn.

Garvey stieß einen Schrei aus, und sein Gewehr riss ein gezacktes Loch in den stählernen Sarg, und dann noch eins und noch eins. Er stieß Newbarr mit der Schulter zur Seite und stürzte aus dem Hänger hinaus auf den Acker.

Als ich einen zaghaften Schritt nach vorne machte, packte mich der alte Gerichtsmediziner am Ellbogen. Meine Ohren dröhnten von den Schüssen, aber ich konnte seine Worte an seinen Lippen ablesen:

»Das wollen Sie nicht sehen.«

Und er hatte recht: Ich wollte es nicht sehen. Aber ich musste.

Der Strahl der Lampe wurde von winzigen, glasigen Augen und Haufen aus Flügeln, Pfoten und Hufen reflektiert und erhellte einen abgetrennten Lamakopf, dessen Maul mit Dompfaffen vollgestopft war. Es roch so intensiv nach Blut, dass es mir die Sinne raubte. Ich stieß gegen einen herabhängenden Kadaver und riss entsetzt den Mund auf, als aus seinem Bauch mehrere abgetrennte Kaninchenköpfe purzelten und vor meinen Füßen landeten. Angewidert und verzweifelt fuhr ich herum und sah, was Garvey so in Rage versetzt hatte.

In den Sonnenstrahlen, die durch die Einschusslöcher von seinem Gewehr fielen, lagen zwei Hirsche. Ein junges und ein älteres Tier, Mutter und Kitz. Das Jungtier war tot; man hatte seinen Kopf fast vollständig abgetrennt. Wie besessen leckte das ältere Tier ihm zärtlich den Nacken, als würde das Jungtier dadurch wieder zum Leben erwachen. Die Mutter hatte das ganze Fell vom Hals des Jungtiers geleckt.

Ich hielt die Luft an, um das Gefühl tiefer, grenzenloser Panik, das in meiner Brust aufstieg, zu unterdrücken. Der Blick des Tieres wanderte ziellos umher. Hatte es mich gesehen? Konnte es überhaupt noch etwas sehen? Das Sonnenlicht fiel durch die Löcher auf das weiche braune Fell. In diesem Moment bemerkte ich mit jener schrecklichen Achtsamkeit für jedes noch so winzige Detail, wie man es nur aus seinen schlimmsten Albträumen kennt, dass man dem Tier alle vier Beine gebrochen hatte. Seine Knochen ragten aus dem Fleisch hervor, als hätte man sie über dem Knie wie Äste zerknickt. Auf seinen unbrauchbaren Beinen kroch das Tier Zentimeter für Zentimeter vorwärts und schirmte dabei das Kitz vor mir ab. Während es leckte und leckte und leckte und leckte.

Ich spannte den Hahn meines Revolvers, obwohl ich nicht wusste, ob meine verstümmelte Hand kräftig genug war, um den Rückschlag abzufangen. Ich hoffte es.

Nachdem ich abgedrückt hatte, hörte ich draußen vor dem Hänger wildes Vogelgezwitscher.

Zu meiner Linken, zwischen hohem Gras und Pusteblumen, hüpfte etwas Blaues auf und ab. Als ich mich hinkniete, sah ich, dass es sich um einen blutbespritzten Wellensittich handelte. Er schien unverletzt zu sein, aber das Blut an seinen Federn hinderte ihn am Fliegen.

Als ich ihn mit meinen Händen bedeckte, schlug er mit seinen Flügeln gegen meine Finger. Ich hob ihn auf und ließ den Vogel seinen Kopf durch das Loch zwischen Daumen und Zeigefinger stecken. Seine Augen waren klar und wach, und er zwitscherte. Ich steckte ihn in die weite Tasche meines Staubmantels.

Garvey kniete auf dem Feld und hielt sich mit beiden Händen den gesenkten Kopf. Newbarr stand ein Stück abseits und versuchte, sich eine Zigarette anzuzünden, doch seine Finger zitterten so heftig, dass er es nicht schaffte, die Flamme an die Spitze zu halten.

Ich berührte Garveys Nacken. »Es ist okay, Garvey. Ich ... ich habe mich darum gekümmert.«

Newbarr trat zu uns. Inzwischen war es ihm gelungen, seine Zigarette anzuzünden; sie steckte jetzt zitternd zwischen seinen Lippen. »Diese Tiere kommen in den Himmel«, versicherte er Garvey. »Das haben sie verdient.«

Garvey stützte sich mit den Händen auf seinen Knien ab und richtete sich wieder auf. Die Haut unter seinen Augen war verquollen und rot.

»Die Hölle ist nicht gut genug für die Männer, die das getan haben. Einige der Tiere sind noch am Leben. Wir müssen etwas *unternehmen.*«

»Genau genommen handelt es sich um einen Tatort«, sagte ich.

»Ich werde nicht noch mal da reingehen«, sagte Newbarr.

»Okay«, sagte ich.

Ich lief zum Führerhaus hinüber und stieg über Irvine B. Coughlins mit einem weißen Tuch bedeckte Leiche, um die Handgranate aus dem Getränkehalter zu holen. Garvey befestigte sie mit einem Streifen Tapeverband aus Newbarrs Koffer an einem Kanister, den er im Streifenwagen gefunden hatte.

»Vorher solltet ihr euch das hier noch ansehen«, sagte Newbarr.

Er führte uns zur Rückseite des umgekippten Hängers; auf dessen Dach stand aus getrocknetem Blut in zwei Meter hohen Buchstaben:

MÖGEN EURE SÜNDEN UNGESÜHNT BLEIBEN.

Newbarr schnippte seine Zigarette ins Gestrüpp. »Was, glaubt ihr, hat das zu bedeuten?«

»Das ist eine Drohung.« Garvey schlug mit der Faust gegen den Hänger. »Kapieren Sie's nicht? Irgendwelche kranken Irren haben diese Tiere getötet, damit wir keine Buße mehr tun können.«

Newbarr und ich gingen neben der Zugmaschine in die Hocke, während Garvey die Handgranate entsicherte und in den Hänger schleuderte. Er war fünfzig Meter weit gerannt, als eine Explosion die Wände des Hängers ausbeulte und Garvey zu Boden warf.

Newbarr lief zu ihm hinüber und legte ihm seine zitternde Hand auf die Schulter.

»Meine langjährige Erfahrung als Mediziner sagt mir, dass nichts die Explosion überlebt haben kann. Das war zwar gefährlich und dumm, aber wirkungsvoll.«

Bevor wir voneinander getrennt in die Stadt zurückfuhren, nahm Newbarr mich zur Seite. »Ich möchte, dass Sie bei mir in der Pathologie vorbeischauen. Ich habe den Bericht zu Eves Tod zurückgehalten, weil ich denke, dass Sie mir ein paar offene Fragen beantworten können.«

Ich versicherte ihm, dass ich am Nachmittag vorbeischauen würde. Dann ließ Garvey den Wagen an und fuhr vom Seitenstreifen, während diese fünf Wörter durch meinen Kopf geisterten:

MÖGEN EURE SÜNDEN UNGESÜHNT BLEIBEN.

Ich wurde nicht ganz schlau daraus.

War das eine Drohung …

… oder ein Wunsch?

11 STAATSGEFÄHRDENDE MATERIALIEN

Auf dem Rückweg hielt Garvey an einer Puritan's Pantry, und ich lief zu einer Telefonzelle am Straßenrand, fischte eine Zwei-Gera-Münze mit Eves Porträt aus meiner Tasche und steckte sie in den Schlitz.

Ich ließ mich von der Einsatzzentrale mit der Kfz-Zulassungsstelle verbinden. Irgendein Bürohengst notierte sich Irvine B. Coughlins Namen und das Nummernschild seines Trucks und versorgte mich mit Informationen: keine Kündigung, keine Vorstrafen, nur ein überfälliger Strafzettel für den Minivan der Familie. Das brachte mich nicht weiter. Erneut rief ich die Zentrale an und wurde mit dem republikanischen Archiv für Behördendaten in New Nazareth verbunden.

»Wer spricht?«, fragte ein Beamter.

»Gefolgsmann Murtag, NBPD Dienstnummer 1099. Es geht um eine kriminalpolizeiliche Überprüfung von Irvine B. Coughlin, 28 East Ark Avenue, New Nazareth.«

»Einen Moment.«

Der Beamte drückte mich in die Warteschleife. Ich lauschte einer Aufnahme mit einer Predigt über Enthaltsamkeit durch den Propheten von New Nazareth. Jede Hauptstadt hatte ihren eigenen, vom Göttlichen Rat eingesetzten Propheten.

Der Beamte meldete sich zurück. »Da gibt es nicht viel. Vor sieben Jahren war er mit der Steuer im Rückstand, aber seit der Mahnung hat er stets pünktlich gezahlt. Er musste sich auch keiner Schocktherapie zur Glaubenskonditionierung unterziehen. Er ist ein vorbildlicher Gläubiger.«

Er war also zufällig einem Mord zum Opfer gefallen. Nachdem ich kurz den Tathergang geschildert hatte, sagte ich: »Sie müssen jemanden losschicken, der seiner Familie die Nachricht überbringt.«

»Wird gemacht«, sagte der Beamte gut aufgelegt. »Ehre sei Gott in der Höhe.«

Ich rief ein weiteres Mal die Zentrale an und ließ zurückverfolgen, woher der Anruf gekommen war, der den Unfall gemeldet hatte. Der Operator sah auf dem Computer die Telefonprotokolle vom heutigen Tag durch und erklärte mir, dass der Anruf von einem Münztelefon in der Pilate Street gekommen sei.

»In Kiketown?«

Der Operator bejahte. »Kurz hinter der Ghettogrenze.«

Als ich Garvey davon erzählte, erstarrte er. »Die Juden haben etwas damit zu tun?« Auf seiner Oberlippe hatten sich dicke Schweißperlen gesammelt. »Befindet sich nicht Goldbergs Laden auf der Pilate Street?«

Tibor Goldberg war ein Informant, der in Kiketown einen Laden mit Secondhand-Platten betrieb.

Wir fuhren den Bakker Expressway hinunter. Auf dem Rücksitz lag ein Schuhkarton mit Löchern, in dem der Wellensittich hockte und zwitscherte.

Garvey drückte aufs Gas und schlängelte sich durch den Verkehr. Mit dem Daumen öffnete er eine weitere Flasche Halleluja-Energiedrink und trank das gelbe, klebrige Gesöff in einem Zug aus, dann warf er die Flasche aus dem Fenster.

»Wir werden diesen dreckigen Juden ordentlich durch die Mangel drehen«, sagte Garvey über Goldberg. »Bis er nicht mehr weiß, wo oben und unten ist.«

Ich versuchte, ihn zu beruhigen. »Der Anruf kam zwar aus Kiketown, aber das heißt nicht, dass irgendjemand dort etwas mit der Sache zu tun haben muss. Vielleicht wussten die Täter, dass die Telefondaten gespeichert werden, und haben absichtlich aus dem Ghetto angerufen, damit sie nicht geschnappt werden.«

»Schon möglich«, sagte er. »Vielleicht ist auch der Sonnengott Ra in seinem goldenen Streitwagen herabgestiegen und hat mit seinem glühenden Finger die Nummer gewählt. Jede noch so bescheuerte Vermutung könnte zutreffen. Deshalb knöpfen wir uns Goldberg vor – um ein paar Antworten zu bekommen.«

Garvey war kurz davor, völlig durchzudrehen – in seinem jetzigen Zustand würde er Goldberg bei lebendigem Leib die Haut abziehen.

Er schaltete das Radio ein, drehte RBJC rein und stellte lauter. Es lief der Song »Less Than Nothing« von Jimmy Saint Kincaid; der Sender spielte zum Gedenken an den Sänger rund um die Uhr seine Lieder. Die erste Abfahrt nach Kiketown fuhr Garvey ab und zeigte an der Kontrollstelle seine Marke.

In den Anfangstagen der Republik war man zu dem Schluss gekommen, dass es unklug sei, alle Ungläubigen zu liquidieren, denn auf diese Weise hätte man sämtliche Arbeitskräfte in der Stadt eliminiert. Stattdessen wurden sie in getrennten Bereichen untergebracht – *unter Quarantäne gestellt* war der offizielle Ausdruck dafür. Die Familien der Ungläubigen durften ein Kind haben, und sämtliche Kinder wurden in der Staatsreligion unterwiesen. Auf diese Weise war sichergestellt, dass im Laufe mehrerer Generationen alle verwerflichen Glaubensrichtungen beseitigt wurden. *Ausgemerzt wurden* war der offizielle Ausdruck dafür.

Der Wagen fuhr schaukelnd eine Kopfsteinpflasterstraße hinunter, über Schlaglöcher, die mit öligem Wasser gefüllt waren. Die Gebäude hier waren niedrig und hässlich und mit einer Schicht Ruß bedeckt, der unaufhörlich von der nahegelegenen Müllverbrennungsanlage ausgespuckt wurde.

Schließlich kamen wir gegenüber von Divine Discs zum Stehen. Die einzige Telefonzelle in der Pilate Street befand sich direkt vor dem Laden.

»Wo ist das goldene Kalb?«, fragte Garvey.

Ich kramte es aus dem Handschuhfach hervor, und Garvey steckte es in seine Tasche. Dann überquerten wir die Straße.

Divine Discs befand sich in einem lang gezogenen, schmalen Raum mit einer hohen Stuckdecke. Zu beiden Seiten erstreckten sich Regale mit LPs, die alle sorgfältig geordnet und beschriftet waren. Der Raum wurde aufgrund der Energiesparmaßnahmen nur von ein paar Vierzig-Watt-Birnen beleuchtet.

Die Ladenglocke klingelte, als Garvey durch die Tür stürmte. Der einzige Kunde eilte nach einem Blick in unsere Richtung schnurstracks auf den Ausgang zu.

Tibor Goldberg stand hinter einem Tresen mit Glasplatte. Er war ein groß gewachsener, gut aussehender Mann, obwohl er ein wenig unterernährt war. Abgesehen von einer roten Identifikationsbinde an seinem linken Arm war er ganz in Schwarz gekleidet.

»Da ist er ja und sitzt Schiwa.« Garveys gespielt heiterer Tonfall ließ seine Stimme noch bedrohlicher klingen. »Na, bist du mal wieder damit beschäftigt, die Leute über den Tisch zu ziehen, Goldberg?«

Goldberg lachte nervös. »Hier läuft alles nach Recht und Gesetz ab.«

Garvey verzog das Kinn und schürzte die Lippen, während er sarkastisch nickte. »Ein aufrechter Spitzel wie du, der für ein paar Silberlinge seine eigene Großmutter verraten würde – warum sollten wir da Zweifel an deiner Ehrlichkeit als Geschäftsmann haben?«

»Officers, so muss das nicht ablaufen«, sagte Goldberg. »Wenn Sie ein paar Informationen haben wollen – kein Problem. Aber dazu ist es nicht nötig, mich wie eine Zitrone auszuquetschen.«

Ich schob mich zwischen die beiden in der Hoffnung, Garvey so auf Abstand zu halten.

»Siehst du das Münztelefon da draußen?«, fragte ich. »Irgendjemand hat heute Morgen um 8.47 Uhr von dort aus angerufen. Wir wollen wissen, wer das war.«

Goldberg schien verwirrt. »Irgendein Typ?«, sagte er stockend. »Irgendein Anruf?«

Ich starrte ihn an, bis er den Blick abwandte. »Ich habe nicht irgendein Typ gesagt, oder? Sondern irgend*jemand.*«

Goldberg wurde rot. »Ich weiß nichts von irgendeinem Anruf, der mit irgendeinem Verbrechen zu tun hat.«

»Wer hat gesagt, dass der Anruf mit einem Verbrechen in Zusammenhang stand?«

»Das stimmt, Goldie«, sagte Garvey und blätterte ein Regal mit LPs durch. »Vielleicht hat der Typ lediglich seine Gewinnzahlen für die Lotterie durchgegeben.«

»Wann hat zum letzten Mal ein Jude in der Lotterie gewonnen? Wir können uns nicht mal ein Los leisten. Ich versuche lediglich auf dem Laufenden zu bleiben und mich sonst unauffällig zu verhalten. Ich weiß nur, dass drüben an der Zundel Avenue eine Familie eine Kiste voller siebenarmiger Leuchter bekommen hat ...«

Garvey zog eine alte Platte aus dem Regal: *The Very Best of Christopher Cross.*

»Darf ich da mal reinhören?«

Garvey legte die LP auf den Plattenteller und senkte die Nadel herab. Ein Mann sang vom Segeln. Garvey schnippte mit den Fingern und wiegte den Kopf im Takt der Musik ...

... dann drehte er mit einem Finger die Platte rückwärts.

Mmmwwuoobbrooouuueeeegertuaahhuueeeedddaaaa...

»Oh Mann«, jammerte Goldberg. »Sie zerkratzen die ganze Platte.«

»Hörst du das?« Garvey lauschte. »Er singt ...« Er riss die Augen auf. »Opfere deine Seele Satan, dem Herrn der Finsternis.«

Goldberg machte ein langes Gesicht. »Halt, Officer, Sie dürfen nicht ...«

Garvey drehte die Platte noch schneller.

Ggggooouuuwwweeeiiiislllloooouuuugheepher...

»Jetzt singt er ...« – Garvey zischte durch die geschlossenen Zähne – »Wirf deine Großeltern in den tosenden See aus Feuer! Hast du das gehört, Murtag?«

»Ich sag's nur ungern« – ich biss mir auf die Lippe, um nicht zu lachen – »aber ja, hab ich.«

»Du verkaufst also staatsgefährdende Materialien, ja?« Garvey war jetzt richtig in Fahrt, seine Augen funkelten wild, und seine Zunge war gelb von dem Halleluja-Energiedrink. »Du verdirbst junge Gläubige mit unterschwelligen Botschaften – ist das deine Absicht?«

Goldberg wandte sich an mich. »Christopher Cross war ein strenggläubiger Baptist. Seine Songs wurden auf Easy-Listening-Stationen gespielt.«

Ich schnalzte vorwurfsvoll mit der Zunge: »Der Teufel tritt in allen möglichen verführerischen Gestalten auf.«

Garvey zerbrach die Platten über seinem Knie, und Goldberg stöhnte auf. Ich durchstöberte die anderen Platten, nahm *East of Midnight* von Gordon Lightfoot heraus und reichte sie Garvey.

»Das ist eine Erstpressung in Originalhülle«, sagte Goldberg. »Mike Heffernan an den Keyboards, Sheree Jeacocke Background Vocals, produziert von dem einzigartigen David Foster ...«

»Entspann dich.« Garvey schaltete einen Gang runter und sprach jetzt in einem väterlichen Tonfall. »Die Platte eben war eine Ausnahme, nicht wahr? Dein Laden ist doch nicht von oben bis unten mit subversivem Propagandamaterial vollgestopft, oder?«

Langsam drehte Garvey das Lightfoot-Album in die falsche Richtung.

Hhhuuooooaaaarrrdddurtaaaasssstttrrreeeeoooiinnnwwwooowwowwoaaaai…

»Hörst du irgendwas?«

Ich schüttelte den Kopf. Doch als sich auf Goldbergs Gesicht Erleichterung breitmachte, sagte ich: »Warte … warte, jetzt höre ich es. Klar und deutlich. Er singt: *Oh Dreidel, Dreidel, Dreidel, ich habe ihn aus Ton gemacht …*«

Goldberg schlug die Hände vors Gesicht.

»Oh Dreidel, Dreidel, Dreidel, mit dem Dreidel werde ich spielen.«

Garvey zerschlug *East of Midnight* in Stücke, und Goldberg kreischte auf.

»So wahr mir Gott helfe, ich werde diesen Hort der Sünde kurz und klein schlagen!«, brüllte Garvey.

»Ich weiß, wie er sich wieder beruhigt«, sagte ich. »Sag mir einfach, wen du gesehen hast.«

»Wenn ich jemanden gesehen hätte, hätte ich das erzählt«, sagte Goldberg unterwürfig.

Garvey griff wahllos eine Platte heraus und zertrümmerte sie. Goldbergs gequältem Gesichtsausdruck nach zu urteilen, handelte es sich um ein wertvolles Exemplar.

»Ich glaube dir nicht«, sagte ich zu ihm. »Und bis du mich überzeugt hast, wird mein Partner weiter den Elefanten im Porzellanladen spielen.«

»Na so was«, sagte Garvey. »Was haben wir denn da?«

Er präsentierte die Statue des Goldenen Kalbs, die er unauffällig hinter einem Stapel Singles versteckt hatte.

»Die gehört mir nicht«, sagte Goldberg deprimiert.

»Ich habe sie aber in deinem Laden gefunden«, fuhr Garvey fort. »Und alles, was wir hier finden, ist auch dein Eigentum. Oder handelt es sich etwa um eine winzige Milchkuh? Ist das hier etwa eine Milchkuh, Goldie?« Garvey drehte die Statue um und begutachtete sie. »Tja, tut mir leid, keine Zitzen. Jetzt haben wir dich also dran wegen Verbreitung staatsgefährdender Materialien und Besitzes verbotener Götzenbilder. Das reicht, um dich für lange Zeit aus dem Verkehr zu ziehen.«

Goldberg legte seine Stirn auf die Platte des Tresens. »Wenn ich euch alles erzähle, könnt ihr dann für meinen Schutz garantieren?«

»Wir werden unser Bestes tun«, sagte ich.

»Ich meine nicht vor euch«, sagte er. »Sondern vor *ihm*.«

»Vor wem?«, wollte Garvey wissen. »Kanntest du den Typen?«

Goldberg richtete sich auf. »Ich habe diesen Mann nie zuvor gesehen. Und ich will ihn auch nie wiedersehen.«

Garvey wurde hellhörig. »Spuck's schon aus.«

»Ich habe heute Morgen um Viertel vor neun den Laden aufgemacht, als dieser Typ sich an mir vorbeidrängelte – das war unvermeidlich, denn er war so breit wie der ganze Gehweg.«

Ich forderte ihn auf weiterzureden. »Und?«

»Der Typ geht also zu der Telefonzelle rüber. Er war so riesig, dass er nicht mal seine Schultern hineinzwängen konnte. Bevor er wieder verschwindet, öffnet er die Telefonzelle und starrt mich an, als würde er mich ins Visier nehmen.« Goldberg fröstelte. »Er sah böse aus. So einen abgrundtief bösen Menschen habe ich in meinem ganzen Leben noch nicht gesehen.«

Ich musste an das Gemetzel in dem Lkw-Anhänger denken. Wer auch immer das getan hatte, war zutiefst böse. »Und dann?«

»Dann war er verschwunden. Und ein paar Stunden später taucht ihr hier auf.«

»Konntest du sein Gesicht erkennen?« Als Goldberg nickte, sagte Garvey: »Mach deinen Laden zu. Du hast einen Termin bei unserem Zeichner.«

12 MENSCHLICHE ÜBERRESTE

Garvey raste mit Goldberg auf dem Rücksitz zum Polizeirevier zurück. Dort führte ich Goldberg die Eingangshalle hinunter, durch eine Schwingtür aus Milchglas und weiter die Treppe hinauf, vorbei an der Asservatenkammer, in einen leeren Raum mit einem Zeichentisch. Da der Zeichner nicht da war, fesselte ich Goldberg an den Heizkörper.

»Warte hier, Tibor. Du bist ein Ungläubiger auf einer Polizeiwache, alle hier sind bewaffnet und werden ohne zu Zögern das Feuer eröffnen.«

Goldberg deutete mit dem Kinn auf das Porträt des Propheten an der Wand. »Ich bin völlig gebannt von seinem faszinierenden Gesichtsausdruck«, sagte er sarkastisch.

Ich ließ ihn alleine dort hocken und stellte die Schachtel mit dem Vogel, der aufgeregt zwitscherte, auf meinem Schreibtisch ab. Dann nahm ich eine Packung Sonnenblumenkerne aus der Schublade und schüttete ein paar davon in die Schachtel. Mit dem Aufzug fuhr ich hinunter ins dritte Untergeschoss, wo ein enger Flur zu einer Schwingtür führte, die auf der linken Seite mit PATH und auf der rechten mit OLOGIE beschriftet war.

Mit der Schulter stieß ich die Tür auf und betrat einen großen, klinisch weißen Raum. Es war hier kalt wie in einem Kühlraum, wodurch das Licht der knackenden, flackernden Halogenlampen über mir noch heller wirkte. Sämtliche Wände wurden von Leichenfächern gesäumt.

Rote Etiketten waren mit Angaben zu ihren Bewohnern beschriftet: H. GOTCHALL, M, GLÄUBIGER/B. FALGUNI, F, UNGLÄUBIGE. Das Rumpeln der Wasserleitungen klang, als würden die Leichen gegen ihre Metallsärge klopfen, um sich zu befreien.

In diesem Moment betrat Newbarr, gefolgt von Doe, den Raum. Mein Herz machte einen Satz. Ich musste daran denken, wie wir das letzte Mal alleine zusammen gewesen waren, an ihren nackten Körper im Mondlicht ...

»Ihr seid beide hier«, sagte Newbarr. »Wunderbar. Kommen wir also zur Sache.«

Er führte uns zu zwei Fächern mit der Aufschrift EVE, F und J. S. KINCAID, M. Als er die Metallplatten herauszog, gab es nicht viel zu sehen; da waren lediglich zwei große Plastikbehälter mit verkohlten Überresten sowie ein verbranntes Stück Fell in einer Plastiktüte, auf der mit schwarzem Edding die Worte »Canida – Erasmus« standen.

Newbarr betrachtete die magere Ausbeute. »Man kann nur vermuten, was zu wem gehört. Gut möglich, dass sich die Überreste von Kincaid mit denen von Eve vermischt haben – oder mit denen des Attentäters.«

»Wie haben Sie sie zugeordnet?«, fragte ich.

Newbarr deutete auf den Behälter mit Kincaids Überresten, zuckte mit den Achseln und sagte: »Indem ich die Teile, die am meisten Ähnlichkeit mit einem Künstler hatten, da hinein getan habe?«

Doe brach in schallendes Gelächter aus.

Newbarr nahm die Plastikdeckel ab. Die entweichende Luft roch wie eine Blechdose voller durchweichter Zigaretten. Newbarr stocherte mit einem Teleskopspiegel in dem dürftigen Beweismaterial herum, drehte Knochensplitter, geschmolzene Zahnkronen und verschmorten Modeschmuck herum. Auf einem verrußten Zahn funkelte ein Kruzifix aus Diamanten.

Newbarr fischte einen schmalen Metallring aus der Asche. »Ein Magenband – einer der beiden hatte einen Magenbypass.«

»Eve?«

Newbarr zuckte mit den Achseln. »Seinen Pressefotos nach zu urteilen, war Kincaid nicht übergewichtig.«

Er rieb sich das Kinn mit dem Teleskopspiegel. »Ich habe als Gerichtsmediziner zwar nicht viele Selbstmordattentate untersucht, aber diese Bomben waren selbst gebaut und stümperhaft. Im ersten Fall ist die Bombe nicht richtig explodiert und hat den Attentäter in Stücke gerissen, und im zweiten Fall ist die Bombe zu früh detoniert und hat nur den Komplizen des Attentäters getötet. Aber die jüngste Explosion war absolut tödlich. Es gab Hunderte Tote und Hunderte Schwerverletzte. Der Sprengsatz ist erschreckend professionelle Arbeit.«

Er schloss die Fächer und öffnete eines mit der Aufschrift JOHN DOE, UNGLÄUBIGER. Darin befanden sich zwei weitere Behälter, einer mit Asche, der andere voller verschmorter Metallkugeln. Neben den Behältern stand ein Paar Stiefel mit Stahlkappen, in denen immer noch die verkohlten Füße steckten. Außerdem lag dort eine verbogene Metallplatte mit winzigen kugelförmigen Dellen.

»Die Explosion wurde davon abgefangen«, sagte Newbarr und klopfte auf die Metallplatte. »Die Körperteile des Attentäters und die Trümmer sind davon abgeprallt und wurden nach vorne Richtung Publikum geschleudert. Die Detonation war so heftig, dass seine Füße von den Unterschenkeln gerissen wurden.«

Newbarr nahm einen der Stiefel und zeigte uns das zerlaufene Profil. »Die Stiefel waren mit der Bühne verschmolzen. Ich musste sie mit einem Messer von den Brettern kratzen.«

Er schüttelte den Behälter mit den Kugeln. »Wolfram. Das Metall mit dem höchsten Schmelzpunkt. Eisen oder Stahl hätten sich verflüssigt. Die Platte besteht ebenfalls aus Wolfram.«

»Können Sie den Tathergang rekonstruieren?«, fragte Doe.

»Wenn ich eine vollständig erhaltene Leiche hätte«, sagte Newbarr, »könnte ich den Mageninhalt untersuchen, etwas zum Erbgut sagen und Vermutungen über die letzten zweiundsiebzig Stunden im Leben dieser Personen anstellen. Oder wenn es einen Tatort mit Blutspritzern gäbe, eine Tatwaffe, Gewebeproben, Fußabdrücke, Fingerabdrücke – mein Gott, *irgendwas*. Das ist das Problem bei Bombenattentaten – die Explosion zerstört sämtliche Spuren. Es gibt nichts, dem man nachgehen kann. Früher, als wir noch mit den Methoden der Forensik gearbeitet haben, hätte ich ein Stück Gewebe von den Stiefeln kratzen und einen genetischen Fingerabdruck erstellen können. Aber egal. Es gibt da etwas, das mich irritiert.«

Newbarr deutete auf mehrere verkohlte Scheiben, die wie die Sprossen einer Leiter über die Wolframplatte verliefen. »Die Wirbel des Attentäters – sie sind mit dem Metall verschmolzen.«

»Was ist so ungewöhnlich daran?«, fragte ich.

»Wenn sein Brustkorb mit Sprengstoff bestückt war, dann lässt sich das kaum erklären. Eigentlich hätte die Explosion Gewebe und Knochen restlos zerstören müssen.«

Newbarr nahm mehrere Ordner aus einem Aktenschrank. »Ich brauche eure Unterschrift auf diesen Pathologieberichten. Eves sterbliche Überreste sollen in einem Staatsbegräbnis beigesetzt werden, außerdem sitzt mir Kincaids Manager die ganze Zeit im Nacken.«

Der Mediziner schnaubte angewidert. »Er will die Asche in kreuzförmige Ampullen füllen, damit die Fans sie um den

Hals tragen können. Als makaberes kleines Andenken an Kincaid. Er verlangt, dass ich die Überreste unverzüglich rausrücke – bevor das Interesse an dem Sänger nachlässt.«

Bevor ich mich auf den Weg machte, drückte ich Newbarr eine Packung Halleluja-Energiepulver in die Hand.

»Nein, danke«, sagte der Gerichtsmediziner. »Ich ruiniere mir lieber mit Kaffee den Magen.«

»Können Sie eine Analyse der Zutaten für mich vornehmen?«

»Hier steht, dass es reichlich Vitamin C enthält.« Er machte ein verschmitztes Gesicht. »Was für Beweise brauchen Sie noch?«

»Wenn Sie nicht wollen ...«

»Ich werde sehen, was sich machen lässt. Aber ich kann nichts versprechen, mein Sohn.«

Doe und ich fuhren zusammen mit dem Aufzug nach oben. Es war das erste Mal, dass wir alleine waren, seit ich ihr in jener Nacht durch die Blume, aber aufrichtig zu verstehen gegeben hatte, dass ich sie liebe.

Sie stand völlig reglos da und starrte auf die Knöpfe des Fahrstuhls, die einer nach dem anderen aufleuchteten. Von ihrem linken Auge breiteten sich mehrere flache Schnittwunden sternförmig aus. Ich konnte nur vermuten, welche von Hollis' ausgeklügelten Foltermethoden ihr das zugefügt hatte.

»Warst du heute Morgen in Little Baghdad?«, fragte ich.

Sie nickte.

»Alles okay bei dir? Ich dachte, die Bewohner seien vielleicht aufgebracht wegen der ganzen Todesopfer. Ich ... Ich habe mir Sorgen um dich gemacht.«

Sie machte einen spöttischen Knicks. »Zerbrich dir bloß nicht deinen hübschen Kopf.«

In meinem Bauch öffnete sich eine Falltür. Ich hatte nie zuvor einer Frau gesagt, dass ich sie liebe – lief das immer so ab? Dass einem jemand, dem man seine Liebe gestanden hatte, plötzlich die kalte Schulter zeigte, einen zurückwies und sarkastische Bemerkungen machte?

Die Fahrstuhltüren öffneten sich, und Chief Exeter trat zu uns.

»Gefolgsmann Murtag. Genau Sie habe ich gesucht.«

Er führte mich in den Gang, und Doe schob sich an uns vorbei und war verschwunden.

»Die Jungs machen Ihnen das Leben ganz schön schwer, was?« Exeter legte mir die Hand auf die Schulter. »Es kein schönes Gefühl, derart außen vor zu sein, nicht wahr?«

Ich widerstand dem Verlangen, ihm den Schädel einzuschlagen und ihn dort liegen zu lassen, während er seine teuren Emaillekronen ausspuckte.

»Mir geht's gut«, sagte ich diplomatisch. »Hab viel zu tun.«

»Gibt es irgendetwas, das ich wissen sollte?«

»Das geht nur die Gefolgsleute etwas an.«

Exeter schnaubte vor Wut und zeigte sein wahres Gesicht. Für einen kurzen Moment sah ich das bedrohliche Grinsen hinter seinem ausdruckslosen Lächeln. Plötzlich wurde mir klar, dass Hollis und Exeter sich kaum unterschieden; Exeter trug seinen Schafspelz nur überzeugender.

»Jemand, der sich auf derart schmalem Grat bewegt, sollte auf beiden Seiten Verbündete haben.« Er zwickte mir sanft in die Schulter. »Sonst läuft er Gefahr, dass er eines Tages in die Tiefe stürzt.«

Ich hielt seinem Blick stand. »Der Herr behüte mich. Mein Schicksal liegt in seiner Hand.«

»Ja, also ... Man hat Sie einbestellt.«

»Wer?«

»Der Prophet.«

Ich konnte die Verwunderung in meiner Stimme nicht verbergen. »Warum mich?«

Exeter neigte den Kopf, um mir zu signalisieren, wie dumm meine Frage war.

»Sie waren der letzte Beamte der Republik, der Eve lebend gesehen hat. Ich vermute, er will die quälende Sorge zerstreuen, dass seine Tochter unter dermaßen grauenvollen Umständen ums Leben gekommen ist.«

Das überzeugte mich nicht. Hin und wieder wurde jemand zu einem Gespräch mit dem Propheten eingeladen, nur um anschließend zu verschwinden. Allerdings verschwanden diese Personen nicht einfach – ihre gesamte Existenz wurde rückwirkend ausgelöscht. Man entfernte ihre Namen aus den staatlichen Registern und Zeitungsarchiven, vernichtete ihre Krankenakten, schrieb ihre Lebensgeschichte um und beseitigte sämtliche Spuren, die die Personen je hinterlassen hatte. Die Vorstellung, nie geboren worden zu sein, hat mich stets mehr beunruhigt als die Folter, die diese Menschen bestimmt über sich ergehen lassen mussten, oder ihr unschöner Tod.

»Wann will er mich sehen?«

»Morgen, vor dem Hochamt. Tragen Sie angemessene Kleidung.«

Der Prophet. Ein persönliches Treffen mit dem Vertreter Gottes.

Als ich in das Besprechungszimmer zurückkehrte, warf Applewhite mir einen skeptischen Blick zu; er betrachtete das Phantombild, das der Zeichner hochgeschickt hatte.

»Du solltest besser deinen Informanten wecken.« Applewhite faltete das Blatt in der Mitte und reichte es mir. »Der Typ hat sich irgendeinen Täter zusammenfantasiert.«

Die Zeichnung bot einen schauderhaften Anblick. Tibor Goldbergs Erinnerung zufolge hatte der Täter einen kahlen, keilförmigen Schädel, der wie ein V spitz zulief; die Nase über den merkwürdigen Wangenknochen war plattgedrückt, seine Ohren standen ab wie die geöffneten Türen eines Buicks, und die Stirn sah aus wie die Markise eines Lebensmittelladens, die die winzigen Augen beschirmte – eines davon war vollkommen weiß und hatte weder Hornhaut noch Iris. Die Körpermaße, die Goldberg angegeben hatte, waren grotesk. Der Täter war 2,07 m groß und 210 Kilo schwer.

Applewhite stöhnte auf. »Erwartest du etwa, dass wir die Stadt nach einem Riesen durchkämmen?«

»Goldberg hat gesagt, dass der Typ groß war. Er sah aus wie ein Freak, meinte er.«

»Das kann man wohl sagen. Aber darf ich dich daran erinnern, dass der Zirkus letzten Monat die Stadt verlassen hat?«

»Was ist mit Livingston?«

»Henry Livingston, der Anführer der Wicca?«

»Der ist doch riesig, oder?«, sagte ich. »Ist seine Visage nicht von einer Nervenkrankheit völlig verunstaltet?«

»Hypersomie«, sagte Applewhite. »Aus diesem Grund haben die Hexen und Hexer ihn zu ihrem Anführer gewählt – sie hatten eine Heidenangst vor ihm.«

»Wieso *hatten*?«

»Er ist tot, Murtag. Er wurde hingerichtet. Man hat ihm seinen komischen Kopf abgeschlagen.«

Ich betrachtete die andere Zeichnung an der Tafel. Der islamische Extremist, wie ihn der einzige Überlebende des Bombenanschlags auf die Minstrel-Show »Gelobt sei der Herr« beschrieben hatte. Einem inneren Impuls folgend, griff ich nach dem Telefon und wählte die Nummer des St. Mary's Healing Hands Center. Nachdem ich meine Dienstnummer genannt hatte, verband man mich mit dem Empfang der Intensivstation.

»Wie kann ich Ihnen weiterhelfen?«, fragte eine Schwester.

»Es geht um das Opfer des Bombenattentats auf die »Gelobt sei der Herr«-Show. Lebt es noch?«

»Ja, Officer. Zunächst ging es ihm allmählich besser, aber dann hat sich sein Zustand verschlechtert. Er hat eine Lungenentzündung. Wir beten rund um die Uhr für ihn.«

»Ist er ansprechbar?«

»Der Ärmste verliert immer wieder das Bewusstsein. Unsere eifrigsten Gebetsschwestern sind bei ihm.«

»Wenn ich vorbeikomme: Wie wahrscheinlich ist es, ihn bei klarem Verstand anzutreffen?«

»Das weiß nur Gott allein. Gebete sind ein wirksames Heilmittel, aber ...«

Ich steckte die Phantomzeichnung in meine Tasche. Dann durchwühlte ich meinen Schreibtisch, bis ich meine Teufelshörner aus Plastik und eine Tube Hautkleber gefunden hatte. In diesem Moment klingelte das Telefon. Es war Newbarr.

»Ich habe etwas herausgefunden«, sagte er.

»Ich höre.«

»Ich bin von der Annahme ausgegangen, dass der Attentäter eine Dynamitweste oder etwas Ähnliches getragen haben muss. Aber warum ist er dann niemandem aufgefallen?«

»Das ist nichts Neues, Doc.«

»Nein, aber das hier: Was, wenn der Attentäter den Sprengstoff *im* Körper hatte?«

Er gab mir eine Sekunde, um die Neuigkeit sacken zu lassen.

»Die Knochensplitter aus der Wirbelsäule haben mich darauf gebracht«, fuhr er fort. »Sie waren mit der Metallplatte verschmolzen, was bedeutet, dass die Explosion im Bauchraum stattgefunden haben muss. Der menschliche Darmtrakt kann dreieinhalb bis fünf Kilo Fremdmaterial fassen, wenn es sich verformen lässt. Der Magen fasst ungefähr zweieinhalb Kilo.«

»Sie wollen damit also sagen ...?«

»Ich will damit sagen, C4-Sprengstoff lässt sich verformen. Ich will damit sagen, dass ein Mensch zweieinhalb Kilo Wolframkugeln schlucken kann, oder man trichtert sie ihm ein. Er würde sich zwar hundeelend fühlen, aber wenn er glaubt, dass es das wert ist, dann kann er das aushalten.«

Mit fiel die Kinnlade herunter. »Der Typ selbst war eine Bombe?«

»Für niemanden als solche zu erkennen. Nicht mal das Signal eines Metalldetektors wäre in der Lage, Haut, Fett und Magenschleimhaut zu durchdringen.«

»Und was ist mit dem Zünder?«

»Man braucht nicht mehr als einen Draht und eine Batterie. Man muss den Draht nur in seinen ... Sie wissen schon ... schieben und die Bombe zünden.«

13 AUFTRITT DR. SATAN

Dank der gesprengten Tür und der schweren Brandschäden sah meine Wohnung immer noch aus wie ein Schlachtfeld. Hollis hatte dafür gesorgt, dass ich im Harbinger's Harbour Motel, ein paar Blocks von der Polizeiwache entfernt, untergebracht wurde, während mein Vermieter die Wohnung wieder instandsetzte. Doe wohnte ebenfalls im Motel. Direkt den Gang hinunter.

Das Fenster meines Zimmers ging zu einer Gasse auf der Rückseite des Motels hinaus. Auf den Dächern im Westen der Stadt leuchteten die Kreuze. Allerdings viel weniger als sonst. Dort, wo früher Kreuze gestanden hatten, wies die Skyline jetzt dunkle Stellen auf. Mein Blick wanderte zum Ende der Gasse hinunter …

Jemand hatte etwas auf eine schmutzige Mauer gesprayt.

MÖGEN EURE SÜNDEN UNGESÜHNT BLEIBEN.

Auf dem Weg hierher hatte ich an einem Kaufhaus haltgemacht, um einen Vogelkäfig und eine Packung Vogelfutter zu kaufen. Ich nahm den Vogel, den ich gerettet hatte, aus dem Schuhkarton. Seine Flügel waren immer noch mit Blut verklebt. Ich spritzte ihn mit warmem Leitungswasser ab. Er hockte brav im Waschbecken, schüttelte das rot gefärbte Wasser aus seinen Flügeln, bis er sauber genug war, um durch das Badezimmer zu flattern. Den Käfig legte ich mit Zeitungspapier aus, und der Vogel flog freiwillig hinein, setzte sich auf die Schaukel und zwitscherte vergnügt.

Dann warf ich mich auf die Matratze, worauf in der Wand hinter meinem Kopf mehrere Kakerlaken entlanghuschten.

Angela. Ich bekam das Bild von ihrem Körper im Mondlicht nicht mehr aus dem Kopf, mit all seinen Stichwunden und Schussverletzungen. Ihren weichen Körper und ihren eiskalten Verstand.

Ich stand auf und zog meine Schuhe an. Does Zimmer lag gleich den Gang hinunter. Schließlich fand ich mich vor ihrer Tür wieder und lief auf einem ausgetretenen Streifen Kunstrasen auf und ab. Im Innern waren Stimmen zu hören. Ich brauchte einen Moment, um sie zu identifizieren – es handelte sich um Angelas Stimme und die eines unbekannten Mannes. Eine Nadel aus Eis bohrte sich in meinen Brustkorb.

Ich klopfte an die verzogene Tür. Das Geräusch von Schritten, die in meine Richtung kamen.

Ein Ausdruck der Erleichterung huschte über Does Gesicht, als es kurz darauf hinter der Sicherheitskette erschien.

»Was ist los? Gibt's ein Problem?«

»Ein Problem? Nein.« Mein linker Fuß bohrte sich nervös in den Kunstrasen, als würde ich eine Zigarette austreten. »Es ist nur so, wir haben in letzter Zeit nicht miteinander gesprochen, abgesehen von dem kurzen Gespräch heute im Fahrstuhl, darum dachte ich, wir könnten ...«

»Tut mir leid, heute Abend ist es schlecht.«

Der Ermittler in mir, der gewohnheitsmäßige Schnüffler, der in die Privatsphäre anderer Menschen eindringt, warf einen verstohlenen Blick über ihre Schulter hinweg. Auf dem graubraunen Teppich konnte ich einen langen schmalen Schatten erkennen.

»Hast du Herrenbesuch?«

»Wer ist da, Angela?«, fragte jemand.

Die Stimme funkelte wie eine Zuchtperle. Sie sprach Angela mit ihrem Vornamen an. Die Nadel aus Eis in meinem Herzen verwandelte sich in einen riesigen Nagel, in einen Schienennagel ...

»Niemand.«

... in einen spitzen Speer, der sich durch meinen Rücken bohrte, sodass ich nach Luft schnappen musste.

»Blödsinn. Bitte ihn herein. Ich würde gerne einen deiner Freunde kennenlernen.«

Die andere Person im Raum stand am Fuß des Bettes und musterte mich mit einem Gesichtsausdruck, der keinerlei Emotionen verriet.

Ich hatte jemanden wie diesen Mann noch nie zuvor gesehen. Er war groß und auf eine zerbrechliche Weise schlank. Ich ertappte mich dabei, wie ich nach dem Bambusstab Ausschau hielt, an dem er wie eine Tomatenpflanze festgebunden war.

»Der Segen des Propheten sei mit dir, mein Freund«, sagte er.

»Durch ihn spricht der Herr«, sagte ich steif, während ich einen Blick Richtung Angela warf. »Ich weiß nicht, ob wir uns schon mal irgendwo getroffen haben.«

Der Mann war nicht im klassischen Sinn schön, doch seine kantigen Gesichtszüge fielen einem sofort ins Auge; als hätte man sie aus einem Basaltblock gehauen. Er trug eine maßgefertigte Sonnenbrille mit gebogenen Bügeln und eckigen Gläsern, die kein Licht durchließen.

»Ich kann's mir nicht vorstellen«, sagte er. »Ich bin ein durch und durch gesetzestreuer Bürger, darum gibt es keinen Grund, warum wir uns bereits begegnet sein sollten.«

Zwei Dinge fielen mir sofort auf: Er log und machte sich über mich lustig. Das heißt, er machte sich nicht über mich persönlich lustig, sondern über alles, was ich repräsentierte.

»Nette Bude, was?«, sagte ich zu Angela und schenkte dem Mann keinerlei Beachtung. »Hollis hat sich nicht lumpen lassen.«

»Mehr durften wir nicht erwarten.« Sie schüttete etwas Bordeaux in einen Pappbecher und kippte ihn hinunter. Ihre Zähne waren ganz rot von dem Zeug. »Hast du gemerkt, wie sie uns heute behandelt haben? Leprakranke durften immerhin in einer Kolonie leben.«

»Das wird sich wieder legen.«

»Wenn ich fragen darf«, sagte der Fremde, »wie fühlt ihr euch, wenn man euch so behandelt?«

Ich sah dem Mann direkt ins Gesicht, das Kinn angriffslustig nach vorne geschoben. »Das geht Sie einen feuchten Dreck an. Das ist eine Sache unter Gefolgsleuten. Wer sind Sie überhaupt, wenn *ich* fragen darf?«

Er war nicht im Geringsten beleidigt. »Thomas Swift. Aber meine Freunde nennen mich Tom.«

Aus Gewohnheit reichte ich ihm die Hand und bereute es sogleich wieder. Seine Knochen waren mit einer hauchdünnen Hautschicht überzogen und fühlten sich ein wenig wie die Klauen eines wilden Tieres an, als würde man den Flügel einer Fledermaus schütteln.

»Wo kommen Sie her, Swift?«

»Bitte, nennen Sie mich Tom. Ich habe an verschiedenen Orten gelebt. Zuletzt in New Beersheba, bis es in der Stadt zu heftigen Unruhen kam.«

Über die Situation in New Beersheba gab es kaum Berichte. Offensichtlich war dort eine Art Bürgerkrieg ausgebrochen. Der Göttliche Rat hatte eine Abordnung dorthin entsandt, um die Unruhen niederzuschlagen.

»Hat man nicht die Fünflinge in die Stadt geschickt?«, fragte ich.

Swift nickte. »Gottes Handlungsreisende höchstpersönlich.«

»Und Sie haben die Genehmigung bekommen, hierhin zu ziehen? Sie müssen gute Verbindungen haben.«

Er winkte ab und setzte sich aufs Bett. Als ich sah, wie er über die Bettdecke strich, stellten sich mir angesichts seiner besitzergreifenden Geste, die auf zukünftige Intimitäten hindeutete, die Nackenhaare auf.

In diesem Moment bemerkte ich hinter den hauchdünnen Vorhängen außerhalb des Raums einen Umriss. Einen riesigen Umriss, als hätte der Hausmeister den Getränkeautomaten des Motels vor das Fenster gerollt – wären da nicht die klobigen Schultern gewesen, die sich kaum merklich hoben und senkten.

Ich drehte mich wieder zu Swift um, der mich durch die dunklen Gläser seiner Brille betrachtete. An seinem Gesicht lief eine Träne herunter. »Tut mir leid«, sagte er. »Mir tränen schon wieder die Augen.«

Er schob seine Brille auf die Stirn. Er hatte extrem helle blaue Augen. Sein unteres linkes Lid war in der Mitte gespalten, und darunter wurde die Haut seiner Wange von einem zwei Zentimeter langen, glänzenden V zerteilt. Es war also keine Träne gewesen, sondern nur das eitrige Wundsekret einer Verletzung, die wahrscheinlich nie wieder heilen würde.

Er tupfte sie mit einem verkrusteten weißen Taschentuch ab. »Früher hätte ich damit vielleicht eine Menge Geld verdienen können.« Er faltete das Taschentuch zu einem akkuraten Quadrat, betätigte die notwendigen Gesichtsmuskeln, um zu lächeln, und erklärte, was er meinte: »In einer Freakshow.«

Angela packte meinen Ellbogen und führte mich zur Tür. Aber ich wollte nicht gehen.

»Ich muss mit dir reden …«

»Nicht heute Abend«, sagte sie. »Ich bin beschäftigt.«

»Womit?« Beim traurigen Klang meiner Stimme zuckte ich zusammen.

»Wir reden morgen, okay?«

Ich senkte meine Stimme. »Woher kennst du diesen Typen überhaupt?«

»Wir sind Freunde. Alte Freunde, mehr nicht.«

Swift musterte mich noch immer – ohne jede Häme, sondern mit der belustigten Neugier eines Mannes, der im Zoo ein dummes Tier beobachtete, das in einem zu engen Gehege umhertapste.

»Ich kann mich doch darauf verlassen, dass Sie ein Gentleman sind?«, sagte ich. »Und reinen Glaubens?«

Swift lachte so laut, dass ich fürchtete, seine zarte Brust würde gleich platzen.

»Rein wie Quellwasser, Gefolgsmann Murtag.«

Er schob seine Sonnenbrille zurück über die Augen, und Doe schloss die Tür.

Ich fuhr durch die nächtlichen regennassen Straßen.

Ich konnte mich nicht erinnern, dass ich mich je so schrecklich gefühlt hatte. Ich fühlte mich gedemütigt, elend und idiotisch. Wie hatte ich mich nur von dieser schlitzäugigen Freakshow-Attraktion aus dem Konzept bringen lassen können?

Mir schoss ein alberner Gedanken durch den Kopf: Plötzlich hatte ich das Gefühl, dass Swift ein entscheidendes menschliches Wesensmerkmal fehlte – das, was man allgemein als Seele bezeichnete.

Tom Swift. Zuletzt wohnhaft in New Beersheba. Ich würde sehr bald ein paar Hintergrundinformationen über diesen feinen Herrn einholen.

Als ich an einem Stoppschild nahe des Trinity Square anhielt, schlurfte ein verwahrloster Obdachloser herüber und klopfte mit einem seiner erfrorenen Finger gegen die Scheibe. Ich ließ das Fenster herunter, und der Gestank seiner modrigen Flanellhosen stieg mir in die Nase.

»Haben Sie einen Schekel übrig, damit ein hilfsbedürftiger Gläubiger seinen täglichen Segen in Empfang nehmen kann?«

Ich folgte mit meinem Blick dem schwarzen Stumpf seines Fingers, der auf die Segnungskabine auf der anderen Straßenseite deutete. Ich war kaum überrascht, als ich sah, dass auf ihre Mauer fünf Wörter gesprüht waren:

MÖGEN EURE SÜNDEN UNGESÜHNT BLEIBEN.

Ich durchwühlte meine Tasche, doch statt eines zerknitterten Schekel-Scheins zog ich die Phantomzeichnung hervor. Ich warf dem verwahrlosten Burschen ein paar Silberlinge aus der Tasche meines Staubmantels zu und machte mich dann auf den Weg zum Healing Hands Center.

Fünfzehn Minuten später fuhr ich auf den Parkplatz. Das Center befand sich in einem kastenförmigen Gebäude aus Glas und Stahl. Im Innern war es dunkel, abgesehen von einem einzelnen erleuchteten Viereck in den oberen Stockwerken und einem von hinten angestrahlten Buntglasporträt des Evangelisten Lukas, dem Schutzpatron der Ärzte.

Es roch hier nicht nach Desinfektionsmittel, mit dem man früher in den Krankenhäusern alles gesäubert und sterilisiert hatte. Stattdessen lag der süßliche, leicht unangenehme Duft von Weihrauch in der Luft. Im Healing Hands Center gab es keinerlei medizinische Geräte – weder ein Thermometer noch einen Klistierbeutel, weder Kochsalzlösung noch Galmeilotion oder Aspirin. Die Patienten hier wurden ausschließlich mit der Kraft von Gebeten behandelt.

Ich ging die Eingangshalle hinunter, vorbei an Lautsprechern, aus denen leise Madrigale drangen. Als ich die

Klingel betätigte, trat durch einen dunklen purpurfarbenen Vorhang, der den Empfang von der Intensivstation trennte, die Stationsschwester. Auf ihrem Namensschild stand: VORBETERIN.

Ich erklärte ihr, dass ich im Zusammenhang mit dem Bombenanschlag auf die Minstrel-Show »Gelobt sei der Herr« ein paar Fragen hätte, die von großer Bedeutung für die Republik seien, und sie führte mich durch den Vorhang.

Im Pausenraum neben einer Stechuhr hockten mehrere Gebetsschwestern, die gerade keinen Dienst taten. Sie waren jung und trugen durchsichtige purpurfarbene Gewänder; man konnte sie stundenweise mieten, damit sie den Patienten mit ihren Gebeten Beistand leisteten. Je wohlhabender man war, desto mehr Schwestern konnte man sich leisten. Das Healing Hands Center behandelte ausschließlich männliche Patienten, und die Schwesterntracht war absichtlich so freizügig, um den Patienten die letzten Tage auf Erden möglichst angenehm zu gestalten. Allerdings waren die Schwestern Anhängerinnen der Unbefleckten Mutter und tranken das Reinigungselixier, sodass die meisten von ihnen an wandelnde Anatomiedarstellungen erinnerten.

Das Zimmer des Augenzeugen, neben einer Besenkammer, war das letzte auf der linken Seite. Vor seinem Bett kniete eine Schwester.

»Lassen Sie uns alleine«, sagte ich zu ihr. »Ich muss mit dem Mann unter vier Augen reden.«

Ich ließ meinen Blick über das Klemmbrett wandern, das am Bettende hing. Jack Hanratty. Ergebener Gläubiger. Vierundsechzig Jahre alt. Pensionierter Buchhalter, zuletzt angestellt in einer republikanischen Waffenfabrik.

Die Druckwelle der Bombe hatte Hanratty voll erwischt. In seiner Haut steckten Granatsplitter. Jedes andere Krankenhaus hätte sie entfernt, aber im Healing Hands Center lag es allein in Gottes Hand, sie zu entfernen ... oder auch nicht. Die Körperflüssigkeiten, die sein Immunsystem abgesondert hatte, waren über die verbogenen Metallsplitter gelaufen, sodass sie oxidiert waren; sie hatten den schimmeligen Grünton von Münzen angenommen, die eine Ewigkeit im Regen gelegen hatten.

Ich machte die Tür zu und schloss sie ab. Während ich den Türknauf umklammert hielt, bereitete ich mich geistig auf das vor, was ich als Nächstes tun musste. Man redete sich ein, dass man nur seine Pflicht tat – dass man zum Wohle der Republik handelte.

Ich zog einen Stuhl heran und schlug die Bettdecke zurück, um Hanrattys rechten Fuß zu entblößen. Ich bohrte meinen Daumennagel in eine runzelige Furche an seinem großen Zeh und drückte kräftig zu. Durch den Blutverlust wurde der Zeh weiß. Ich drückte so fest zu, dass mein Daumengelenk knackte. Der Nagel drang in das Fleisch, und Blut spritzte heraus.

Hanrattys Augenlider zuckten.

»Alice?«, sagte er benommen. »Alice – bist du das?«

Ich wischte meinen blutbeschmierten Daumen an der Hose ab und sagte: »Wer ist Alice, Jack?«

Für einen Moment wurden seine Augen klar. »Wer will das wissen?«

»Gefolgsmann Murtag. Ich bin hier, um Ihnen ein paar Fragen zu stellen.«

Hanrattys Augen wanderten unruhig meinen Körper rauf und runter. »Meine Frau. Ich dachte ...«, stieß er kraftlos hervor, »... sie hätte mich besucht ...«

Hanratty wechselte die Position, und mit ihm wechselten auch die Granatsplitter ihre Position; es ertönte ein furchtbares Knirschen, von Metall, das über Knochen kratzte, während sein Körper verzweifelt versuchte, die fremden Objekte abzustoßen.

Als ich ihm die Phantomzeichnung zeigte, sagte er: »Ja, das ist der Scheißkerl, der das getan hat.«

»Sind Sie sicher? Es muss ein ziemliches Chaos gewesen sein.«

»Das ist er. So ein Fanatiker mit Turban, der sich selbst in die Luft gesprengt hat, weil ihm irgendein Schwachkopf gesagt hat, dass er dann ins Paradies kommt, wo er sich mit all den Jungfrauen vergnügen kann.«

»Erzählen Sie mir, wie es passiert ist.«

»Das habe ich schon den anderen Leuten gesagt, die hier waren.«

»Erzählen Sie's noch mal. Inzwischen haben wir neue Informationen.«

»Ich werde Ihnen die Kurzversion erzählen. Zücken Sie Ihren Notizblock, und bringen wir's hinter ...«

Hanratty bekam einen heftigen Hustenanfall, worauf er einen blutigen Schleimklumpen ausspuckte und das Bewusstsein verlor.

Ich wischte ihm mit einem Kleenex den Schleim von der Brust und öffnete mit dem Finger eines seiner Augenlider – sein Blick war leer. Ich wollte ihm erneut in den Zeh kneifen, als er wieder zu sich kam, genauso plötzlich, wie er kurz zuvor das Bewusstsein verloren hatte.

»Wer sind Sie?« Verwirrt huschten seine Augen umher. »Wo ist die Schwester?«

»Ich habe mich bereits vorgestellt ... Sir, wir haben ...« – für einen Moment war ich ebenfalls verwirrt – »wir haben uns gerade unterhalten, nicht wahr?«

Hanratty verstand nichts von dem, was ich sagte. Für ihn sahen wir uns gerade zum ersten Mal. Offensichtlich war sein Gehirn so schwer geschädigt, dass er sich nicht mehr erinnern konnte, was vor einer Minute passiert war. Abgesehen davon war er bei klarem Verstand. Das war schlimm für ihn, aber gut für meine Befragung.

»Wer zum Henker sind Sie?«, fragte er erneut.

Ich ließ mir spontan etwas einfallen: »Ich arbeite hier im Center. Als Assistent der Schwestern. Ich werde Ihnen ein paar Fragen stellen, darunter auch ein paar persönliche Fragen, wenn das in Ordnung ist. Damit die Schwestern Ihre Antworten in den Gebeten für Sie berücksichtigen können.«

»Alles, was hilft. Der Herr weiß, dass ich es gebrauchen kann.«

Ich blätterte zu einer leeren Seite auf meinem Notizblock und notierte mir alle wichtigen Informationen. Zweiter Vorname: Olen. Kinder: Ellen und Franklin. Haustier in der Kindheit: ein Beagle-Mischling namens Bandit.

Auf seinem rechten Knie hatte er eine alte Narbe, und ich fragte, wie er sie sich zugezogen hatte.

»Halten Sie das für wichtig?«

»Wir denken, dass wir möglichst alles wissen sollten.«

»Das ist passiert, als ich Holzscheite für den Ofen gespalten habe. Die Verletzung stammt von der Axt.« Er machte mit der Hand eine kraftlose Hackbewegung.

»Meine letzte Frage ist ziemlich heikel. Aber Ihre Antwort wird vertraulich behandelt; nur ich und Ihre Schwester werden davon erfahren. Mr. Hanratty, sagen Sie, was war die schlimmste Todsünde, die Sie je begangen haben?«

Der alte Mann starrte mich eine Weile lang an. »Wozu soll das bitte gut sein?«

»Die Schwester muss wissen, um welche Verfehlung es sich handelt, um ein umfassendes Bußgebet zu sprechen. Ehrlich gesagt bringt das sonst nichts.«

Hanratty fuhr sich mit der Zunge über die Zähne und sagte: »Wasser.«

Ich nahm die Plastikflasche, die neben dem Bett stand, und führte den Strohhalm an seinen Mund. Als er genug getrunken hatte, ließ er sich wieder aufs Kissen fallen und starrte zur Diashow an der Decke hinauf, zu den Engeln mit Trompeten und den Sonnenstrahlen, die durch dunkle Wolken brachen.

»Meine Frau und ich haben jung geheiratet. Ich war zwanzig, sie achtzehn. Es hat nie eine schönere Braut gegeben; ich war überglücklich, als ich sie den Gang zum Altar herunterkommen sah.« Seine Hände rafften die Decke zusammen. »Allerdings gibt es Dinge, um die man seine Frau nicht bitten kann. Aber das heißt nicht, dass man kein Verlangen danach verspürt.«

Er wandte sein Gesicht ab und redete Richtung Wand. »In der Nähe der Preacher's Row gibt es eine Ecke, da kauft, mietet man ... da kann man für eine Stunde eine Frau *haben*. Ich kannte ihren Namen nicht, und ich wollte ihn auch nicht wissen. Ich wollte ... nur ihren Körper. Sie nahm mich mit zu sich nach Hause. Ich kann mich noch an die Tapete erinnern, und an die unregelmäßig angeordneten glänzenden Knubbel darauf ... plötzlich huschte einer der Knubbel die Wand hinauf. Im Wohnzimmer saß ein kleiner Junge. Ihr Sohn. Sie hatten beide das gleiche rote Haar. Die Frau sagte ihm, dass sie mit mir wegen eines Kuchenbasars für die Kirche reden müsse. Im Schlafzimmer.«

Hanrattys Stimme klang jetzt heiser. »Ich wollte ihr Gesicht nicht sehen, also haben wir es auf diese Weise gemacht. Die traurige Wahrheit ist, dass ich manchmal das Gesicht meiner Frau auch nicht sehen wollte. Ich hasste mich dafür, weil ich so viel Spaß dabei hatte. Wir sind also gerade zugange, als ihr Junge plötzlich in der Tür erscheint. Ich starre in seine erschrockenen, weit aufgerissenen Augen, während er mir einen vernichtenden Blick zuwirft, und brülle ›Verschwinde, du kleiner Mistkerl! Verpiss dich!‹ Darauf stößt er einen gequälten Schrei aus, als würde ich gerade seine Mutter umbringen, worauf sie ihm mit Engelszungen erklärt, dass es ihr gut geht und er im

Wohnzimmer warten soll. Merkwürdig ist nur, dass ich nicht weiß, weswegen ich mich mehr schäme, wegen des Seitensprungs oder weil ich den kleinen Jungen so angebrüllt habe.«

»Danke für Ihre Aufrichtigkeit, Mr. Hanratty.«

»Ich werde der hübschen jungen Schwester nicht mehr in die Augen blicken können, jetzt, wo sie das von mir weiß.« Er bekreuzigte sich und sagte: »Lass mich das hier heil überstehen, und ich schwöre, ich werde das wiedergutmachen.«

Wir unterhielten uns noch eine Weile, denn ich wartete nur darauf, dass er erneut das Bewusstsein verlor, was irgendwann auch passierte. Dann machte ich mich an die Arbeit.

Ich tastete meine Taschen ab, bis ich die Teufelshörner aus Plastik gefunden hatte, die ich auf dem Polizeirevier eingesteckt hatte. Sie waren zweieinhalb Zentimeter lang und sahen verwittert aus wie ein Hirschgeweih. Ich strich mein Haar nach hinten, trug einen Klecks Hautkleber auf und befestigte die Hörner an meiner Stirn. Dann kletterte ich auf einen Hocker, öffnete das Gehäuse der Deckenleuchte und schraubte die Glühbirne so weit heraus, dass sich die Kontakte hin und wieder berührten und das Licht zu flackern begann. Ich füllte einen Plastikbecher mit Eiswürfeln und steckte den Zeigefinger meiner linken Hand hinein.

Alle Gefolgsleute wurden während der Ausbildung in dieser speziellen Verhörmethode unterwiesen; die Vorlesung hieß *Einschüchterung durch satanische Bedrohung*. Ich hatte dabei die besten Ergebnisse erzielt; mein Ausbilder meinte, ich hätte ein angeborenes Talent dafür, die dämonische Seite in mir hervorzukitzeln.

Die Methode funktionierte am besten bei Verdächtigen, die psychisch labil waren. Hanratty, der an der Schwelle des Todes stand und unter Gedächtnisschwund litt, war dafür bestens geeignet.

Es war ein billiges Täuschungsmanöver, aber wenn man ein geschickter Illusionist war – wenn man überzeugend war –, tja, dann bekam man eher aus jemandem die Wahrheit heraus als mit dem Beichtstuhl.

Kurz darauf fingen Hanrattys Augen an zu flackern. Und er kam in der Hölle wieder zu sich. Zumindest hoffte ich das.

Ich wartete, bis er mich gut sehen konnte und die Hörner bemerkte – ja, ja, da war sie: die Todesangst in seinem Gesicht. Ich beugte mich vor und sagte mit leiser, spöttischer Stimme:

»Jack ... Olen ... Hanratty.«

»W-w-wer sind Sie?«

»Ich habe viele Namen.«

Das Licht flackerte; im Zimmer wurde es hell und wieder dunkel. Hanratty schluckte, und seine Lippen zitterten. Aber was am wichtigsten war: Hanratty kaufte mir meine Show ab.

Viele Gefolgsleute hätten die Illusion zunichtegemacht, indem sie wie ein Irrer gluckste. Zurückhaltung war oberstes Gebot. Ich setzte das schauderhafteste Grinsen auf, zu dem ich fähig war, und sagte: »Hallo, Jack.«

Hanratty Augen rotierten wild in ihren Höhlen. Er war starr vor Angst. Ich fühlte mich schrecklich. Es war unfassbar grausam, einem kranken Mann so etwas anzutun. Aber er wusste Dinge, die ich in Erfahrung bringen musste.

»Was habe ich getan?«, keuchte er. »Ich habe ein vorbildliches Leben geführt.«

»Ach ja?« Ich neigte den Kopf zur Seite. »Glaubst du etwa, du kannst irgendwelche Geheimnisse vor mir haben? Ich weiß alles über dich, Jack Olen Hanratty. Ich kenne deine

Frau, Alice, und deine Kinder Ellen und Franklin. Ich weiß sogar von dem Mischlingshund, den du als Kind hattest – wie hieß der Köter noch mal? Ach, ja: *Bandit.*«

Sollte Hanratty in seinem durchlöcherten Hirn noch irgendwelche Zweifel gehegt haben, hatte ich sie zerstreut. Doch es genügte nicht, dass er mir glaubte – ich musste ihn in das Reich des nackten Psychoterrors führen. So wahr mir Gott helfe.

»Ich weiß, dass du diese Narbe hast ...« Ich zog meinen Finger aus dem Becher, den ich versteckt hatte, und fuhr mit dem eiskalten Finger über sein Knie »... du hast Holz für den Ofen gehackt.«

Hanrattys Brustkorb hob sich. Er war kurz davor, einen hysterischen Anfall zu bekommen.

»Ich bin ein ergebener Gläubiger«, beteuerte er. »Ich habe nichts Unrechtes getan.«

»Du bist ein Ehebrecher. Ein Ehebrecher und Hurenbock.«

Das gab ihm den Rest. Er fing hemmungslos an zu schluchzen, sein Brustkorb zuckte stoßweise, während Tränen über sein Gesicht liefen.

»Um ehrlich zu sein, Jack«, sagte ich, »die Hölle ist ziemlich überfüllt. Jeder Tag strömen aus allen Himmelsrichtungen Sünder herein. Männer wie du sind Grenzfälle, sie stehen mit einem Fuß in der Hölle, mit dem anderen im ...« – ich spuckte das Wort aus wie ein Käfer, den ich verschluckt hatte – »... *Himmel.* Es kann nach unten oder nach oben gehen.«

»Wie? Wie kann ich in den Himmel kommen?«

Das war der Augenblick der Wahrheit. »In der Hölle schmort eine Person, weil sie die Todsünde des Selbstmords begangen hat.« Ich faltete die Phantomzeichnung auseinander und hielt sie in die Höhe. »Dies ist nicht die Person. Du hast den Täter absichtlich falsch beschrieben und unter Eid gelogen – stimmt das?«

»Ja … *ja.*«

»Die Person war …« Eine begründete Vermutung: »Weiß.«

»Sie war weiß. Ein wunderschönes weißes Mädchen. Es hatte blonde Haare und trug einen komischen alten Hut. Sie muss noch ein Teenager gewesen sein.«

Ich brauchte einen Moment, um das verdauen. »Die … Frau war also keine Muslima, wie du den Ermittlern erzählt hast. Warum hast du gelogen?«

Hanratty wirkte ratlos. »Weiße … Gläubige … wir *tun* uns so etwas nicht gegenseitig an.«

Wie nicht anders zu erwarten, wurde ich von einer Woge der Erschöpfung erfasst; das passierte jedes Mal, wenn ich mehrere Gebote gebrochen hatte, um meine Ziele zu erreichen. Meine Stirn kribbelte vor Schuldgefühlen; dort, wo die Hörner klebten, glühten zwei siedend heiße Punkte.

»Du bist kein schlechter Mensch, Jack. Du hast aus lauteren Motiven gehandelt. Und für deine Ehrlichkeit kommst du bestimmt in den …« Erneut spuckte ich das Wort aus: »*Himmel.* Schlaf jetzt.«

Es überraschte mich nicht, dass er genau das tat.

14 DER HELD, DEN DER HIMMEL GESANDT HAT

Als ich am nächsten Morgen im Harbinger's Harbour Motel erwachte, zeigte der Wecker neben dem Bett 10.19 Uhr. Mein Treffen mit dem Propheten war vor dem Hochamt angesetzt.

Ich sprang kurz unter die Dusche. Das Wasser war eiskalt. Zitternd stieg ich aus der Duschkabine und trocknete mich ab. Dann setzte ich mich auf die Bettkante und schaltete auf dem Fernseher den Republic News Channel an. Das Gesicht des Moderators sah aus wie eine zusammengeknüllte Papiertüte.

»Letzte Nacht brach in einer Anlage, in der das äußerst beliebte Halleluja-Energiepulver abgefüllt wird, ein verheerendes Feuer aus«, trug er monoton vor. »Doch der Herr hält schützend seine Hand über den Propheten und seine Arbeiter; darum gab es keine Todesopfer. Ein defektes Stromkabel war die Brandursache. Für Gläubige, die auf die patentierte Energiemixtur des Propheten angewiesen sind, gibt es keinen Grund zur Beunruhigung. Damit es zu keinen Engpässen kommt, wurde die Produktion in eine provisorische Anlage verlegt. Gesegnet seien die, die mit Gott gehen. Gesegnet seien die, die dem Propheten treu ergeben sind.«

Ein defektes Stromkabel war also die offizielle Erklärung. Jesus weinte.

Die unter Strom stehenden, schmiedeeisernen Tore vor dem Anwesen des Propheten öffneten sich. Während ich den

Wagen den Kiesweg hinuntersteuerte, fiel mir ein, dass ich das letzte Mal, als ich hier entlanggefahren war, ein verwöhntes junges Mädchen abgeholt hatte, dessen Überreste sich jetzt in einem Plastikbehälter befanden.

Majestätisch ragte die Villa empor. Im güldenen Sonnenlicht glänzten die Säulengänge aus Marmor wie Silber. Der Springbrunnen auf dem Hof war ausgeschaltet, und das Wasser war an einigen Stellen mit hellgrünen Algen überzogen.

Ein Pfau kam hinter den Heckenkirschen hervorgewankt. Sein Gefieder war zerrupft und die Schwanzfedern abgebrochen, und als er ein Rad schlug, war das ein grauenvoller Anblick; es sah aus wie ein kaputtes Windrad.

Ein lang gewandeter Bediensteter öffnete auf mein Klopfen die Tür. Die Eingangshalle glänzte wie eine Krüger-Rand-Münze, alles war mit Gold beschichtet, überzogen und bestäubt. Links und rechts der prunkvollen Eingangshalle führten zwei Marmortreppen herunter, die wie gewundene Schlangen aus Alabaster zusammenliefen. An jeder Wand hing ein Porträt des Propheten und der Unbefleckten Mutter, und ihre Blicke trafen sich genau in der Mitte der Eingangshalle.

Der Bedienstete forderte mich mit einer Handbewegung auf, ihm einen Bogengang hinunter zu folgen, zu einem prächtig eingerichteten Zimmer, in dessen Mitte ein Esstisch aus Mahagoniholz stand.

Ich setzte mich auf einen gepolsterten Lederstuhl und fummelte nervös an den Walknochen-Knöpfen meines Staubmantels herum, als Schritte über die glänzenden Fliesen hallten. Mit einem kaum hörbaren Klicken öffnete sich die Tür, und ich befand mich in der Gegenwart von Gottes Vertreter auf Erden.

»Gefolgsmann Murtag. Seid gesegnet.«

Er war es. Der Quell ewiger Liebe. Der Held, den der Himmel gesandt hatte. Der Prophet.

Ich ließ mich mit gesenktem Kopf auf die Knie fallen. »Ich bin Eurer Gegenwart nicht würdig, Euer Gnaden.«

»Erhebe dich, mein Sohn. Nimm Platz.«

Er war größer, als es bei den Predigten den Anschein hatte – da ich im MegaKirchen-Stadion im zweiten Rang saß, hatte ich ihn allerdings noch nie aus nächster Nähe gesehen. Er trug seinen charakteristischen vanillefarbenen Anzug aus Haifischleder und schwarze Gamaschen. Er zog ein Paar Latex-Handschuhe über, die er aus einer Kiste auf dem Tisch geholt hatte, und nahm mein Kinn in die Hände; er neigte mein Gesicht in seine Richtung, begutachtete meine Verletzungen und gab ein Seufzen von sich, bei dem sich meine Gedärme wie heiße Gelatine anfühlten.

»Hast du diese Verletzungen erlitten, als du versucht hast, meine Tochter zu beschützen?«

Selbst die harmloseste Lüge hätte mich in ein Häufchen Asche verwandelt. »Einige davon schon. Andere stammen von der Strafe, die ich bekommen habe, weil ich sie nicht gerettet habe.«

Er zog die Handschuhe aus. Ich bemerkte, wie er sich mit einem sauberen Taschentuch die Fingerspitzen abwischte und dann damit über den Stuhl fuhr, bevor er sich setzte.

»Chief Exeter hat mir von deinen Schwierigkeiten erzählt«, sagte er. »Hätte ich davon gewusst, hätte ich dem ein Ende bereitet. Gottes Augen sehen zwar alles, meine leider allerdings nicht. Ich kann dich für den Vorfall nicht alleine verantwortlich machen, denn manchmal gefällt es dem Herrn, eine Rosenknospe zu sich zu holen, bevor sie erblüht ist. Erzähle mir, was geschehen ist, mein Sohn. Wie es geschehen ist.«

Ich berichtete ihm von dem Abend des Bombenattentats, ohne auf alle Einzelheiten einzugehen. Ich schloss meinen Bericht mit der Feststellung, dass der Attentäter wie aus dem Nichts aufgetaucht sei und die Bombe gezündet habe, bevor sich überhaupt jemand der Bedrohung bewusst gewesen sei.

»Eve hatte keine Ahnung, in welcher Gefahr sie schwebte. Das war ein Segen. Es ging alles ... sehr schnell.«

Der Prophet dachte über das nach, was ich ihm erzählt hatte. »Der Herr hatte immer seinen Platz im Herzen meiner Tochter, auch wenn das in ihren Taten nur selten zum Ausdruck kam. Was passiert ist, war vielleicht unvermeidlich und ganz gewiss Teil des göttlichen Plans.«

Der Prophet schien beinahe erleichtert. Die ständigen Schwierigkeiten, die Eve der Göttlichen Familie bereitet hatte, hatten ein schlagartiges und – wenn ich mit meinem Gefühl richtig lag – nicht ganz unerwünschtes Ende gefunden.

Zwei lang gewandete Männer betraten wortlos den Raum und breiteten mehrere Schriftstücke auf der Tischplatte aus. Einer von ihnen reichte dem Propheten einen amtlichen Stempel, den dieser mit einem Leinentaschentuch aus seinem anscheinend unerschöpflichen Vorrat abwischte, bevor er ihn auf ein Stempelkissen drückte. Es war nicht zu übersehen, wie müde er wirkte; man spürte jedes seiner siebenundfünfzig Jahre. Ich glaubte zwar immer noch, dass er seine eigene Prophezeiung erfüllen und Methusalem überleben würde, aber an diesem Nachmittag wirkte er uralt.

»Schwer ist der Kopf, der die Krone trägt«, sagte er mit einem müden Lächeln. »Ich werde dem Herrn und dem Göttlichen Rat auf ewig dankbar sein, dass sie mir die spirituelle Gesundheit New Bethlehems anvertraut haben, aber an manchen Tagen sehne ich mich danach, wieder mit dem Erweckungsprogramm unterwegs zu sein.«

Der Aufstieg des Propheten aus der Erweckungsbewegung in New Bethlehems höchstes Amt war bestens dokumentiert. Jahre vor Ausrufung der Republik war er zusammen mit seiner Frau Effie, die später als Unbefleckte Mutter bekannt wurde, als Wunderheiler durchs Land gezogen. Jeder von ihnen fuhr einen Lastwagen mit einem Hänger voller Zeltausrüstung, um vor bedürftigen Arbeitern in heruntergekommenen Kleinstädten und Dörfern ihre Gottesdienste abzuhalten. Die Predigten des Propheten waren berühmt dafür, dass sie einen direkt ins Herz trafen. Er schnitt eine Schneise religiösen Eifers in die dunklen und verlassenen Orte dieses Landes und hinterließ in seinem Gefolge lauter Gläubige.

Als durchsickerte, dass er als Anwärter auf das Amt des Propheten gehandelt wurde, gab es erbitterten Widerstand. Normalerweise fiel die Wahl des Göttlichen Rates auf ehemalige Priester und höhere Geistliche; die Vorstellung, dass ein bibelschwingender Wunderheiler, der Gift und Galle spuckte, das Ruder übernehmen sollte, passte vielen Menschen nicht. Seine Kritiker behaupteten, dass er große Ähnlichkeit mit dem Marktschreier einer Freakshow hatte, dass er wie ein Hausierer eine antiquierte Form von Religion feilbot. Dass er ein Hai in einem Anzug aus Haileder sei.

Töchter von Metzgern und Farmersfrauen aus abgelegenen Winkeln des Landes, die seine Gottesdienste besucht hatten, meldeten sich ängstlich zu Wort, um wegen seiner fleischlichen Gelüste Vorwürfe gegen ihn zu erheben; einige von ihnen hatten Söhne, die eine frappierende Ähnlichkeit mit dem Propheten aufwiesen. Doch da der Vaterschaftstest längst den Weg aller Episkopalkirchen gegangen war, konnte nie etwas bewiesen werden.

Nachdem der Prophet sein Amt angetreten hatte, verstummten die kritischen Stimmen schließlich – hauptsächlich, weil die Kritiker nicht länger unter den Lebenden weilten. Erbarmungslos wurden sämtliche Spuren, die sie hinterlassen hatten, getilgt.

Der Prophet lächelte mich wohlwollend an und zog eine Tabakpfeife aus Teakholz aus seiner Tasche. Er füllte sie mit süßem Kirschtabak, drückte ihn fest, steckte einen Gummischlauch auf den Stiel und zündete sie an.

»Das waren damals andere Zeiten. Andere Lebensumstände. Wir kamen stets mitten in der Nacht an, bauten das Zelt auf und streuten Sägespäne über die matschige Erde – und bei Sonnenaufgang waren wir bereit, das Wort des Herrn zu verkünden. Auch wenn es vielleicht blasphemisch klingt, aber dem Wort des Herrn zu lauschen ist, als würde man Radio hören – auf freier Fläche hat man einen besseren Empfang.«

Er zog nachdenklich an der Pfeife.

»Eine Weile lang waren wir zusammen mit einer Freakshow unterwegs. Dr. Ebenezer Wonderlics Kabinett Menschlicher Kuriositäten. Wonderlic war kein Arzt; sein richtiger Name war Roger Cornwall. Er war ein fünffach vorbestrafter ehemaliger Trickbetrüger und Säufer, dessen einziges Talent darin bestand, merkwürdige Exemplare der menschlichen Spezies zu sammeln: deformierte Männer und schwachsinnige Frauen, die so einsam und geächtet waren, dass sie nach dem zweifelhaften Rettungsring griffen, den er ihnen hinwarf.«

Ich hatte keine Ahnung, warum er so offen davon erzählte. Ich war beunruhigt und hatte einen Kloß im Hals. Wenn er mich aus dem Weg räumen wollte, konnte er erzählen, was er wollte.

»Diese Freaks, die Cornwall versammelt hatte, waren die unbedarftesten Kreaturen, die man sich vorstellen kann.

Er hatte ein Händchen für Spitznamen. Henrietta, die eselsgesichtige Frau, der Hundejunge Jones, Francis Rutledge, das Heroinmonster, Pliny, der Stecknadelkopf. Er sperrte den Hundejungen in einen Käfig und ließ die Schaulustigen für einen Dollar pro Wurf verfaultes Obst nach ihm werfen. Oder er ließ den Hundejungen glucksend herumtollen und sich zum Narren machen. Cornwall hatte erkannt, dass die Zuschauer kamen, um sich vollkommen überlegen zu fühlen. Um die Erfahrung zu machen, dass es eine bestimmte Hackordnung gab und sie selbst, obwohl sie eine Hasenscharte, einen Klumpfuß oder schlimmen Haarausfall hatten, eigentlich gar nicht so übel dran waren. Die Freaks dienten als eine Art Barometer – tiefer konnte man nicht sinken, mehr Pech und Ablehnung konnten einem nicht widerfahren. Wenn die Menschen dann nach Hause gingen, fühlten sie sich besser, denn es könnte ihnen auch noch schlechter gehen. Das hatten sie mit eigenen Augen gesehen.

Die Mongoloiden und Schwachköpfe verstanden nicht, warum man sie so misshandelte. Aber diejenigen mit deformierten Körpern und klarem Verstand – *die* wussten es. Eines Abends bekam ich Besuch von Pliny. Sein Kopf war nicht größer als eine Grapefruit, und seine überdimensionierten Gesichtszüge waren so auf den winzigen Kopf gequetscht, dass er wie ein Riesenbaby aussah. Er war zu mir gekommen in der Hoffnung auf göttliche Heilung. Ich konnte ihm zwar meine Hände auflegen, damit Gott seiner fehlerhaften Schöpfung die Nachsicht schenkte, sich in seiner Unvollkommenheit zu akzeptieren, aber eine Heilung? Ausgeschlossen. Außerdem sagte ich ihm, was ich dir jetzt sagen werde: Der Herr wachte über diese armen Kreaturen aus Wonderlics Kabinett Menschlicher Kuriositäten. Nie habe ich die Gegenwart des Herrn so sehr gespürt wie damals – er war stets zugegen; ich musste nur seinen Blick auf mich lenken. Und das fehlt mir, mein Sohn. Die Nähe Gottes.«

In diesem Moment huschte die Unbefleckte Mutter durch den dreißig Zentimeter breiten Türspalt, ohne dass sich die Tür bei ihrem Betreten weiter öffnete. Die Unbefleckte Mutter trug ein violettes Gewand aus Satinbrokat. Ihre Arme hatten große Ähnlichkeit mit den Fesseln eines Pferdeskeletts.

»Der Segen des Herrn sei mit dir, gütiger Vater«, sagte sie zu dem Propheten.

»Und mit dir, teure Mutter«, antwortete er. »Das hier ist der Gefolgsmann. Er war an Eves letztem Abend mit ihr zusammen.«

Sie musterte mich eingehend.

»Ihre Partnerin«, sagte sie. »Wie war noch gleich ihr Namen …?«

»Doe.« Es überraschte mich, dass sie überhaupt von ihr wusste.

»Angela«, sagte die unbefleckte Mutter. »Angela Doe, genau. Geht es ihr … gut?«

»Ja«, sagte ich. »Sie ist wieder genesen.«

Die Unbefleckte Mutter wirkte aufrichtig erleichtert. »Das ist schön. Es bedeutet mir viel, dass diejenigen, die mit der Sicherheit der Republik betraut sind, selbst unversehrt sind.«

Bedienstete mit Tellern betraten den Raum. Darauf lagen Oliven, grüne Trauben, Melonenstreifen und Äpfel. Ich konnte mich nicht erinnern, wann ich das letzte Mal frisches Obst gegessen hatte. Die Unbefleckte Mutter aß nicht einen Bissen. Stattdessen bohrte sie mit einem ihrer langen Fingernägel Löcher in das Obst und atmete den Duft ein. Sie hielt sich an ihre eigene Maxime »Koste mit der Nase, nicht mit dem Mund.«

Der Prophet biss in ein Melonenstück und leckte den Saft ab, der an seinem Kinn heruntertropfte. Dann sagte er zu mir: »Ich werde Ihre Intelligenz nicht beleidigen, indem ich wiederkäue, was vor Kurzem in unserer schönen Stadt passiert ist. Da es laut Chief Exeter bei der Suche nach den Tätern bisher kaum Fortschritte gab, muss ich mich jetzt selbst darum kümmern. Ich habe die letzten zwei Tage und Nächte den Herrn um Rat gefragt und nichts außer Brot und Zitronenwasser zu mir genommen. In der zweiten Nacht erschien mir der Herr in Gestalt einer göttlichen Lichtkugel und wies mir den Weg, wie wir die Krankheit, die jüngst unsere Stadt befallen hat, heilen können.«

Ich schob meinen Teller beiseite und beugte mich über den Tisch zum Propheten hinüber, nachdem er mich mit einer Handbewegung dazu aufgefordert hatte.

»Der Herr hat mir aufgetragen, die zweite der zehn biblischen Plagen anzuordnen.«

»Wann hat der Herr das getan, Euer Gnaden?«

»Heute Nacht, mein Sohn.«

»Und wer hat das Kommando?«, fragte ich.

»Exeter und Deacon Hollis. Abgesehen von den Piloten und dem Chief werden ausschließlich Gefolgsleute beteiligt sein.«

»Tun Sie es Eva zuliebe«, sagte die Unbefleckte Mutter. Eine Träne rollte über ihre Wange. Es war die offensichtlichste Schauspieleinlage, die ich je gesehen hatte. Sie erinnerte an eine dieser Puppen, die zu weinen anfingen, wenn man ihnen auf den Bauch drückte.

»Werden Sie es prophezeien?«, fragte ich.

»In der heutigen Predigt, ja.« Der Prophet streckte seine Hände in meine Richtung aus. »Schließlich ist es Gottes Wille. Wir helfen nur ein kleines bisschen nach.«

»Werden Sie den Leuten raten, zu Hause zu bleiben und nicht auf die Straße zu gehen?«

Seine Augen verfinsterten sich, so wie sich der Himmel vor einem Sturm bewölkte.

»Das geht Sie absolut nichts an, Gläubiger Murtag. Was ich sage oder nicht sage, ist nicht weniger als das, was mir der Herr selbst aufgetragen hat.«

Kurz darauf entfernte mich ein Bediensteter aus der Gegenwart der beiden.

Ich war noch ganz benommen, als man mich den Gang hinunterführte. In der Empfangshalle stand die Prozessionsbahre des Heiligen Kindes. Bei ihrem Anblick wurde mir ganz komisch ums Herz.

Die Bahre war ein verzierter Kasten mit prunkvollen purpurfarbenen Vorhängen auf jeder Seite. Sie stand auf den Fliesen, und an den goldbesetzten Vorhangstangen tanzten Ballons mit Engelsköpfen auf und ab – lag das Heilige Kind etwa darin?

Das Heilige Kind war das größte Geheimnis und die am meisten verehrte Persönlichkeit der Republik. Keine andere Stadt hatte etwas Vergleichbares vorzuweisen. Der Junge oder das Mädchen – das Geschlecht des Heiligen Kindes war unbekannt, es wurde als pansexuelles Wesen angebetet – war durch Gottes Eingreifen zur Welt gekommen. Das Kind hatte keinen sterblichen Vater – sein Vater war Gott selbst. Der Herr war zurzeit der Erweckungsbewegung über die Unbefleckte Mutter gekommen und hatte seine makellose Saat in ihren Schoß gesät. Überwältigt von einem Gefühl der Hysterie angesichts der schmerzlosen Hitze, die ihr Bauch verströmte, war sie aufgewacht, worauf ihr in ihrem Frühstücksbrei das Antlitz des Herrn erschienen war – die Form der Manifestation war so merkwürdig, dass sie überaus glaubwürdig war –, um ihr zu versichern, dass er es gewesen war, der die Saat in ihren Körper gepflanzt hatte.

Die Saat war schneller als üblich herangereift, und sieben Monate später erblickte das Heilige Kind das Licht der Welt. Im Geburtenregister der Republik war verzeichnet, dass es in einer mond- und sternenlosen Nacht genau um

Mitternacht geboren worden war. Die Hebamme war während der Entbindung gestorben, und im Autopsiebericht stand, dass ihre Augen in den Höhlen verkohlt waren und sich ihre Hände in Salz verwandelt hatten.

Seitdem hatte niemand das Heilige Kind zu Gesicht bekommen, weder der Prophet noch seine eigene Mutter. Denn wenn man das Kind betrachtete, blickte man in das Antlitz des fleischgewordenen Allmächtigen, ein Anblick, den kein Sterblicher zu ertragen vermochte. Die Personen, die sich um das Kind kümmerten, trugen stets Augenbinden, und selbst die höchsten Würdenträger des Staates setzten in seiner Gegenwart getönte Brillen auf.

Ein Fotograf behauptete, dass er von einem Baum aus, der das Anwesen des Propheten überblickte, mit einem Teleobjektiv einen Schnappschuss von dem Kind gemacht habe, doch als er die Kamera öffnete, war ihr Innenleben geschmolzen, und der Film hatte sich in Asche verwandelt. Ein paar Tage später wurde der gewissenlose Hobbyfotograf hingerichtet.

Mit gesenktem Blick und ohne mich umzudrehen eilte ich an der Bahre vorbei.

Draußen kam der abgemagerte Pfau unter Schmerzen erneut auf mich zugerannt. Ich wich nicht von der Stelle, als die ausgehungerte Kreatur in meinen Stiefel pickte und mehrere Lederfetzen abriss, die sich an den Zehen gelöst hatten, und sie gierig herunterschlang.

Ich griff nach den Trauben in der Tasche meines Staubmantels, die ich heimlich eingesteckt hatte, und warf sie auf den Rasen.

Der Vogel richtete seine zerrupften Schwanzfedern auf und starrte mich mit traurigen, dankbaren Augen an, bevor er sich vorbeugte, um die Trauben zu verspeisen.

15 PREDIGT

Ich fädelte mich in den Verkehr ein, der sich im Schneckentempo Richtung MegaKirchen-Stadion wälzte. Im Abschnitt St. David, 1-B, unter einem Flutlicht mit einem Bild des Heiligen, parkte ich meinen Wagen. Indem ich mich durch die Menschenmenge schlängelte, die sich um religiöse Straßenkünstler versammelt hatte, bahnte ich mir den Weg zu den Ticketschaltern.

»Man hat Ihnen einen besseren Platz zugewiesen«, sagte die Frau hinter dem Schalterfenster. »Melden Sie sich am Abholschalter.«

Nachdem ich dort meinen Ausweis gezeigt hatte, erfuhr ich, dass man mir einen Platz im Parkett, in der dritten Reihe, nur sieben Meter von der Bühne entfernt, zugewiesen hatte. Der Umschlag mit der Eintrittskarte trug den Stempel SONDEREINLADUNG DES PROPHETEN.

Man tastete mich gründlich ab und führte mich auf den dicken roten Teppich in der Eingangshalle der Kathedrale. Männer und Frauen, die ich aus den Gesellschaftsnachrichten des *New Bethlehem Bugler* kannte, strömten zusammen, verbeugten sich oder nahmen Verbeugungen entgegen, je nach Rang.

Ich nahm mir ein Programm und überflog den Inhalt der heutigen Predigt: »Lohn der Sünde, Preis der Vergeltung.«

1. Einführung des Propheten
2. Trauerprozession für die Tochter von Gottes Vertreter auf Erden, dem Propheten

3. Ansprache der Unbefleckten Mutter an ihre Anhänger
4. Wöchentliche Vorhersage des Propheten
5. Kollekte
6. Heilungen (wenn es die Zeit zulässt)
7. Lied des Heiligen Kindes

Die Sitzplätze in der MegaKirche stiegen wie in einem römischen Amphitheater stufenförmig an. Jede Ebene war mit einer Plexiglasscheibe und Stacheldrahtspiralen abgesperrt, um die Angehörigen unterschiedlicher sozialer Schichten voneinander zu trennen. Jedes Jahr, wenn die Steuerabgaben zusammengerechnet wurden, wanderten die verschiedenen Familien je nach Beitrag weiter rauf oder weiter runter.

Ich setzte mich, und die Auftrittsmusik für den Propheten – Wagners *Walkürenritt* – dröhnte aus den Lautsprechern. Neonfarbene Laserstrahlen wanderten über das Kuppeldach.

»Meine Damen und Herren«, intonierte der Ansager, »ergebene Gläubige, erheben Sie sich für den Helden, den der Himmel gesandt hat, für den Quell christlicher Liebe … den Propheten.«

Der Prophet trat aus der Sakristei und lief über die Bühne zum Glasaltar. Ich sah den Schweiß, der auf seiner Stirn glänzte, und das schmale Mikrofon, das mit Isolierband an seiner Wange festgeklebt war.

»Hört mich an, meine Kinder, lauschet dem Wort des Herrn. Wer unter uns würde bestreiten, dass die letzten Wochen traurige Neuigkeiten gebracht haben? Auf der Suche nach Antworten habe ich drei Tage lang gefastet und gebetet und den Blick in der Hoffnung auf eine Antwort himmelwärts gerichtet. Und sehet, mir ist der Herr erschienen, und sein zorniger Blick warf mich auf mein Innerstes zurück. Er tat eine Weissagung, die meine Seele erschauern ließ. Er sagte: ›Der Teufel hat in New Bethlehem Einzug gehalten.‹«

Ein leises Raunen ging durch die Gemeinde. Eine alte Frau in der ersten Reihe war so überwältigt, dass sie das Bewusstsein verlor; eingehüllt in die Falten ihres Pelzmantels glitt sie wie ein nasser Sack von ihrem Stuhl.

»Was ich sage, ist nichts als die reine Wahrheit, durch mich spricht der Herr. Als ich ihn fragte, warum der Teufel nach New Bethlehem gekommen sei, wie es passieren konnte, dass er in unserer Stadt unbemerkt Einzug gehalten habe, sagte mir der Herr, dass ich weder den listigen Juden noch den Heiden, die das Goldene Kalb anbeten, oder den Fanatikern, die sich im Namen Allahs in die Luft sprengen, die Schuld dafür geben dürfe. Der Herr sagte, er selbst habe den Teufel nach New Bethlehem entsandt!«

Die Gläubigen waren wie benommen.

»Er hat dies getan, um die wahrhaft Gläubigen auf die Probe zu stellen. Denn in Jeremia 15,21 steht geschrieben, dass der Herr die Gläubigen aus der Hand des Bösen erretten und aus der Hand der Tyrannei erlösen wird. Aber zuvor muss er wissen, dass sie es wert sind, erlöst zu werden. Ich richtete das Wort an den Herrn und fragte ihn, woran wir den Teufel erkennen, welche Gestalt er annehmen würde. Darauf antwortete mir der Herr, der Name des Teufels sei Legion, er habe viele Gesichter. Er kann folglich die Gestalt eines jeden von euch annehmen, eurer Ehefrauen und Ehemänner, eurer Großeltern und Lehrer, eurer Söhne und Töchter. Satan, der große Betrüger, kann in jedem von euch wohnen; eure mangelnde Gottesfurcht hat ihm Zugang verschafft!«

Ein Trauerlied, gespielt von einem Dudelsack, tönte aus den Lautsprechern. Eine Schwingtür klappte auf, und Eves Sarg wurde ins Stadion getragen. Ihr Gesicht wurde auf eine Großleinwand projiziert – keusch und friedlich, umgeben von einem leuchtenden Heiligenschein.

»Erhebt euch und erweist meiner heiß geliebten Tochter die Ehre, meiner Tochter, die von der Welle der Gewalt, die über diese Stadt hinweggefegt ist, fortgerissen wurde. Eve hat ihr Leben für New Bethlehem geopfert, sie ist für die Sünden derjenigen gestorben, die sich unter diesem Dach versammelt haben.«

Die Anwesenden machten ihrer Trauer lautstark Luft.

»Eve!«, stieß der Prophet wehklagend hervor. »Eve, die du ohne Sünde bist, wir danken dir für dein Opfer und bitten dich: Lass dein ewiges Leuchtfeuer über dieser belagerten Stadt aufscheinen, in dieser ihrer dunkelsten Stunde!«

Der Prophet kniete nieder, erschöpft und erfüllt von Trauer. Die Unbefleckte Mutter trat aus der Sakristei und legte ihm ein purpurfarbenes Gewand um, während der Chor »Näher mein Gott, zu Dir« intonierte.

Die Schultern des Propheten bewegten sich zuckend auf und ab, und er warf das Gewand ab, genau in dem Moment, als der Chor »When The Saints Come Marching In« anstimmte.

Aus der kurzen Entfernung konnte ich seine Augen erkennen. Sie waren trocken wie Wüstengestein.

»Eve-*ah*!«, rief er, durch das Licht des Herrn zu neuem Leben erwacht. »Ich *loooobpreise* dich, Eve-*ah*!« Er tanzte auf seinen Fußballen umher. »Möge dein Tod nicht vergebens-*ah* gewesen sein, denn die Menschen dieser Stadt sind bereit, ihrem sündhaften Treiben abzuschwören und den Teufel-*lah* zu vertreiben, sich Satan-*nah*, dieser mächtigen Geißel, entgegenzustellen!«

Plötzlich brachen die Gläubigen in ungestüme »Halleluja«-Rufe aus.

Der Prophet lief auf der Stelle, indem er die Beine bis zur Brust hochriss.

»Sagt mir-*ah*, nehmen wir vor Satan Reißaus?«

»NEIN!«, antwortete die Gemeinde.

»Sagt mir-*ah*, lassen wir es zu, dass er unsere Stadt in einen Sündenpfuhl verwandelt?«

»NEIN!«

»Werden wir diese Stadt von der Sünde-*ah* befreien, werden wir dem Herrn beweisen, dass wir es wert sind, errettet zu werden-*ah*?«

»JA!«

»Und werden wir den Teufel ergreifen, egal wo er auf der Lauer liegt-*ah*, ihm unsere Hände um den Hals legen, mit dem er sein Gift verspritzt, und das Leben aus dieser widerlichen Schlange quetschen-*ah*?«

»JA!«

»Sprecht mir nach: ›Gott ist groß, Amen.‹«

»GOTT IST GROSS, AMEN!«

Der Prophet lief auf der Bühne im Kreis und ballte immer wieder die Fäuste. Die Laserstrahlen flackerten und tanzten umher. Ein Feuerwerk wurde gezündet und tauchte den Propheten in einen Schauer goldener Funken. Eves Sarg hatte seine Runde durch das Stadion fast beendet.

»Höre ich ein ›Gelobt sei der Herr, halleluja, amen‹?«

»GELOBT SEI DER HERR, HALLELUJA, AMEN!«

Ohne dass jemand Notiz davon nahm, verschwand der Sarg durch die Schwingtür, als wäre Eve ein lausiger Varietékünstler, den man von der Bühne gebuht hatte. Dann ging die Show weiter.

Als die Unbefleckte Mutter ihre Ansprache an ihre Anhänger hielt, hörte ich nicht mehr zu. Es war immer dieselbe Leier davon, Enthaltsamkeit zu üben, dem Verlangen abzuschwören, und dass in einem reinen Körper eine reine Seele lebt. Schließlich überließ sie dem Propheten wieder die Bühne, der sie mit einem edlen Gewand bekleidet betrat.

»Gläubige, die Prophezeiung für diese Woche ist besorgniserregend. Das Böse hat unsere Stadt heimgesucht und besudelt. Wir beten in dieser Stunde der Not zu unserem Herrn in der Bitte um eine Antwort.«

»Herr, erhöre unser Gebet.«

»Ich habe den Herrn um Rat gefragt, und er zitierte Lukas 4, 23 – Arzt, hilf dir selber. Der Herr wird denen helfen, die sich selbst helfen. Jeder, der Zeuge gottloser Taten wird, ist verpflichtet, die Behörden zu verständigen. Schenke uns starke, fromme Menschen, die die Krankheit aufspüren, die in dieser Stadt schwelt. Darum bitten wir dich, o Herr.«

»Gläubige, dies ist meine Prophezeiung«, fuhr der Prophet fort. »Sie steht unwiderruflich fest. Es sind die Worte des Herrn.«

Das Heilige Kind wurde auf die Bühne getragen. Seine Bahre war mit einem Soundsystem ausgestattet, und es begann zu singen … Seine Stimme war himmlisch. Die Lieder des Heiligen Kindes hatten keinen Text – es brauchte keine Worte. Sein Gesang war eine Beschwörung – von Liebe, Triumph, Seele, Mitgefühl und Hoffnung. Wenn man seinen Gesang hörte, begriff man, dass es nicht von dieser Welt war. Das Kind war ein Geschenk des Himmels. Der zweifelsfreie Beweis dafür, dass Gott existierte und wie viel ihm seine Schöpfung immer noch bedeutete.

Als das Lied des Heiligen Kindes verklungen war, verließen wir schweigend die Kirche. Einhunderttausend aufgewühlte menschliche Hüllen.

16 PLAGE #2: FRÖSCHE

In jener Nacht wartete ich vor dem Motel auf Garvey, als sein Wagen über den Bordstein schlingerte. Auf einem Aufkleber an der Stoßstange stand: *Ich bin für Verhütung ... und lasse die Hose oben!*

Garvey stieß die Beifahrertür auf und beugte sich über den Sitz.

»Was verlangst du für deine Dienste, Schätzchen?«

Ich stieg ein und sagte: »Deine Seele.«

»Verdammt teuer, selbst für so ein hübsches kleines Ding wie dich.«

Garvey war gut drauf. Was vielleicht daran lag, dass er eine ungesunde Menge Halleluja-Energiedrink zu sich genommen hatte. Über den Wagenboden kullerten lauter leere Flaschen, und an den Stoppeln über seiner Oberlippe klebten grobkörnige gelbe Kristalle.

Eine Schicht tief liegender Gewitterwolken jagte über den Himmel. Eine perfekte Nacht für unser teuflisches Vorhaben. Mutter Natur war so freundlich, für den nötigen Schutz zu sorgen.

Vor einigen Jahren hatte ich mich mit einem Juden unterhalten, der als Filmproduzent arbeitete, damals, als Hollywood noch Hollywood hieß. Er erzählte mir von einer Radiosendung, die in seiner Kindheit eine Massenhysterie ausgelöst hatte. Sie begann mit einem Nachrichtensprecher, der mit ruhiger, lauter Stimme erklärte, dass Aliens – Wesen mit Untertassen, wie er sie nannte – auf der Erde gelandet seien, um die Menschheit zu unterwerfen.

Auf den Straßen war Panik ausgebrochen. Die Hörer drehten völlig durch und versuchten sich in Sicherheit zu bringen. Und warum? Weil Menschen unglaublich leicht zu täuschen sind. Auf eine masochistische Weise *wollen* sie getäuscht werden, solange die Täuschung ein Beweis für die Existenz eines geheimnisvollen Wesens ist, an das sie schon seit langer Zeit geglaubt haben.

Wie einen Außerirdischen. Oder Gott.

Die Landebahn war von einem Stacheldrahtzaun umgeben. Garvey schob mit der Stoßstange das Tor auf, und wir fuhren die rissigen Spuren am Rande der Landebahn entlang, während die Räder knochenfarbenen Staub aufwirbelten. Die Hangars erhoben sich wie Stahlschildkröten in der Salzwüste.

Exeter tippte auf das Ziffernblatt seiner Uhr, als wir vorfuhren. Bei ihm waren Hollis, Applewhite, Henchel, Brewster und der Rest des Teams. Abseits des Kreises, den die Männer gebildet hatten, stand Doe mit verschränkten Armen.

»Wir haben eine lange Nacht vor uns«, sagte Exeter zu uns. »Wir müssen ungefähr zehn Tonnen von da« – er deutete auf die Hangars – »nach dort transportieren« – er deutete auf die drei B-17.

Ich war von Anfang an an der Aktion beteiligt gewesen: Ich hatte auf dem Boden des Hangars ein wasserbeständiges Netz ausgelegt und die mit Sumpfwasser gefüllten Planschbecken aufgestellt; dann hatte ich die Kaulquappen hineingeworfen und die Hangartüren geschlossen. Anschließend war jede Woche jemand hier rausgefahren und hatte mehrere Tüten Futterkügelchen in die Becken geschüttet. Und jetzt ernteten wir die Früchte unserer Arbeit.

Wir zogen jeder einen Schutzanzug an und bildeten zwei Teams. Garvey, Doe, Hollis und ich bekamen den nächstgelegenen Hangar zugeteilt, und als Hollis dann mit der

Schulter die Tür aufstieß, schlug uns ein morastiger Gestank entgegen.

Im Innern befanden sich Tausende von Fröschen, die uns bis zu den Knien reichten. Sie waren alle blind, da sie ihr ganzes Leben in Dunkelheit verbracht hatten. Ihre Augen steckten wie winzige Perlzwiebeln in ihren Gesichtern.

Unsere Aufgabe war es, mehrere Ketten in den hinteren Bereich des Hangars zu schleppen und sie in den Ösen des Netzes einzuhaken; anschließend würden wir das andere Ende der Kette am Haken eines Tiefladers befestigen, und Doe sollte dann die Frösche in die Ladebuchten der B-17 hieven.

Mit den schweren Ketten über den Schultern bahnten wir uns unseren Weg in den Hangar. Mein Schutzanzug hatte keinen Luftfilter, und der Gestank traf mich wie ein Faustschlag ins Gesicht. Die meisten Frösche waren noch am Leben, aber einige waren schon vor langer Zeit gestorben; ihre verwesten Kadaver hatten sich mit den aufgequollenen Futterkügelchen, dem algenverseuchten Salzwasser und ungefähr fünf Tonnen vermodertem Froschkot vermischt und verbreiteten einen widerlichen Gestank.

Wir kamen durch die wogende matschige Sumpflandschaft nur langsam vorwärts. Die Frösche flogen mit einem feuchten Klatschen überall gegen meinen Körper. Es gab ein Dutzend verschiedener Arten: riesige Kröten mit Hörnern, Kröten voller Warzen und Frösche mit roten Augen. Ich entdeckte einen großen blinden Ochsenfrosch, aus dessen Maul das Hinterteil eines kleinen Frosches mit blauem Bauch ragte, der immer noch mit den Beinen zappelte.

Als ich das Ende des Netzes erreichte, hakte ich die Kette in der Öse ein. Hinter seinem Gesichtsschutz feixte Hollis gut gelaunt.

»Haben wir nicht was vergessen?«

»Was denn?«

Er deutete nach oben. Mein Blick wanderte hinauf in die tiefe Dunkelheit, als Hollis mit dem Vorschlaghammer, den er in der Hand hielt, auf die Hangarwand einschlug. Durch die Vibration fielen die Frösche, die mit ihren Saugnäpfen an der Decke hingen, wie Tausende dicker zappelnder Tränen in die Tiefe.

Ich ruderte wie wild zurück und trat dabei auf eine fette Kröte, die unter meinem Fuß mit einem lauten Zischen zerplatzte. Ich richtete mich wieder auf und warf Hollis einen bösen Blick zu, worauf er bloß lachte.

Doe ließ den Tieflader an, trat aufs Gas, und das Netz faltete sich mitsamt der gewaltigen grünen Masse zusammen. Ich hörte, wie die Schallblasen der Tiere wie winzige feuchte Ballons zerplatzten. Mit einem Ruck fuhr Doe an, und durch den Druck wurden mehrere Frösche durch die Nylonmaschen gequetscht – der Anblick erinnerte an gekochte Kartoffeln, die man durch einen Stampfer gedrückt hatte.

»Langsam!«, rief Hollis ihr zu. »Sie verwandeln die armen Kerle ja in Hackfleisch.«

Wir befestigten die Ketten an der Winde, und der riesige Sack wurde in eines der Flugzeuge gehievt. Anschließend kamen die Teams neben dem Lieferwagen mit den Piloten, die soeben eingetroffen waren, wieder zusammen. Es handelte sich um drei Männer mittleren Alters, die früher Verkehrsmaschinen geflogen waren. Sie wirkten nervös in ihren sauberen Hosen und Hemden, umgeben von Gefolgsleuten in Schutzanzügen, die mit Fleischklumpen übersät waren.

»Hören Sie zu«, sagte Exeter. »Heute Nacht ist es ziemlich windig. Der Wind steht zwar günstig, aber uns steht nur ein schmaler Korridor zur Verfügung. Unser Ziel sind die Stadtgebiete mit der größten Bevölkerungsdichte. Wir werden auf viereinhalbtausend Fuß steigen und über den Badlands eine Schleife fliegen, um vom Norden aus in den Sinkflug zu gehen. Sobald wir uns der Stadt auf zehn Kilometer genähert haben, drosseln wir die Motoren auf halbe Kraft und fliegen absolut lautlos über sie hinweg.«

Kurz nach zehn erhoben sich drei B-17-Bollwerke von der salzverkrusteten Startbahn. Mit einer Ladung von ungefähr zehn Tonnen Kröten- und Froschfleisch.

Über den Badlands drehte unser Flugzeug nach Westen ab. Meine Ohren fühlten sich an, als hätte man feuchte Watte hineingestopft. Ich bewegte den Kiefer hin und her, bis es knackte. Die einzigen Geräusche, die zu hören waren, waren die Scherwinde, das Dröhnen der Motoren und das wilde Quaken der Kröten.

Doe setzte sich neben mich an die vordere Trennwand. Ich sagte keinen Ton, und sie zog die Knie an die Brust. Je höher wir stiegen, desto kälter wurde es in der Kabine.

Plötzlich geriet das Flugzeug in Turbulenzen, und Doe wurde gegen meinen Körper geschleudert. Sie lag einen Moment da, bevor sie sich wieder aufrichtete. Doch der Umriss ihres Körpers auf meiner Haut war noch eine Sekunde lang zu sehen, wie das Nachbild der Sonne auf der Retina, nachdem man den Blick wieder abgewandt hatte.

Garvey und Hollis traten aus dem Cockpit, und Hollis warf uns ein paar Gurte zu.

»Schnallt euch an. Der Pilot meint, dass es etwas stürmisch werden könnte.«

Wir steckten unsere Gurte in die Stahlstifte am Boden des Laderaums. Garvey und Doe saßen auf der einen Seite, Hollis und ich auf der anderen. Die Kröten gaben keinen Laut mehr von sich; offensichtlich hatten sie in dieser Flughöhe das Bewusstsein verloren. Viele der Tiere waren völlig steif und mit einer Frostschicht aus feinen Kristallen überzogen.

Die Motoren wurden gedrosselt, als der Pilot die Phantomspeisung einschaltete. Die Lichter in der Kabine und an den Tragflächen gingen aus, und die Rampe senkte sich. Unter uns lag gekräuselte, schäumende Dunkelheit – die Oberseite der Wolken.

Dann riss die Wolkendecke auf und gab den Blick frei auf New Bethlehem. Anhand der Lichter konnte man die reichen und armen Gegenden voneinander unterscheiden. Die MegaKirche leuchtete wie ein riesiger weißer Ball, während in den Ghettos die Lichter flackerten oder gänzlich erloschen waren.

Der Pilot öffnete die vorderen Luftschlitze. Der Höhenwind blies Eiskügelchen den Laufsteg hinauf, und die Scherwinde saugten mir die Luft aus den Lungen.

Hollis packte mich an den Schultern. »Auf geht's, kleiner Prinz von New Bethlehem!« Er grinste dämonisch. »Wir haben eine Plage abzuliefern!«

Mit einem Teppichmesser schnitt ich das Netz durch, bis sich ein Stück davon löste. Ein Klumpen halbgefrorener Kröten wurde in die Höhe gewirbelt und klatschte in mein Gesicht. Ich taumelte hin und her, während die Kröten von der Trennwand abprallten und auseinanderbrachen; dann waren sie verschwunden.

Das Netz riss auf, und die oberste Schicht der aufgetürmten grünen Fleischbrocken – die Tiere waren gefroren und völlig benommen, nur einige zappelten hektisch – ergoss sich in den sternenübersäten Himmel. Die untere Schicht blieb jedoch an der vereisten Laufplanke kleben.

»Diese verdammten Scheißviecher!«, brüllte Hollis und trat mit seinen Arbeitsschuhen nach den steifen Kröten.

Wir eilten zu ihm und traten auf die Schicht gefrorener Frösche ein. Doe durchbrach mit ihrem Fuß die feuchtkalte Kruste und wich angewidert zurück. In der Kabine war es dunkel, der Wind heulte, und Eiskügelchen flogen gegen die Außenhülle. Ein winziger Frosch, den der Wind offensichtlich hochgeweht hatte, fiel herunter und krabbelte in den Kragen meines Anzugs.

Für einen Moment hielten wir inne und starrten einander an, schwitzend und keuchend, vollgepumpt mit Adrenalin, und grinsten wie Schulkinder, die einen Knallkörper in die Toilette geworfen hatten. Die ganze Aktion machte auf makabre Weise einen Heidenspaß. Und wir, unser kleiner Trupp vergnügter Witzbolde, waren die Einzigen, die den Scherz verstanden.

Schließlich lösten sich die Frösche von der Laufplanke und rutschten an einem Stück die Laderampe hinunter. Was wie ein weiterer Stromausfall aussah, war bloß der Klumpen aus Fröschen, der in die Nacht fiel, auseinanderbrach und sich verteilte, worauf erneut die Lichter der Stadt zu sehen waren.

Als wir wieder festen Boden unter den Füßen hatten, waren wir überglücklich.

Die anderen Flugzeuge waren bereits gelandet, während wir in Richtung der Hangars rollten. In einem Ölfass mit den Schutzanzügen loderte ein Feuer, und mehrere Flaschen RB machten die Runde.

Wir warfen unsere Anzüge ebenfalls in das Feuer und nahmen jeder einen Schluck aus den Flaschen, die herumgereicht wurden. Im Fahrwerk der B-17 quakten ein paar Kröten, die verschont geblieben waren. Hollis legte seinen Arm um Daniel Applewhites Schulter und sang mit breitem irischem Akzent »Oooh, Danny boy, the pipes, the pipes are plah-hay-yhiiing, from glen to glen and doon the moontayn-saaayde ...«

Inmitten des ausgelassenen Gelächters trug eine leichte Brise das Geheul von Sirenen über die Badlands und die flachen Hügelketten im Süden.

Wir bedankten uns bei den Piloten für ihren Einsatz und brachten sie zu ihrem Lieferwagen. Mir fiel auf, dass die Heckfenster getönt waren. Außerdem bemerkte ich, wie Exeter und Hollis sich einen Blick zuwarfen, worauf Exeter kaum merklich nickte und zu den Piloten in den Wagen stieg.

Die Schüsse waren nicht besonders laut. Vielleicht hatte man den Lieferwagen ausgepolstert, um sie zu dämpfen. Hinter den Fenstern zuckten in kurzer Folge drei Blitze auf, gefolgt von zwei weiteren. Der Lieferwagen schaukelte in der Aufhängung, und etwas knallte gegen das Fahrgestell.

Die Aktion von heute Abend musste geheim bleiben. Und ein Geheimnis wahrte man am besten, indem man die Zahl der Mitwisser dezimierte.

Exeter stieg aus dem Wagen. Sein wächsernes Gesicht zeigte nicht den leisesten Anflug einer Gefühlsregung. Er rief Henchel zu sich, wischte die Blutspritzer von seinen Lippen und sagte: »Sie müssen begraben werden. Sie waren gute Gläubige und verdienen den gebührenden Respekt.«

Exeter holte zwei Schaufeln aus seinem Wagen und wandte sich an Doe und mich.

»Ihr zwei. Fangt an zu graben.«

Wir akzeptierten das als weiteren Teil unserer Buße und suchten eine Stelle mit lockerem Erdreich. Inzwischen bestückte Applewhite die Flugzeuge mit C4. Außerdem wurden die Hangars mit Kerosin vollgespritzt. Sämtliche Spuren wurden beseitigt.

Garvey legte die Piloten neben uns, und als wir das Grab ausgehoben hatten, zerrten wir sie an den Fußknöcheln hinein. Garvey war alles andere als zufrieden.

»Soll das etwa ein Grab sein? In so einem Murmelloch würde ich nicht mal meinen Kanarienvogel beerdigen.«

Also hoben wir das Grab noch tiefer aus, warfen die Piloten hinein, bedeckten sie mit Erde und fuhren zurück in die Stadt.

In New Bethlehem herrschte das reinste Chaos.

Als wir die Außenbezirke erreichten, war die Kakofonie der Sirenen so laut geworden, dass mir der Schädel dröhnte.

Die Hauptstraße war gesperrt. Das Gebiet stehe vorübergehend unter Quarantäne, erklärte uns ein bleichgesichtiger Beamter in Zivil. Garvey zückte seine Marke, und wir fuhren weiter ins Zentrum.

Die Stadt war ein Trümmerfeld. Wie bei den meisten Lebewesen bestand der Körper einer Kröte zu siebzig Prozent aus Wasser, sodass sie während des langen freien Falls gefroren waren.

Ein Cabriolet war durch die Fensterscheibe einer Nobelboutique gerast, weil ein Frosch das Stoffdach durchschlagen und den Schädel des Fahrers über das Lenkrad verteilt hatte. Zerschmetterte Schaufensterpuppen in paillettenbesetzten Kleidern lagen wie Betrunkene über der Motorhaube. Es war ein grauenvoller Anblick, und gleichzeitig wirkte die Unfallstelle trotz des grauenvollen Anblicks, den sie bot, so elegant und leblos, dass ich mich an einen Museumsbesuch erinnert fühlte.

Garvey raste über den Bordstein, um den Überresten eines Hotdog-Stands auszuweichen, neben denen der zerschmetterte, leblose Körper des Besitzers lag, und krachte mit dem Heck in eine Puritan's Pantry. Die zertrümmerten Fensterscheiben waren nicht das Werk der Frösche, sondern von Plünderern, die die Situation ausnutzten.

Garvey feuerte mehrere Schüsse ab, und die Plünderer suchten mit Taschen voller Eiskonfekt, Brezeln und Halleluja-Energiedrinks das Weite.

Kurz darauf fuhren wir an Little Baghdad vorbei. Man hatte den Strom abgeschaltet. Hin und wieder ertönte ein Schuss, während mehrere Gestalten verzweifelt durch die Straßen rannten. Ein Krankenwagen fuhr gegen die Fahrtrichtung eine Einbahnstraße hinunter und wurde an einer unübersichtlichen Kreuzung von einem Löschfahrzeug gerammt. Der Krankenwagen drehte sich um die eigene Achse, kippte auf die Seite und schlitterte in eine Bushaltestelle.

Nachdem wir an einer weiteren Straßensperre unsere Marke gezeigt hatten, kamen wir in ein Gebiet, das unversehrt geblieben war. Die Kröten hatten sich ungleichmäßig verteilt; einige Blocks waren völlig verwüstet, andere verschont geblieben. Gläubige knieten auf den Gehwegen und hatten die Hände wehklagend zum Gebet gefaltet.

Das Harbinger's Harbour Motel war ebenfalls unversehrt geblieben. Gott hatte schützend seine Hand darüber gehalten.

Als ich mein Zimmer betrat, flatterte der blaue Wellensittich in seinem Käfig herum, und ich öffnete die Käfigtür, damit er ungehindert umherfliegen konnte. Dann zog ich mich aus, sprang kurz unter die Dusche und schaltete den Fernseher ein.

Die Berichterstattung fiel aus wie erwartet. Der Zorn Gottes sei über die Menschen gekommen, wie es sein Vertreter auf Erden prophezeit hatte. Es hatte mehrere hundert Tote gegeben, und ihre Zahl stieg weiter an. Der Prophet, die Unbefleckte Mutter und ihr Anwesen waren von Gott verschont worden. Gesegnet seien die, die demütig vor Gott treten. Gesegnet seien die, die seinem Propheten folgen.

Mein Blick fiel auf das Hemd, das ich heute Nacht getragen hatte und das jetzt über einem Plastikstuhl neben der Tür hing. Ein kleiner Kopf ragte aus der Brusttasche.

Der Frosch war nicht größer als ein kleiner Seeigel; er war grün und hatte rote Saugnäpfe. Er hockte völlig reglos auf meiner Handfläche, während sich seine Seiten wie ein winziger Blasebalg hoben.

Ich füllte die Wanne mit etwas Wasser. Der Wellensittich flog ins Badezimmer und setzte sich auf meine Schulter. Ich fühlte mich ein wenig wie Noah.

Der Frosch hüpfte von meiner Handfläche und ruderte im Kreis um den Stöpsel herum. Ich war mir ziemlich sicher, dass er überleben würde.

Sobald es anfangen würde zu dämmern, wäre die Luft in der Stadt vom Geruch seiner verwesenden Brüder erfüllt.

ARTIKEL III

NACHSPIEL

17 HALLELUJA

Kurz darauf kehrte in New Bethlehem wieder Normalität ein – oder der merkwürdige Zustand, den wir inzwischen für Normalität hielten.

Es regnete Kröten. Und die Bombenattentate hörten auf.

Die Kröten fielen vom Himmel. Und der Bürgerkrieg war beendet. Die Einwohner zeigten, wie es sich gehörte, Reue. Die Worte des Propheten und die Gesetze der Republik wurden nicht länger infrage gestellt.

Blieb allerdings noch die unangenehme Aufgabe, die Kröten zu beseitigen. Wie viele ungewöhnliche, aber halbgare Aktionen zielte auch diese auf eine unmittelbare Wirkung ab, ohne dass man sich wegen der Folgen allzu viele Gedanken machte.

In diesem Fall tonnenweise verwesendes Krötenfleisch.

Die Frösche wurden zusammengefegt, abgekratzt, abgespritzt, von dem organischen Material, mit dem sie sich verbunden hatten, entfernt und in strapazierfähigen Säcken, die kostenlos verteilt wurden, entsorgt. In der Müllverbrennungsanlage von Jewtown wurden sie dann von Müllmännern zusammengepresst und verbrannt.

Trotz der Säuberungsaktion in der gesamten Stadt wollte sich der Gestank einfach nicht verziehen. Amphibien sonderten allerlei Schleim und Sekret ab, die sämtliche Oberflächen durchtränkten, egal wie sehr man auch putzte. Eine Woche nach dem Abwurf der Kröten wurde die Stadt von einer für die Jahreszeit untypischen Hitzewelle heimgesucht, sodass man kaum noch Luft bekam.

Zahl der Todesopfer: 1438 Gläubige. 588 Männer/607 Frauen/243 Kinder. Darunter niemand von Bedeutung, auch wenn ein stellvertretender Diakon getötet worden war, als eine Kröte durch sein Dachfenster krachte, während er ein Schaumbad nahm, ein übertriebener, leicht femininer Luxus, was, wie unter den Pfarrern getuschelt wurde, der Grund für seinen bizarren Abgang war.

In der Zwischenzeit hatte man meine Wohnung instandgesetzt. Ich sagte dem Harbinger's Harbour Lebwohl und zog mit meinem Vogel und meinem Frosch wieder dort ein.

Ich hatte nie Haustiere besessen. In unserer Gesellschaft wurden Tiere üblicherweise nur danach beurteilt, ob sie sich als Opfertiere eigneten. Doch diese beiden hatten allen Widrigkeiten zum Trotz überlebt. Darum fühlte ich mich verpflichtet, ihnen die noch verbleibende Lebenszeit so angenehm wie möglich zu gestalten.

Sie waren wunderbare Gefährten. Denn sie vertraten keine eigenen Ansichten; zumindest konnten sie mir diese nicht mitteilen. Das gefiel mir. Ich stellte den Käfig mit dem Vogel und das Aquarium mit dem Frosch vor das Fenster, damit die beiden das Sonnenlicht genießen konnten, dann machte ich mich auf dem Weg zur Arbeit.

Für eine Weile gab es in meinem Leben nichts weiter als mich, den Vogel und den Frosch.

Das war nicht viel. Aber es war ... es war einfach nur ein gutes Gefühl.

Während der Reparaturarbeiten in meiner Wohnung hatte irgendeine misstrauische Person mein Telefon verwanzt; ich merkte es an dem *Ticka-ticka*, das zusammen mit dem Freizeichen ertönte. Ich könnte nicht sagen, dass mich das überrascht hätte. Aufgrund des Bombenattentats im Manger würde ich für den Rest meiner Karriere vagen Verdächtigungen ausgesetzt sein.

Während ich dachte, wie komisch es ist, ein Telefon zu verwanzen, das kaum klingelt, rief Doc Newbarr an.

»Es geht um die Tests, die ich für Sie durchführen sollte …«

Ich schnitt ihm das Wort ab: »Ist es nicht ein wunderschöner Abend? Wie wär's, wenn wir einen kleinen Spaziergang machen?«

Kurz darauf trafen wir uns in einer 24-Stunden-Bäckerei, und ich spendierte Kaffee und eine Tüte süßes Gebäck.

»Warum diese Nacht-und-Nebel-Aktion?«, fragte Newbarr. Als ich es ihm erklärte, nickte er traurig und sagte: »Es wird nie Gras über die Sache wachsen, mein Sohn.«

Wir stellten uns in den Eingang eines abbruchreifen Wohnkomplexes, wo Newbarr mir einen Ausdruck reichte – eine Liste mit den Inhaltsstoffen des Halleluja-Energiepulvers.

»Die meisten Zutaten haben keinerlei Nährwert«, sagte er. »Das heißt, keiner der Bestandteile des Energiedrinks ist dem menschlichen Körper zuträglich. Er enthält hauptsächlich Zucker und Maisstärke. Kaum Nährstoffe. Außerdem Spuren von Insektenfäkalien … leider ist das der nahrhafteste Bestandteil. Ich musste ein paar Vermutungen anstellen, um herauszufinden, welche besondere Zutat er enthält. Mir ist aufgefallen, dass Ihr Partner das Zeug ständig in sich hineinschüttet. Und er ist nicht der Einzige – das halbe Revier ist süchtig nach dem Zeug. Also habe ich nach einem Suchtmittel in Pulverform gesucht. Nach Kodein, Methadon, Kokain, Heroin. Doch Fehlanzeige. Dann versuchte ich es mit dieser kleinen Schönheit hier.«

Er zog einen Zettel mit einer chemischen Verbindung hervor: C10H15N. »Methamphetamin.«

»Garvey ist süchtig nach dem Dreck«, sagte ich. »Wird er zurechtkommen?«

»Solange es Nachschub gibt. Ich habe in einem alten pharmazeutischen Handbuch nachgeschlagen, und ich vermute, es handelt sich um eine Substanz auf Desoxyn-Basis. Man hat sie früher Patienten verabreicht, die unter starker Fettleibigkeit litten.«

»Und wenn der Nachschub ausbleibt?«

»Dann wird er zusammen mit den anderen im Revier die Wände hochgehen.«

»Glauben Sie, dass der Prophet es mal probiert hat?«

»Glauben Sie, dass Adolf Hitler seinen Kopf in eine Gaskammer gesteckt hat, um sich zu vergewissern, dass sie auch funktioniert?«

Im Laufe der Zeit erholte sich mein Körper von seinen Verletzungen. Hollis' Viehtreiber hatte auf meinem ganzen Körper 10-Cent-Stück-große Narben hinterlassen. Und ich hatte eine Menge Narben. Ich habe den Zahn, den er mir ausgeschlagen hat, nicht durch einen künstlichen ersetzen lassen. Es machte mir nichts aus, dass ich mit der Zahnlücke ein wenig brutal aussah.

Ein Monat zog ins Land, und die Menschen verfielen in ihren alten Trott. Alles war wie früher – wie es immer gewesen war.

Bis sich das eines Tages änderte.

18 SCHULBUS

Die Turnhalle der Mount-Galilee-Grundschule. Fünfhundert Kinder hockten auf dem glänzenden Hartholzboden, den Blick auf die Bühne gerichtet. Auf der einen Seite der Halle befand sich ein Wandgemälde von der Kreuzigung Christi auf dem Berg Golgatha. Auf der anderen eines mit einer Karikatur von Charles Darwin, das ihn, zusammen mit mehreren Gorillas in einen Käfig gesperrt, als Affen zeigte.

Ich stand hinter der Bühne, während der Hauptredner zum Publikum sprach. Er nannte sich der Rappende Jünger. Er hatte eine lange Löwenmähne, trug ein funkelndes Strass-Gewand und einen Vier-Finger-Ring in der Form eines Kreuzes, der aussah wie ein Schlagring.

»Wonach sehnen wir uns alle?« Der Rappende Jünger breitete die Arme aus. »Wir alle wollen ein *rechtschaffenes Leben* führen! Wir müssen Erlösung finden! Lasst euch gesagt sein, Kinder, selbst in eurem Alter habt ihr schon gesündigt. Oh ja!«

Die Arme des Rappenden Jüngers gingen auseinander.

»Ihr esst zu viele Süßigkeiten – und das ist eine *Sünde*, meine jungen Brüder und Schwestern. Die Sünde der *Völlerei*! Ihr hängt in eurer Wohnung ab und spielt Videospiele, während Gott sein Sonnenlicht auf die Welt scheinen lässt« – der Rappende Jünger sprach das Wort Video wie *Videar* aus – »und es ist meine Pflicht, euch zu sagen, dass dies die Sünde der *Trägheit* ist!«

Er schlug jetzt einen väterlichen Tonfall an: »Aber hey, das ist in Ordnung, in Maßen ist das völlig in Ordnung.

Denn ich war auch mal wie ihr, meine Jungen und Mädchen – ein *Sünder*. Ich blieb nächtelang auf und glotzte mit großen Augen auf den Fernseher, bis ich mehr an Mario als an Maria Magdalena dachte! Aber inzwischen liebe ich meinen Gott und meinen Propheten mehr denn je – und Liebe bedeutet *Gehorsam*, meine kleinen Gläubigen!«

Er stimmte einen Rap-Song an, während er umherstolzierte und immer wieder die Arme ausbreitete, sodass der Strass aufblitzte. Ich fand es faszinierend, wie er »Oblate« auf »Gnade« reimte. Als er die Bühne verließ, trat ich hinter das Rednerpult und räusperte mich.

»Der Segen des Propheten sei mit euch allen.«

Die Münder fünfhundert wohlerzogener Kinder antworteten: »Durch ihn spricht der Herr.«

Ich war hier als Teilnehmer einer staatlichen Öffentlichkeitsinitiative, die es zum Ziel hatte, Kinder auf mögliche Verstöße gegen den Glaubenskodex in ihren eigenen vier Wänden aufmerksam zu machen. Das Programm wurde in Zusammenarbeit mit dem Ministerium für Rassenhygiene und Klassenangelegenheiten durchgeführt. Es handelte sich um eine zweigleisige Kampagne, die dazu diente, staatsgefährdende Verräter aufzuspüren und vor den Gefahren zu warnen, die eine Vermischung mit unreinen Rassen bedeutete.

Auf einem Klapptisch lag eine Reihe verbotener Gegenstände. Als ich sie dem Publikum präsentierte, stießen die Lehrer und Kinder erstaunte Rufe aus.

Ich nahm eine Kippa und fragte: »Weiß einer von euch, wie man das hier nennt?«

Ich ließ meinen Blick über die Menschenmenge wandern, darunter Kinder mit kaffeebrauner Haut, etwa zwanzig Asiaten und ein paar rothäutige Indianer. Die Kinder aus den Ghettos durften ebenfalls staatliche Schulen besuchen – denn Bildung war der erste Schritt, um falsche Glaubensrichtungen auszumerzen.

Mein Blick fiel auf ein Mädchen mit dem Namensschild *Alona Cohen.*

»Alona, haben deine Eltern oder deine Großeltern je eine Kippa getragen?«

»Meine Großeltern sind tot«, kiekste sie.

Ich nahm einen siebenarmigen Leuchter in die Hand. »Hat deine Familie schon mal so etwas benutzt?«

Alona legte ihr Kinn auf die Brust und schüttelte energisch den Kopf. »So etwas haben wir nicht daheim. Das sind verbotene Gegenstände.«

»Schau mich an, wenn ich mit dir rede.«

Artig hob sie den Kopf.

»Alona, Schätzchen«, sagte ich, »du würdest mir doch sagen, wenn du einen von diesen Gegenständen schon mal gesehen hast, oder?«

Sie schniefte. »Hm-hm.«

»Du kennst doch deine Pflichten gegenüber der Republik, oder? Was ist los, Alona?«

»I... i... i...«, schluchzte sie, bevor ihr die Stimme versagte.

»Schon gut, Alona«, sagte ich nachsichtig, denn ich wollte sie nicht zum Weinen bringen.

Der Direktor wandte sich an die Schüler: »Kommt schon, Kinder, was tun wir, wenn wir mitbekommen, dass jemand ein Religionsverbrechen begeht?«

»*WIR MELDEN ES!*«, antworteten die Kinder im Chor.

»Genau«, sagte ich. »Ihr erzählt es einem Gläubigen, oder ihr ruft die anonyme Hinweis-Hotline an, um die Ungläubigen zu melden. Ihr könnt aber auch gerne in mein Büro kommen und es mir direkt erzählen, okay?«

Meine persönliche Einladung versetzte die Kinder in helle Aufregung. Sie stellten sich vor, wie es wäre, mit einem heißen Tipp in die Zentrale der Gefolgsleute zu marschieren! Die meisten Jungen träumten wahrscheinlich davon, Gefolgsmann zu werden.

»Ihr müsst immer bedenken, dass die Menschen, die solche Verbrechen begehen, krank sind. Sie wirken vielleicht nicht so, aber hier oben sind sie sehr krank.« Ich tippte gegen meinen Kopf. »Wenn jemand krank ist und geheilt werden kann, würdet ihr ihm doch helfen, oder? Genau das tun wir: Wie holen diese Menschen ab und machen sie wieder gesund. Und dann dürfen sie zurück nach Hause. Sie sind dann so gut wie neu.« Ich zwinkerte ihnen vertrauensvoll zu. »Nein, besser als neu.«

Ich fuhr mit meinem Vortrag fort und präsentierte ihnen das Elektrometer der Scientologen. Dann zeigte ich ihnen Exemplare des Korans, der Gita und der Thora, die ich alle in einem Mülleimer verbrannte. Außerdem steckte ich ein Exemplar von Darwins Evolutionsdarstellung in Brand, die ich mit Öl durchtränkt hatte, damit sie möglichst effektvoll in Flammen aufging.

»Noch irgendwelche Fragen?«

Eine einzige Hand ging in die Höhe.

»Ja, du. Sprich!«

Der Junge sah nicht besonders gut aus. Seine Haut hatte die Farbe eines Schmorbratens, den man im Ofen vergessen hatte, und an seinem Hals lief Schweiß herunter und durchnässte seine Schulweste.

»Sie waren letztes Jahr schon mal hier«, sagte er. »Eine Woche danach fand ich eines der Bücher, die Sie erwähnt haben, im Wandschrank meines Vaters. Sie haben gesagt, dass es Menschen gibt, die krank sind, obwohl man es ihnen nicht ansieht, und mein Vater war wohl so jemand. Er redete nicht viel mit mir und meiner Mom, und er hat sich auf der Arbeit oft krankgemeldet.«

Der Junge tippte sich gegen die Stirn, so wie ich es eben getan hatte.

»Vielleicht war er hier oben krank. Also habe ich die Hinweis-Hotline gewählt, und kurz darauf wurde mein Dad abgeholt.«

»Du hast das Richtige getan«, sagte ich.

»Sie meinten, man würde ihn heilen«, sagte der Junge. »Aber man brachte ihn in einem Rollstuhl nach Hause zurück. Sein Haar war ganz weiß geworden, und er konnte nicht mehr sprechen. Er saß die ganze Zeit am Fenster und starrte hinaus auf den Schnee. Eines Nachts schüttelte meine Mutter ihn immer wieder durch und brüllte so laut, dass die Nachbarn die Polizei riefen, und dann wurden Dad *und* Mom abgeholt.«

Wäre ich mit dem Jungen alleine gewesen, hätte ich ihm vielleicht von meiner eigenen Mutter erzählt – nicht um seine Schuldgefühle zu zerstreuen, weil er vielleicht glaubte, dass man ihn dazu angestiftet hatte – dass *ich* ihn dazu angestiftet hatte –, sondern damit er begriff, dass er nicht der Einzige war, dem so etwas passiert war. Aber hier in aller Öffentlichkeit, als Repräsentant der Republik, konnte ich ihm davon nicht erzählen.

»Glaubst du, der Prophet hätte das zugelassen, wenn es deine Eltern nicht verdient hätten?«

Der Junge rutschte auf dem Hosenboden hin und her und zuckte zusammen. »Es war nur ein *Buch.*«

Die Anwesenden stöhnten entsetzt auf. Ich hob die Hand, um sie zum Schweigen zu bringen.

»Nur ein Buch? Wenn man so argumentiert, mein Junge, war die Schlange im Garten Eden auch nur eine Schlange. Ein Buch ist niemals nur ein Buch. Glaubst du wirklich, wir können es zulassen, dass die Menschen lesen, was sie wollen? Es gibt keinen Gott außer Gott, und er spricht durch den Propheten zu uns.«

In diesem Moment klingelte die Glocke, und die Schüler durften gehen.

Zehn Minuten später stand ich auf dem Schulhof und verteilte billige Plastikmarken, die silbern funkelten; AUSZUBILDENDER GEFOLGSMANN war in den Metallüberzug gestanzt. Nachdem die Kinder ihre Marken bekommen hatten, schulterten sie ihre Ranzen und liefen zu den gelben Bussen auf dem Parkplatz. Der Junge mit dem grauen Gesicht hatte beim Klingeln der Glocke die Turnhalle verlassen, doch ich behielt ihn im Auge, weil ich dachte, dass ich vielleicht mit ihm reden könnte.

In diesem Moment näherte sich die Direktorin über eine Rasenfläche, die stark vertrocknet war, weil man sie nicht bewässert hatte. Ihre Kleidung hatte denselben Grauton wie die ihrer Schüler – sie trug ein langes stahlgraues Kleid sowie einen Pullover mit Zopf-Muster, und über ihrem Herzen prangte ein Zinnkreuz.

»Ein undankbares Publikum, was?«

»Ich suche diesen Jungen«, erklärte ich ihr. »Der Junge, dessen Eltern verschwunden sind.«

»Jeremiah. Er fährt mit dem Bus, allerdings weiß ich nicht, mit welchem. Soll ich nachschauen?«

»Gerne«, sagte ich, obwohl ich nicht wusste, was ich sagen sollte, wenn man Jeremiah zu mir rief.

Von Osten zog ein Unwetter auf. Nach und nach verfinsterte sich der Himmel, während düstere Wolkenschichten über ihn hinwegrollten, als hätte man einen schmutzigen Rollladen über den Tag gezogen.

»Er wohnt in einem Heim«, erklärte mir die Direktorin. »Jeremiah. Er wurde dort untergebracht, nachdem man seine Eltern abgeholt hatte. In einem Wohlfahrtsheim, in einer guten Einrichtung. Kinder sind unglaublich widerstandsfähig.«

»Sie sollten reingehen«, sagte ich zu ihr. »Sie holen sich hier draußen im Regen noch den Tod.«

Mein Blick wanderte über ihre Schulter hinweg zu den Bussen, die gerade den Schulparkplatz verließen. Ihre Fenster waren geöffnet, und über den Hof hallten Gelächter und gellende Pfiffe.

Im letzten Bus entdeckte ich Jeremiah. Er kniete auf seinem Sitz und starrte mich durch das Fenster an.

»Wenn Sie wollen«, sagte die Direktorin, »kann ich die Adresse von Jeremiahs Heim für Sie raussuchen ...«

Der Junge kniete auf dem Sitz, mit einem Gesichtsausdruck, der viel zu energisch für sein Alter wirkte. Er trug keine der Plastikmarken. Er winkte mir zu. Dann fuhr der Bus los und wurde allmählich schneller. Mit der anderen Hand hielt Jeremiah irgendetwas umklammert. Ich kniff die Augen zusammen und versuchte zu erkennen, um was es sich handelte.

Mein Gott.

Ich rannte auf den abfahrenden Bus zu. Jeremiah stand jetzt im hinteren Teil des Fahrzeugs, eine Hand auf dem Notfall-Türstopper. Er winkte mir immer noch zu.

Der Bus scherte aus, während er weiter beschleunigte. Ich rannte über den Gehweg und winkte Jeremiah zu: *Alles ist gut, mein Junge, egal, was du gerade durchmachst, egal, wie schlimm deine Situation ist. Gott ist stets an deiner Seite. Das weißt du doch, oder?*

Er hob die andere Hand. Aus seinem blassgrauen Ärmel schlängelte sich eine verdrehte Sprengschnur. Und da war auch der winzige rote Knopf. Jeremiahs Bauch war aufgebläht von den Metallkugeln, die er geschluckt hatte, und sein Gesicht war kreidebleich von dem giftigen C4 in seinem Körper.

Der Abstand zum Bus wurde größer. Die Kinder lachten und riefen, als die Luft von einer Explosion zerrissen wurde. Aus dem Brustkorb des Jungen breitete sich ein schneeweißer Ball aus. Die wuchtige Detonation war so dumpf, dass ich sie gar nicht hören konnte – es herrschte eine tiefe, anhaltende Stille, die nur von dem Herzschlag in meinem Trommelfell unterbrochen wurde.

Die Fenster splitterten, und das Glas zerschmolz zu flüssigen Klumpen, während sich das Dach wie der Deckel einer Sardinenbüchse nach hinten bog. Eine glühend heiße Faust holte mich von den Füßen, und eine Taschenbibel flog wie ein brennender Spatz durch die Luft und prallte von meiner Stirn ab.

Ich rappelte mich wieder auf und wankte hinter dem Bus her, der inzwischen nur noch ein loderndes Gerippe mit brennenden Reifen war. Er schlingerte auf die Straße, vorbei an den anderen Bussen, die auf den Bordstein gefahren waren, um ihm auszuweichen, und weiter auf eine Kreuzung zu, auf der mehrere Schülerlotsen mit reflektierenden orangefarbenen Schärpen standen. Das verkohlte Gerippe rollte an ihren entsetzten Gesichtern vorbei, während aus seinen leeren Fensterfassungen Flammen loderten und verschmorte Sitze und verbrannte Gestalten herauspurzelten.

Inzwischen war der Verkehr zum Erliegen gekommen. Die anderen Busfahrer hockten wie erstarrt hinter ihrem Lenkrad, während diese Horrorshow vor ihrer Windschutzscheibe vorbeischlingerte und hinter der Kreuzung in einem gepflegten Garten einen hüfthohen schmiedeeisernen Zaun durchbrach, gegen eine Statue der Unbefleckten Mutter krachte und schließlich zum Stehen kam.

Als ich dort eintraf, standen mehrere verstörte Autofahrer um das brennende Wrack herum. Ein Mann versuchte vergeblich, die Flammen mit einer Flasche Wasser zu löschen; Tropfen spritzten von den glühend heißen Seitenwänden des Busses. Eine Frau hielt eine Decke in der Hand, als wollte sie einen zitternden Überlebenden darin einwickeln. Die verkohlten Skelette der Kinder, die noch nicht vollständig verglüht waren, waren in der Körperhaltung mit den Sitzen verschmolzen, die sie bei der Explosion der Bombe eingenommen hatten: Einige saßen aufrecht, andere waren zu schwarzen Statuen erstarrt, während sie irgendwelchen Blödsinn machten. Von der Oberseite ihrer verschmorten Schädel züngelten Flammen empor, was mich auf grausame Weise an die Kerzen in der Abendmesse erinnerte.

Die Augenzeugen starrten mich an, mich, den Hüter des öffentlichen Friedens, als könnte ich die Sache wieder in Ordnung bringen. Aber was konnte ich schon tun? Ich verfügte über keine magischen Kräfte, um die Kinder wieder lebendig zu machen. Was konnte ich schon sagen – *Gehen Sie weiter, hier gibt es nichts zu sehen?* Aber es gab hier *jede Menge* zu sehen.

Also standen wir, die ergebenen Gläubigen von New Bethlehem, im Regen um das brennende Wrack eines Schulbusses herum. Die Unbefleckte Mutter hatte die Arme ausgebreitet und hielt in der Hand eine oxidierte kupferrote Taube. Über dem Arm der Statue hing ein weiterer Arm; der abgetrennte Arm eines Kindes baumelte dort wie ein verschrumpelter schwarzer Bumerang.

Eine weitere Explosion zerriss die Luft; es klang, als hätte ein Paar riesiger Hände mehrere Dachbalken zerbrochen. Ich schirmte meine Augen gegen den Regen ab und sah, wie im Osten, weniger als einen Block entfernt, ein Gebäude in sich zusammenfiel. Staubwolken stiegen auf und bildeten eine hauchdünne Hülle, in die das Gebäude senkrecht hineinstürzte, als hätte sich unter ihm eine Falltür aufgetan.

Weitere Viertel wurden von Explosionen erschüttert; es klang wie entferntes Artilleriefeuer. Alles stürzte in sich zusammen, wurde in Stücke gerissen.

19 CHAOSTHEORIE

Elf Explosionen hatten an jenem Nachmittag die Stadt erschüttert.

Die Ziele schienen nichts gemeinsam zu haben. Der Schulbus und das Gebäude in der Nähe – ausgerechnet eine abrissreife Feuerwerksfabrik. Die kirchliche Bibliothek in der Innenstadt. Ein Bus der städtischen Verkehrbetriebe. Ein Fitness-Studio im Stadtzentrum. Ein Klärwerk in Little Baghdad. Die Fachhochschule am Trinity Divinity College.

Elf Explosionen. Ohne erkennbaren Zusammenhang. Bei einigen Explosionen wurde niemand getötet, bei anderen gab es Dutzende von Toten. Am Ende belief sich die Zahl der Todesopfer auf 179 Gläubige. Niemand hatte etwas gesehen, oder die Leute behaupteten, sie könnten sich an nichts erinnern – an keine Stimmen, Namen oder Gesichter. Elf Spuren, die sich im Nichts verloren.

Am selben Nachmittag wurde auch die Unbefleckte Mutter entführt.

Jede Woche ließ sie sich in Zoila's Salon in Jewtown die Nägel machen. Begleitet von zwei bewaffneten Leibwächtern wurde sie dann in einer gepanzerten Limousine zum Salon gefahren.

Um 15.13 Uhr ging der Notruf der Leibwächter ein. Als die Beamten in der Gasse hinter Zoila's Salon eintrafen, fanden sie dort die Leichen der Bodyguards und des Fahrers. Man hatte ihnen ins Gesicht geschossen und jedem der Bodyguards den Arm gebrochen, mit dem sie die Waffe hielten, sodass sich die Knochen durch die Haut gebohrt hatten; sie sahen aus, als hätte sie ein wild gewordener Gorilla in die Mangel genommen.

Es war der Unbefleckten Mutter zwar gelungen, die automatische Verriegelung zu betätigen, doch die Täter hatten mit Plasmabrennern die Tür aufgeschweißt. Beim Eintreffen der Beamten lief der Motor noch, und der Sitz, auf dem die Unbefleckte Mutter gesessen hatte, war noch warm.

Ihre Entführer hatten sich bisher nicht gemeldet. Es gab weder eine Lösegeldforderung noch ein konkretes Lebenszeichen der Unbefleckten Mutter. Der Prophet veröffentlichte eine kurze Stellungnahme, in der er die Entführer aufforderte, zu Gott zu finden und ihre Gefangene unversehrt freizulassen.

New Bethlehem hatte sich in eine Todesfalle verwandelt, und es gab kein Entkommen.

Den Tag nach den Explosionen musste ich das Bett hüten.

Als ich dem Bus hinterhergerannt war, hatte ich mir einige Verletzungen zugezogen. Die Druckwelle hatte mich zu Boden geschleudert und mir die Schulter ausgekugelt. Über meinen Oberarm und meine Brust verlief ein dunkler violetter Bluterguss. Offensichtlich hatte ich geweint, als Jeremiah in Stücke gerissen wurde; die Tränen waren in der Explosion verdunstet und hatten unter jedem Auge eine zwei Zentimeter breite Narbe hinterlassen. Ich hatte leichte Ähnlichkeit mit einem traurigen Clown.

Am Nachmittag rief Hollis an.

»Sie haben die Stellung gehalten, was, mein Junge? Habe gehört, dass Sie ein paar Kratzer abbekommen haben.«

»Morgen melde ich mich wieder zum Dienst.«

»Nicht nötig. Bis auf Weiteres sollen sämtliche Gefolgsleute ihre eigenen Ermittlungen anstellen. Wenn wir uns alle unter einem Dach aufhalten, ist das für diese ganzen

Verrückten wie eine Einladung. Sollten Sie irgendwelche Hinweise haben, dann gehen Sie ihnen auf eigene Faust nach. Und sollte sich daraus ein konkretes Bedrohungsszenario ergeben, kommt die ganze Einheit wieder zusammen. Wenn Sie wollen, können Sie sich mit den anderen privat in Verbindung setzen.«

Ich lag auf dem Sofa und tupfte eine Aloe-Vera-Lotion auf meine Blasen. Der Vogel zwitscherte, und der Frosch hing mit dem Kopf nach unten an der Abdeckung des Aquariums. Ich schloss die Augen, doch ich sah immer noch die weiße Kugel, die aus Jeremiahs Brustkorb hervortrat.

Irgendjemand hatte den Jungen dazu überredet, sich in die Luft zu sprengen. Irgendjemand hatte das alles geplant. Und dieser Jemand war bestimmt auch für die Entführung der Unbefleckten Mutter verantwortlich, die von Anfang an das eigentliche Ziel gewesen war. Die Explosionen hatten nur der Ablenkung gedient.

Am nächsten Morgen fuhr ich zum Stadtarchiv.

Der Morgenhimmel hatte eine violette Färbung angenommen wie die Blutergüsse am Hals eines Gehängten. Die Straßen waren verlassen, und die Geschäfte hatten geschlossen.

Ich hatte das Stadtarchiv bisher nie betreten. Dass so ein kleines Gebäude die historischen Dokumente New Bethlehems und einige Unterlagen aus anderen Städten der Republik beherbergte, schien absurd, allerdings nur dann, wenn man außer Acht ließ, wie viele der Dokumente im Laufe der Jahre zensiert, gefälscht und verbrannt worden waren.

Die Haare der matronenhaften Beamtin dort waren zu einem Dutt hochgesteckt, der jede ihrer Haarfollikel straff wie Gitarrenseiten spannte. Sie warf mir einen strengen Blick zu, wie er typisch für Bibliothekarinnen und Museumsdirektorinnen und jeden war, dessen Ordnungssystem den ständigen Angriffen durch ein nachlässiges Publikum ausgesetzt war.

»Kann ich Ihnen helfen?«

Ich zeigte ihr meine Marke, was sie jedoch nicht sonderlich beeindruckte.

»Ich muss mir sämtliche Ihrer Unterlagen anschauen, die aus New Beersheba stammen«, sagte ich.

»Und wozu?«

»Es handelt sich um eine offizielle Ermittlung, Ma'am.«

Man brachte mich zu einer Wendeltreppe, die gut zwei Stockwerke nach unten führte, wo sie in einen katakombenartigen Gang mündete. Die Luft hier war staubtrocken und saugte mir all meine Flüssigkeit aus dem Körper. Wir kamen an eine Stahltür, die die Beamtin mit einem der Dutzend Schlüssel von dem Ring an ihrer Taille aufschloss. Hinter der Tür befand sich ein enger Raum, in dem ein Microfiche-Lesegerät und ein einzelner ungepolsterter Stuhl standen.

»Setzen«, befahl sie mir.

Sie legte einen schmalen gefütterten Umschlag vor mich hin. »Seit einem Jahr haben wir keine Dokumente mehr aus New Beersheba bekommen.«

Nachdem es mir gelungen war, die Filmkarten in das Lesegerät zu schieben, wurde mir klar, dass ich hier kaum fündig werden würde. Die Zeitung aus New Beersheba war den üblichen Zensurmaßnahmen unterzogen worden. Die Zensoren vor Ort hatten sämtliche Passagen geschwärzt, die ihrer Meinung nach nicht für Leser außerhalb der Stadt bestimmt waren, und die Zensoren in New Bethlehem hatten sämtliche Passagen geschwärzt, die ihrer Meinung nach nicht für die Leser unserer Stadt bestimmt waren; außerdem hatte ein Zensor der Republik alles ausgestrichen, was den öffentlichen Frieden gefährden könnte.

Ich blätterte die Dokumente eines Monats durch, ohne etwas zu finden. Sie reichten bis zum 24. Juli letzten Jahres; die letzten Wochen waren so stark geschwärzt, dass ich mich zwangsläufig fragte: *Was zum Henker war in New Beersheba passiert?*

In diesem Moment kehrte die Archivarin in den Raum zurück. Ihr Blick fiel auf meinen Notizblock, der neben dem Lesegerät lag. In Druckbuchstaben standen dort verschiedene Schreibweisen desselben Namens:

Tom Swift, Thom Swift, Tom Swyft.

»Nach dem suchen Sie also?«

»Kennen Sie ihn?«, sagte ich überrascht.

»Niemand kennt ihn wirklich. Aber ich kann ihn für Sie heraussuchen.«

Ich packte sie am Handgelenk. »Wissen Sie, wo er sich aufhält?«

»Sie ... Sie tun mir weh.«

Ich ließ sie wieder los, und während sie ihr Handgelenk massierte, sagte sie: »Kommen Sie mit.«

Sie brachte mich zu einer Treppe, die in einen weiteren Gang führte. Der Raum, in dem ich mich jetzt befand, war größer als der vorherige. Ich folgte der Beamtin, vorbei an Regalreihen, durch die sie sich, ohne dass sie etwas sehen musste, ihren Weg bahnte. Ihre Finger strichen über die Buchrücken und wanderten sanft daran herunter, bevor sie weiterging.

»Hier«, sagte sie. »Ich wusste, dass wir ein Buch von ihm haben.«

Das Buch, das sie mir reichte, trug den Titel TOM SWIFT UND SEIN MOTORRAD von Victor Appleton. Der Umschlag war stark vergilbt, aber ich konnte die Abbildung eines Jungen erkennen, der auf einem altmodischen Motorrad eine Landstraße entlangtuckerte. Er trug Reitstiefel und eine Ledermütze; ich konnte mich zwar nur noch vage an diese Uniformen erinnern, aber offensichtlich war er ein ...

»Er war kein Nazi.« Zu meinem Ärger hatte die Beamtin meine Gedanken erraten. »Er war ein Abenteurer, ein Erfinder, ein Genie, ähnlich wie ...« Sie durchforstete ihr Gedächtnis nach einem Namen. »... Thomas Edison. Mein älterer Bruder hat alle seine Bücher gelesen. Ich war noch zu jung dafür, und ich war ein Mädchen – als Mädchen las man Nancy Drew. Außerdem hat Tom Swift sich immer darauf verlassen, dass ihm ein jüdischer Junge aus der Patsche hilft. Das gefiel mir nicht.«

»Danke«, sagte ich und verabschiedete mich.

20 DIE DAMASKUS-TÜRME

Überwachungseinsatz.

Ich war Tom Swift bisher nur einmal begegnet, in Begleitung von Angela Doe. Das war zwar keine heiße Spur, aber immerhin ein Anhaltspunkt.

Doe war wieder in ihre Wohnung im dritten Stock nahe dem Nazareth Park zurückgekehrt. Ich mietete ein Zimmer im Motel auf der anderen Straßenseite, von dem aus ich einen freien Blick auf ihre Wohnung hatte. Drei Tage lang trank ich billigen Kaffee und beobachtete die Frau, die ich liebte. Es war nicht zu bestreiten, dass ich ihr auch hinterherspionierte, weil ich eifersüchtig war. Aber das war nicht der einzige Grund. Menschen waren gestorben, und es war meine Aufgabe, herauszufinden, wer sie getötet hatte. Tom Swift kam dafür genauso gut wie jeder andere als Täter infrage.

Er war ein gefährlicher Mann. Unter all den Schwachköpfen, Säufern und Versagern, mit denen ich bei meinen Einsätzen zu tun hatte, waren ein paar wirklich gefährliche Männer. Man erkannte sie sofort: an ihrer Stimme, ihren Augen und an ihren schlangenartigen Bewegungen.

Am dritten Abend um Viertel nach elf fuhr ein Lieferwagen vor dem Gebäude vor. Auf der Beifahrerseite stieg ein Mann aus und überquerte den Gehweg. Er hatte einen Schlüssel und musste nicht klingeln.

Kurz darauf ging in Angelas Küche das Licht an. Ich hob mein Fernglas an die Augen und stellte scharf. Dort standen Angela und Tom Swift. Die beiden lächelten, und

Swift berührte Angela an der Schulter, worauf sie rot anlief und er seinen Kopf lachend in den Nacken warf.

Dann setzten sie sich. Ich kochte innerlich. Irgendwann brachte Angela Swift dann wieder zur Haustür.

Ich eilte zu einem Zivilfahrzeug auf dem Motelparkplatz und folgte dem Lieferwagen, als er gerade losfuhr. Ich verzichtete darauf, Verstärkung anzufordern – es war sowieso keine verfügbar, außerdem traute ich den Kollegen nicht.

Zwanzig Minuten lang kurvte der Lieferwagen durch die Gegend, bevor er von der Mount Of Beatitudes Street in einen der noblen Vororte abbog, die die MegaKirche umgaben, und an einem Stoppschild schließlich zum Stehen kam. Mehrere Personen näherten sich dem Wagen. Einige von ihnen sahen aus, als würden sie in der Nähe ein Haus besitzen, andere, als wären sie aus irgendwelchen Wellblechhütten gekrochen.

Die Hecktür des Lieferwagens wurde aufgestoßen, und die Leute verschwanden im Innern. Als sich die Tür kurz darauf erneut öffnete, stiegen sie wieder aus und liefen die Straße hinunter. Keiner von ihnen trug etwas bei sich. Was hatten sie in Empfang genommen – Drogen? Einen Segensspruch?

Der Lieferwagen steuerte noch drei weitere Viertel an: Jewtown, Little Baghdad und Preacher's Row. Jedes Mal parkte ich unter dunklen zertrümmerten Straßenlaternen und beobachtete aus der Ferne das Geschehen. Dabei zählte ich die Personen, die in den Lieferwagen stiegen; insgesamt waren es vierunddreißig. Sie kletterten in den Wagen, kamen nach ein paar Minuten wieder heraus und verschwanden dann. Sie gehörten keiner bestimmten Bevölkerungsgruppe an.

Es war bereits nach Mitternacht, als der Lieferwagen auf eine rissige Asphaltstraße bog, die über eine Distanz von zwei Häuserblocks zu den Damaskus-Türmen führte. Die beiden Türme waren vor einigen Jahrzehnten als Unterkunft für den Vorgänger des Propheten, einen ehemaligen Bischof, errichtet worden. Um sich jedoch von seinem Vorgänger und den Symbolen seiner Herrschaft abzugrenzen, hatte der Prophet befohlen, die Damaskus-Türme zu räumen.

Die Türme hatte man stehen lassen, oder das, was von ihnen übrig war. Plünderer hatten die Marmorplatten des Empfangstresens, das Messinginventar und die luxuriöse Elfenbeinverkleidung abmontiert. Nachdem man sämtliche Einrichtungsgegenstände, die sich problemlos entfernen ließen, mitgenommen hatte, hatten die besonders unermüdlichen unter den Plünderern Türen, Fensterscheiben, Kupferrohre und die Holzdielen aus Teakholz herausgerissen.

Wie jedes Geschöpf, dem man die Eingeweide herausgerissen hatte, waren die Türme praktisch in sich zusammengefallen. Das Einzige, was noch von ihnen übrig war, waren zwei leere, ausgebrannte Gerippe, deren obere Stockwerke in unterschiedlichen Richtungen eingestürzt waren. Sie erinnerten an zwei in den Himmel ragende verfaulte Stoßzähne.

Ich öffnete den Kofferraum und schnappte mir eine Taschenlampe. Außer meiner Pistole und meiner Marke hatte ich sonst nichts dabei, was mich als Gesetzeshüter auswies. Mit meinen alten Klamotten und der abgewetzten Nachtwächterjacke hätte man mich glatt für eine der heruntergekommenen Gestalten halten können, die in dieser Gegend hausten.

Ich lief über das kaputte Kopfsteinpflaster, um zwischen den Türmen hindurch zum Parkplatz auf der Rückseite zu gelangen, wo der Lieferwagen stehen musste. Ich kam an dem Springbrunnen auf dem Vorplatz vorbei, einem knietiefen Steinbecken, über dem eine kopflose Statue des alten Bischofs thronte. Dass man ihr den Kopf abgeschlagen hatte, war allseits bekannt – aber irgendjemand hatte einen ausgehöhlten Kürbis auf dem schmutzigen Marmorstumpf drapiert.

Am Straßenrand, dicht an einen Zaun gedrängt, standen zwei Gestalten. Eine der beiden Personen entzündete ein Streichholz, während die andere schützend ihre Hände um das brennende Streichholz hielt und ihre Zigarette an die Flamme hielt. Hatten sie sich hinter meinem Rücken dort hingeschlichen, um mir den Weg abzuschneiden? Oder handelte es sich bloß um zwei Pennbrüder? Ich zog meine Pistole aus dem Schulterhalfter und lief zwischen den beiden Türmen hindurch. Wo früher einmal mehrere Terrassen mit gepflegten Rasenflächen gewesen waren, waren jetzt nur noch Stufen mit getrocknetem Gras, die mit gesprungenen Blumentöpfen übersät waren. Ich ließ meinen Blick an der westlichen Fassade des linken Turmes hinaufwandern, über die verrußten Backsteine und leeren Fensterrahmen, in die durch eine Schicht aus Wolken das Mondlicht fiel. In der Nähe ertönte Donnergrollen, und mein Mund füllte sich mit einem trockenen Ozongeschmack.

Der Lieferwagen parkte auf einer abschüssigen Laderampe, die in den entfernteren der beiden Türme führte. Die Türen des Fahrzeugs standen weit offen, und das Innere war leer. Auf gut Glück schaute ich nach, ob die Schlüssel im Zündschloss steckten. Fehlanzeige. Ich presste mich gegen die Wand, die an der Rampe entlang nach unten führte.

Sie mündete in einer Tiefgarage, an deren Wänden sich Paletten mit Lebensmittelkonserven stapelten. Bereitete sich Swift auf den Tag des Jüngsten Gerichtes vor? Auf den Abwasserrohren über mir huschten Ratten entlang.

Und von irgendwoher konnte ich Stimmen und Musik hören.

Ich stieß mit meiner Schulter irgendwo an und ließ die Taschenlampe fallen. Sie wirbelte über den Boden und erleuchtete mit ihrem rotierenden Lichtstrahl die Garage. Ich sah weitere Lebensmittelkonserven und mehrere Autos. Jemand hatte etwas an die Wände geschmiert. Doch die Wörter wischten zu schnell vorbei, um sie zu entziffern ...

... und direkt vor mir stand ein Mann.

Ich richtete meine Pistole auf ihn. »Keine Bewegung.«

Der Mann rührte sich nicht – er zuckte nicht mal. Ich stupste mit den Zehen die Taschenlampe an, sodass der Lichtstrahl auf sein Gesicht fiel.

Vor mir stand kein Mann, sondern eine Statue unseres Propheten. Die Arme und Beine waren aus Stroh, das mit Garn zusammengebunden war und aus einem der vanillefarbenen Anzüge ragte, die unser himmlischer Held so gerne trug. Der aus Lehm modellierte Kopf mit seinen überdimensionalen und verzerrten Gesichtszügen war ein gespenstisches Porträt des Propheten. Dort, wo normalerweise die Augen waren, hatte man daumendicke Löcher hineingedrückt und verdorbenes Fleisch hineingestopft.

Auf der Wand dahinter stand:

MÖGEN EURE SÜNDEN UNGESÜHNT BLEIBEN.

»Das hier geht Sie nichts an.«

Mit der Pistole im Anschlag drehte ich mich in die Richtung, aus der die Stimme gekommen war. Eine riesige Hand, die mehr Ähnlichkeit mit einer Pranke hatte, packte die Pistole, und mir fiel plötzlich der Tatort vor Zoila's Nagelstudio ein, mit den beiden Beamten, die aussahen, als wären sie von einem Gorilla in Stücke gerissen worden.

Bei dem verzweifelten Versuch, dem Monster das Gesicht zu zertrümmern, schleuderte ich meine freie Hand in die Höhe, worauf sie von einem unfassbar breiten Brustkorb zurückprallte. Dann erschütterte ein Faustschlag meinen Schädel, und alles um mich herum wurde schwarz.

21 EIN FREUNDLICHES GESPRÄCH

»Well, I don't care if it rains or freezes,
Long as I got my plastic Jesus,
Sittin' on the dashboard of my car ...«

Abgesehen von dem Umgebungslicht war es dunkel. Wo auch immer ich mich gerade befand, ich hatte das Gefühl, als wäre mein Schädel aufgeplatzt und ein Teil seines Inhalts würde meinen Nacken hinunterlaufen.

»Comes in colors, pink and pleasant.
Glows in the dark 'cause it's iridiscent
Take it with you when you travel far ...«

Offensichtlich befand ich mich in einem verlassenen Bereich der Damaskus-Türme. Von einem Nagel in der Decke hing eine Sturmlaterne, und der Wind pfiff durch die leeren Fensterrahmen. Ich war mit den Füßen und Handgelenken an einen Stuhl gefesselt.

»Go get yourself a sweet Madonna dressed in rhinestones,
Sittin' on a pedestal of abalone shell.
Goin' ninety, I ain't wary 'cause I've got the Virgin Mary,
Assurin' me that I won't go to Hell.«

Am Rand des Lampenscheins saß jemand und sang dieses Lied. Ich hatte seine Stimme schon einmal gehört.

Tom Swift zupfte ein paar Akkorde auf einem Instrument, einer Ukulele aus einer Milchpackung, einem Zollstock und einer Angelschnur. Das Foto des vermissten Jungen auf der Milchpackung kam mir bekannt vor.

»Kennen Sie dieses Lied, Jonah?«, fragte Swift. »Es heißt ›Dashboard Jesus‹.«

»Nein«, sagte ich zu ihm.

»Es stammt aus einem Film«, sagte er. »Aus *Der Unbeugsame*. Haben Sie ihn gesehen?«

»Der Film ist verboten.«

»Warum eigentlich?«

»Weil er Ungehorsam gegenüber Autoritäten verherrlicht. Er könnte die Leute dazu anstiften ...«

»Die herrschende Klasse infrage zu stellen?«

Ich nickte müde.

»Wie oft haben Sie *Die Passion Christi* gesehen?«

Jeder Gläubige in der Republik musste sich einmal pro Jahr diesen Film ansehen; er lief in einem eigens dafür eingerichteten Kino in der Innenstadt – die erste Aufführung hatte bereits vor meiner Geburt stattgefunden.

»Fünfunddreißig Mal.«

»Fünfunddreißig Mal, und Sie haben nie *Der Unbeugsame* gesehen.«

Tom Swift schüttelte den Kopf, als wollte er sagen, dass im Grunde genau dort das eigentliche Problem lag. Er fragte mich, ob ich Kopfschmerzen hätte. Worauf ich ihn fragte, was zum Henker er von mir wolle.

»Ach, nur das Übliche: den Weltfrieden, dass niemand mehr hungern muss, und den Kopf eures Propheten auf einem Silbertablett.« Er streckte seine Hände aus. »Wollen Sie mich jetzt verhaften, Jonah? Ich bin ein ungläubiger Sünder.«

»Dafür brauche ich keine Handschellen. Ich würde Sie erschießen.«

Er machte ein finsteres Gesicht. »Behandelt man so etwa seinen Gastgeber? Aber eigentlich sollte ich Sie fragen, was Sie überhaupt wollen, Jonah. Schließlich sind Sie mir gefolgt.«

Ich schlug einen anderen Tonfall an. »Warum der falsche Name? Tom Swift, nach einem genialen Jungen, den keiner mehr kennt.«

Er applaudierte mir höflich. »Gute Detektivarbeit. Aber Sie haben meine Frage nicht beantwortet – warum sind Sie mir gefolgt?«

»Was ist in New Beersheba passiert?«, frage ich.

»Was haben Sie darüber gehört?«

»Das ist ein Schwarzes Loch. Man bekommt keine Informationen darüber.«

Die ganze Zeit tropfte Wasser in meinen Nacken.

»Lieben Sie sie – Angela, meine ich?« Swift neigte den Kopf und gab mir damit zu verstehen, dass meine Antwort von rein theoretischem Interesse war. »Ich kann das verstehen. Sie ist ein wirklich liebenswerter Mensch.«

Ich warf mich mit meinem Körper in seine Richtung. Meine aggressive Bewegung sorgte dafür, dass ein Mann, den ich irrtümlicherweise für einen Stützpfeiler gehalten hatte, weil er so riesig war und vollkommen reglos dastand, vortrat und mir eine Hand auf die Schulter legte. Die Hand war groß wie eine gusseiserne Bratpfanne, und der dazugehörige Mann hatte passenderweise die Ausmaße eines Schranks.

Swift vollführte eine beschwichtigende Geste. »Ich bin mir sicher, dass unser Freund hier sich nur ein bisschen gestreckt hat, Porter. Ich habe doch recht, Jonah, oder?«

Der runde Schein der Lampe fiel auf die untere Gesichtshälfte des Monsters. Ich erkannte das Gesicht aus der Phantomzeichnung von Tibor Goldberg wieder – es handelte sich um den märchenhaften Riesen, der aus der Telefonzelle vor dem Plattenladen telefoniert hatte. *Er sah aus wie ein Freak*, waren Tibors Worte gewesen. Das war nicht übertrieben. Von einem Ohr bis zum anderen maß der Kopf des Mannes bestimmt dreißig Zentimeter.

Swift bedeutete dem Hünen, sich zu entfernen. »Akromegalie«, erklärte er. »Oder Riesenwuchs, wie der Laie sagt. Er ist groß wie ein Haus, was?«

Swift machte mit seinem Finger eine kreisende Bewegung, und folgsam drehte sich der Riese mit dem Gesicht zur Wand.

»Er heißt Porter Rockwell«, sagte Swift, »aber wir nennen ihn Golem. Wissen Sie, was ein Golem ist?« Als ich meinen Kopf schüttelte, sagte er: »Woher auch? Es handelt sich um einen heidnischen jüdischen Mythos. Ein Golem war ein aus Lehm geformter Riese. Sein Schöpfer schrieb auf einen Pergamentschnipsel Befehle und steckte sie dem Golem in den Mund. Nachts erwachte der Golem dann zum Leben und tat, was man ihm befohlen hatte. Er kehrte die Feuerstelle, reparierte den Zaun, brachte die Feinde seines Schöpfers um ... einfach alles.«

»Warum sollte er sich umdrehen?«

»Porter ist taub. Er hat sich das selbst angetan – mit einem Schraubenzieher. Zum Teil ist das meine Schuld. Denn ich habe ihm gesagt, dass man ihn eher anschaut, als ihm zuzuhören, und das hat er falsch verstanden.« Quälend langsam hob Swift einen Zeigefinger ans Ohr. »Er handelt, ohne zu denken – wie ein Golem. Aber er kann ziemlich gut Lippen lesen.«

Wie konnte er von der Telefonzelle aus telefonieren, wenn er taub ist?, dachte ich.

»Woher kennen Sie ihn?«

»Ich habe ihn irgendwo unterwegs aufgelesen«, antwortete Swift, als sei der Riese ein streunender Hund, der sich ihm angeschlossen hatte, weil er einsam oder verängstigt war.

»Wollen Sie wirklich den Kopf des Propheten auf einem Silbertablett?«

Er lächelte. »Das war unhöflich von mir. Ich wollte damit sagen, dass euer Prophet ein Feigling und Betrüger ist. Wahrscheinlich will ich nur, dass die Menschen sein wahres Gesicht sehen.«

»Wie fühlt man sich dabei, wenn man die Menschen dazu bringt, sich selbst in die Luft zu sprengen?«

»Euer Prophet ist der oberste Repräsentant eures Glaubens«, sagte er, meine Frage ignorierend. »Die meisten Menschen sind ziemliche Herdentiere und werfen sich vor jedem auf den Boden, der von eurem Göttlichen Rat zu Gottes Vertreter auf Erden ernannt wird. Man muss sie nur ein bisschen aufklären.«

»Und Sie sind derjenige, der die frohe Botschaft unter die Leute bringt.«

»Ich wüsste sonst niemanden, der dazu bereit wäre.« Er breitete die Hände aus, als flehte er darum, dass ihm jemand diese unerträgliche Last abnimmt. »Ich möchte, dass die Menschen sich ihre eigenen Gedanken machen. Momentan wird ihr Leben von einem Märchenbuch bestimmt.«

»Ihre Gewissheit ist bewundernswert«, sagte ich mit ausdruckslosem Gesicht. »Bei den Straßenpredigern auf der Preacher's Row ist bestimmt noch ein Platz frei.«

Swift trat an das leere Terrassenfenster. Wir befanden uns hoch oben im Gebäude – es waren weder Lichter noch Dächer zu sehen.

»Ich frage mich«, sagte Swift, »warum die Menschen sich für so bedeutend halten. Warum wir die einzige Spezies sind, die so ... anmaßend ist? Ja, so anmaßend zu glauben, dass ein Teil von uns, der Teil, der uns ausmacht, nach unserem Tod weiterlebt. Wir sind die Einzigen, die glauben, dass etwas in jedem von uns so wertvoll ist, dass es in irgendeiner Form in einer anderen Dimension – im Himmel oder in der Hölle – ewig weiterlebt. Die Existenz von Insekten, von Tieren, ist begrenzt. Unsere hingegen unbegrenzt. Warum sollten wir etwas Besonderes sein?«

Ich hatte darauf keine Antwort.

»Nüchtern betrachtet, verstehe ich, woher unser Bedürfnis zu glauben kommt: Wir sind so zerbrechlich, unsere Existenz ist so unsicher, dass wir etwas brauchen, an dem wir uns moralisch ausrichten können. Ein perfektes Wesen, zu dem wir aufschauen können, in einer Welt, in der viele Menschen nur ihre eigenen Interessen verfolgen. Aber was, wenn da nichts ist, an das man glauben, dem man sich opfern, für das man Enthaltsamkeit üben und dem man freudig entgegenblicken kann?«

Der Wind pfiff durch das Glas der Sturmlampe, sodass die Kerze flackerte. Ich konnte Porter Rockwells schweren Atem hören. Als die Flamme sich wieder beruhigt hatte, sah ich, dass Swift erneut auf seinem Stuhl Platz genommen hatte.

»Ich wünsche mir nichts sehnlicher, als mich zu irren. Sollte man mich im Moment meines Todes auffordern, mich zu meinen Sünden zu bekennen, dann, das verspreche ich, werde ich Abbitte leisten. Wollen Sie wissen, was meine letzten Worte sein werden?« Er reckte die Hände Richtung Himmel. »Ich widerrufe, mein Herr. Ich *glaube*!«

Der Turm schwankte im Wind.

»Aber eine Sache, die Sie betrifft, finde ich ziemlich merkwürdig«, sagte Swift. »Sagen Sie mir: Warum besuchen Sie Ihre Mutter nicht mehr, Jonah?«

Mir stockte der Atem; ich hatte das Gefühl, als würden mehrere kalte Stahlriemen über meinem Brustkorb zusammenklappen. Woher wusste er das?

»Wenn Sie Ihr etwas antun ...«

Swift schürzte die Oberlippe, und darunter kam eine Zahnreihe, weiß und gerade wie Orgeltasten, zum Vorschein.

»Sie müssen mich für einen üblen Schuft halten! Was haben Sie denn angestellt, dass ich mich an Ihrer Mutter rächen sollte?«

»Warum interessieren Sie sich dann für sie?«

»Meine eigene Mutter ist tot«, sagte er. »Sie wurde ermordet. Vor langer Zeit; ich war damals noch ein Junge. Aber Ihre Mutter lebt noch, und Sie lassen sie in diesem Haus voller Leichenfledderer vor sich hinvegetieren ... Versprechen Sie mir, dass Sie sie besuchen werden.«

»Versprochen«, sagte ich.

»Sollten Sie es nicht tun, werde ich davon erfahren.«

»Hab's verstanden. Kann ich Sie was fragen?«

»Nur zu.«

»Warum sind Sie hier, in New Bethlehem?«

»Um die Menschen zurückzugewinnen«, war seine einfache Antwort. »Um die Verlorenen, die Verlassenen, Vergessenen und Verdammten zurückzugewinnen.«

»Sie wollen, dass das, was in New Beersheba passiert ist, auch hier passiert.«

»Egal, ob ich das will oder nicht, es wird sowieso passieren. Das steht seit langer Zeit fest – wenn ich es nicht tue, wird jemand anders dafür sorgen. Sagen Sie mir, Jonah. Was wünschen Sie sich für Angela?«

»Ich möchte, dass sie glücklich ist.«

Er neigte den Kopf. »Das ist nicht ganz die Wahrheit, oder? Sie wollen, dass sie mit *Ihnen* glücklich wird.«

»Und Sie glauben, dass sie mit Ihnen glücklicher wäre?«

»Sie ist nicht in der Lage, Glück zu empfinden.«

»Sie irren sich.«

Swift stand auf und tippte Porter Rockwell auf die Schulter. Der Riese senkte den Kopf, während Swift ihm unterhalb seiner kurz geschorenen Haare den Nacken massierte. Rockwell gab einen Laut von sich, der Ähnlichkeit mit dem Wiehern eines zufriedenen Pferdes hatte.

»Der Golem wird Ihnen eine Pille verabreichen«, sagte Swift. »Die Wirkung hält nicht lange an, versprochen. Bitte wehren Sie sich nicht – so ein Golem kann einem den Kiefer brechen.«

Ich tat, was er verlangte. Allerdings wollte ich die Tablette in die Backe schieben, bis ich sie unbemerkt ausspucken konnte. Doch sobald sie meine Zunge berührte, löste sie sich wie Zuckerwatte auf. Swift nahm die Ukulele und zupfte ein paar schiefe Töne. Währenddessen starrte ich auf das Foto des vermissten Kindes auf der Milchpackung. Wer *war* dieses Kind? Ich hatte sein Gesicht schon mal gesehen.

»Wenn man zu dem Schluss gekommen ist, dass die Menschheit dem Untergang geweiht ist, wer kann es einem da verdenken, wenn man etwas nachhilft?«, sagte Swift. »Dann lautet die Frage: Wie kann man eine ganze Spezies dazu bringen, sich selbst zu zerstören? Wie lässt sie sich am wirkungsvollsten vernichten? Durch Religion. Sie ist allerdings nur ein Instrument, und jedes Instrument kann richtig oder falsch eingesetzt werden. Dieses konkrete Instrument wurde bereits von unzähligen Führern für ihre Zwecke missbraucht. Furcht, Gehorsam, Opferbereitschaft und bedingungslose Gefolgschaft sind die Eigenschaften, die eine Religion hervorbringt, wenn man es darauf anlegt. Und das Beste daran ist, dass derjenige, der das tut, nichts Konkretes versprechen muss, denn die Belohnung erwartet einen erst nach dem Tod. Es ist alles eine Frage des Glaubens. Und der ist unerschütterlich.«

Ich starrte weiter auf die Milchpackung, und schließlich fiel mir ein, woher ich das Gesicht darauf kannte. Das letzte Mal hatte ich es hinter der Scheibe eines gelben

Schulbusses gesehen; der stoische Gesichtsausdruck jenes Jungen unterschied sich vollkommen von seiner jüngeren, lächelnden Version auf der Milchpackung – als mir dieser lange vermisste Junge aus dem abfahrenden Bus mit ausdruckslosem Gesicht zugewinkt hatte. Der Junge namens Jeremiah.

Schließlich fing die Tablette an zu wirken, und ich verlor das Bewusstsein.

22 ORGIE

Ich kann mich noch vage daran erinnern, wie ich nach unten getragen wurde, während Rockwell mich wie ein Kleinkind in den Armen hielt. Im Heck des Lieferwagens legte er mich auf einen Haufen stinkender Klamotten. Ruckelnd fuhr der Wagen die Straße entlang, die von den Damaskus-Türmen fortführte, bis wir auf die Hauptstraße bogen und er aufhörte, hin und her zu schaukeln. Rockwell saß zusammengequetscht wie ein Orang-Utan in einem Küchenschrank auf dem Fahrersitz. Swift auf dem Beifahrersitz.

Schließlich kam der Lieferwagen zum Stehen, es ertönte ein Summer, und wir fuhren schlingernd mehrere Serpentinen hinunter. Dann stellte Rockwell den Motor ab, öffnete die Hecktür, zog mir eine schwarze Satinkapuze über den Kopf und hob mich erneut hoch – der Mann war unfassbar stark.

»Was ist die beste Methode, um eine Religion zu verbreiten?«, hörte ich Swift sagen. »Vögeln, mein lieber Jonah. Vögeln, was das Zeug hält. Schauen Sie sich nur die Mormonen an. Joseph Smith scharte ein Dutzend zeugungsfähiger Männer und ihre willigen, gebärfähigen Frauen um sich und erklärte ihnen, dass es ihre heilige Pflicht sei, so viele Hosenscheißer wie möglich zu zeugen. Da man in den kalten Nächten in Pennsylvania sowieso nichts Besseres tun hatte, fingen die Mormonen an, zu vögeln wie die Weltmeister.«

Dem Echo unserer Schritte nach zu schließen, befanden

wir uns in einem riesigen Raum. In einer Lagerhalle? In einer Tiefgarage?

»Die Zahl der Gläubigen stieg exponentiell an. Joseph zeugte Joseph jr., und der wiederum Joseph den dritten. Das ist reine Mathematik. Je mehr Anhänger man hat, desto mehr von ihnen kann man opfern.«

Wir liefen durch einen Durchgang. Es war hier dunkel, feucht und heiß. Von irgendwoher ertönte hämmernde Stammesmusik. Die Tablette hatte mein Nervensystem fest im Griff. Meine Gliedmaßen waren mehr oder weniger taub, und ich hatte das Gefühl, als würden eine Million Ameisen durch die Venen meiner Arme und Beine krabbeln.

Rockwell setzte mich ab, und man zog mir die Kapuze vom Kopf. Langsam gewöhnten sich meine Augen an das Licht. Man legte mich ausgebreitet auf eine Fläche aus Plüschkissen, die von Liegen umgeben waren, deren Design offensichtlich erotischen Zwecken diente. Um die Liegen herum standen mehrere Personen. Keine von ihnen sagte etwas. Es herrschte Grabesstille.

Swift kniete sich neben mich und öffnete mein Hemd.

»Das hier ist meine Familie.« Seine eiskalten Finger fuhren durch meine spärliche Brustbehaarung. »Auch wenn keiner von ihnen lange genug auf dieser Erde weilt, um das, was heute Nacht vielleicht gezeugt wird, zu gebären oder großzuziehen, sehe ich keinen Grund darin, sie dieser Freude zu berauben.«

Er öffnete meinen Hosenschlitz und zog mir Hose und Unterhose aus.

»Heute Nacht geben wir uns ganz unserer Lust hin. Vögeln und gevögelt werden. Und tun all das, was angeblich unmoralisch und sündhaft ist.«

... alles um mich herum wurde dunkel, und als die Welt erneut Gestalt annahm, hockte eine nackte Frau auf meinem

Gesicht. Ich konnte ihre Augen nicht sehen, da mein Kopf zwischen ihren Oberschenkeln steckte und ich mit der Zunge in sie eingedrungen war. Aber ihrem Stöhnen nach zu urteilen, tat ich das Richtige, also ließ ich meine unerfahrene Zunge weiter das Terrain erkunden, bis sie meinen Kopf packte, ihn wie ein Instrument, das dazu diente, ihr Vergnügen zu bereiten, festhielt und sich zwischen Kinn und Nase auf mein Gesicht setzte.

Sie winselte und schnurrte wie ein Kätzchen und sagte dann: »Gefällt dir das?« Obwohl nichts von all dem hier dazu gedacht war, mir Freude zu bereiten, murmelte ich ein Ja.

Ein Mund umschloss meinen Schwanz und führte ihn vollständig ein. Ich stöhnte auf, meine Bauchmuskeln spannten sich, und ich hätte mich kerzengerade aufgerichtet, wäre da nicht die unersättliche Frau auf meinem Gesicht gewesen. Der gesichtslose Mund war äußerst geschickt, es war der Mund einer heiligen Hure, seine leidenschaftliche Öffnung liebkoste mich bis zum Höhepunkt, während die fremde Frau ihre Muschi gegen mein lädiertes Gesicht drückte.

Mein Orgasmus raubte mir die Sinne, war so intensiv, dass ich das Gefühl hatte, man hätte mir ein festes Seil aus dem Köper gesaugt, und in einem kurzen Moment der Panik, ausgelöst durch die Tablette, hatte ich Angst, dass man den Großteil meines Dünndarms durch die Harnröhre gesaugt hatte. Die Frau rutschte von meinem Gesicht und kroch zu einem weiteren Knäuel sich windender Gliedmaßen und Münder. Dann eine Stimme, heiß und dicht an meinem Ohr, die sagte:

»Es ist besser, dass ein Mensch zugrunde geht, als dass ein Volk in Unglauben verfällt und zugrunde geht ...«

Als ich mich umdrehte, sah ich die Unbefleckte Mutter, die anzüglich grinste. Ihr Körper war nicht voluminöser als ein feuchter Lappen, der zum Trocknen an einem Haken hing. Ihre Finger waren knochig und blau, und ihre Titten baumelten wie zwei gefleckte Geldbörsen von ihrem Brustbein herab, während ihr Gesicht zu einer grausigen Fratze verzerrt war.

»Ich habe den kleinen Astronauten gefickt.« Sie drückte sich lüstern gegen meinen Körper, den Blick auf einen unbestimmten Punk gerichtet. »Ich habe diesen winzigen Scheißkerl gefickt, und es war fantastisch.«

Zum ersten Mal in dieser Nacht, zum ersten Mal seit sehr langer Zeit wurde mein Herz von echtem Grauen erfüllt. Die Unbefleckte Mutter verkörperte all unsere Werte, und sie in diesem Zustand zu sehen, zugedröhnt, geil und so bemitleidenswert menschlich ...

... mein Gott, sie hatte ihre Maske fallen lassen.

»Sie sind ... Sie sind der Freund meiner Tochter«, sagte sie und starrte mich an.

Sie begann zu weinen, das heißt, sie versuchte es; sie verzog das Gesicht, aber es kamen keine Tränen ...

»... alles, was man euch je erzählt hat, war eine Lüge. alle eure Götter sind tot.«

Swift hatte das Wort an uns alle gerichtet. *Alles, was man euch je erzählt hat, war eine Lüge. Alle eure Götter sind tot.* Vielleicht hatte er recht.

Plötzlich wurde die Dunkelheit von einem hellen Leuchten erfüllt. Man hatte die Statue des Propheten mit Lampenöl übergossen und angezündet. Sie stand brennend in der Mitte des Raums und war nur noch eine dichte Feuersäule, die zu den Dachsparren emporloderte. Das Gesicht des Propheten platzte auf und warf Blasen, während das Feuer seinen Kopf verzehrte und die Fleischbrocken in den Augenhöhlen langsam verkohlten.

Die Anwesenden jubelten. Die Unbefleckte Mutter lauter als alle anderen.

23 WIEDERSEHEN MIT MOM

»Sie müssen wissen, dass die höchste Form von Freiheit der Gehorsam ist.«

Ich schreckte aus dem Schlaf auf, und mein erster Gedanke war: *Man hat mich lebendig begraben.*

Ich befand mich einer Kiste. In einer Kiste mit schwarzen Wänden. In einem Sarg.

Allerdings saß ich aufrecht. In dem Sarg stank es nach Urin, und auf Augenhöhe hing ein brummender Bildschirm. Darauf war das Gesicht des Propheten zu sehen.

»Absoluter Gehorsam führt zu absolutem Glauben.«

Ich befand mich in einer Segnungskabine.

Der Bildschirm mit dem ausdruckslos lächelnden Gesicht des Propheten wurde schwarz. Der automatische Entriegelungsmechanismus zischte, und ich wankte hinaus auf die Straße. Die Sonne schmerzte in meinen Augen wie Cocktailspieße. Die Straße war menschenleer. Nicht weit von hier hatte ich den Streifenwagen geparkt.

Ich ließ mich hinter das Steuer sinken. Mein Schädel fühlte sich an, als wäre er voller Sägespäne und als würden lauter Tausendfüßler, Marienkäfer und andere Insekten darin umherkrabbeln. Ich tastete meine rechte Seite ab und stöhnte auf, als meine Finger über mehrere flache, erstaunlich schmerzhafte Löcher unterhalb meiner Rippen strichen. Waren das Nagellöcher?

Vor meinem geistige Auge blitzten verschiedene Gesichter auf: Swift und sein riesiger Handlanger, die Unbefleckte

Mutter, der brennende Prophet. Angela? Nein, sie war nicht dort gewesen.

Ich fuhr zurück zum Motel. Es bestand kein Zweifel, dass Swift hinter den Bombenanschlägen steckte. Es gab dafür reichlich Hinweise. Jeremiahs Bild auf der Milchpackung. Tibor Goldbergs Beschreibung, die Porter Rockwell mit dem Massaker in dem Sattelschlepper in Verbindung brachte. Außerdem hatte er die Unbefleckte Mutter entführt.

Fragte sich nur: Warum war ich noch am Leben?

Nachdem ich »Vogel« und »Frosch« aus dem Motel geholt hatte, fuhr ich zu meiner Wohnung. Ich gab den beiden Futter, wechselte das Zeitungspapier in »Vogels« Käfig und zog mich aus, um zu duschen.

Im Badezimmerspiegel sah ich, dass mit dunkelrotem Lippenstift fünf Wörter auf meine Brust geschrieben waren. Die ersten beiden Wörter waren ein Name:

CALEB MURPHY

Die letzten drei waren entweder eine Bitte oder eine Ermahnung:

BESUCH DEINE MUTTER

Raphael's Roost.

Nachdem ich mich am Empfang ausgewiesen hatte, summte die elektronische Verriegelung, und ich konnte die Station betreten. Auf farbenfrohen Schildern stand WER UNS FOLGT, WIRD KEINEN SCHADEN NEHMEN und DER PROPHET GLAUBT AN DICH.

Die Räume hatten keine Türen, boten keinerlei Privatsphäre. Die Patienten/Insassen/Opfer lagen unter dünnen Decken, die dort, wo der Schlauch für die Magensonde verlief, ihre komatösen eingefallenen Körper oder ihre fleckige

Haut nicht verbergen konnten. In einer Dauerschleife wurden Madrigale abgespielt. Im Tagesraum herrschte eine Atmosphäre bleierner Trägheit. Die Bewohner trugen Schlafanzüge oder Bademäntel und versuchten, einen Weg aus ihrem katatonischen Nebel zu finden. Alle hatten an ihrem Haaransatz eine kahle Stelle, wo sich eine Einschnittnarbe befand.

Meine Mutter saß auf einem Klappstuhl, vor einem knallbunten Wandgemälde des letzten Abendmahls, das man um den Propheten und die Unbefleckte Mutter ergänzt hatte. An dem metallverstärkten Gemälde hingen Magneten in der Form von Engelsköpfen, die jeden Tag vom Personal verschoben wurden, und wenn die Insassen all die kleinen Veränderungen in der Anordnung bemerkten, bekamen sie eine Belohnung – eine Haarspange oder Kaubonbons.

Ein Pfleger saß bei meiner Mutter. Sie hatte die Augen geschlossen; entweder war ihr langweilig, oder sie war eingenickt. Der Pfleger lächelte freundlich und fragte:

»Ist das Ihre Mutter?« Als ich seine Frage bejahte, redete er weiter: »Sie hat wunderschöne Augen. Sie sollte sie öfter Richtung Herr heben.«

Ich verspürte das Verlangen, ihn zu erwürgen; vielleicht mit dem Rosenkranz aus Quarzen, den er um den Hals trug. Ich bat ihn, uns alleine zu lassen.

Als ich meine Mutter am Ellbogen berührte, kam Leben in ihren Körper, und sie schaute auf und lächelte mich über das ganze Gesicht an.

»Jonah.«

Man hatte meine Mutter der Therapie unterzogen – einer Operation zwecks Wiedereingliederung in die Gesellschaft und eine soziale Kontrollmaßnahme, die kurz nach Gründung der Republik eingeführt worden war. Die Therapie bestand aus vier Phasen. In Phase eins bis drei wurde, je nach Grad der Verdorbenheit, Gehirngewebe entfernt, um die Straftäter fügsam und religiös zu machen. Nach Abschluss von Phase vier nannte man die Patienten scherzhaft »Hohlköpfe«, denn genau das waren sie schließlich.

Meine Mutter befand sich in Phase zwei. Der Chirurg, der sie operiert hatte, erklärte, dass sie für den Rest ihres Lebens den IQ eines achtjährigen Kindes haben werde. Damals war ich neun Jahre alt, was den Chirurgen amüsierte und zu der Bemerkung veranlasste: »Ich wette, du wolltest schon immer intelligenter als deine Mutter sein, nicht wahr?«

»Dein Gesicht ...«, sagte meine Mutter.

Ich musste entsetzlich aussehen, mit meinen Zahnlücken und den merkwürdigen Narben. Sie nahm mein Gesicht in die Hände. Ihre Finger waren unglaublich warm, und ich fragte mich, warum.

»Mir geht's gut«, versicherte ich ihr. »Das ist ... beim Kochen passiert.«

Durch die Therapie hatte sie einen Teil ihrer alten Schönheit zurückerlangt. Während des Aufstiegs der Republik hatte sie ein angespanntes, verkrampftes Gesicht bekommen, in dem sich ihre Angst widerspiegelte. Jetzt war jede Anspannung daraus gewichen sowie alles, was an einen Erwachsenen erinnerte; die Sorgenfalten waren geglättet worden, und ihr Gesicht war ruhig wie die Oberfläche eines Sees.

Sie hatte Freude an den Beschäftigungen, an denen jemand, der für den Rest seines Lebens acht Jahre alt war, Gefallen fand: Sie aß Tierkekse, malte Ponys und nahm an dem Gewinnspiel mit den Engel-Magneten auf dem Wandgemälde teil. Sie war erfüllt von der naiven, bedingungslosen Liebe zu Gott.

»Du siehst gut aus, Mom.«

»Oh.« Sie fuhr sich mit der Hand durchs Haar und berührte dabei die Haarspangen, die ein Pfleger an den Schläfen hineingesteckt hatte. »V-v-vielen Dank.«

Mir fiel ein, was Doe gesagt hatte über gewisse Dinge, die der Mensch nicht zerstören kann. Am liebsten hätte ich mir meine Mutter geschnappt und »Vogel« und »Frosch« eingepackt, um mit ihnen die Stadt zu verlassen. Aber sofort wurde mir klar, wie idiotisch dieser Gedanke war: Ein Mann mit einem Vogel, einem Frosch und einer Frau mit dem IQ eines Kindes – wohin sollte der fliehen? Bevor der erste Schnee fiel, wären wir alle tot.

Mom faltete die Finger und sagte: »Dies ist die Kirche ...« – sie legte die Zeigefinger aneinander – »... das ist der Kirchturm ...« – sie klappte die Hände auseinander – »... öffnet die Tore ...« – sie wackelte mit den nach innen gerichteten Fingern – »... und dies hier sind all die Leute.«

Sie lächelte, als hätte sie mir einen neuen Trick vorgeführt. In Wirklichkeit hatte sie ihn mir das erste Mal gezeigt, als ich drei Jahre alt war, und jetzt zeigte sie ihn mir jedes Mal, wenn ich sie besuchte.

»Toll, Mom.«

»Jetzt du.«

Als ich zum Streifenwagen zurückkehrte, war die Scheibe auf der Beifahrerseite eingeschlagen. Ich schnippte die Sicherheitsglaskügelchen vom Sitz und fuhr nach Hause.

Beim Öffnen der Wohnungstür sah ich gerade noch, wie »Frosch«, dem es irgendwie gelungen war, unter der Abdeckung des Aquariums hindurchzukriechen, mit einem unbeholfenen Satz ins Freie sprang.

»Du kleiner Mistkerl!«

Der Frosch hatte es fast bis unter den Kühlschrank geschafft, bevor ich ihn zu packen bekam. Ich zupfte mehrere Staubfussel von seiner klebrigen Haut und setzte ihn zurück ins Aquarium. In diesem Moment klingelte das Telefon.

»Hier ist Hollis, mein Junge.« Er klang wie ein geprügelter Hund. »Ich erwarte Sie morgen zum Dienst. Die Einheit nimmt ihre Arbeit wieder auf.«

»Hat sich eine Spur ergeben?«

»Eine Spur, nein. Es gab einen Wechsel in der Führungsetage.«

»Wurde Exeter gefeuert?«

»Kann man so sagen. Er wurde vom Dienst suspendiert.«

»Von wem?«

»Von den Fünflingen, mein Junge. Man hat ihren Rat befolgt.«

In der Leitung war ein Knacken zu hören. Hollis holte tief Luft, als hätte die Erwähnung der Fünflinge ihm den Atem geraubt.

Die Fünflinge. Die Handlungsreisenden Gottes.

24 AMIRA UND DIE FÜNFLINGE

Am nächsten Morgen fand ich in meinem Streifenwagen ein schlafendes Mädchen.

Es lag auf der Rückbank auf einer Unterlage aus platt gedrückten Pappschachteln. Es war gerade mal dreizehn oder vierzehn Jahre alt. Das Mädchen hatte fettiges Haar, sein Gesicht war mit Ruß beschmiert, und es trug einen Parka, den man im Interesse der Volksgesundheit besser verbrennen sollte.

Sie war eine Ungläubige. Eine Araberin. Inzwischen war sie wach geworden und sah mich an.

Ich setzte mich auf den Beifahrersitz und verdrehte den Hals, um sie anzuschauen. »Was machst du hier?«

Sie antwortete nicht, zog die Knie an die Brust und spähte mich über ihre Kniescheiben hinweg an.

»Wie heißt du?«

Immer noch keine Antwort. Waren ihre Eltern bei dem Bombenanschlag auf die Abfüllanlage gestorben? In dem Fall lebte sie bereits für eine Weile auf der Straße.

»Wenn du mir nicht sagst, wie du heißt, dann überlege ich mir einen Namen für dich. Willst du das?« Keine Antwort. »Schön. Dann nenne ich dich ... Gertrude. Weißt du, was ich bin, Gertrude? Ich bin Polizeibeamter. Wenn du da hinten sitzen bleibst, nehme ich dich mit aufs Revier und sperre dich in eine Zelle.«

Endlich sagte sie etwas: »Amira.«

Ich schaute ihr ins Gesicht. »Ist das dein Name?«

Sie neigte den Kopf zur Seite, was vielleicht bedeutete, dass das ihr Name war oder auch nicht.

»Amira«, sagte ich. »Das ist doch das arabische Wort für Prinzessin, oder? Euer Hoheit, dürfte ich mir vielleicht die Bemerkung erlauben, dass Sie ein Bad vertragen könnten?«

Sie schob ihren Kopf unter die Achselhöhle, schnüffelte daran und schaute mich verwundert an. Ich ließ mir die Sache eine gute Minute lang durch den Kopf gehen. Warum nicht? Was spielte das jetzt noch für eine Rolle?

Ich stieg aus dem Wagen und öffnete die Hintertür. »Komm mit.«

Ich brachte sie hinauf in die Wohnung und zeigte ihr das Nötigste: die Dusche, den Wasserkessel und den Küchenschrank mit der Tüte Haferflocken. Wollte ich wirklich eine ungläubige Obdachlose alleine in meiner Wohnung lassen?

»Du kannst dich duschen und was essen«, sagte ich zu ihr. »Die Tür verriegelt sich von alleine. Solltest du irgendwas klauen oder kaputt machen, werde ich dich finden. Und rühr meinen Vogel und meinen Frosch nicht an! Sie sind empfindlich.«

Während ich mit Vollgas zur Polizeiwache fuhr, pfiff der Wind durch die kaputte Fensterscheibe. Auf dem Parkplatz vor dem Revier standen vier bedrohlich aussehende Autos. Vier Buick Roadmasters. Rollender Detroit-Stahl, wie die Autos genannt wurden, als Detroit noch existierte. Ihre kriegsschiffgraue Verkleidung war von Einschusslöchern durchsiebt. Aus ihren Kühlergrills ragten spitze Metallstifte, sodass sie erst recht wie Raubtiere aussahen.

Im Besprechungszimmer waren nur wenige Personen, und Doe konnte ich nirgends entdecken. Niemand bemerkte, dass ich zu spät war. Sämtliche Blicke waren auf die vier identisch aussehenden Männer gerichtet, die neben

Exeter, der sichtlich nervös hinter dem Rednerpult stand, Platz genommen hatten.

Die Fünflinge gehörten in dieselbe Kategorie wie das Heilige Kind und die seliggesprochenen Seraphimschwestern aus New Nazareth – sie waren ein echtes Wunder. Um ihre Abstammung rankten sich allerlei hartnäckige Legenden: Unterschiedlichen Spekulationen zufolge waren sie unter günstigen oder schlechten Vorzeichen geboren worden. Es hieß, ihre Eltern seien Okkultisten oder Atheisten gewesen oder die gottesfürchtigsten Gläubigen, die je auf Gottes Erde gewandelt waren. Ihr Vater habe fünf Jahre in einer Dachkammer im Zwiegespräch mit Gott verbracht oder wegen Missbrauchs Minderjähriger fünf Jahre im Gefängnis gesessen. Ihre Mutter sei eine Heilige oder eine dreckige Hure, der man den Spitznamen »Schlangenfrau« verpasst habe. Einige Verschwörungsfanatiker unter den Gläubigen waren davon überzeugt, dass die Fünflinge aus der Verbindung von wissenschaftlichen Methoden mit dem Göttlichen hervorgegangen waren: dass man dem Speer, der in Christi Seite steckte, DNS entnommen, es in einer Petrischale herangezüchtet und in das Ei einer Jungfrau injiziert habe, um völlig identische Klone zu erzeugen. Dass der Erlöser in fünf gleich große Portionen aufgeteilt worden und in Reagenzgläsern auf die Erde zurückgekehrt sei.

Die Kindheit der Fünflinge unterschied sich kaum von der des Heiligen Kindes; sie wurden während des Gottesdienstes in der MegaKirche von New Jericho als Symbol für den göttlichen Plan des Herrn zur Schau gestellt. Bald schon jedoch traten ihre individuellen Charaktereigenschaften zum Vorschein. Einigen Berichten zufolge hatten sie ihr Kindermädchen an die Kellertür gefesselt und ihre Hauskatzen dazu gezwungen, dieser kleine Fleischbrocken aus dem Gesicht zu beißen. Einer weit verbreiteten und weniger grausamen Annahme zufolge hatte die Republik erkannt, welchen praktischen Nutzen die Fünf hatten, dass sie sich weniger als Symbole für Gottes Liebe eigneten, sondern als deren Vollstrecker.

Kurz nach ihrem zehnten Geburtstag waren die Fünflinge von der Bildfläche verschwunden. Erst ein Jahrzehnt später traten sie wieder ins Licht der Öffentlichkeit. Das einzige Foto von den Fünflingen aus der Zeit davor war kurz vor ihrem Verschwinden aufgenommen worden; darauf waren sie zehn Jahre alt und trugen die Anzüge von Chorknaben, das blonde Haar zur Tolle hochgekämmt, alle mit einem breiten, raubtierartigen Grinsen im Gesicht. Das einzige Foto, das sie nach ihrem Auftauchen zeigte, war in sämtlichen Zeitungen der Republik abgedruckt worden; darauf standen die Fünflinge vor der grauen Fassade eines anonymen Gebäudekomplexes der Republik. Sie sahen immer noch alle gleich aus, hatten jedoch nichts Kindliches mehr an sich – es schien, als hätte man in einem Schmiedeofen fünf Kinder erhitzt, sie ausgewalzt, erneut erhitzt, glühend herausgenommen und mit dem Hammer bearbeitet, abgeschliffen und für ihre zukünftige Aufgabe mit einer Ummantelung überzogen. Ganz und gar auf ihren Zweck ausgerichtet. Wie *Werkzeuge*. Scharf und funkelnd.

Nicht ganz menschlich. So beschrieben sie häufig diejenigen, die gezwungen waren, mit ihnen zusammenzuarbeiten. Einige heikle menschliche Eigenschaften, die eine Gefahr für ihre künftigen Tätigkeiten darstellten, waren eliminiert worden.

Tatsächlich wirkten die Fünflinge, während sie sich jetzt mit ihren langen baumelnden Gliedmaßen neben Exeter herumfläzten, nicht ganz menschlich. Mit ihren schlanken Körpern – *peitschenartig* war das Wort, das einem spontan in den Sinn kam –, mit ihren spitz zulaufenden Gliedmaßen, die nach außen hin immer schmaler und knochiger wurden, mit Armen und Beinen, die an Kerzen aus Bienenwachs erinnerten. Sie trugen Röhrenhosen aus Wolle, Kevlarwesten über schwarzen T-Shirts und dazu Staubmäntel aus weißem Kalbsleder, das so hell war, dass man das Netz blauer Venen sehen konnte, das dunkel durch das ungegerbte Leder schimmerte. Der Farbton passte zu den Fünflingen und ihrer extrem blassen Haut, die die Vermutung nahelegte, dass sie das letzte Jahrzehnt über kein Sonnenlicht gesehen hatten. Ihr Haar, das zart wie Spinnfäden war, fiel auf die Krägen ihrer Staubmäntel, und alle waren in gleichem Maße vorzeitig kahl geworden; jeder von ihnen hatte einen spitzen Haaransatz, der von der Stirn in einem gleichseitigen V nach hinten verlief.

Es gab allerdings zwei Merkmale, anhand derer man sie unterscheiden konnte. Zum einen am Muster der Narben, die sich in ihr Fleisch gegraben hatten; jeder von ihnen trug an Hals, Gesicht und Händen Spuren schwerer Verletzungen, und wahrscheinlich auch an den Körperteilen, die von ihrer Kleidung bedeckt waren. Das deutlichere Unterscheidungsmerkmal jedoch waren die zehn Zentimeter großen Zahlen, die jeder von ihnen auf den Hals tätowiert hatte: 1,2,4 und 5.

Soweit ich wusste, hatten die Fünflinge keine Namen – oder die Nummern waren ihre Namen: Sie hießen Fünfling eins bis fünf.

Was heute Morgen am meisten auffiel, war die Tatsache, dass sie nur zu viert waren. Nummer drei fehlte. War er unerlaubt abwesend? Unwahrscheinlich. War er tot? Wenn man bedachte, was für einen Ruf die Fünflinge hatten, war das genauso unwahrscheinlich.

Ich setzte mich auf einen Stuhl, während Exeter fortfuhr:

»... Die Leitung dieses Reviers wird diesen vier Gentlemen hier übertragen.« Exeter deutete mit dem Kopf auf die Fünflinge. »Wir werden sie mit aller Kraft bei ihrem Vorhaben unterstützen, die Probleme aus der Welt zu räumen, die derzeitig den Frieden in unserer Stadt stören.«

Hollis saß auf der anderen Seite des Rednerpults. Er war völlig übermüdet, und die Haut an seinem Hals hing herunter wie der Stoff einer Socke an einem schmalen Unterschenkel. Alle anderen im Besprechungszimmer sahen mehr oder weniger genauso aus. Eine Menge schlafloser Nächte hatten in ihren Gesichtern Spuren hinterlassen.

»Die Gentlemen sind gerade erst eingetroffen, darum hatte ich noch keine Gelegenheit, mit ihnen darüber zu sprechen, wie der Einsatz koordiniert wird ...«

»Dazu werden Sie keine Gelegenheit haben«, sagte Fünfling Nummer zwei. »So etwas tun nur gleichberechtigte Partner, und die gibt es hier nicht.«

»Wir vertrauen uns dem Kommando dieser kompetenten Männer an«, fuhr Exeter angespannt fort. »Der Herr möge uns den rechten Weg weisen. Sollten diese Männer Informationen zu aktenkundigen Ungläubigen und den Kriminalitätshochburgen im Ghetto oder sonst irgendetwas benötigen, sind wir verpflichtet, sie ihnen bereitzustellen.«

Fünfling Nummer vier erhob sich von seinem Platz. Es war unheimlich, wie flink er sich bewegte, als wäre er eine Spinne mit der Hälfte der Gliedmaßen. Er ging hinter seinen Brüdern entlang und blieb direkt hinter Exeter stehen. Der Chief warf einen Blick über die Schulter, umklammerte das Rednerpult, schluckte und fuhr fort: »Im Interesse des öffentlichen Friedens erwarte ich, dass wir die Täter aufspüren und bestrafen, wie es unser Prophet verlangt hat ...«

Fünfling Nummer eins, der mit übereinandergeschlagenen Beinen dasaß und die gefalteten Hände um die Knie gelegt hatte, hob das Kinn und sagte: »Hat unser Prophet das?«

Als Exeter seine Frage bejahte, nahm der Fünfling eine seiner Hände vom Knie und fuhr mit dem Finger über eine gekrümmte Narbe unter seinem Kiefer.

»Den Forderungen eures Propheten schenkt ihr ab sofort so viel Beachtung wie dem Gejaule eines Hundes.«

Fünfling Nummer fünf, der am nächsten zum Rednerpult saß, lief vor seinen sitzenden Brüdern entlang und blieb hinter dem Stuhl stehen, den der Fünfling verlassen hatte, der jetzt hinter Exeter stand. Fünfling Nummer vier führte Exeter vom Rednerpult fort und befahl ihm, auf dem leeren Stuhl Platz zu nehmen.

»Gentlemen«, sagte Nummer vier, »meine Brüder und ich möchten Ihnen unseren Dank dafür aussprechen, dass Sie uns einen so herzlichen Empfang bereitet haben. Aber offensichtlich sind Sie selbst nicht in der Lage, dem bösen Treiben Einhalt zu gebieten.«

Der Fünfling, der hinter Exeter stand, zog ein kleines Bündel aus der Tasche seines Staubmantels und faltete es auf seiner ausgestreckten Handfläche auseinander; es handelte sich um einen Satinsack.

Als er ihn über Exeters Kopf stülpte, fing einer der Beamten in Zivil an zu lachen; eigentlich war es mehr ein hysterisches, entgeistertes Kreischen. Der Sack wurde vollständig über Exeters Gesicht gezogen, sodass wir Nase und Kinn erkennen konnten, die sich darunter abzeichneten.

Exeter sprach die ersten paar Worte eines Gebets, bevor der Fünfling zu seiner Rechten ein Messer mit Elfenbeingriff aus seinem Stiefel zog und es ihm durch den schwarzen Stoff in den Hals rammte.

Exeter gab einen Laut von sich, als hätte man ihn mit eiskaltem Wasser übergossen. Die Klinge drang durch seine Kehle und seine Luftröhre, sodass die Spitze auf der anderen Seite wieder herauskam. Exeter ließ die Arme sinken, doch dann nahm er sie wieder hoch, beide Hände zu Fäusten geballt und die Daumen in die Höhe gereckt, und signalisierte uns so auf unfreiwillige Weise, das alles in Ordnung sei. Er fing an zu glucksen, erstickte an seinem eigenen Blut. Seine Slipper schlugen rhythmisch gegen die Fliesen, und neben dem Messergriff spritzte Blut aus der Halsschlagader.

Der Fünfling, der ihm das Messer in den Hals gerammt hatte, die Nummer zwei, beugte sich zu Exeters Ohr vor. Ich beobachtete die Bewegung seiner Lippen.

Was sehen Sie?, fragte er.

Exeters Beine strampelten immer schwächer, bis sie schließlich ganz damit aufhörten. Die Schwerkraft zog seinen Hals von der Klinge des Messers, und er fiel zur Seite auf den Fünfling zu seiner Linken, worauf dieser sein Knie hob, um mit einer beiläufigen Bewegung Exeters Kopf mitsamt dem Sack von seinem Schoß zu stoßen. Begleitet von einem dumpfen Schlag landete der Körper auf dem Boden.

Nummer vier räusperte sich. »Es ist nicht leicht, in Zeiten wie diesen die richtigen Worte zu finden.«

Hollis sprang von seinem Stuhl auf, die Zähne gefletscht wie ein wildes Tier, und lief durch die anwesenden Beamten aus dem Zimmer. Die Fünflinge ließen ihn gewähren.

»Sollten wir Ihre Unterstützung benötigen«, sagte Nummer eins an uns gerichtet, nachdem er die gefalteten Finger wieder auf sein Knie gelegt hatte, »werden wir Sie es wissen lassen.«

»Noch Fragen?«, sagte Nummer zwei.

»Nein?«, sagte Nummer fünf.

»Damit sind Sie entlassen, meine Herren«, sagte Nummer vier.

Draußen auf dem Parkplatz zwang ich mich, nicht zu rennen. Obwohl ich Abstand zwischen mich und Exeter bringen musste, der auf den pissgelben Fliesen lag, während sich um seinen Kopf herum eine Blutlache ausbreitete. Das Häuschen am Fuhrpark war nicht besetzt. Also schnappte ich mir einen Satz Schlüssel und kritzelte meinen Namen auf die Liste ... dann strich ich ihn wieder durch. Genau genommen war das Diebstahl – aber wenn man fremdes Eigentum in Besitz nahm, um zu überleben, war das dann noch Diebstahl?

In der Garage lief mir Garvey über den Weg. Er hatte eine zerknitterte Kampfjacke über der Schulter, aus der eine Papiertüte mit Halleluja-Energiedrink ragte.

»Was zum Henker war das eben?« Seine Eckzähne waren mit winzigen braunen Löchern übersät. »Ich konnte mit Exeter nie viel anfangen, aber ihn so abzuschlachten ...«

Er zog die Flasche aus seiner Tasche, riss die Tüte um seinen Mund herum in dünne Streifen und nahm verzweifelt einen Schluck davon. »Wo willst du hin?«

»Darüber habe ich mir noch keine Gedanken gemacht«, erklärte ich ihm.

»Kann ich mitkommen?«

Die Aussicht, mir einen Streifenwagen mit einem nervösen, vollgedröhnten Garvey zu teilen, gefiel mir nicht.

»Wir sollten getrennt voneinander ermitteln. Um einen größeren Bereich abzudecken.«

Er legte mir die Hand auf die Schulter. Seine Finger, deren Kuppen schwarz waren, als hätte er sie sich an einer heißen Herdplatte verbrannt, fuhren durch die Haare in meinem Nacken, spielten daran herum. Langsam und bedächtig. *Liebevoll.*

»Wir sind doch Kumpels, oder?«, fragte er. »Wir haben so viel zusammen durchgemacht. Wir sind doch immer noch Freunde, oder?«

»Wir sind, was immer du willst, Garvey.«

»Wir stehen uns doch nahe.« Er fuhr weiter durch meine Haare. Plötzlich bekam ich auf meinem Oberarm eine Gänsehaut. »Wir kennen uns schon *soooooo* lange ...«

Er nahm seine Finger fort und drückte wie ein Krüppel seine Hand gegen die Brust.

Nachdem ich mich in den Streifenwagen gesetzt hatte, drehte ich am Rad des Funkgeräts – doch da war nichts als Rauschen. Obwohl ich hätte schwören können, dass ich jemanden leise schluchzen hörte. Bestimmt nur eine atmosphärische Störung.

25 ZIEGE UND KANINCHEN

Als ich in meine Wohnung zurückkehrte, war die Ungläubige immer noch da.

Sie hatte geduscht und gegessen und hockte zusammengerollt in der hintersten Ecke des Raums, als hätte ich gegen ihre Anwesenheit nichts einzuwenden, solange sie möglichst wenig Platz einnahm.

Nachdem sie Bekanntschaft mit der Seife gemacht hatte, sah sie sehr viel hübscher aus. Die Arbeitsflächen in der Küche glänzten, und in der Luft hing ein Hauch von Pinienduft. Sie hatte saubergemacht.

Ich trottete ins Wohnzimmer, kickte meine Arbeitsschuhe fort und ließ mich aufs Sofa fallen. Amira starrte mich unverwandt an.

»Okay?«, fragte sie.

Ob es okay sei, dass sie noch da war, oder ob ich okay sei? So oder so: »Okay.«

Sie richtete sich auf und schlenderte wie ein Schulmädchen, das versuchte, sich unbemerkt aus dem Klassenzimmer zu schleichen, vorsichtig durch den Raum. Dann steckte sie einen ihrer Finger durch die Gitterstäbe des Vogelkäfigs und bewegte ihn hin und her.

»Er wird dich beißen.«

Amira zog ihren Finger heraus.

»Kann man es ihm verdenken?«, sagte ich. »Was, wenn ein Riese vorbeikäme und seine großen, dicken Finger durch das Fenster hier stecken würde?«

»Das ist ein schöner Vogel«, sagte sie, als wollte sie

andeuten, dass ein derartiges Geschöpf so etwas Böses wie Beißen nicht tun würde.

»Er heißt ›Vogel‹.«

»Spielen Sie mit ihm?«, fragte sie.

»Man kann mit einem Vogel nicht spielen. Sie fangen keine Stöckchen.«

Sie deutete auf das Aquarium, während sie ihre Oberlippe schürzte, sodass sie ihre Nase berührte.

»Er sieht schleimig aus.«

»Viele Tiere sind schleimig oder hässlich oder stinken. Viele Menschen ebenfalls. Du hast heute Morgen auch gestunken. ›Frosch‹ kann nichts dafür, dass er schleimig ist. So hat Gott ihn geschaffen.«

»Ich mag pelzige Tiere«, erklärte sie.

»Eigentlich ist er eher klebrig als schleimig. Fass ihn mal an. Dann wirst du's merken.«

Amira hatte keine Lust, auf mein Angebot einzugehen.

»Hast du etwa Angst, ihn zu berühren?«

Sie hielt meinem Blick stand. Mit ihren ruhigen, unerschrockenen grauen Augen. »Ich habe keine Angst.«

»Er muss gefüttert werden.«

Ich öffnete die Kühlschranktür und schob die in Papier eingewickelten Ziegensteaks beiseite, bis ich das Päckchen mit dem Rinderherz gefunden hatte. Ich schnitt etwa dreißig Gramm davon ab und warf es in die Mikrowelle.

»Wie alt bist du?«, fragte ich.

»Elf.«

Ich rieb mir das Kinn und musterte sie. Für ihre elf Jahre war sie ein aufgewecktes Mädchen.

Die Mikrowelle klingelte, und ich schnitt das Fleisch in winzige Würfel und schob sie von dem Küchenbrett auf eine Untertasse.

»Nimm dir ein paar Zahnstocher«, sagte ich zu Amira und deutete auf die Schublade.

Der Frosch schwamm im Kreis um den flachen Stein in der Mitte des Aquariums.

»Er ist blind«, erklärte ich Amira. »Aber er hat einen stark ausgeprägten Geruchssinn.«

Ich spießte ein Fleischstückchen auf die Spitze eines Zahnstochers, und »Frosch« kletterte auf den Stein und schnupperte unbeholfen umher, bis er die Witterung des Fleischstücks aufgenommen hatte; dann riss er es mit einem tollpatschigen kleinen Satz vom Zahnstocher.

Amira war fasziniert. »Darf ich auch mal?«

Sie lachte aufgeregt, als ›Frosch‹ sich in Bewegung setzte und nach dem Fleisch schnappte. Sie legte einen weiteren Würfel auf ihren Finger und bewegte ihn vor dem Maul des Frosches hin und her. Als er plötzlich einen Satz nach vorne machte, zuckte sie nicht zurück. Der Würfel verschwand und hinterließ einen feuchten Fleck auf ihrer Fingerspitze.

Jetzt war ich es, der fasziniert war. »Hat das wehgetan? Hat er Zähne?«

»Nein. Er fühlt sich ...« – sie machte eine längere Pause – »... schleimig an.«

»Du magst doch pelzige Tiere, oder?«

»Sie fühlen sich so gut an.«

»Schön. Dann komm mit.«

Die Ladenfront war hoch und schmal und zwischen eine Suppenküche und eine Blutbank gequetscht, die beide geschlossen hatten. Über der Tür, an einer Kette, hing der große hölzerne Kopf eines Schafbocks; die andere Kette war gerissen, und das Leuchtschild war kaputt.

Der Laden war abgeschlossen. Ich klopfte. Nach einer Minute klopfte ich erneut. Kurz darauf kam der traurig dreinblickende Besitzer an die Tür geschlurft und öffnete die Verriegelung.

»Officer Murtag, kommen Sie rein.«

Als ich zur Seite trat, erhaschte er einen Blick auf Amira. Er legte mir die Hand auf die Schulter und sagte entschuldigend: »Ich fürchte, es gibt immer noch Grenzen, wenn es um Tieropfer geht.«

Ich schob mich an ihm vorbei in den Laden. Die Kunden hatten die Waren rücksichtslos begrapscht. Eine abgemagerte, zerrupfte Taube lag schlafend in ihrem Käfig. Und da war eine Ziege, deren Rippen sich wie Leitersprossen abzeichneten.

»Schau dich um«, sagte ich zu Amira. »Du hast freie Auswahl.«

Der Besitzer packte mich am Ellbogen. »Ihnen ist doch klar, dass es nichts bringt, sie ein Tier opfern zu lassen. Ihre Seele ist unwiderruflich befleckt.«

»Wollen Sie damit sagen, dass wir nicht ins Geschäft kommen?«

Ich kannte den Mann seit Jahren, wenn auch nur flüchtig; aber er war niemand, der sich durch moralische Bedenken von einem Geschäft abhalten ließ.

»Sie werfen Ihr Geld zum Fenster raus, aber ...«

»... solange es in Ihre Tasche wandert.«

Nachdem Amira die Waren eingehend begutachtet hatte, entschied sie sich für ein kleines Kaninchen mit braunen Ohren; es war das einzige, das noch da war.

»Wie viel wollen Sie für den Käfig haben?«, fragte ich.

Der Besitzer runzelte die Stirn. »Wozu brauchen Sie ...?«

»Wie ... *viel?*«

Der Preis, den er für das Kaninchen und den Käfig verlangte, war völlig überzogen. Amira stand jetzt bei der Ziege. Sie strich über das borstige Fell zwischen ihren abgeschnittenen Hörnern, und das Tier blökte und knabberte am Ärmel ihres Parkas. Amira sah mich an.

»Wer will schon eine Ziege haben?«, sagte ich zu ihr.

»Ich«, sagte sie.

Ich seufzte. »Was wollen Sie für die Ziege haben?«, fragte ich den Besitzer.

Der Preis dafür war ebenfalls eine Unverschämtheit. Ich erklärte mich einverstanden, wenn er einen Sack voller Gerstenkörner drauflegte.

Ich warf den Sack mit den Körnern über meine Schulter und nahm die Leine der Ziege. Amira trug das Kaninchen.

»Sie dürfen keine lebenden Tiere mitnehmen, Officer«, sagte der Besitzer. »Das ist verboten.«

Ich trat die Tür auf. »Sie können mich gerne festnehmen.«

»Wir müssen ihnen Namen geben«, sagte ich, während wir nach Hause liefen. »Haustiere brauchen Namen.«

»Können wir sie nicht ›Ziege‹ und ›Kaninchen‹ nennen?«, sagte Amira.

»Nein. Sie brauchen richtige Namen. Sie gehören dir. Gib ihnen Namen.«

Die Ziege knabberte an einem Büschel Unkraut, das an einem Telefonmast wuchs.

»Und ich kann sie nennen, wie ich will?«

»Wie du willst.«

»Die Ziege nenne ich ... Dighet.«

»Di-*was?*«

Amira sprach es langsam aus: »Diig-het.«

»Was heißt das?«

»Ziege.«

»Moment mal«, sagte ich, »du nennst die Ziege *Ziege* – nur auf Arabisch.«

»Du hast gesagt, ich kann sie nennen, wie ich will. Und das Kaninchen nenne ich ... Hoppsy.«

26 BESUCH VON EINEM FÜNFLING

Den Nachmittag verbrachten wir bis zum frühen Abend damit, die Tiere unterzubringen.

Bei Hoppsy war das kein Problem; sein Käfig stand neben dem Fenster. Bei Dighet, der Ziege, war das schon schwieriger. Da sie alles anknabberte, konnten wir sie nicht frei herumlaufen lassen. Das Erste, was sie nach dem Betreten der Wohnung getan hatte, war, die Schnürsenkel meiner Turnschuhe aufzufressen.

Die Nachbarwohnung stand leer. Also kletterte ich auf die Feuerleiter und brach mit einem Schraubenzieher das Fenster auf. Wir legten das leere Schlafzimmer mit Zeitungspapier aus. Darunter ein Blatt mit Gesellschaftsnachrichten und einem ganzseitigen Foto des Propheten, das Dighet vielleicht vollpinkeln würde. Anschließend füllten wir einen Eimer mit Körnern und einen weiteren mit Wasser.

»Du solltest zweimal am Tag nach ihr sehen«, sagte ich zu Amira, die feierlich nickte.

Wir aßen gerade einen Doseneintopf, den ich in der Nachbarwohnung gefunden hatte, als jemand an die Tür klopfte.

Ich hielt den Zeigefinger an den Mund und deutete mit dem Kopf auf den Wandschrank im Schlafzimmer. Amira verschwand in den Schrank, während ich mein Schulterhalfter anlegte und die Waffe entsicherte.

Erneutes Klopfen. Ich trat an die Tür. Mit einem kaum hörbaren Klicken schloss sich der Wandschrank im Schlafzimmer.

»Wer ist da?«

»Der Postbote.«

Ein Gefühl der Furcht kroch über die Oberseite meines Schädels und ließ die Haut an meinem Hals zusammenschrumpfen. Ich kannte diese Stimme.

Ich öffnete die Tür, denn ich hatte keine Wahl.

Fünfling Nummer zwei, der Exeter erstochen hatte, stand im Türrahmen. Er war gut anderthalb Köpfe größer als ich, obwohl er bestimmt nicht mehr als fünfundsiebzig Kilo auf den Rippen hatte. Er trug dieselbe Kleidung wie vorhin, dazu einen breitkrempigen Filzhut, und sah damit aus wie ein Wanderprediger.

Er tippte mit dem Finger gegen mein Herz. »Sie wurden ausgewählt.«

Im Schein einer Straßenlaterne schimmerte sein Wagen wie die Haut eines Alligators. Im Innern war es dunkel wie in einem Sarg. Auf das Dach waren Schrotflinten und Pistolen geschnallt sowie etwas, das aussah wie ein Scharfschützengewehr. Vom Rückspiegel hing ein Kruzifix, das Pinienduft verströmte, und auf der Rückbank lagen lauter Spielsachen. Teddys und Stoffpuppen. Ihre Augen waren mit schwarzem Filzstift übermalt.

»Sie schauen sich meine Tätowierung an«, sagte er, sobald wir losgefahren waren.

Das tat ich zwar nicht, aber es schien mir nicht ratsam, ihm zu widersprechen.

»Niemand lässt sich heutzutage noch tätowieren«, fuhr Nummer zwei fort, »denn Körperschmuck ist eine Sünde. Ein ehemaliger Marinesoldat hat uns tätowiert. Eigentlich konnte er nur Anker, Herzen und Totenschädel tätowieren, denn das war das Einzige, was die Matrosen verlangten.«

Der Wagen fuhr über ein Schlagloch. Der Fünfling ließ das Fenster ein Stück herunter, und der Wind pfiff durch den Spalt und zerzauste das Haar der schwarzäugigen Puppen auf dem Rücksitz.

»Eure Stadt stinkt nach vergammeltem Fleisch.«

Er riss das Lenkrad herum und raste über die Gegenfahrbahn. Die Reifen des Buick hüpften über den Bordstein und wieder zurück auf die Straße. Der Fünfling streckte die Hand aus und strich mir mit den Fingern über die Wange; es fühlte sich an, als würden mich die Knochenstümpfe von etwas streicheln, das schon lange tot war.

»Sagen Sie, Gefolgsmann Murtag ... kommt Ihnen der Name Victor Applewhite irgendwie bekannt vor?«

»Nein. Nie gehört.«

Der Fünfling setzte das animalischste Grinsen auf, das je ein menschliches Antlitz geziert hatte. Jeder Quadratzentimeter seines Gesichts war zerfurcht. Narben, dünn wie Drähte, verliefen kreuz und quer über seine Wangen, Lippen und Augenlider, überlappten einander wie die getrockneten Zweige eines Weidenkorbs.

Warum erzählte ich ihm nicht einfach von Tom Swift und Porter Rockwell, von den Damaskus-Türmen und von Jeremiah? Ich könnte die beiden Parteien wie zwei Rudel tollwütiger Hunde gegeneinander aufhetzen. Aber das tat ich nicht.

Neben den ausgebrannten Überresten des Manger kamen wir schließlich zum Stehen. Das hintere Ende des Clubs war weggesprengt worden, und die verkohlten Dachsparren ragten in den Himmel. Der Gehweg war mit verwelkten Blumen übersät, und mit Kerzen, die auf dem Asphalt zu bunten Wachspfützen zerschmolzen waren.

Der Fünfling marschierte durch die Blumen und zertrat einen Bilderrahmen mit Eves Foto. Nachdem er sich ein paar Minuten im Gebäude aufgehalten hatte, kam er mit rußverschmiertem Gesicht wieder heraus.

»Auf geht's, Gefolgsmann. Wir sind im Auftrag des Herrn unterwegs.«

Die Bar schräg gegenüber vom Manger hatte keinen Namen; lediglich ein summendes Leuchtschild in der Form eines Martiniglases deutete darauf hin, dass dort Gäste empfangen wurden. Der Fünfling stieß die Schwingtür mit dem milchigen Bullauge auf, und ich folgte ihm ins Innere.

In der Bar war es dunkel; das einzige Licht kam von dem Bildschirm eines altertümlichen Fernsehers, der über dem verkratzten Tresen angebracht war. Selbst die Luft roch nach Dreck. Auf der linken Seite des Raums befanden sich mehrere Sitznischen mit hohen Rückenlehnen; alle, bis auf die letzte, waren leer. Hinter der Bar über einem Regal voller staubiger RB-Flaschen hing ein goldgerändertes Porträt des Propheten – mit einem besonders vorwurfsvollen Gesichtsausdruck, wie das in solchen Etablissements gesetzlich vorgeschrieben war. In der Jukebox lief gerade »Missionary Man«.

Der Barkeeper hatte das falsche Gesicht eines Gebrauchtwagenhändlers. Sein Haar war voller Gel, und er trug ein kariertes Hemd mit hochgekrempelten Ärmeln und eine Schürze voller Fliegendreck. Sein Gesicht kam am besten bei gedämpftem Licht zur Geltung.

»Was kann ich euch beiden vortrefflichen Gläubigen bringen?«

»Ein Sodawasser«, sagte der Fünfling. Mit einem Nicken bestellte ich dasselbe.

Der Barkeeper pfiff die ersten Takte von »Hey, Big Spender.«

Der Fünfling nippte an seinem Wasser und stellte zufrieden das Glas ab. Rasch schenkte der Barkeeper ihm nach. Eine Kakerlake, groß wie eine Hostie, krabbelte den Tresen entlang. Ich legte meinen Bierdeckel darauf, und er bewegte sich ein paar Zentimeter vorwärts. Dann stellte ich mein Glas darauf und drückte es herunter, bis es knackte.

»Tut mir leid, dass die Bar in diesem Zustand ist.«

»Auf der anderen Straßenseite gab es eine Explosion«, sagte der Fünfling.

»Das ist schon eine Weile her.«

Der Fünfling schob seinen Arm vor und umklammerte die Hand des Barkeepers, in der dieser den Lappen hielt. »Ich bin mir sicher, dass Ihr Gedächtnis so weit zurückreicht.«

Der Barkeeper krümmte sich. »Ja.«

»Erzählen Sie mir, was Sie gesehen haben.«

»Gesehen? Gar nichts. Die hatten ein ganz anderes Publikum als wir, da sind all die jungen Leute hingegangen, die aufgedonnerten Nachtschwärmer. Unsre Gäste ...« – er ließ seinen Blick verzweifelt durch die Bar wandern und forderte uns auf, unsere eigenen Schlussfolgerungen zu ziehen – »... haben einen bodenständigeren Geschmack.«

»Sie haben also nichts gesehen?«

Die Hand des Barkeepers wurde in der Umklammerung des Fünflings weiß.

»Ich habe die Explosion deutlich gehört, und wir sind alle nach draußen gestürzt, um nachzuschauen.«

»Aber Sie haben ... nichts gesehen?«

»Der Laden da drüben ging uns nichts an«, sagte der Barkeeper. »Es gab also keinen Grund rüberzugehen.«

»Sie haben also nicht das Geringste gesehen?«

Die Fingernägel des Fünflings bohrten sich in die Hand des Barkeepers.

»Bitte«, jammerte der Typ, »ich bin ein ergebener Gläubiger ...«

»Wenn Sie nichts gesehen haben«, sagte der Fünfling nüchtern, »dann sagen Sie mir – wozu sind Sie dann überhaupt zu gebrauchen?«

Die Pistole, die der Fünfling aus den Falten seines weißen Staubmantels zog, sah nicht ganz aus wie eine Pistole; es handelte sich um einen schwarzen Gegenstand, der ungefähr die Form einer Pistole hatte. Wie dreckiger Dieselqualm stiegen von ihrem Lauf dunkle Sternchen empor. Sie machte kaum ein Geräusch; lediglich das *Wupp* eines aufflammenden Propangasgrills.

Der Kopf des Barkeepers platzte auseinander. Die eine Hälfte verdampfte in einer feinen roten Dunstwolke, während die andere wie ein Dreiviertelmond über seinem Körper hing und sich in dem verbliebenen Auge das Entsetzen über die Tat spiegelte.

Mit ruhiger Entschlossenheit ging der Fünfling zur letzten Sitznische; sein Staubmantel flatterte wie die Flügel einer deformierten Motte. Er musterte die beiden alten Männer, die dort saßen, und verpasste jedem von ihnen eine Kugel. Ihre Köpfe prallten von der Wand ab, und ihre Körper wurden aus der Nische geschleudert. Einer der beiden war noch am Leben und streckte seine mit Altersflecken übersäte Hand nach dem Fünfling aus.

»Was sehen Sie?«, flüsterte der Fünfling. »Bitte, sagen Sie mir, was Sie sehen.«

Doch der Mann war nicht mehr in der Lage zu antworten. Nummer zwei schoss ihm ins Gesicht. Dann feuerte er eine Kugel auf die Jukebox ab und trat durch die Schwingtür nach draußen.

Als ich auf die Straße hinauswankte, kam der Fünfling mit einem Benzinkanister in jeder Hand von seinem Wagen zurück. Wir stießen mit den Schultern aneinander – sein Körper war kalt wie Stahl –, und ich fiel der Länge nach auf den nassen Gehweg.

»Sie haben sie einfach abgeschlachtet«, stieß ich mit erstickter Stimme hervor.

Er starrte zu mir herunter. »Der Herr hat sie abgeschlachtet. Ich war nur sein Schwert.«

Ich lag fassungslos auf der Straße, bis der Fünfling wieder aus der Bar trat und eine Spur aus Benzin hinter sich herzog. Er packte mich am Kragen und zog mich rückwärts fort. Nach ein, zwei Metern drückte ich mich mit den Füßen vom Boden ab, bis ich einigermaßen aufrecht stand, worauf er mich Richtung Buick stieß.

Ich ließ mich auf den Beifahrersitz fallen. Erneut ertönte ein *Wump*, und eine Feuerspur schlängelte sich die Straße entlang und unter der Tür der Bar hindurch. Das Bullauge leuchtete orange auf. Der Fünfling sah sich das Schauspiel eine Weile an, und als die Tür aus den Angeln gehoben wurde, fand er, dass seine Arbeit getan war.

Während wir davonfuhren, stieg aus den Gullys Qualm empor und bildete dichte Rauchschwaden. Mit drei Fingern am Lenkrad steuerte der Fünfling lässig den Wagen. Sein Gesicht war voller Blutspritzer. Wir kamen an einem brennenden Ölfass vorbei, an dessen Feuer sich mehrere in Fetzen gekleidete Obdachlose die Glieder wärmten. Der Fünfling drosselte das Tempo.

»Geben Sie mir eins davon«, sagte er und deutete auf die Stofftiere.

Ich reichte ihm einen Teddy. Er war schwerer als die üblichen Plüschtiere – in diesem Moment bemerkte ich den Stift, der aus dem goldenen Fell an seinem Bauch ragte. Der Fünfling zog daran und warf den Teddy aus dem Fenster, wo er sanft auf dem Boden aufschlug.

»Dieses Jahr ist Weihnachten etwas früher«, rief er freundlich.

Wir fuhren weiter, während die Männer verwirrt auf den Bären starrten. Nachdem wir ein Viertel des Blocks zurückgelegt hatten, wurden die Fenster von einer Explosion erschüttert.

Kurz darauf trafen wir auf zwei Gläubige, die einen Einkaufswagen vor sich herschoben. Ein Mann und eine Frau, beide ziemlich jung. Ein Hund mit schwarzen Ohren war mit einer Leine am Griff des Wagens festgebunden.

»Geben Sie mir noch eins.«

In dem Einkaufswagen, auf den Habseligkeiten des Paares, schlummerte ein kleiner Junge mit einer Pudelmütze auf dem Kopf.

»Nein«, sagte ich.

»Das sind Unruhestifter.«

»Das ist eine obdachlose Familie.«

Während wir an ihnen vorbeifuhren, hatte der Fünfling seine Augen auf mich gerichtet. Ich schickte ein Gebet Richtung Himmel: *Oh Herr, gib mir ein paar Tage, um mein Haus zu bestellen. Um die Sache wiedergutzumachen. Um zu retten, was zu retten ist.*

Wie schnell kann man überhaupt beten?

Wir hielten am Straßenrand, und der Fünfling presste mir den Lauf seines Revolvers gegen die Brust.

»Öffnen Sie die Tür.«

Der Lauf drückte noch fester gegen meine Brust. Ich riss die Tür auf und landete mit dem Hintern auf dem Bordstein, während meine Füße im Fußraum des Buick hingen.

»Sollten wir Sie brauchen, melden wir uns bei Ihnen.«

Der Fünfling hatte mich ein paar Blocks von meiner Wohnung entfernt aus dem Wagen geworfen, und ich humpelte nach Hause. Amira war noch wach. Ich ging ins Badezimmer und zog mich aus, um zu duschen. Das Wasser war zu kalt, um sich einzuseifen, und ich stand mit klappernden Zähnen unter dem Strahl.

Anschließend zog ich mich wieder an und holte aus dem Küchenschrank über dem Kühlschrank den Ersatzschlüssel für die Wohnung.

Amira hockte im Schneidersitz auf dem Boden – wie ein Hopi-Indianer, hätte meine Mutter gesagt. Ich setzte mich ebenfalls in den Schneidersitz. Zwischen uns auf dem kahlen Holzboden lag der Schlüssel.

»Er gehört dir«, sagte ich zu ihr. »Deponier ihn an einem sicheren Ort. Du kannst kommen und gehen, wann du willst.«

Ich schob den Schlüssel zu ihr hinüber, und sie steckte ihn in die Tasche.

»Es kann sein, dass ich irgendwann nicht mehr zurückkomme«, sagte ich. »Falls das passiert, musst du dich in Sicherheit bringen und die Tiere freilassen. Setz ›Frosch‹ in einem Teich aus. ›Vogel‹ lässt du fliegen. Und ›Kaninchen‹ und ›Ziege‹ ... Mach dir keine Sorgen, sie kommen schon zurecht. Kümmere dich um dich selbst, okay?«

»Okay.«

»Jetzt geh schlafen, Amira. Du kannst mein Bett benutzen. Ich werde mich aufs Sofa legen.«

Sobald Amira eingeschlafen war, öffnete ich das Fenster. Ein kühler Wind fegte über die Badlands; die Luft war erfüllt vom Duft der Cherokee-Rosen. Aus der Stille drangen die Detonationen mehrerer Explosionen zu mir herüber.

Buch der Richter 15, 4: *Simson ging fort und fing dreihundert Füchse. Dann nahm er Fackeln, band je zwei Füchse an den Schwänzen zusammen und befestigte eine Fackel in der Mitte zwischen zwei Schwänzen. Er zündete die Fackeln an und ließ die Füchse in die Getreidefelder der Philister laufen.*

Das Telefon klingelte, und ich hätte mir beinahe in die Hose gemacht.

»Hallo?«

Ein entferntes schwaches Weinen.

»Hallo? Wer ist da?«

»Manchmal ...« Angelas Stimme. »... Jonah, manchmal ist es besser, wenn man nichts weiß.«

»Angela? Was ist los? Wovon redest du?«

Klick.

Ich setzte mich ans Fenster, bis über den Kirchturmspitzen die Sonne aufging. Die alten Machtverhältnisse mussten wiederhergestellt werden.

ARTIKEL IV

ER FÄLLT ZUM ZWEITEN MAL

27 NEW BETHLEHEM TRIFFT EINE ENTSCHEIDUNG

Um kurz nach sechs wurde ich von einem Lieferwagen abgeholt.

Hinter dem Steuer hockte Brewster, neben ihm auf dem Beifahrersitz Henchel, und auf den Sitzbänken saßen Applewhite und Garvey, fast die komplette Mannschaft. Nur Hollis und Doe fehlten.

Ich zwängte mich neben Garvey in den Wagen. Das Innere verströmte den penetranten Geruch von Verzweiflung, der mich an die Obdachlosenunterkünfte in den Vororten erinnerte.

Der Wagen schlängelte sich zwischen mehreren verlassenen Häuserblocks hindurch. Nicht eine Menschenseele war zu sehen. Wir fuhren durch eine Geisterstadt, nur dass die meisten Gebäude unversehrt waren. Hin und wieder kamen wir an einem verkohlten Grundstück vorbei, wo eine Bombe – einer der Teddys der Fünflinge? – explodiert war, aber der Großteil der Geschäfte und Gebäude war unbeschädigt.

»Was ist mit Hollis?«, fragte Applewhite.

»Er ist unentschuldigt abwesend«, sagte Henchel. »Seit der Sache mit Exeter hat ihn niemand mehr gesehen.«

»Die feige Sau«, sagte Garvey, der die ausgefransten Enden seiner Ärmel befingerte und wie ein Besessener an den Fäden zog.

Wir fuhren zum Anwesen des Propheten. Das alte Wachhäuschen am Tor war in die Luft gejagt worden. Brewster zeigte dem bleichgesichtigen Beamten in Zivil, der in einem provisorischen Häuschen saß, seine Marke, und wir rollten auf das Anwesen des Propheten.

In der Auffahrt standen die Buicks der Fünflinge, ein Ü-Wagen mit einem Mast, auf dem eine Satellitenschüssel angebracht war, und Doc Newbarrs Wagen.

Heute Abend wurde die Predigt des Propheten zum ersten Mal in der Geschichte der Stadt via Satellit übertragen. Die MegaKirche war stark verwüstet worden – MÖGEN EURE SÜNDEN UNGESÜHNT BLEIBEN –, außerdem waren die Gläubigen zu verängstigt, um den Gottesdienst zu besuchen. Man hatte uns als Statisten herbeordert. Wir sollten uns rechts und links vom Propheten aufstellen, während er seine Predigt hielt, um zu demonstrieren, dass immer noch Recht und Ordnung herrschten.

Die Kostümbildnerin bekam einen hysterischen Anfall, als sie unsere Bartstoppeln und dreckverschmierten Uniformjacken sah. Man verfrachtete uns mit Rasierapparaten und Seifenstücken in eines der zahlreichen Badezimmer der Villa und befahl uns, als menschliche Wesen wieder zurückzukehren.

Im Wohnzimmer des Propheten war ein provisorisches Studio eingerichtet worden. Mehrere Bogenlampen beleuchteten den Walnussschreibtisch. Rechts davon stand ein Kameramann, denn die linke Gesichtshälfte des Propheten galt als seine Schokoladenseite. Wir stellten uns hinter ihm auf. Nachdem wir uns rasiert und gewaschen hatten, wirkten wir etwas seriöser. Die Fünflinge standen direkt hinter dem Stuhl des Propheten.

Von der linken Seite aus betrat der Prophet den Raum. Es war einige Wochen her, dass ihn jemand zuletzt gesehen hatte. Anders als die meisten Bürger hatte er nicht abgenommen – im Gegenteil, er war auseinandergegangen.

Der vanillefarbene Anzug spannte sich über seinem massigen Körper.

Er trat – *schlurfte* – vor die Kamera. Das Mikrofon nahm sein schweres Atmen auf.

»Kommet zu mir und fürchtet euch nicht!«, stieß er hervor. »Habe ich euch nicht betrauert – um euch geweint? Lebe ich nicht für euch? Fürchtet euch nicht! Wache ich nicht über euch? Klammert ihr euch nicht an mich – klagt mir euer Leid – braucht mich? Fürchtet euch nicht!« Seine Stimme klang jetzt heiser. »Meine Augen sind auf euch gerichtet, ich lege meine Arme um euch, um euch zu behüten und zu beschützen. Vertraut auf mich. Sprecht zu mir. Fürchtet euch nicht!«

Er ließ sich auf den Stuhl vor dem Schreibtisch fallen und tupfte sich mit einem Leinentaschentuch die Schweißperlen von der Stirn.

»Wir erleben harte Zeiten in New Bethlehem«, fuhr er fort. »Uns allen ist Leid widerfahren, ganz besonders mir, denn ich musste mitansehen, dass meine guten Taten vergeblich waren. In seinem Zorn auf uns hat der Herr es Frösche regnen lassen, und trotzdem tun seine Schäfchen nicht, was er von ihnen verlangt – setzt ihr euer frevelhaftes Treiben fort! Im fünften Buch Mose steht: *So beschneidet nun die Vorhaut eures Herzens,* um die heilende Liebe des Herrn zu empfangen. Doch wie starrköpfige Heiden verschließt ihr eure Herzen.«

Einer der Fünflinge unterbrach den Wortschwall des Propheten. »Sie sind nicht mehr auf Sendung.«

»Was ist los?«, fragte der Kameramann seinen Techniker.

Der Techniker fummelte an einem Kabelstrang herum, der sich in einen Schaltkasten schlängelte. »Wir haben kein Signal mehr.«

»Dann stellt die Verbindung wieder her!«, sagte der Prophet; sein Gesicht war rot wie ein gekochter Schinken.

»Die Übertragung darf nicht unterbrochen werden, während ich der Stadt meinen Segen spende!«

»Das Signal auf der Hauptleitung ist unterbrochen«, sagte der Techniker.

Das Rauschen auf dem Monitor wurde von einer Aufnahme abgelöst, die einen Raum mit einer Betonwand zeigte. Zwei Personen mit Cherubim-Masken standen hinter einer weiteren Person, die mit gefesselten Händen auf dem Boden kniete. Abgesehen von einem schwarzen Sack über dem Kopf war sie nackt.

»Entschuldigt die Unterbrechung, meine lieben Gläubigen.«

Das war Swifts Stimme.

»Bleibt bitte dran, denn die Unbefleckte Mutter wird ein paar Worte an ihre Anhänger richten.«

Eine der maskierten Personen war riesig. Offensichtlich handelte es sich um Rockwell, den Golem. Das bedeutete, dass die andere Person Swift war. Rockwell versetzte der nackten Frau einen Stoß, und sie hob benommen den Kopf. Die Unbefleckte Mutter. Sie drehte ihren Kopf nach links, sodass man die Seite sah, die als ihre Schokoladenseite galt. Angesichts der Eitelkeit dieser Geste drehte sich mir der Magen um.

»Es war eine Lüge«, fing sie an. »Alles. Unser Staatsgebilde war nur ein Instrument, um für stabile Verhältnisse zu sorgen. Und warum das alles? Weil die Menschen lügen, stehlen und töten – also muss man sie einschüchtern, erniedrigen und bedrohen, damit sie gute Gläubige sind. Darum haben wir gelogen.«

»Sie steht unter Drogen«, sagte der Prophet.

»Und wer ist dafür verantwortlich?«, fuhr sie fort. »Die großen Fische fressen die kleinen. Es gibt Schafe und Hirten. Nicht jeder kann ein Hirte sein. Die meisten Menschen sind gerne Schafe. Wer trägt also die Verantwortung? Ich?«

Sie schüttelte energisch den Kopf. »Die Gesetze existierten bereits, bevor ich auf der Bildfläche erschien; ich habe sie nur befolgt.«

Porter Rockwell kniete sich hinter die Unbefleckte Mutter und packte sie an den Schultern, damit sie nicht umkippte. In der freien Hand hielt er ein Messer – nein, kein Messer, eine Sichel.

»Alle eure Götter sind tot«, plapperte sie. »Alle eure Götter ... alle eure ... tot ...«

»Die Entscheidung liegt bei euch«, sagte Swift. »Wenn ihr es wollt, werden wir es tun. Wenn ich nichts höre, bleibt sie am Leben.« Er zuckte gleichgültig mit den Achseln. »Wie lautet also eure Entscheidung, ihr braven Schäfchen von New Bethlehem?«

Ich wandte mich ab und verließ das provisorische Fernsehstudio. Niemand schenkte mir Beachtung oder hielt mich zurück. Ich trat hinaus auf das weitläufige Grundstück der Villa, wo ich stehen blieb und lauschte.

Wie lautet deine Entscheidung, New Bethlehem?

In der Ferne ertönte das erste Geräusch. Die Hupe eines Autos. Mehrmals hintereinander, ganz kurz, fast zaghaft, dann laut und lang gezogen. Weitere Geräusche kamen hinzu: Drucklufthörner, Sirenen, klappernde Töpfe und sehr viel mehr. Die ganze Stadt meldete sich zu Wort. Der Lärm schwoll zu einem schrillen Crescendo an, bevor er wie ein Kind, das sich heiser geschrien hatte, wieder abebbte und zufriedenes Schweigen herrschte.

Ich bemerkte, wie sich neben einer Hecke etwas bewegte, und entdeckte den Pfau, den ich bei meinem früheren Besuch gesehen hatte. Die meisten seiner leuchtend blauen Federn waren ausgefallen. Er lag auf der Seite und atmete schwer. Ich zog meinen Staubmantel aus und legte ihn über den Vogel. Irgendetwas war mit seinem Bein nicht in Ordnung, und sein Hals hing durch wie eine gekochte Spaghetti. Ich legte seinen Kopf in meine Armbeuge.

»Wen haben wir denn da?«, sagte plötzlich eine Stimme hinter mir.

Ich drehte mich um und erblickte Doc Newbarr.

»Warum sind Sie hier?«, fragte ich.

»Reiner Zufall«, sagte er zu mir. »Der Quacksalber, der sich normalerweise um den Propheten kümmert, war verhindert. Der Prophet hat Probleme mit dem Magen. Er hat ein blutendes Magengeschwür.«

»Konnten Sie ihm helfen?«

Er zuckte mit den Achseln. »Früher gab es Medikamente. Aber inzwischen? Ich habe ihm gesagt, er soll viel Milch trinken.«

»Ich mache mich aus dem Staub«, sagte ich zu ihm.

»Sind die Kollegen nicht sauer, wenn Sie sie im Stich lassen?«

»Schon möglich.«

»Ich kann Sie fahren.«

»Ich werde den Vogel mitnehmen.«

»Okay«, sagte er bloß.

»Haben Sie es sich angeschaut?«, fragte ich, als wir durch die Tore gefahren waren. »Was sie mit der Unbefleckten Mutter gemacht haben?«

»Hab ich«, erwiderte Newbarr. »Ich hätte es nicht tun sollen, aber es gibt Dinge ... die will man nicht sehen, aber trotzdem muss man hinschauen. Als sie ihr den Kopf abgeschlagen haben, war kaum Blut zu sehen. Aus ihrem Hals lief nur ein schmales Rinnsal, wie aus einem uralten Springbrunnen.«

Als wir vor meiner Wohnung hielten, sagte er: »Ich habe ein Haus außerhalb der Stadt. Ich habe es für meine Frau und mich gebaut, allerdings hatte sie nie Gelegenheit, dort zu wohnen.«

Newbarrs Frau war an Krebs gestorben, allerdings konnte ich mich nicht erinnern, was für eine Krebserkrankung das gewesen war.

»Verlassen Sie die Stadt?«, fragte ich.

»In Kürze. Ich bereite alles dafür vor. Das Häuschen befindet sich draußen im Süden. In einem ausgedehnten Waldgebiet. Ich habe dort Lebensmittelkonserven und einen Wasserbehälter. Außerdem gibt es in der Nähe einen See mit Fischen.«

Der Pfau auf dem Rücksitz gab einen kehligen Knacklaut von sich, wie eine Eichel, die im Feuer aufplatzte.

»Ich könnte Ihnen einen Lageplan zeichnen. Wie wär's?«

»Gerne«, sagte ich.

»Okay. Abgemacht.«

»Danke. Und Doc ... noch was.«

Als ich ihm erzählte, was ich wollte, sagte er: »Das Zeug ist ziemlich heftig. Wofür wollen Sie es haben?«

»Für den Notfall.«

Newbarr runzelte die Stirn. »Ziemlich merkwürdiger Notfall. Ich habe ein Fläschchen davon in meinem Verbandskasten. Das würde für mich alleine reichen. Ich bringe Ihnen die Flasche mit, wenn wir uns das nächste Mal sehen.«

28 DER KLEINE ASTRONAUT

Als ich am nächsten Morgen vor dem Toilettenbecken stand, um zu pinkeln, starrte der Pfau aus der Badewanne zu mir herüber.

Eines seiner Beine war gebrochen. Amira hatte das sofort bemerkt und es mit dem Holzstiel eines Wassereises und dem Clip eines Müllbeutels stabilisiert. Dann hatte sie aus dem Müllcontainer hinter dem Gebäude einen Styroporklotz geholt, mit einem Steakmesser zwei Löcher hineingebohrt und die Beine des Vogels durchgeschoben. Währenddessen schlug der Pfau verzweifelt mit den Flügeln. Anschließend wickelte Amira einen Elastikverband, den ich noch von einer alten Knöchelverletzung herumliegen hatte, um die Flügel und die Unterseite seines Körpers, füllte die Badewanne mit Wasser und setzte den Pfau hinein. Er hatte die ganze Nacht dort gesessen.

»Das Gleiche macht man auch mit Pferden«, hatte sie mir erklärt. »Man stellt sie ins Wasser, damit die gebrochenen Beine besser verheilen.«

Als ich aus dem Badezimmer trat, hatte Amira uns beiden einen Haferbrei zubereitet. Schweigend hockten wir da, doch die Wohnung war von lauter Geräuschen erfüllt: Der Wellensittich zwitscherte, der Pfau planschte im Wasser, und auf der andere Seite der Wand blökte die Ziege.

»Ich muss gleich los«, sagte ich. »Du bleibst hier und kümmerst dich um die Haustiere.«

Es war ein Kinderspiel, den Typen ausfindig zu machen. Sein Name stand im Telefonbuch.

Er wohnte in einem heruntergekommenen Sandsteinhaus mit Blick auf den Saint Matthew's Square. Ich stieg die zerbröselten Steinstufen zum Haus hinauf und klopfte an die Tür. In dem Moment, als sich die Tür öffnete, wusste ich, warum Swift wollte, dass ich diesen Mann treffe.

»Caleb Murphy?«

»Ja?« Er schaute durch das Sicherheitsgitter zu mir hinauf. Er war gerade beim Frühstück; in der Hand hielt er eine Dose Chili con Carne, in der eine Gabel steckte.

Ich zückte meine Marke. »Kann ich reinkommen?«

Beim Anblick der Marke musste er lächeln. »Ich habe auch jede Menge nutzloses Blechzeug.« Er tippte mit einem ausgestreckten Finger gegen die Konservendose. »Sehen Sie die hier? Die Blechdose ist nicht ganz so nutzlos – da ist nämlich mein Essen drin.«

Ich schob meinen Staubmantel auseinander, sodass der Griff meines Revolvers zum Vorschein kam. »Sehen Sie dieses Stück Metall? Habe ich jetzt Ihre Aufmerksamkeit?«

Er grinste über beide Ohren. »Sicher doch, Chef.«

Murphy ließ mich herein und deutete mit einer ausladenden Geste seines Arms auf das Zimmer.

»Gibt's hier irgendwas, was Ihnen gefällt? Wir müssen alles hier verkaufen. Alles muss raus. Außer mir natürlich.«

Mein Blick fiel auf eine Vitrine voller Krempel und Exponate aus einem Horrorkabinett, darunter etwas, das aussah wie ein in Alkohol eingelegter Embryo. Die Fenster des Zimmers waren mit einer Schicht Lederfett oder Schmalz beschmiert, das in der Hitze schwarz und klumpig geworden war; durch einige Ritzen fielen Sonnenstrahlen, dünn wie Spinnenbeine.

Ich konnte meinen Blick nicht von Murphy abwenden. Offensichtlich hatte er sich an sein Aussehen gewöhnt, und daran, dass er seinen Lebensunterhalt damit verdiente, sich auf makabre Weise zur Schau zu stellen. Caleb Murphy war höchstens neunzig Zentimeter groß. Aber sein Körper war normal proportioniert – abgesehen von seinem Kopf, der kaum größer war als eine Grapefruit. Seine Gesichtszüge waren auf dessen winzige Oberfläche gequetscht und erinnerten an das expressionistische Gemälde eines Künstlers, der eine merkwürdige Vorstellung von Symmetrie hatte.

»Früher musste man einen Vierteldollar bezahlen, um einen Blick auf mich zu werfen«, sagte er.

Er deutete auf eine Kaffeedose, die auf einem Klapptisch stand. Sie war mit der Tuschezeichnung eines Augapfels beklebt. Ich warf all mein Kleingeld hinein und sagte: »Was glauben Sie, warum bin ich mit Ihrem Namen auf meiner Brust aufgewacht?«

»Zunächst einmal sollten Sie sich vielleicht fragen, wer bei Ihnen war, als Sie eingeschlafen sind.« Während er die Dose musterte, schnaubte er gedankenabwesend. »Man kann unter schlimmeren Umständen wieder zu sich kommen. Einmal war ich mit Hühnerblut beschmiert. Ich hatte mit Otto dem Spinner einen gebechert, und der gute alte Otto biss einer Henne den Kopf ab. Allerdings war ich so betrunken, dass ich nicht mitbekam, wie ich von oben bis unten mit Blut vollgespritzt wurde. Als ich am nächsten Morgen wieder zu mir kam, war es überall an meinem Körper – und Hühnerblut ist ziemlich zähflüssig. Es fühlte sich an wie kalter Sirup. Mit einem Namen auf seiner Brust aufzuwachen ist also nicht so schlimm. Es sei denn, man hat ihn mit einem Taschenmesser in Ihre Haut geritzt. War das so?«

»Nein«, gab ich zu. »Es war Lippenstift. Kennen Sie einen Tom Swift?«

»Sollte ich?«

»Er hat mir Ihren Namen auf die Brust geschrieben.«

»Dann haben Sie ein Problem mit ihm, oder?«

»Haben Sie bei einem Wanderzirkus gearbeitet, Mr. Murphy?«

Murphy grinste. »Nachdem man mir gesagt hat, dass ich für den Broadway zu hübsch bin.«

»Eine Frage: Lautete Ihr Künstlername Pliny der Stecknadelkopf?«

»Weiß nicht.«

Er warf einen Blick auf die Kaffeedose, und ich steckte einen Schekel hinein.

Er brach in schallendes Gelächter aus. »Sie wollen, dass ich Ihnen meinen Künstlernamen verrate? Was auch immer man ihnen bezahlt, Kojak, es ist zu viel. *Stecknadelkopf.* Ein schrecklicher Name. Aber die Menschen benutzen sowieso nur zehn Prozent ihres Gehirns. Einstein hat elf Prozent genutzt und war ein Genie. Also nutze ich mein gesamtes Gehirn.«

»Was ist mit Ihren Fenstern?«

»Die Nachbarskinder haben sich die Nasen an den Scheiben platt gedrückt, um einen kostenlosen Blick auf mich zu werfen. Meine einzige Regel lautet: Schaut, so viel ihr wollt, aber zahlt dafür. Kinder haben keine zwei Gera. Also habe ich die Fenster mit Schmalz beschmiert, damit sie nicht mehr hineinglotzen können.«

»Sie wissen schon, dass es bei der Entwicklung von Vorhängen ein paar erstaunliche Fortschritte gegeben hat?«, sagte ich freundlich. »Man kann damit inzwischen ganze Fenster bedecken.«

»Sind Sie Raumausstatter?«, fragte Murphy spöttisch. »Ich glaube allerdings, dass Sie nur ein Bulle mit einer tuntigen Ader sind.«

»Ich versuche mich nebenbei als Raumausstatter. Kaufen Sie sich Vorhänge.« Ich nahm meinen Schekel aus der

Dose. »Mein Beratungshonorar. Für Sie mache ich einen Freundschaftspreis.«

Sein Gesicht erstarrte. »Sie sind mir vielleicht einer. Nutzen einen behinderten Mann aus. Aber wahrscheinlich haben Sie es auch nicht leicht, wenn man den Mangel an Anstand in der Welt bedenkt.«

»Fangen wir noch mal von vorne an.« Ich warf den Schekel zurück in die Dose, öffnete meine Geldbörse und zeigte Murphy seine Geschwister. »Ich habe ein paar Fragen. Und ich zahle für das Privileg, Informationen von Ihnen zu bekommen.«

Er humpelte zum Sofa; sein Gang erinnerte mich an den einer Winkerkrabbe. Er trug schmutzige Dockarbeiterhosen und breite Hosenträger in Regenbogenfarben, die sich über seine nackten Schultern spannten. Sein Oberkörper war blass und fleischig, und er hatte die unterentwickelte Brust eines Babys.

»Schießen Sie los.«

»Als Sie mit diesem Wanderzirkus unterwegs waren ...«

»Mit der Freakshow«, korrigierte er. »Nennen wir die Dinge beim Namen.«

»Mit dieser Freakshow. Hatten Sie da was mit den Zeltgottesdiensten des Propheten zu tun?«

Murphy gab ein Schnauben von sich. »Kann man so sagen. Ihre Show und unsere Show waren in denselben Kuhdörfern am Arsch der Welt unterwegs. Irgendwann taten wir uns dann zusammen. Je größer das Spektakel, desto mehr Bauerntrampel kamen zu den Vorstellungen.«

Ich warf einen Schekel in die Dose. »Ergab sich häufiger der Anlass oder die Möglichkeit, mit dem Propheten und seiner Frau zu *verkehren?*«

»Interessante Wortwahl. *Verkehren.*« Er ließ sich das Wort auf der Zunge zergehen. »Ich hatte eine Nummer auf Lager, bei der ich eine Seifenblase machte und meinen Kopf hineinsteckte – wir nannten das den Astronautenhelm. Die Unbefleckte Mutter liebte diese Nummer. Hin und wieder kam sie für eine Privatvorführung in meinen Wohnwagen.«

»Wissen der Prophet und seine Frau, dass Sie in der Stadt sind?«

»Ob sie es wissen?« Murphy ließ einen seiner Finger wie einen Propeller kreisen. »Was glauben Sie, wer diesen Luxus hier bezahlt? Ich lasse mich aushalten.«

»Wie das?«

Er schnaubte erneut. »Hören Sie, Perry Mason, warum werfen Sie nicht Ihre ganze Kohle in die Dose, und ich erzähle Ihnen einfach alles, statt kleckerweise mit den Informationen rauszurücken. Denn das einzige Mal, dass ich davon erzählt habe, war ich betrunken, und es wäre schön, einmal mit klarem Kopf davon zu berichten.«

Der gesamte Inhalt meiner Börse wanderte in die Dose, und Murphy setzte sich aufs Sofa und bot mir etwas für mein Geld.

»Die Unbefleckte Mutter sah damals sehr viel besser aus, nicht wie diese abgemagerte Karikatur ihrer selbst, die gestern Abend im Fernsehen zu sehen war. Sie war jung und attraktiv, und sie glaubte wirklich an das, was sie tat. Nämlich die Menschen zu bekehren. Ihre Seelen zu retten. Menschen mit einer Bestimmung sind wunderschön; sie haben so ein inneres Strahlen. Bestimmt hatte sie Mitleid mit mir.« Murphy zuckte mit den Schultern. »Ich habe eine Menge Kohle mit dem Mitleid anderer Leute verdient. Aber gleichzeitig war sie scharf auf mich. Oh ja. Sie war unglaublich scharf auf mich.«

Mir fiel ein, was die Unbefleckte Mutter neulich Abend gesagt hatte: *Ich habe den kleinen Astronauten gevögelt. Ich habe diesen winzigen Scheißkerl gevögelt, und es war fantastisch.*

»Ich weiß nicht, ob der Prophet damals Bescheid wusste oder ob es ihn überhaupt interessiert hätte«, sagte Murphy. »Unsere Mutter hielt nichts von Empfängnisverhütung, denn in ihren Augen war das eine Sünde.«

Er schob sich eine Gabel Chili in den Mund. Seine Zähne sahen aus wie Maiskörner.

»Als sich herausstellte, dass sie schwanger war, gingen ihre und unsere Show getrennte Wege. Nun, Sie werden sich vielleicht fragen, warum man dieses Monstrum, das aus ihrem Leib gekrochen war, nicht sofort getötet hat? Weil einige Menschen, darunter der Prophet, einen Wert in dem erkennen, was wir für wertlos halten. Als es zur Welt kam und er die Laute hörte, die es von sich gab, wurde ihm wohl klar, dass es nützlich sein könnte.«

Die Laute, die es von sich gab. »Das Heilige Kind ...«

Murphy fasste sich an die Nase. »Die Jungfrauengeburt. Das Wunder. Die Unbefleckte Mutter und ich haben es in einem Wohnwagen gezeugt, der irgendwo am Arsch der Welt im Schlamm feststeckte. Schon komisch«, sagte er wohlwollend, »wie sehr die Menschen Missgeburten verehren. Mein Sohn ist nicht durch ein Wunder Gottes entstanden – er ist einer seiner schlimmsten Irrtümer. Und ihr *verneigt* euch vor ihm. Manchmal frage ich mich, ob man unter anderen Vorzeichen mich, Otto oder Henrietta, die Frau mit dem Eselsgesicht, in einer Bahre herumtragen und mit derselben Begeisterung verehren würde. Aber der Prophet weiß, wie man den Leuten das Geld aus der Tasche zieht, er hat die größte Kaffeedose auf Gottes Erden, und ihr Bauerntrampel sorgt dafür, dass sie bis zum Rand voll ist.«

Woher wusste Tom Swift davon?

»Warum zahlen der Prophet und die Unbefleckte Mutter Ihre Miete – als Gegenleistung für Ihr Schweigen?«

»Unter anderem«, sagte Murphy. »Aber mein Sohn ist ein Schwachkopf – er ist nach seiner Geburt kaum gewachsen und gibt nichts als undefinierbare Laute von sich, aber das auch nur, wenn man ihn dazu auffordert. Er ist ein eigensinniges Geschöpf. Wenn er beleidigt ist, hält er so lange sein Atemloch zu, bis er das Bewusstsein verliert. Der Prophet machte sich Sorgen deswegen ... was, wenn seine wenigen Hirnzellen dabei absterben? Dann wäre er zwanzig Kilo nutzloses Fleisch. Der Prophet glaubte, dass die Nähe seines Vaters das Kind vielleicht beruhigen würde.«

Ich war ganz durcheinander. »Was genau machen Sie?«

»Mal angenommen, mein Sohn leidet unter Koliken – es klingt vielleicht merkwürdig, dass ein erwachsener Mann unter Koliken leidet, aber es handelt sich um einen Mann mit dem Gehirn eines Kleinkindes –, wie auch immer, in so einem Fall werde ich gerufen. Ich wiege ihn dann auf meinem Knie hin und her, summe ihm etwas vor und rede ihm gut zu. Seit über zwanzig Jahren mache ich das.«

»Und seine Mutter ... Die Unbefleckte Mutter kann das nicht tun?«

»Der Junge kommt mehr nach mir. Er reagiert nur auf mich.«

»Das ist alles?«

»Jede Woche, am Tag des Propheten, werde ich von einem glänzenden schwarzen Wagen abgeholt und zur MegaKirche gebracht.« Erfüllt von einem merkwürdigen Stolz richtete Murphy sich auf. »Es gibt in der Bühne eine Falltür, durch die ich genau hindurchpasse. Durch sie klettere ich zu einem winzigen Stuhl unter einem Loch in der Bühne. Neben dem Stuhl lehnt eine Stange, an deren Ende eine Nadel befestigt ist. Ich warte dann, bis die Bahre meines Sohnes über dem Loch abgestellt wird, und auf ein Stichwort des Propheten hin stecke ich die Stange durch das Loch und steche mit der Nadel meinen Sohn.«

Er fläzte sich aufs Sofa, während sein Körper wie eine vollgestopfte Made zitterte. »Ich denke mir nicht allzu viel dabei«, sagte er, als er meinen Abscheu spürte. »Es ist, als würde ich in eine Steckrübe stechen.«

Er wartete darauf, dass ich ihm die entscheidende Frage stellte.

»Warum? Warum stechen Sie Ihren schwachsinnigen Sohn mit einer Nadel?«

»Na ja«, fuhr er fort, »was ihr dämlichen Bauerntrampel für Gesang haltet, ist kein Gesang. Das ist mein Sohn, der *weint*. Je lauter er plärrt, desto melodischer klingt es.«

Wäre ich noch eine Minute länger geblieben, hätte ich diesen Mann umgebracht. Ich hatte es halb zur Tür geschafft, als ich noch einmal zurückging und mir die Kaffeedose schnappte.

»Sie aufgeblasener Scheißkerl!« Murphy hüpfte vom Sofa, die Fäuste zu wirkungslosen kleinen Knoten geballt. »Geben Sie das Geld zurück! Ich habe es verdient!«

Während ich einen letzten Blick auf dieses staubige Schreckenskabinett und seinen kleinen, bösartigen Bewohner warf, der wie ein Boxer dastand, als wollte er mit mir um den Inhalt der Dose kämpfen, dachte ich, ja, du hast es verdient. Das und mehr.

29 SPAZIERFAHRT MIT MOM

Ich fuhr auf dem verlassenen Falwell Memorial Boulevard Richtung Osten. Raphael's Roost war von den Bombenattentaten verschont geblieben. Ich rannte ins Gebäude, wo meine Mutter vor dem mit Engelsköpfen bestückten Porträt saß.

»Mom. Hey, Mom.«

»Du warst beim Friseur«, sagte sie.

»Wollen wir einen kleinen Ausflug machen? Kommst du mit?«

»Oh.« Sie fuhr sich durchs Haar, das mit Haarklammern zu einem schlohweißen Dutt hochgesteckt war. »Oh. Ich kann mir nicht vorstellen, dass die das erlauben. Es gibt hier Regeln, weißt du. Jede Menge Regeln.«

»Mach dir keine Sorgen deswegen.« Ich nahm sie vorsichtig an der Hand. »Lass uns ein paar Sachen einpacken.«

Der Krankenpfleger, bei dem wir uns abmelden mussten, war mein stämmiger Widersacher. Auf seinem Namensschild über seiner muskulösen Brust stand jetzt: REMO PALLADINI, CHEFKRANKENPFLEGER.

»Wo soll's heute Nachmittag denn hingehen?«

»Ich mache mit meiner Mutter einen Spaziergang.«

Palladini lächelte nachsichtig. »Das hier ist eine Verwahrungsanstalt, Mr. Murtag. Ihre Mutter ist ein Häftling der Republik. Verbrecher machen keine Spaziergänge.«

Ich zog meinen Revolver. »Öffnen Sie die Tür, Remo.«

»Nicht, Jonah ...«, sagte meine Mutter, »... das darfst du nicht ...«

Palladini öffnete das elektronische Tor. »Ich werde die Cops rufen, sobald Sie das Gebäude verlassen haben.«

»Tun Sie das, Palladini.«

Schweigend fuhren wir zu meiner Wohnung. Es war eine Weile her, dass Mom das Roost verlassen hatte. Auf den Straßen war kaum jemand unterwegs. Die Gehwege waren wie leer gefegt und die Schaufenster allesamt dunkel.

»Ist alles in Ordnung?«, fragte Mom.

»Was meinst du damit, Mom?«

Sie tippte mit dem Finger gegen die Fensterscheibe. »Die Stadt sieht anders aus als früher.« Sie warf mir einen panischen Blick zu. »Sah es hier immer schon so aus?«

»Nein, Mom. Es ist jetzt alles anders.«

Das beruhigte sie ein wenig. Sie lehnte sich zurück, während die leeren Gehwege vorbeiwischten. Wo waren all die Menschen abgeblieben? Sie konnten nirgends hin. Auf den unbewachten Flächen außerhalb der Stadt herrschten Gewalt und Anarchie. Man musste schon völlig durchgeknallt sein, um dort zu leben, und jemand, der in New Bethlehem aufgewachsen war, würde dort nicht länger als ein paar Monate durchstehen. Stadtbewohner waren zivilisiert. Friedlich. Leichte Beute für die Galgenvögel, die die Einöde durchstreiften.

Aber das änderte nichts an der Tatsache: Die Stadt erinnerte an ... einen Leichnam oder etwas in der Art. Etwas, das vor Kurzem gestorben war und noch nicht ganz begriffen hatte, dass es tot war – dessen Synapsen immer noch vereinzelt aufzuckten und auf dessen Netzhaut sich das Bild dessen abzeichnete, was es als Letztes gesehen hatte, kurz bevor das Herz zu schlagen aufgehört hatte. Es war bereits tot, auch wenn es das noch nicht wusste. Vielleicht lief es genau so ab. Vielleicht verwandelte sich eine Stadt auf diese Weise in eine Geisterstadt. Ich dachte immer, dass es sich um einen schleichenden Prozess handelt, dass ein widriges Schicksal und widrige Umstände einer Stadt langsam die Luft abschnüren, dass es Jahre dauert, bevor die letzten Bewohner ihre Sachen packen und sich aus dem Staub machen. Anschließend würden die Gebäude in sich zusammenstürzen und allmählich verfallen, bis nur noch die Fundamente übrig waren.

Aber vielleicht passierte es manchmal auch ganz plötzlich, und eine Stadt wurde von einem Tag auf den anderen ausgelöscht. Das war irgendwie unheimlicher. Die Stadt sah dann aus wie eine makellose Modelllandschaft – alles war immer noch fein säuberlich an seinem Platz, und es gab noch Strom, aber es war niemand mehr da. Als ob sämtliche Bewohner bei der Verrichtung ihrer täglichen Pflichten restlos verdampft waren.

»Es brennt zwar Licht, aber es ist keiner da«, sagte Mom. Sie lächelte. »Das hat einer der Pfleger immer zu mir gesagt. Er fand das wohl lustig.«

»Kann ich mir denken, Mom.«

Als ich meine Wohnungstür öffnete, wartete Amira im Innern auf uns. Ich nahm das Mädchen beiseite, während meine Mutter um den Käfig des Wellensittichs herumscharwenzelte.

»Das ist meine Mutter«, sagte ich zu Amira. »Man hat sie der Therapie unterzogen. Weißt du, was das ist?« Als Amira den Kopf schüttelte, erklärte ich es ihr: »Wenn einen die Leute für gefährlich halten wegen etwas, das man gesagt oder getan hat, dann« – ich fuhr mit dem Finger über die Mitte meines Kopfes – »und dann« – ich ballte eine Faust und zog einen imaginären Klumpen aus meinem Kopf. »Danach stellt man keine Bedrohung mehr dar.«

»Ist sie krank?«, fragte Amira.

»Nein, nein. Ich will nur alle unter einem Dach haben. Ist das irgendwie nachvollziehbar?«

»Ich mag ihr Haar. Es sieht aus wie eine Schneewolke.«

Als es Zeit war, die beiden einander vorzustellen, musste ich darüber schmunzeln, wie sie dastanden: die Hände hinter dem Rücken verschränkt und die Augen auf ihre Schuhe gerichtet – oder in diesem Fall auf ihre Häschenpantoffeln. Sie sahen aus wie zwei Mädchen, die sich in Begleitung ihrer Eltern zum Spielen getroffen hatten.

»Mom, das ist Amira. Amira, Mom.«

»Freut mich, Sie kennenzulernen«, sagte Amira.

»Freut mich auch«, sagte Mom.

Moms Körper zitterte; es war ziemlich lange her, dass sie einem Kind begegnet war.

»Ich mag Ihr Haar, Mrs. ...«

»Murtag«, sagte ich.

»... Murtag«, sagte Amira. »Es sieht aus wie eine große, aufgequollene Schneewolke.«

»Oh.« Meine Mutter fuhr sich durchs Haar. »Vielen Dank. Ich mag deine Zähne. Sie sind so weiß und gerade. Du musst sie immer gut putzen. Sie sehen aus wie ...«

Sie verstummte, unfähig, ihren Gedanken zu Ende zu bringen. In die peinliche Situation hinein ertönte ein Knacklaut des Pfaus. Als wir ins Badezimmer gingen, um nach ihm zu sehen, berührte Mom Amira behutsam an der Schulter.

»Wie wunderschöne Muscheln – deine Zähne.«

Amira hatte das Wasser aus der Wanne ablaufen lassen und sie mit frischem gefüllt. Auf dem Spülkasten stand eine Dose mit Kidneybohnen. Amira verteilte einen Löffel davon auf dem Styroporfloß.

»Hast du das gemacht?«, fragte Mom Amira.

Das Mädchen nickte. »Er hat sich das Bein gebrochen«, sagte Amira. »So treibt er auf dem Wasser, bis es verheilt ist.«

»Das war sehr schlau von dir.«

In diesem Moment klingelte das Telefon, und ich ließ die beiden im Badezimmer alleine und nahm ab.

Am anderen Ende der Leitung herrschte absolute Stille. Nein, nicht ganz; es war ein entferntes Atmen zu hören, eine Art Schniefen, als befinde sich das andere Telefon in der Nähe eines schlafenden Babys.

»Murtag?«

Es war Garvey. Er schluchzte leise, wie ein kleines Kind.

»Kannst du vorbeikommen, Murtag?« Er atmete stoßweise ein. »Nur für ein Weilchen.«

30 DAS LAND, IN DEM MILCH UND HONIG FLIESSEN

Vor Garveys Wohnung stand ein Lieferwagen. Er war in einem bläulichen Farbton lackiert, und die Fenster waren mit Kreppband abgeklebt. Auf der Seite prangte ein Bild der Unbefleckten Mutter, die ein Neugeborenes in den Armen hielt. Garvey wohnte an der Levite Avenue in einem dreistöckigen Haus ohne Fahrstuhl neben einer Bäckerei namens Golden Rays of the Sun. Er liebt es, beim Aufwachen den Duft von frisch gebackenem Brot zu riechen. Die Bäckerei hatte geschlossen, und irgendein Vandale hatte ihr Schild besprüht, sodass dort jetzt Golden Rays of *Sin* zu lesen war, was ich ziemlich hirnlos fand.

Garvey hockte auf einem Sofa, das mit Energiedrink-Flaschen übersät war. Auf dem Couchtisch verstreut lagen mehrere elektronische Geräte: ein Taschenrechner, eine Stoppuhr und ein digitales Kochthermometer. Sie waren nur noch Schrott, denn Garvey hatte sie in ihre Einzelteile zerlegt. Jetzt gerade nahm er mit einem Schraubenzieher seine Armbanduhr auseinander.

Garvey warf einen Blick zum Fernseher, auf dem nur Bildrauschen zu sehen war – das war das Einzige, was man noch empfangen konnte.

»Weißt du«, sagte er geistesabwesend, »ich bin mir ziemlich sicher, dass das irgendwas zu bedeuten hat.«

»Was, Garvey?«

»Das Rauschen hat ein bestimmtes Muster. Wenn man

lange genug hinschaut, kann man verschiedene Formen erkennen, die über den Bildschirm wandern.«

Bald würde er Jesus' Gesicht in dem Bildrauschen erkennen, wie irgendwelche Irren, die behaupteten, sie hätten es auf ihrem Käse-Sandwich oder in einer Öllache auf ihrem Garagenboden gesehen. Garvey nahm einen Schluck aus der Energiedrink-Flasche direkt neben sich, ordnete auf dem Tisch ein paar verstreute Drähte zu einem Runenzeichen an und sagte: »Du und Doe, ihr wart nicht da. Also ist es jetzt an uns.«

»Was?«

»Unsere Pflicht zu tun.«

Er fummelte an seiner Armbanduhr herum, aber der Schraubenzieher passte nicht in die Schraubenschlitze, also rammte er ihn in das weiche Holz des Couchtisches, wo er zitternd stecken blieb, und trat ans Fenster. Von dort hatte man einen Blick auf die südlichen Außenbezirke der Stadt. Die Aussicht erstreckte sich bis zur Stadtgrenze und den Damaskus-Türmen.

»Dort haben sie sich versteckt«, sagte Garvey. »Die Ungläubigen, die unser Leben in ein Chaos verwandelt haben. Das da ist ihr ... Unterschlupf.«

»Wie hast du das herausgefunden?«

»Die Fünflinge haben es herausgefunden.«

»Ihr werdet also ...«

Er antwortete nicht. Plötzlich fügte sich in meinem Kopf alles zusammen. Der Lieferwagen. Wie viel Sprengstoff hatte er geladen? Garvey wollte sich als Märtyrer opfern.

»Wir sind Gläubige, Garvey. Wir ... wir tun so etwas nicht.«

Er zuckte die Achseln. »Manchmal kann man seine Feinde nur mit ihren eigenen Mitteln schlagen.«

»Mann, das ist glatter Selbstmord. Eine Sünde.«

»Ich habe darüber nachgedacht«, gab er zu. »Als die Fünflinge heute Morgen mit dem Lieferwagen hier aufkreuzten und die Türen öffneten, dazu die Säcke voller Dünger auf dem Dach ... da ging mir derselbe Gedanke durch den Kopf. Aber irgendjemand muss es schließlich tun. Jetzt heißt es, wir oder sie.«

Ich folgte ihm ins Schlafzimmer. Mit den Postern evangelikaler Sänger an den Wänden sah es aus wie ein Kinderzimmer. An der südlichen Wand prangten etliche Bilder halb nackter Männer; sie waren aus der Sommerausgabe der Kaufhauskataloge gerissen worden, die er als Beweismittel sicherstellen sollte – Beweismittel, die nie in der Asservatenkammer gelandet waren, wie mir plötzlich wieder einfiel.

Auf der Bettdecke lag ein Smoking.

»Eigentlich wollte ich darin heiraten«, sagte Garvey und deutete auf den Anzug. »Hat eine hübsche Stange Geld gekostet.«

Er nahm ein Badetuch von einem Kasten auf der Schlafzimmerkommode. Bei dem Kasten handelte es sich um ein Terrarium. Etwas hatte sich um den Stein darin gewickelt. Ich trat näher. Eine Schlange.

»Das ist eine Klapperschlange«, sagte Garvey. »Sie gehörte meinem verstorbenen Vater. Sie ist fast so alt wie ich, dieses zähe alte Luder.«

»Ist sie giftig?«

»Man hat ihr vor einigen Jahren die Giftdrüsen entfernt. Das heißt nicht, dass sie einen nicht beißt. Aber ihr Biss ist nicht tödlich.«

»Hat sie einen Namen?«

»Duke.«

»Aber du benutzt sie nicht mehr ...?«

»Für meine Rituale? Das ist nicht mehr Teil meiner Religion.« Er steckte die Hände in die Taschen, um die punktförmigen Narben darauf zu verbergen. »Außerdem ist es ohne das Gift keine echte Glaubensprüfung.«

Duke entrollte sich, und sein Schwanz machte dabei ein Geräusch wie eine Babyrassel. Sein Gesicht war faltig wie ein Akkordeon, als hätte jemand mit einem winzigen Hammer seine Nase platt geschlagen.

»Was frisst er?«

»Früher hat er Mäuse bekommen«, sagte Garvey »aber die Zoohandlung hat dichtgemacht. Jetzt ist er froh, wenn er ein paar Eier bekommt. Wachteleier, wenn ich welche auftreiben kann, aber er frisst auch Hühnereier.«

In diesem Moment klingelte das Telefon. Ich folgte Garvey in die Küche und hörte, wie er mit jemandem redete – vielleicht mit einem der Fünflinge.

»Ja ...«, sagte Garvey, »... in einer halben Stunde, okay ... Gelobt sei der Herr.«

Er legte auf, verschwand im Schlafzimmer, schloss die Tür, und zehn Minuten später kam er im Smoking wieder heraus.

»Wie sehe ich aus?«, fragte er.

»Deine Fliege hängt schief.«

Er ließ mich seine Fliege losbinden und gerade rücken.

Garvey steckte seinen Revolver ins Halfter. »Kümmerst du dich um Duke?«

»Mach ich.«

Er trat zur Tür.

»Tu's nicht, Garvey. Sei kein beschissener ... Gläubiger.«

Er drehte sich um. Sein Gesicht hatte sich zu einem Ausdruck dumpfer Wut verfinstert. Er öffnete die Wohnungstür und marschierte die Treppe zur Straße hinunter. Ich sah dabei zu, wie er den Lieferwagen bestieg, der sich kurz darauf in Bewegung setzte und am Ende des Blocks um die Ecke bog.

Etwas später flirrte die Luft wie eine unbefahrene Asphaltstraße an einem Sommertag, und ein heißer Windhauch wehte mir ins Gesicht. Als der zweite Damaskus-Turm in sich zusammenfiel, wandte ich mich ab.

31 EINE WICHTIGE ENTSCHEIDUNG

Mit dem Terrarium auf dem Beifahrersitz, in dem die zusammengerollte Schlange lag, fuhr ich nach Hause. Als ich den Eingangsbereich meines Wohnhauses betrat, fand ich in meinem Briefkasten eine braune Flasche; offensichtlich war Doc Newbarr kurz hier gewesen. Ich öffnete die Tür zu meiner Wohnung, wo Amira und meine Mutter gerade eine Partie Scrabble spielten. Sie hockten über die Plastikbänkchen mit den Buchstaben gebeugt im Schneidersitz auf dem Boden.

Ich stellte Dukes Terrarium neben »Froschs« Aquarium, und mit einer Mischung aus Abscheu und Staunen starrten wir alle die Schlange an.

»Igitt«, sagte Amira.

»Vielleicht findet sie dich auch eklig«, sagte ich. »Nicht alle Tiere können niedlich und knuddelig sein. Trotzdem, du hast recht. Es ist ziemlich schwer, an einer Schlange etwas liebenswert zu finden.«

In diesem Moment klingelte das Telefon. Beim zehnten Klingeln hob ich ab und lauschte.

»Jonah.«

»Swift«, sagte ich.

»Überrascht?«

»Eigentlich nicht. Es heißt, dass am Ende nur die Kakerlaken überleben. Woher wussten Sie, dass die Türme bombardiert werden?«

»Eine Zigeunerin hat einen Blick in ihre Kristallkugel

geworfen und mich vor einer großen Explosion in meiner Zukunft gewarnt.«

»Die Fünflinge werden nicht aufhören, bevor ihr alle unter der Erde liegt.«

»Ich werde mich schon um die Typen kümmern«, sagte er. »Die Zigeunerin meinte noch, dass du Murphy einen Besuch abgestattet hast. Und dass Murphy sein Geheimnis preisgegeben hat.«

»Ich habe dafür bezahlt, wie Sie bestimmt auch.«

»Warst du schockiert?«

»Früher wäre ich das gewesen. Inzwischen kann mich so was kaum noch schockieren.«

»Glaubst du wirklich, dass die Fünflinge hinter mir her sind, Jonah? Wer bin ich denn schon? Nur eine kleine Nervensäge. Ein Stachel im Fleisch der Republik. Die Fünflinge – oder Vierlinge? – wollen meinen Tod, und ich habe keinen Zweifel daran, dass sie mich bald töten werden. Aber sag mir eins: Was ist das kostbarste Gut in dieser Stadt?«

»Murphys uneheliches Kind«, sagte ich.

»Genau.«

»Das heißt – die Fünflinge jagen alles in die Luft, um das Heilige Kind zu stehlen?«

»Es kommt vor«, sagte Swift, »dass ein Mensch einen ganzen Berg in die Luft sprengt, nur weil er glaubt, dass sich in seinem Innern ein Diamant befindet.«

»Aber das Heilige Kind ist ein ...« Wie hatte Murphy es genannt? Zwanzig Kilo nutzloses Fleisch. »Nicht das Wunder, für das wir es gehalten haben.«

»Solange nur ein paar Leute davon wissen, lässt sich die Illusion aufrechterhalten.«

»Warum nehmen die Fünflinge es nicht einfach mit?«, sagte ich. »Warum holen sie es nicht und verschwinden?«

»Ich vermute, dass dein Prophet seinen Sohn als Druckmittel betrachtet und ihn deshalb versteckt hat. Es wird nicht mehr lange dauern, dann werden die Fünflinge den Aufenthaltsort seines Sohnes aus ihm herausprügeln – aber erst müssen sie sich um mich kümmern.«

»Und Sie – was erhoffen Sie sich von der ganzen Sache?«

»Eine Audienz bei deinem Propheten.«

»Wozu?«

Es ertönte ein Klicken, gefolgt von einem Freizeichen.

»Wer war das?«, fragte meine Mutter.

»Ein Telefonverkäufer, der mir ein Andachtsbüchlein andrehen wollte.«

Draußen wurde es dunkel. Amira und meine Mutter verzogen sich ins Schlafzimmer, und ich setzte mich ans Fenster. Als sich die ersten blauen Schlieren der Morgendämmerung über den Horizont ausbreiteten, nahm ich einen Stift und ein Blatt Papier und schrieb eine Nachricht:

Ich muss noch mal fort. Es wird nicht lange dauern – morgen Abend bin ich wieder zurück. Sollte ich bis dahin jedoch nicht hier sein, ruft meinen Freund Dr. Newbarr an; seine Nummer steht unten. Er wird bei euch bleiben, bis ich wieder hier bin. Ich werde zurückkommen. Versprochen.

Ich klebte die Nachricht an »Froschs« Aquarium, wo die anderen sie nach dem Aufstehen finden würden.

32 ENTFÜHRUNG

Unten auf der Straße war von der Morgendämmerung kaum etwas zu sehen. Was ich zunächst für Nebelschwaden gehalten hatte, die sich noch nicht verzogen hatten, war in Wirklichkeit Staub; er hing wie einander überlappende Seidenvorhänge in der Luft und schimmerte grau.

Der Streifenwagen war ebenfalls mit Staub bedeckt. Ich leerte den ganzen Wasserbehälter des Wagens, um die Windschutzscheibe zu säubern. Als ich losfuhr, wurde der Dreck von Motorhaube, Dach und Kofferraum geweht, und hinter mir breitete sich eine feine Staubwolke aus.

Kurz darauf hielt ich an einer Puritan's Pantry. Sie war verlassen, und sämtliche Oberflächen waren mit Asche bedeckt. Ich ließ den Strahl meiner Taschenlampe durch die von verschütteter Limonade klebrigen Gänge wandern, die mit Junkfood übersät waren. Mais-Chips knirschten unter meinen Stiefeln, und bei dem Geräusch musste ich an den Sattelschlepper denken und an all die winzigen Vogelknochen. In eine Einkaufstüte stopfte ich Trockenfleisch, Angel-Cloud-Donuts mit Puderzucker und mehrere Wasserflaschen.

Dann trat ich hinter die Kühlregale und schnitt mit meinem Teppichmesser ein Stück Kühlschrankrohr ab, rollte es zusammen, lief zurück durch den Laden und schnappte mir auf dem Weg nach draußen eines der Fensterleder, die neben den Duftbäumen hingen.

Ich fuhr Richtung Osten, bis ich mich auf der Rückseite von Does Wohnung befand. Ich steckte die Flasche ein, die Newbarr in meinen Briefkasten geworfen hatte, öffnete den Kofferraum, nahm die Brechstange heraus und lief zur Feuerleiter. Dann stemmte ich die Brechstange in einen der Fensterrahmen und drückte mit der Schulter dagegen. Die Verriegelung sprang auf, und ich lief durch die leere Wohnung in den Flur. Does Wohnung befand sich im Stockwerk darüber. Ich rannte das Treppenhaus hinauf und klopfte an ihre Tür, während ich das feuchte Fensterleder hinter meinem Rücken hielt.

»Doe. Hier ist Murtag.«

Es waren schlurfende Schritte zu hören. Quietschend öffnete sich die Tür, während Doe sich mit ihrem Gewicht dagegenstemmte.

»Was auch immer Sie verhökern, wir kaufen nichts.«

»Um Gottes willen, Angela. Ich will dich was fragen. Das ist alles.«

»Dann schieß los.«

»Muss das wirklich so ablaufen?«

Der Riegel schnappte zurück, und langsam öffnete sich die Tür.

»Du hättest dir wirklich eine günstigere Uhrzeit aussuchen können, um ...«

Ich schob meinen Fuß in den Spalt und stieß die Tür auf. Doe trug ein Vlies-Nachthemd mit einem Muster aus roten Regenschirmen; ihre Augen waren verklebt vom Schlaf. Während ich ihr das mit Chloroform getränkte Fensterleder ins Gesicht drückte, stieg mir der Geruch aus ihrer Wohnung in die Nase; sie stank wie die Behausung eines Einsiedlers.

Doe versetzte mir mit dem Fuß einen Tritt, doch ich drückte weiter zu. »Tut mir leid, Angela«, stieß ich unter Schmerzen hervor. »Ich werde dir nicht wehtun, versprochen. Ich muss nur ...«

Sie schlug mir ins Gesicht und hinterließ unter meinen Augen fiese kleine Kratzer wie von einer Katze. Ich konnte es ihr nicht verdenken. Wer wusste schon, ob ich nicht wie alle anderen in dieser zerstörten Stadt den Verstand verloren hatte?

»Dir wird nichts passieren, ich schwöre es, dir wird nichts passieren« sagte ich, als sich ihre Augen langsam trübten, ihre Lider zufielen und ihr Körper schlaff wurde.

Als sie wieder zu sich kam, befanden wir uns bereits ein gutes Stück außerhalb der Zone, in der die öffentliche Sicherheit gewährleistet war. Um ihre Nasenlöcher und ihre Lippen herum hatte Doe vom Chloroform rote Flecken. Sie sah aus wie ein Mädchen, das sich mit Himbeeren vollgestopft hatte. Sie sagte keinen Ton. Sie war keineswegs verängstigt, nur misstrauisch.

Ich hatte ihren Wagen genommen, weil ich glaubte, dass er weniger Benzin verbrauchen würde. Da es auf dem Weg zu unserem Ziel keine Tankstelle gab, würde ich, falls nötig, von einem der zahlreichen herrenlosen Fahrzeuge unterwegs etwas abzapfen müssen.

Die Landschaft war eben, karg und still. Der Wind blies summend gegen das Fahrgestell. Am Straßenrand ragten Kresotbüsche empor, und flache, windumtoste Felsen waren wie Pflastersteine über die Landschaft verteilt. Am wolkengepeitschten Himmel im Süden trieb ein Eckschwanzsperber in der warmen Strömung.

Doe rasselte mit ihren Handschellen. »Muss das sein?«

»Im Moment ja.«

»Ich muss mal pinkeln. Ich würde mein Geschäft gerne hier verrichten, falls wir nicht viel Zeit haben.«

Ich hielt auf dem groben Schiefergestein des Standstreifens, schloss die Tür auf, löste die Handschelle von ihrem linken Handgelenk und legte sie mir selber an.

»Du kommst mit?«, fragte sie.

»Ich habe keine Lust, dich wieder einzufangen.«

Ich führte sie zu einem Kreuzdornbusch an der Straßenböschung. Sie lief mit ihren Hausschuhen über das Schiefergestein, dann hob sie ihr Nachthemd an und ging wie ein Catcher beim Baseball in die Hocke.

»Bleibst du hier, um zuzuschauen?«

»Ich schaue nicht hin.«

Ein dunkles Rinnsal lief die Böschung hinunter. Doe wischte sich ab, stand wieder auf, und wir liefen zurück zum Wagen. Die Handschellen legte ich ihr nicht wieder an, denn ich brauchte ihre Hilfe.

»Wo geht unser Ausflug eigentlich hin?«

Ich antwortete nicht. Denn sie wusste es bereits. »Eine nette Art, uns umzubringen, Schätzchen.«

Als der Tank nur noch halb voll war, machte ich mich auf die Suche nach Benzin. Der erste Wagen, bei dem ich es versuchte, war ein neuer zweitüriger Chevy; er stand mit der Motorhaube voran in einem Abflusskanal, der von der Straße wegführte. Ich holte einen Kanister und das Stück Kühlschrankrohr aus dem Kofferraum. Ein penetranter Gestank – bitte, Gott, lass es verdorbene Lebensmittel sein – stieg mir in die Nase, während ich im Innern des Wagens nach dem Hebel zum Entriegeln des Tankdeckels suchte. Als ich schließlich das Rohr in die Tanköffnung schob und daran saugte, kam nichts als trockene Luft. Entweder war das Benzin verdunstet oder von Straßenräubern abgepumpt worden.

Also fuhr ich weiter. Kurz darauf bemerkte ich hinter mir einen Wagen – einen schwarzen Punkt, der im Rückspiegel immer größer wurde, je näher er kam, bis ich das Modell und die Farbe erkennen konnte. Es handelte sich um einen jägergrünen Ford Explorer. Der Lack war verkratzt, sodass das bloße Metall durchschimmerte. Auf einem Aufkleber an der vorderen Stoßstange stand: MEIN KIND IST KLASSENBESTER! Ich fuhr mit unverminderter

Geschwindigkeit weiter und zog meinen Revolver, spannte den Hahn und legte die Waffe in meinen Schoß.

Der Ford bog auf die Überholspur und kam langsam näher, während wir in gleichbleibendem Tempo weiterfuhren. Seine Fenster waren heruntergelassen – der Straßenräuber sah nicht gerade aus wie ein Straßenräuber, sondern mehr wie ein Börsenmakler, der einen harten Tag auf dem Börsenparkett hinter sich hatte. Sein weißes Nadelstreifenhemd war gelb unter den Achseln.

Ich hielt meinen aufgeklappten Dienstausweis aus dem Fenster, worauf der Mann den Kopf zur Seite drehte, um ihn eingehend zu betrachten. Die linke Hälfte seines Gesichts war fast vollständig zerfetzt. Unter seinem Auge und der Wange hatte er keine Haut mehr, und über das freiliegende Muskelgewebe spannte sich ein feines Netz aus Narben. Beim Anblick der Marke hob er mit gespielter Ehrfurcht die Hände vom Lenkrad: *Ooooh, jetzt hab ich aber Angst, Herr Wachtmeister!* Er trat auf die Bremse und folgte uns eine Weile, bevor er auf einen Bohlenweg abbog, der in die Flussniederung führte.

Als es Abend wurde und sich der Himmel langsam verdunkelte, kamen wir an einem Oldsmobile vorbei. Eines jener komfortabel ausgestatteten Modelle, in denen sich die Minister von ihren livrierten Fahrern herumkutschieren ließen.

Der Wagen stand in einer halbkreisförmigen Schotterkurve, die von der Straße abzweigte. Auf dem Rücksitz lag ein Kinderrucksack mit einem Bild von Ignatius O'Reilly, der beliebten Trickfigur aus dem Fernsehen.

»Die Türen sind verschlossen«, rief ich Doe zu. »Schnapp dir das Montiereisen.«

Inzwischen trug sie die Ersatzklamotten, die ich eingepackt hatte: eine an den Knien zerrissene Jeans, einen graubraunen Wollpulli über einem weißen T-Shirt und

Stiefel mit Stahlkappen. Als ich eines der Autofenster einschlug, stieg mir der Geruch eines Neuwagens in die Nase. Die Lederbezüge glänzten, und der Tacho zeigte weniger als dreitausend Kilometer. Auf dem Armaturenbrett prangte ein Aufkleber der republikanischen Zulassungsstelle. Ich tastete unter dem Fahrersitz nach dem Hebel zum Entriegeln des Tankdeckels, doch der erste Hebel, den ich betätigte, öffnete die Kofferraumklappe. Also suchte ich weiter, als ich Does Stimme hörte und innehielt.

»Jonah.«

Ihr geschundenes Gesicht war in den Schein der Innenbeleuchtung getaucht.

»Oh Gott, oh Gott, oh Gott ...«

Es waren zwei Personen. Eine Frau und ein Mädchen. Die Ehefrau eines Ministers und ihr Kind vielleicht. Womöglich hatte die Frau sich ihre Tochter geschnappt und mit dem Wagen ihres Mannes aus dem Staub gemacht.

Sie lagen beide im Kofferraum, die Tochter zusammengerollt an der Brust ihrer Mutter. Das Glasfasergewebe in der Kofferraumklappe hing in Fetzen herunter, und unter blutverschmierten Fäden schimmerte das bloße Metall. Ihre Körper waren ausgetrocknet und die Muskeln um die Knochen zusammengeschrumpft, ihre Gesichter in der Hitze verschrumpelt. Sie sahen aus wie Apfelpuppen. Wie lebensgroße Apfelpuppen. Durch den Verwesungsprozess hatte sich die Haut über ihrem Gebiss nach oben gewellt, und es schien, als würden sie lächeln. Ihre Zähne waren ebenmäßig und weiß, was darauf hindeutete, dass Mutter und Tochter aus einer wohlhabenden Familie stammten.

»Was glaubst du, wer hat sie in den Kofferraum verfrachtet?«, fragte ich. »Straßenräuber?«

»Oder der Fahrer des Wagens.«

»Wer – der Ehemann? Der Vater? *Warum?*«

»Was weiß ich«, sagte Doe bloß.

Als ich den Kofferraum wieder schließen wollte, fragte Doe, was zum Henker ich da tun würde. »Wir können sie nicht da drin liegen lassen.«

»Uns bleibt kaum eine andere Wahl. Wenn wir sie herausheben, gibt das ... eine Riesensauerei.«

Doe legte eine Hand auf die Schulter der Frau und zog versuchsweise daran. Ein Teil ihres Körpers gab nach, und eine wässrige schwarze Flüssigkeit – kein Blut, irgendein giftiges Serum – spritzte auf den genoppten Teppich um ihren Kopf herum.

»Du hast recht«, sagte Doe bloß. »Aber wir nehmen nicht das Benzin.«

»Ich glaube nicht, dass wir diesbezüglich eine Wahl haben.«

»Das ist Leichenfledderei. Als würde man einen Sarg aufbrechen und die Münzen von den Augen der Toten klauen.«

»Schön«, sagte ich ruhig, »du musst mir auch nicht dabei helfen.«

Sie tat es trotzdem.

Die Uhr auf dem Armaturenbrett zeigte 22.32 Uhr, als unsere Scheinwerfer ein Schild mit der Aufschrift STADTGRENZE NEW BEERSHEBA anstrahlten. Darunter stand die Einwohnerzahl. Allerdings hatte jemand sie mit Farbe übersprüht und durch ein schwarzes gefräßiges Maul, eine Null, ersetzt.

33 DER WACHTURM

Der Wachturm stand auf Holzpfählen zehn Meter oberhalb einer Wiese und überblickte die östlichen Vororte von New Beersheba. Es handelte sich um eine Art Feuerwachturm, wie man sie normalerweise im Wald findet. Ein Scheinwerfer wanderte langsam über die Außenbezirke der Stadt. Neben dem Turm parkte ein Ford Bronco.

Etwa fünfzig Meter von dem Turm entfernt kam ich mit unserem Wagen zum Stehen und schaltete die Scheinwerfer aus.

»Was meinst du?«

»Du solltest ein Zeichen geben«, sagte sie.

Ich stellte mich neben den Wagen und drückte auf die Hupe. Der Scheinwerfer wurde auf uns gerichtet, und mit erhobenen Armen blinzelte ich in das grelle Licht. »Wir sind Gefolgsleute! Aus New Bethlehem!«

Der Scheinwerfer wanderte um den Wagen herum, und aus einem Megafon ertönte eine Stimme: »Ihr könnt hochkommen.«

Während wir uns unseren Weg über die Salzebene bahnten, funkelten die Spitzen der salzverkrusteten Sträucher wie Diamantenstaub. Vom Wachturm hing eine Strickleiter, und ich kletterte hinter Doe hinauf zu einer Falltür in seinem Boden.

Der Turm hatte die Größe eines jener Panikräume, wie es sie vor langer Zeit in den Häusern wohlhabender Familien gegeben hatte. Mit seinen vier Plexiglasscheiben, die sich über alle vier Wände erstreckten, erinnerte er an ein

Aquarium. An der hinteren Wand stand ein Feldbett. Außerdem gab es hier eine Kochplatte und mehrere Reissäcke. An einem Nagel neben dem Scheinwerfer und einem schwenkbaren Dreibeinstativ mit einem Fernglas hingen ein CB-Funkgerät und ein Transistorradio. Hinter dem Fernglas an der Wand lehnte ein großkalibriges Scharfschützengewehr mit dazugehörigem Nachtsichtgerät, und neben dem Feldbett bemerkte ich das Foto einer Frau und eines jungen Mädchens.

Der Wachmann war zu alt, um noch im aktiven Dienst zu sein, obwohl man einwenden könnte, dass sein Dienst nicht besonders aktiv war. Er trug eine altmodische Ziviluniform mit den Rangabzeichen der Polizei von New Beersheba. Sein Gesicht hatte die traurigen Züge eines Bassets, und die Haut unter seinen dunkelbraunen Augen wirkte im Licht der Lampe durchsichtig wie die Schale einer Zwiebel. Auf einem ausklappbaren Spieltisch lagen mehrere Kabel, ein Lötkolben sowie eine grüne Glasfaserplatine; der Anblick erinnerte mich an Garveys Couchtisch mit den zerlegten Einzelteilen.

»Ich baue einen Detektorenempfänger«, sagte der Mann. »Hier draußen ist es verdammt einsam, und man wünscht sich nichts sehnlicher, als eine andere Stimme zu hören, selbst wenn sie irgendwo aus dem Nichts kommt.«

Er stellte sich als Jeremy vor, ohne sich nach unserem Auftrag zu erkundigen, und fragte, ob wir einen Blick auf die Stadt werfen wollten. Als ich nickte, schraubte er das Nachtsichtgerät vom Gewehr.

»Es hat eine Reichweite von zehn Kilometern. Man kann die Innenstadt deutlich erkennen. Oder das, was davon noch übrig ist.«

Nach und nach schälten sich verschiedene Bilder aus dem grünen Licht. Mehrere Gebäude erhoben sich schwankend über den Überresten des Stadtzentrums, schwarze

Obelisken und zerstörte Wohnungen ragten wie Eckzähne empor. Nichts rührte sich; die Stadt war ruhig und reglos wie die Schatten in einem Mausoleum, kalt und karg wie eine Mondlandschaft.

»Mein Großvater hat in einem Krieg gekämpft, in dem Napalm zum Einsatz kam«, sagte Jeremy. »Grausam, dieses Zeug. Er sagte, dass es nach dem Abwurf aussah, als wäre eine riesige Zunge aus Feuer über den Dschungel hinweggefegt und hätte eine kohlrabenschwarze Schneise zurückgelassen. Offensichtlich ist in der Stadt etwas Ähnliches passiert.«

»Und was ist Ihre Aufgabe hier?«, wollte Doe wissen. »Dafür zu sorgen, dass keiner die Stadt verlässt?«

»Dass keine *Informationen* die Stadt verlassen«, sagte Jeremy. »Nicht die Menschen sind gefährlich – nicht nach allem, was passiert ist –, sondern das, was sie *wissen*. Niemand darf erfahren, was passiert ist, wer dafür verantwortlich war und wie alles den Bach runtergegangen ist. Diese Informationen müssen in der Stadt bleiben.«

»Und was tun Sie, damit nichts nach außen dringt?«, fragte ich.

»Nicht viel.« Jeremy zuckte mit den Achseln. »Ich? Ich bin alt.«

Er trat an die Plexiglasscheibe, die die Stadt überblickte.

»Das dort unten ist die Hölle. Ich weiß, Sie glauben, dass ich übertreibe. Aber fahren Sie in die Stadt, und Sie werden sehen. Ein kleines Stück dieser Welt ist verschwunden, und an seine Stelle ist ein kleines Stück der Hölle getreten. Tagein, tagaus starre ich auf die Stadt hinunter, und jede Nacht habe ich Probleme zu schlafen. Manchmal muss ich an die Menschen denken, die dort noch leben, und ich finde, sie haben genau das bekommen, was sie verdient haben – sie haben die Gebote des Herrn gebrochen und sind vom rechten Pfad abgekommen. Sie haben es verdient zu leiden. Aber was werde ich schon tun? Soll ich etwa so ein armes Schwein, das dieser Hölle entkommen ist, abknallen?«

»Wir werden heute Nacht in die Stadt gehen«, sagte ich.

»Ob tagsüber oder nachts, das macht keinen Unterschied«, sagte Jeremy. »Nachts ist es vielleicht weniger gefährlich. Da sind nicht ganz so viele Plünderer unterwegs. Wenn ihr von hier aus vierhundert Meter geradeaus geht, kommt ihr ins Regierungsviertel. Da stehen lauter schweineteure Häuser, die langsam vermodern. Warum wollt ihr überhaupt in die Stadt? Ihr müsst euren Kopf nicht in das Maul eines alten Tigers stecken, um zu wissen, dass es völlig verfault ist.«

Als Jeremy merkte, dass er uns nicht davon abhalten konnte, gab er uns eine Inova-T5-Taschenlampe mit auf den Weg – der Strahl reiche zweihundert Meter weit, versicherte er uns –, außerdem eine Coleman-Krypton-Laterne.

»Die Menschen in der Stadt sind wie die Tiere im Wald – sie haben mehr Angst vor euch als ihr vor ihnen«, sagte er, bevor wir aufbrachen. »Aber es gibt da diesen einen Typen. Ich habe gehört, dass er inzwischen blind ist wie ein Maulwurf, und die Chancen, dass ihr ihm in die Arme lauft, liegen praktisch bei null – aber der ist wirklich gefährlich.«

Ich wusste, wen er meinte.

Schweigend stapften wir Richtung Stadtrand. Jeremy leuchtete uns den Weg, bis sich der Strahl des Scheinwerfers schließlich in der Dunkelheit verlor.

Als es vollkommen dunkel war, rührte sich keiner von uns beiden von der Stelle; dicht aneinandergedrängt standen wir in der unermesslichen Leere – über uns weder Mond noch Sterne. Wir verharrten am Rand dieser undurchdringlichen Dunkelheit, die sich schier endlos vor uns erstreckte.

»Du musst das nicht tun«, sagte ich zu Doe. »Aber ich will es einfach wissen.«

Sie schnaubte. »Du setzt mich außer Gefecht, legst mir Handschellen an und bringst mich hier raus, und *jetzt* erklärst du mir, dass ich nicht gehen muss. Das ist ein bisschen spät, findest du nicht auch?« Sie schaute zur dunklen Stadt hinüber und sagte: »Glaubst du etwa, du bist der einzige Mensch, der von Natur aus neugierig ist?«

34 DER VERLORENE FÜNFLING

»Wie viel wusstest du bereits?«

Wir befanden uns in der Nähe des Regierungsviertels; vor den aufgebauschten Wolken des Nachthimmels zeichneten sich die Umrisse mehrerer verfallener und ausgebrannter Villen ab.

»Was meinst du damit?«, fragte Doe.

»Ich will wissen, ob du bereits vor unserem Eintreffen über die Lage hier informiert warst. Ob dir ein kleines Vögelchen was gezwitschert hat.«

Sie wandte sich in meine Richtung; im Strahl der Taschenlampe sah ihr Gesicht aus wie die weiße Maske eines Harlekins.

»Wenn du mich den ganzen Weg hier rausgebracht hast, um eine Entschuldigung zu hören – das kannst du vergessen. Ich wusste von gar nichts. Darüber habe ich mit Swift nie gesprochen.«

»Worüber habt ihr *dann* gesprochen? Wie hast du ihn überhaupt ausfindig gemacht?«

»Swift hat *mich* ausfindig gemacht, Jonah. Er hat so seine Methoden, um andere Leute aufzuspüren. Um sie zurückzugewinnen. Er ... hat das eine oder andere gewusst. Erst habe ich ihm nicht geglaubt, irgendwann dann aber schon.«

»Hast du keine Angst vor ihm?«

»Und du?«

»Schon.«

»Weil er das Leben, das du gewohnt warst, zerstören könnte?«

»Unter anderem.«

»Tja, die Römer hatten Angst vor Jesus Christus.«

Wir liefen den Block zu einer Kreuzung hinunter. Auf dem Straßenschild dort stand LUCIAN COURT.

»Da«, sagte Doe. »Siehst du sie?«

Sie deutete auf ein Eckgrundstück. Es war von ausgebombten, eingestürzten Häusern umgeben. An einigen Stellen funkelten Glasscherben, und überall standen die ausgebrannten Karosserien teurer Geländewagen. Abgesehen von dem winzigen hellen Fleck, auf den Doe gerade zeigte, lag das Grundstück im Dunkeln.

»Was ist das?«

»Blumen«, sagte sie. »Sieht aus wie Rosen.«

Das Haus war vollkommen unauffällig, nur dass es größtenteils unversehrt geblieben war; die Häuser links und rechts waren bloß noch verkohlte Gerippe. Bei dem Gebäude handelte es sich um einen dreistöckigen Backsteinbau mit drei Garagen. Ein schlichter Balkon, dessen Geländer mit Weihnachtsbeleuchtung behängt war, ragte im ersten Stock über die Garagen hinaus.

Die Blumen – üppige weiße Rosen in voller Blüte – standen auf einem gepflegten Beet von der Größe eines Gullydeckels. Daneben befanden sich eine Pflanzenschaufel und eine Kiste Dünger. Offensichtlich hatte sich jemand liebevoll um die Blumen gekümmert, im Gegensatz zu allem anderen in Sichtweite.

»Unheimlich«, sagte Doe.

Die Tür war nicht abgeschlossen. Wortlos betraten wir das Haus und kamen in einen schmalen Flur. Auf einer mit Engelsköpfen bestickten Fußmatte mit dem Schriftzug GOTT SEGNE DIESES CHAOS standen schlammbespritzte Gummistiefel.

Das geräumige Wohnzimmer war schlicht eingerichtet. Darin befand sich ein staubiger Couchtisch, dessen Glasplatte mit den Ausgaben von *God's Word Today* und *Ignite Your Faith* übersät war. Auf der Mitte des Tisches stand ein Keramikkaninchen, das die Form eines Schokoladen-Osterhasen hatte. In seinen abgebrochenen Ohren steckten einige der Rosen, die wir draußen gesehen hatten; sie waren inzwischen verwelkt. Ich ließ den Strahl meiner Taschenlampe über die Wände wandern. Über eine Vitrine mit Siegestrophäen – die meisten von Eiskunstlaufwettbewerben. Darunter zwei auf geprägten Holztafeln befestigte Plaketten. Auf einer waren zwei gekreuzte Krummsäbel zu sehen – der Kingdom of Heaven Award. In einer zweiten Vitrine befand sich ein prunkvolles Kreuz aus geschliffenem Glas – das Kristallkreuz der Spiritualität, vor sieben Jahren an den Gläubigen Lucas Hogan verliehen.

Ich blieb mit meinen Strahl an einem Foto hängen, eigentlich nur, weil ich fand, dass es völlig fehl am Platz sei. Darauf lehnte ein junges Mädchen in strahlendem Sonnenlicht an einem Betonpfeiler. Es hatte sein blondes Haar nach oben unter einen Hut gesteckt, der aussah wie der Hut eines Soldaten der Südstaaten, nur dass er weiß war. Das Mädchen trug ein ebenfalls weißes Kleid aus einem durchsichtigen Stoff, der das Sonnenlicht reflektierte und wie ein Insektenflügel glitzerte.

Irgendwo im Haus ertönte eine Stimme: »Hallo? Hallo?«

»Wir sind Gefolgsleute«, rief Doe zurück.

Es war eine durchdringende Männerstimme: »Nehmt euch, was ihr braucht, und verschwindet dann.«

»Wir sind keine Diebe«, versicherte ich ihm. »Wir kommen aus New Bethlehem.«

»Verstehe ... Ich wusste nicht, dass es weibliche Gefolgsleute gibt. In New Bethlehem ist man da wohl etwas lockerer, was? Los, kommt rein. Ich bin in der Küche.«

Die Küche war mit allen modernen Schikanen ausgestattet, mit einem Kühlschrank aus rostfreiem Stahl, einem Gasherd und einer dieser extrem leisen Spülmaschinen. Der Raum war von einem widerlich süßlichen Geruch erfüllt.

In seiner Mitte stand ein Arbeitstisch, und ein Mann saß dort im Schein einer flackernden Kerze.

»Tretet ein, wenn es euch beliebt«, sagte er, »und lasst etwas von der Freude hier, die ihr in euch tragt.«

»Lucas Hogan?«

»Der Herr erbarme sich unser und sei uns gnädig, ja, der bin ich.«

Hogan trug das Dienstgewand eines Ministers. Die Ärmel waren ausgefranst, und die Vorderseite hing in Fetzen herunter; aufgrund des Streifens seiner spärlich behaarten Brust, der zu sehen war, vermutete ich, dass er darunter nackt war.

»Sind Sie gekommen, um mich zu holen? Um mich nach New Bethlehem zurückzubringen?«

»Wir haben die Rosen gesehen«, sagte Doe.

»Ein wahres Leuchtfeuer, nicht wahr? Hier leben noch zivilisierte, gottesfürchtige Menschen.«

Früher war Hogan vielleicht ein gut aussehender Mann gewesen, aber Mangelernährung und Schlafentzug hatten ihm mächtig zugesetzt – es schien, als würde ein Krater in der Mitte seines Gesichts, dort, wo sich die Nase befand, seine Züge unablässig nach innen saugen. Er trug eine riesige Blueblocker-Sonnenbrille.

»Wir haben ein paar Fragen«, sagte ich. »Kennen Sie einen Mann namens Tom Swift?«

»Nennt er sich jetzt so? Das wundert mich nicht. Er hat viele Namen.«

»Unter welchem Namen kannten Sie ihn denn?«

»Hier nannte er sich Victor Appleton.«

»Wie haben Sie ihn kennengelernt?«

»Auf einer Spendenveranstaltung von Candles for Christ. Ich war dort zusammen mit meiner Frau und meiner Tochter. Wir waren alle ziemlich angetan von ihm. Falls Sie ihn kennen, dann wissen Sie ja, dass Victor eine faszinierende Persönlichkeit ist.«

Hinter der Speisekammertür ertönte ein leises Pochen. Der Wind?

»Das Foto im Wohnzimmer ...«, sagte ich.

»Das ist Celeste, meine Tochter. Sie ist Eiskunstläuferin. Eine Ballerina auf Schlittschuhen.«

»Sie sieht reizend aus«, sagte Doe. »Und offensichtlich ist sie sehr erfolgreich, wenn ich mir die Vitrine so anschaue.«

»Sie war ein reizendes Mädchen, ja, danke. Der Trainer meiner Tochter meinte, sie hätte die kräftigsten, beweglichsten Beine, die er je gesehen habe. Ich habe nie viel darauf gegeben, bis ...«

»Erzählen Sie mir, Mr. Hogan«, sagte ich, »was ist hier passiert?«

»Victor Appleton«, sagte Hogan. »Victor war das.«

»Wo kam er her?«, hakte ich nach. »Wie hat er die Leute für sich eingenommen?«

»Oh, er war sehr freundlich. Und charismatisch – ja, überaus charismatisch. Er war ... Selbst damals, als alles noch seinen geregelten Gang ging und man jeden hier kannte, kam es manchmal vor, dass plötzlich jemand auftauchte und keiner wusste, woher er kam. Wir waren alle sehr froh, dass er hier war. Er war etwas Besonderes. Obwohl ich ihn hasse, kann ich nicht leugnen, dass er ein außergewöhnlicher Mann ist. Sie sehen also, Officers, dass er niemanden für sich einnehmen musste. Wir lagen ihm zu Füßen.«

»Was hat er getan?«, fragte Doe.

»Es passierte während des Gottesdienstes in der Mega-Kirche. Mit siebzigtausend Gläubigen, alle dicht gedrängt wie die Ölsardinen. Die Bomben – sieben, acht, neun, keine Ahnung, wie viele es waren, sie gingen alle gleichzeitig los – explodierten mitten in der Menschenmenge. Unser Prophet verglühte zu einer Staubwolke, während er gemeinsam mit der Gemeinde zur akustischen Gitarre ein Lied sang. Ich wäre ebenfalls getötet worden, wenn ich nicht gerade auf der Toilette gewesen wäre. Meine Frau hatte nicht so viel Glück.«

Doe und ich wechselten einen kurzen Blick. »Wir möchten Ihnen unser Beileid aussprechen wegen Ihres ...«

Erneut ertönte hinter der Speisekammertür leises Getrappel.

»Der Wind«, sagte Hogan und winkte ab. »Das Haus zerfällt langsam in seine Bestandteile.«

Ich bemerkte einen Schraubenzieher, der zwischen Speisekammertür und Rahmen steckte, damit sie nicht aufsprang.

»Es war das reinste Chaos«, fuhr er fort. »Wir verfügten einfach nicht über die Infrastruktur, um die Zahl der Toten und Verletzten zu bewältigen. Die Krankenhäuser waren alle überfüllt. Und während wir versuchten, mit der Situation fertigzuwerden, gab es weitere Bombenattentate. In den Feuerwachen, im Parlament und im Polizeipräsidium. Zunächst glaubten wir, dass die Selbstmordkommandos der Ungläubigen dafür verantwortlich seien ... aber dann machte die Nachricht die Runde, dass *unsere* Leute dahintersteckten. Dass andere Gläubige den Gläubigen das angetan hatten. Der Göttliche Rat schickte uns keinerlei Unterstützung. Wir seien verdammt – so lautete ihre Antwort. Die Menschen. Und die Stadt.«

»Und dann?«, fragte ich.

»Dann wurden die Fünflinge in die Stadt entsandt. Die Leute drehten völlig durch. Es wurde geplündert und randaliert. Überall auf den Straßen lagen Leichen, und die ganze Stadt war voller ausgebombter Ruinen.« Versunken in Erinnerung, hielt Hogan einen Moment inne. »Schließlich kamen wir alle zusammen – einige Minister, Bezirksbeamte und wer sonst noch übrig war. Um zu überlegen, wie wir die Situation in den Griff kriegen könnten. Ich kam in Begleitung meiner Tochter Celeste, und Victor nahm mit seinem Begleiter an dem Treffen teil, einem Berg von einem Mann. Keiner wusste, dass er hinter der ganzen Verwüstung steckte. Er hatte eine Kiste mit Bordeaux mitgebracht ... Ich habe keine Ahnung, was er da reingeschüttet oder wie er es angestellt hat. Wir verloren alle auf der Stelle das Bewusstsein. Anschließend muss er uns ein noch stärkeres Mittel verabreicht haben; sonst hätten wir nicht geschlafen bei dem, was dann passierte.«

Die Wände ... Ich konnte dahinter Kratzgeräusche hören, als wären dort mehrere Tiere eingesperrt. Hörte Doe es auch?

»Was ist passiert, Gläubiger Hogan?«, fragte Doe.

Hogan nahm seine Sonnenbrille ab. Seine *Augen*. Im Flackern des Kerzenscheins sahen sie aus wie Zinnkügelchen. Ohne Hornhaut, ohne Iris.

»Ich habe keine Ahnung, wie sie das angestellt haben. Vielleicht haben sie Wattestäbchen in Säure getaucht und unsere Augen damit betupft. Oder sie haben die Säure hinter meine Augäpfel injiziert, sie an der Wurzel verätzt. Ich habe kaum etwas gespürt, als ich zu mir kam, nur ein heftiges Brennen an der Rückseite meiner Augen. Dann hörte ich Schreie. Er hatte uns allen dasselbe angetan. Wir hätten alle dreißig Silberstücke genommen, sagte Appleton, und dies sei unsere gerechte Strafe. Er ließ uns dort liegen und nahm unsere Kinder mit. Auch meine Tochter. Meine Celeste.«

»Er hat sie also entführt«, sagte ich.

Hogan lachte. »Sie meinten doch, dass Sie ihn kennen. Glauben Sie etwa, dass er sie entführen musste? Sie hat sich nicht mal verabschiedet. Sie war einfach fort.«

Ich musste an Jack Olen Hanrattys Beschreibung der Bombenattentäterin vom Matthew's Square denken. Ein hübsches blondes Mädchen mit einem komischen weißen Hut.

Die Speisekammertür machte dunga-dung-*dung*.

»Nachdem er mir das Augenlicht geraubt hatte, habe ich mich hierhergeschleppt«, sagte Hogan. »Ich habe drei Tage dafür gebraucht.«

»Wie kommen Sie alleine zurecht?«, fragte ich.

»Warum machen wir uns nicht auf den Weg?«, sagte er. »Ich kann Ihre Fragen alle später beantworten.«

»Wir kennen uns hier nicht aus«, sagte Doe. »Wir warten bis morgen früh.«

»Man ist besser nachts unterwegs. Das ist sicherer, glauben Sie mir.«

»Wir werden warten.«

»Ich esse, was ich kriegen kann«, sagte Hogan und biss auf die Zähne. »Ich bediene mich in den Häusern der Gegend. Die meisten haben gut gefüllte Schränke. Ich komme also über die Runden. Aber meine Frau kapierte nicht, dass wir uns die Lebensmittel einteilen mussten. Ich hatte keine Ahnung, wie lange wir uns auf diese Weise würden durchschlagen müssen, bis Gott in seiner Gnade einschritt. Iss nicht so viel, habe ich ihr immer wieder gesagt. Aber als jemand, der stets auf der Sonnenseite des Lebens stand, hatte sie nicht einen Tag Not leiden müssen ...«

»Minister«, sagte Doe. »Sie haben uns erzählt, dass Ihre Frau bei einer Explosion gestorben ist.«

Ich warf einen Blick Richtung Speisekammer und zu der Bratpfanne auf dem Herd, in der etwas Verkohltes lag.

Dann zu den Messern, die auf penible, *pedantische* Weise auf der Arbeitsfläche angeordnet waren.

»Ihre Küche ist sehr sauber«, sagte ich, während Doe auf die Speisekammertür zuging.

»Sauberkeit kommt gleich nach Gottesfurcht«, sagte Hogan in einem trällernden Singsang.

Doe griff nach dem Schraubenzieher, der zwischen Rahmen und Tür der Speisekammer steckte. Das Holz quietschte, als sie ihn herauszog. Hogan fuhr herum, sein Gesicht wirkte auf ungestüme Weise beunruhigt. Ich schob seinen Stuhl gegen den Tisch und drückte ihn dagegen.

Als Doe die Tür aufriss und ich sah, was ich dann sah – wie lange starrte ich dorthin? Eine Sekunde? Eine halbe? Mehr war nicht nötig, um den Anblick in mein Gehirn zu brennen –, kehrte sich jede Zelle meines Körpers von innen nach außen.

»Man hat uns beiden das Augenlicht geraubt«, schluchzte Hogan. »Ich habe sie angefleht, sich die Lebensmittelvorräte einzuteilen. Aber sie konnte das nicht verstehen. Sie wurde als Tochter eines Ministers geboren, ist als Tochter eines Ministers aufgewachsen und hat einen Minister in spe geheiratet – sie hat nie erfahren, was echte Not bedeutet.«

Die Regale in der Vorratskammer waren entfernt worden, die Wände waren mit schwarzen Müllbeuteln beklebt, und das *Ding* lag ausgebreitet auf einer glänzenden Plane aus Müllbeuteln. Es zappelte und zitterte, und über seinen Stümpfen klebte blutverschmiertes Klebeband.

»Sie fragen sich bestimmt, warum ich sie nicht einfach getötet habe«, fuhr Hogan fort. »Wir haben keinen Strom mehr, sodass ich die Leichenteile nicht einfrieren konnte. Nur so bleibt das Fleisch ... frisch. Ich habe ihr ein angenehmes Leben ermöglicht. Sie war jemandem etwas schuldig, nicht wahr? Sie können das sicher verstehen.«

Ich spürte Does Hand an meinem Handgelenk. Zitternd wanderte sie zu meinem Brustkorb hinauf, öffnete dann ruhig mein Halfter und zog mit eisiger Entschlossenheit meinen Revolver heraus.

»Warte im Hof auf mich«, sagte sie.

Draußen konnte ich die Schüsse hören. Zwei Schüsse, in kurzem Abstand.

Kurz darauf trat Doe zu mir in den Hof. Sie verzog keine Miene, die Wangen voller Blutspritzer.

»Ich will nicht, dass das auch bei uns passiert.«

»Bei uns?«

»In New Bethlehem. In unserer Stadt.«

Mein Blick fiel auf etwas, das sich hinter ihrer Schulter, am Ende der Straße, bewegte.

Das *konnte nicht* sein. Die Stadt war viel zu groß, das war eigentlich nicht möglich. Ich spähte den taubenetzten Asphalt hinunter, auf die freie Fläche der Flussniederung dahinter, und flüsterte: »Pssst.«

Doe drehte sich um und schaute ebenfalls dorthin. Wir warteten.

Da. Ein weißer Schimmer. Ein strahlend weißer Staubmantel – allerdings war er zerfetzt und blutverschmiert.

Es gibt da diesen einen Typen … der ist wirklich gefährlich.

Es war einer der Fünflinge. Die Nummer drei. Der verlorene Fünfling.

Ich packte Doe am Arm. *»Lauf.«*

Wie rannten beide mit einem Affenzahn im Gleichschritt durch Hogans Hinterhof. Ich stürzte durch seine Gartenlaube, krachte unbeholfen durch die verzogenen Holzbretter und sprintete weiter, um über den Maschendrahtzaun in den Nachbarsgarten zu springen. Während wir über den Rasen rannten, pochte das Blut in meinem Trommelfell; ich stand dermaßen unter Strom, dass ich hätte schwören können, von meinen Fingerspitzen würden dünne blaue Blitze emporschießen. Ich folgte Doe durch den Garten und weiter über den Zaun in den nächsten Garten. Während ich auf allen vieren hinter einer Hecke entlangkrabbelte, fragte ich mich, warum der Fünfling, wie es schien, erblindet war. Darum kam es auch weniger darauf an, dass wir nicht gesehen wurden, sondern dass man uns nicht wahrnahm, *witterte* – als würde uns ein riesiger Nacktmull oder albinofarbener Regenwurm verfolgen.

Wir stürmten an der Hecke vorbei in den Garten und liefen mit langen, hektischen Schritten durch einen Sandkasten; dabei trat ich auf einen Tonka-Laster, der halb mit Sand bedeckt war, verdrehte mir den Knöchel und stöhnte schmerzerfüllt auf. Ich humpelte an einem Zwinger vorbei, in dem ein Hundeskelett lag, dessen Zähne sich in dem Maschendraht verhakt hatten und auf dessen glattem Schädel der Tau glänzte. Doe bog abrupt in einen dunklen Durchgang zwischen den Häusern, und kurz darauf fanden wir uns auf einer weiteren Straße wieder, auf der wir hoffentlich in die richtige Richtung rannten.

Hier standen Briefkästen in der Form von Kirchen und ausgebrannte Häuser, die sich wie hungrige Raubtiere über die Straße neigten. Ich riskierte einen Blick über die Schulter und sah, nicht weiter als einen Block entfernt, neben der Seitenwand eines Gartenhäuschens etwas aufblitzen. Wie viele Kugeln waren noch in meinem Revolver? Vier, nachdem Doe zwei davon abgefeuert hatte. Mit gezückter Pistole fuhr ich unbeholfen herum und versuchte anzulegen, doch da war nichts, an dem ich mich orientieren konnte – nur ein Häuserblock nach dem anderen erstreckte sich in der furchteinflößenden Dunkelheit. Wir liefen eine unübersichtliche Kurve entlang, hinein ins Ödland, und rannten auf eine Sandfläche, über der so dicke

Nebelschwaden hingen, dass wir unsere Füße nicht mehr sehen konnten.

Ich hörte den Schuss kaum. Dass man auf uns geschossen hatte, merkte ich nur an der Rauchwolke, die sich einen halben Meter vor uns zu unserer Linken im Nebel bildete. Ich packte Doe an der Schulter, schlug einen Haken nach rechts und wäre fast in den Wachturm gerannt, an dem wir sonst vorbeigelaufen wären.

Unser Wagen stand, wo wir ihn geparkt hatten – für eine Schrecksekunde schien es, als wäre er in der Erde versunken, aber es sah nur so aus, aufgrund des Sandes, der um die Reifen wehte. Ich lief zur Fahrerseite, doch Doe war vor mir dort, sodass ich gezwungen war, um den Wagen herumzulaufen und auf den Beifahrersitz zu springen. Doe ließ den Wagen an, legte den Rückwärtsgang ein und trat aufs Gas; aber die Reifen drehten durch und wirbelten jaulend Sand auf.

»Langsam, geh vom Gas runter«, sagte ich. »Sonst versinken wir noch im Sand!«

»Halt die Klappe, das weiß ich auch.«

Sie schaltete in den Vorwärtsgang und gab Gas. Ächzend ruckelte das Fahrgestell vorwärts. Die Motorhaube hatte sich so weit nach unten geneigt, dass ich Angst hatte, das Kurbelgehäuse könnte Sand abbekommen. Doe schaltete die Scheinwerfer an, die das Ödland und den eiskalten Himmel dahinter erleuchteten …

… und da stand er, höchstens fünfzig Schritte entfernt. Sein farbloser Staubmantel flatterte im frostigen Wüstenwind, sodass er noch größer und noch bedrohlicher wirkte. Mit der auf seinen Hals tätowierten »3«, seinen von verätzten Narben zerfurchten Wangen und mit Augen, die im hellen Licht der Scheinwerfer rot funkelten.

Der Fünfling hob die Pistole in seiner Hand, worauf der Seitenspiegel in einem splitterndem Regen aus Plastik und

Glasscherben explodierte und die Überreste an bunten Kabeln vom Türrahmen baumelten. Doe riss das Lenkrad bis zum Anschlag nach links, und die Reifen knirschten in den Sandrillen; auf der Windschutzscheibe bildete sich ein Netz aus Rissen, als zwanzig Zentimeter von ihrem Kopf entfernt eine Kugel das Glas durchschlug und sich in das Polster der Rückbank bohrte. Sie stieg aufs Gas, als wollte sie sich wiegen – die Reifen drehten durch und qualmten. Ich tastete nach meinem Revolver, als eine weitere Kugel irgendwo über meinem Kopf krachend von der Verkleidung abprallte.

Doe wuchtete das Lenkrad bis zum Anschlag nach rechts, legte den Rückwärtsgang ein und trat erneut aufs Gas. Inzwischen hatte ich den Revolver im Anschlag, als der Wagen wieder Bodenhaftung bekam und im Zickzack rückwärts schlingerte. Der Wind fegte durch die Windschutzscheibe, und das Fahrgestell schrammte über einen halb verdeckten Stein, sodass vor dem Kühlergrill blaue Funken stoben. Ich kam mit dem Finger an den Abzug, und eine Kugel durchschlug das Dach. Im Innern roch es nach Kordit, während Doe im weiten Bogen rückwärts fuhr; dann sprang die Kupplung heraus, ohne dass Doe den Fuß vom Gas nahm. Der Motor kreischte auf wie eine verbrühte Katze, und bevor das Getriebe einrastete, schlingerte der Wagen hin und her und wirbelte eine Sandwolke auf, die im Schein der Bremslichter rot aufleuchtete.

Ich hob eines meiner Beine und trat die kaputte Windschutzscheibe aus dem Rahmen, worauf sie sich über der Motorhaube zusammenfaltete. Dann schaltete ich die Innenbeleuchtung ein und fand in den Rillen der Fußmatte drei unverbrauchte Patronen. Ich ließ die Trommel des Revolvers aufschnappen, drückte die leeren Hülsen heraus, füllte die Kammern und sagte ruhig: »Dreh noch mal um.«

»Was?«

»Wende den Wagen. Ich werde diesen Typen töten.«

Doe lächelte. »Ich liebe Männer, die sich todesmutig in die Gefahr stürzen.«

Wir heizten in unserem klapprigen Kleinwagen über die Tiefebene; die Kreosotbüsche und Salzpflanzen knackten unter den verdreckten Reifen, während die Nacht auf uns zugerast kam und der Wind unsere Gesichtshaut wie Segel kräuselte. Der Wagen hüpfte unglücklich über eine Bodenwelle, und die Räder drehten sich immer schneller, als sich die Motorhaube in die Höhe hob und in den Sand krachte, sodass eine kleine Sanddüne auf der Haube landete und das Fernlicht erlosch. Dann wurde der Sand von den Scheinwerfern geweht, und vor uns im grellen Lichtstrahl, aufgespießt wie eine Motte in einem Schaukasten, stand der Fünfling.

Ich feuerte einen Schuss ab, dann einen zweiten und einen dritten, während wir im Höllentempo auf ihn zurasten. Doch die Kugeln verfehlten ihr Ziel, und der Fünfling wich dem heranbrausenden Wagen aus und erwiderte mit einem fiesen Grinsen im Gesicht das Feuer. Einer der Scheinwerfer sprühte Funken und gab den Geist auf; es ertönte ein helles metallisches *Ka-ting!*, als eine weitere Kugel den Kühler durchschlug.

Der Fünfling wich uns geschickt aus, und vielleicht hätten wir ihn nur mit dem Kotflügel gestreift, wenn Doe nicht in aller Seelenruhe seiner Bewegung gefolgt wäre und ihn mit der Motorhaube voll erwischte.

Der Fünfling segelte über den Kühlergrill, der Motor kreischte auf, und das Metall verbog sich, als sich der Airbag aufblies und die gespensterhafte Blase Doe zurück in den Sitz presste. Trotzdem gab sie weiter Vollgas. Der Körper des Fünflings lag jetzt in der Öffnung der Windschutzscheibe; sein stinkender Staubmantel flatterte im Wageninnern umher, und ein unerträgliches Zischen wie von einer Kakerlake kam – woher, aus seinem Körper?

Ich fand den flatternden Mantel, das Zischen und die Gegenwart des Fünflings dermaßen abstoßend, dass ich mich aufrichtete und zutrat; ein stechender Schmerz durchzuckte meinen Knöchel, doch ich ignorierte den Schmerz, während ich auf die Wirbelsäule des Fünflings eintrat, bis sein Körper aus der Öffnung der Windschutzscheibe purzelte, die Motorhaube hinaufrollte und auf der Rückseite wieder hinunterfiel.

Doe trat auf die Bremse, und der Wagen kam unsanft zum Stehen.

Als wir beide ausstiegen, lag der Fünfling mit dem Gesicht nach unten im Schein der Bremslichter. Das Sicherheitsglas glitzerte im Sand, und sein zerfetzter, zerknitterter Staubmantel war nach beiden Seiten ausgebreitet wie die Flügel eines kranken Engels. Der Fünfling rührte sich nicht und war höchstwahrscheinlich tot, obwohl man sich bei einem Wesen wie diesem nicht sicher sein konnte.

Der Scheinwerfer des Wachturms bildete einen hellen Lichtkranz um seinen Körper. Während wir unsere Augen abschirmten, machten wir jeder einen Schritt zurück.

»Das war's«, teilte uns Jeremys Stimme über das Megafon mit. »Zurücktreten.«

Sein erster Schuss verfehlte sein Ziel und erwischte den Fünfling an der Schulter. Doch die Wucht des Schusses war so heftig, dass Blut aus seinen Ohren strömte. Der zweite Schuss riss seine Schädeldecke fort.

Dann wurde der Scheinwerfer ausgeschaltet, und Jeremy sagte: »Möge Gott über euch beide wachen.«

35 EIN GESTÄNDNIS

Wir standen irgendwo in den Badlands, als ich im Wagen zu mir kam.

Doe war bereits wach und hockte neben mir. »Es gibt da etwas, das du wissen solltest«, sagte sie.

Sie saß aufrecht auf dem Fahrersitz, während ich zurückgelehnt auf dem Beifahrersitz lag. Ich zog erwartungsvoll die Augenbrauen hoch.

»Ich bin schwanger.«

Fast hätte ich gelacht. »Nein, bist du nicht.«

»Ich kenne meinen Körper.«

»Schwanger?« Mir wurde schwindelig. »Von mir?«

»Meinst du, ich schlafe mit so vielen verschiedenen Männern?«

»Okay«, sagte ich, »okay, okay. Das ist ... toll. Du bist schwanger. Wir haben gesündigt, aber das ist in Ordnung. Das ist es doch, oder? Ist das nicht schön?«

Sie wandte sich ab. »Ich kann nicht, Jonah ... Ich werde es nicht behalten.«

»Bitte sag so etwas nicht. Du hast dir das noch nicht ...

»Richtig überlegt? Willst du mich beleidigen, Jonah?«

»Du hast mich nicht mal gefragt, ob ich es haben will«, sagte ich.

»Und?«

»Ja, natürlich, um Gottes willen, *ja*, ich will unser Kind haben.«

Vor einigen Monaten hätte ich im Ministerium für Elternschaft anrufen können, und es hätte seine Mitarbeiter entsandt, um die Schwangerschaft zu erzwingen. Damit will ich nicht sagen, dass ich es getan hätte, aber es bestand die Möglichkeit. Was zum Henker konnte ich jetzt schon tun?

»Du solltest die ganze Sache vernünftig betrachten«, sagte sie. »Das Baby ist noch ganz winzig, noch kein richtiger Mensch. Nur ein Zellklumpen. Es wird nicht wissen, dass es je existiert hat.«

»Aber wir, oder?«

»Es sind nur ein paar Zellen«, sagte sie. »Graue Zellen. Ohne Gesicht, ohne Hände. Sie haben nichts Menschliches an sich.«

»Wir könnten abhauen«, sagte ich. »Raus aus der Stadt. Calvin Newbarr hat irgendwo ein Häuschen. Er weiß ungefähr, wie man ein Baby zur Welt bringt ...«

Sie schnitt mir das Wort ab. »Hör zu, Jonah. Die Entscheidung steht fest.«

»Warum hast du es mir dann überhaupt erzählt?«, fragte ich wütend. »Wenn der Entschluss sowieso schon feststand?«

»Weil ich fand, dass du ein Recht hattest, es zu erfahren. Und weil ich deine Hilfe benötige. Ich brauche ... Wie hieß der Typ noch mal? Dieser Jude, der einen Plattenladen betreibt? Wir haben ihn vor einigen Jahren hochgenommen, weil er ...«

»Goldberg.«

»Tibor Goldberg, ja. Er kannte jemanden, nicht wahr?«

»Das setzt voraus, dass entweder Tibor oder der Typ, den er kannte, noch in der Stadt ist.«

»Kannst du mir helfen, das zu arrangieren?«

»Weiß nicht«, sagte ich aufrichtig. »Du bittest mich, einen Berufskiller ausfindig zu machen und einen Mord in Auftrag zu geben.«

»Dir ist doch klar, dass ich so oder so eine Möglichkeit finden werde.«

»Du wärst eine gute Mutter, Angela.«

»Bitte. Hör auf damit.«

Sie drehte den Zündschlüssel herum, und der Wagen sprang stotternd an. Dann legte sie den Gang ein, und wir fuhren schweigend zurück in die Stadt.

36 VORKEHRUNGEN

Zwei Blocks von Does Wohnung entfernt ging uns das Benzin aus. Ohne mich zu verabschieden, machte ich mich auf den Weg.

Der Streifenwagen stand immer noch dort, wo ich ihn gestern geparkt hatte. Als ich zu meiner Wohnung zurückkehrte, fand ich im Briefkasten eine Nachricht von Doc Newbarr. Eine mit Bleistift gezeichnete Wegbeschreibung zu seiner Hütte. Außerdem waren zwei Nachrichten auf dem Anrufbeantworter. Eine von Hollis, der mich bat, ihn bei sich zu Hause aufzusuchen. Und eine von Swift, der nur diesen einen Satz gesagt hatte: *Wann immer du bereit bist.*

Meine Mutter und Amira lagen beide schlafend im selben Bett. Ich ließ sie dort liegen und machte mich auf die Suche nach Tibor.

Das Kontrollhäuschen an der Zufahrt von Kiketown war zerstört, und über dem Ghetto hing eine merkwürdige Stille. Die Straßenschilder waren alle übermalt worden; der Pilate Court hieß jetzt Yaweh Court und Iscariot Gardens Abraham Gardens.

Divine Discs war geschlossen. Aber die Wohnung von Goldberg befand sich direkt über dem Plattenladen. Ich drückte auf die Hupe.

»Goldberg! Tibor Goldberg!«

Klappernd wurde das Fenster im ersten Stock nach oben geschoben, und Goldberg lehnte sich heraus.

»Was zum Henker wollen Sie?«

»Ich will Sie was fragen.«

»Ich rede nicht mit Ungläubigen.« Tibor trug eine Kippa. *Voller Stolz.*

»Was steht da hinten auf dem Kontrollhäuschen? Mein Jiddisch ist etwas eingerostet.«

»*Kristlekh Sotn Avekgeyn*«, fauchte er in meine Richtung. »Christliche Teufel, verschwindet.«

»Nur eine Frage«, sagte ich. »Ich komme in friedlicher Absicht.«

»Wenn Sie irgendwas versuchen, ist es vorbei mit dem Frieden«, warnte Tibor mich.

Ich wartete geduldig, bis er die Beleuchtung eingeschaltet hatte und die Ladentür aufschloss.

»Danke«, sagte ich.

»*Geh cocken offen yom*«, sagte Tibor.

»Das heißt?«

»Scheiß ins Meer.«

Ich folgte ihm ins Ladeninnere, wo er sich setzte und die Füße auf den Tresen legte.

»Ihnen ist doch wohl klar, dass Sie erschossen werden können, wenn Sie hierherkommen, Sie dummer Schlemihl.«

»Das Risiko bin ich bewusst eingegangen«, sagte ich. »Euer Volk hält wirklich zusammen.«

»Seit wir denken können, werden wir unterdrückt. Aber uns gibt es immer noch – und uns wird es immer noch geben, wenn Sie und Ihresgleichen nur noch ein Häufchen Asche sind.«

»Ich suche jemanden, der eine Abtreibung durchführen kann.«

»Sie kommen gleich zur Sache, was? Und Sie dachten, wen könnte ich besser um Rat fragen als Tibor Goldberg, diesen skrupellosen Juden, ja?«

Ich hob beschwichtigend die Hände. »Sie könnten den ganzen Tag da hocken und sich über mich lustig machen, und wozu? Würde das irgendwas ändern? Ich wünschte, es wäre so.«

»Ach ja?« Offensichtlich hatte ich seine Neugier geweckt. »Es ist nämlich so: Sie waren nie wirklich einer von den Bösen. So gesehen sind Sie fast menschlich. Blöd ist nur, dass ich nicht weiß, ob das positiv ist – immerhin waren Sie nicht so ein Arschloch wie Ihr Partner –, oder ob das alles nur noch schlimmer macht, weil Sie wussten, was für schreckliche Dinge Sie tun, aber trotzdem weitergemacht haben.«

»Können Sie mir helfen oder nicht? Denn wenn Sie mich bloß beleidigen wollen – in der Stadt, oder was davon übrig ist, gibt es jede Menge Leute, und trotzdem weitergemacht haben.«

»Geben Sie mir Ihre Marke.«

Ich griff in meine Hose und reichte ihm die Marke. Er polierte mit seiner Weste das Metall und klemmte sie schräg an seine Tasche.

»Ich bin gleich wieder da«, sagte er und verschwand nach oben in sein Zimmer. Zehn Minuten später kehrte er zurück.

»Heute Abend«, sagte er zu mir. »Er will kein Geld dafür. Nur, dass Sie ihm einen Gefallen tun.«

»Was für einen Gefallen?«

»Er wird das vorher mit Ihnen besprechen. Wenn Sie damit einverstanden sind, macht er es. Wenn nicht ...« Er zuckte mit den Schultern. »509 Makht Avenue. Elf Uhr.«

»Diese Straße gibt es nicht«, sagte ich.

»Jetzt schon. Das war früher die Zundel Avenue.«

37 GEHEIMNISSE UND LÜGEN

Deacon Hollis' Haus war das kleinste am ganzen Platz. Das einstöckige, terrassierte Backsteingebäude im Rancho-Stil, das mit Lehm verputzt war, wirkte im Mondlicht wie halbgarer Fleischkäse. Eines der Fenster war schwach erleuchtet. Ich klopfte an, und die Vorhänge wurden auseinandergeschoben. Dann bewegte sich eine Gestalt Richtung Tür, worauf sie sich einen Spaltbreit öffnete. »Sind Sie das, Murtag?«

»Ja, Sir.«

In Hollis' Haus war es dunkel wie in einer Kellerbar, sodass er glücklicherweise den Ausdruck des Entsetzens nicht bemerkte, der bei seinem Anblick über mein Gesicht huschte.

»Ich habe Sie nicht erkannt, mein Junge. Offensichtlich werde ich blind.« Er stimmte ein Lied an: »Mi-iii-y eyes a-ahar dim, I can-*not* see; I have not got my specs with me …«

»Wenn ich mir die Bemerkung erlauben darf, Sir, das liegt nicht an Ihren Augen. Sie sind besoffen.«

»Ich habe immer gesagt, dass Sie einer unserer besten Ermittler sind.« Er gluckste. »Ihnen entgeht so gut wie gar nichts.«

Ich folgte ihm ins Wohnzimmer. Im Haus stank es wie in einer Junggesellenbude, die lange nicht gelüftet worden war. Es war der Gestank einer verbarrikadierten geräumigen Wohnung. Vor dem Fenster standen zwei Liegesessel; Hollis nahm auf einem davon Platz, und als ich mich auf den anderen setzen wollte, gab er ein missbilligendes Knurren von sich.

»Dort saß meine Frau immer. Setzten Sie sich bitte aufs Sofa. Es freut mich, dass Sie gekommen sind, mein Junge. Wir sollten uns ein wenig unterhalten, kurz vor dem Tag des Jüngsten Gerichts.«

Ich setzte mich aufs Sofa. »Es ist nicht zu übersehen, was Sie da tragen.«

»Wissen Sie, was das ist?«

»Ein Skapulier, nicht wahr?«

»In Grün, der Farbe der Jungfrau Maria.«

Er befingerte den schlichten katholischen Talisman – zwei auf Filz befestigte Motivkarten, die an einer Schnur um seinen Hals hingen. Die eine Karte zeigte die Jungfrau Maria mit einer Taube in der Hand, die andere ein von einem Dolch durchbohrtes Herz, umgeben von den Worten *Heilige Maria, Mutter Gottes, bitte für uns Sünder jetzt und in der Stunde unseres Todes*. Ich bemerkte seinen republikanischen Rosenkranz, der um den Hals einer Flasche neben seinen Füßen hing.

»Ich habe sie all die Jahre unter einer Bodendiele versteckt«, sagte er. »Den irischen Whiskey und mein Skapulier aus der katholischen Schule. Meine Frau, Gott hab sie selig, hat das nie verstanden – warum sollte man seine Sicherheit aufs Spiel setzen für eine Pappkarte, eine Schnur und eine staubige Kiste Whiskey? Ich meinte zu ihr, dass ich der Chef der Gefolgsleute bin« – er klopfte sich mit der Faust gegen die Brust – »wer zum Teufel würde es wagen, unter meinen Bodendielen nachzuschauen?«

»Sie sind kein Katholik. Sie sind ein Anhänger des republikanischen Glaubens.«

Er nahm das Skapulier ab und gab es mir. »Ich habe es selbst angefertigt, im Keller von Our Lady of Lourdes.

Ich kann damals nicht älter als fünf gewesen sein. Ich habe vielen meiner Mitmenschen etwas vorgemacht, mein Sohn, aber in meinem Herzen bin ich immer derselbe geblieben.«

Er schenkte mir einen ordentlichen Schluck Whiskey ein; dabei klimperte der Rosenkranz gegen mein Glas. Der Whiskey schmeckte nach Torf und brannte, während er meine Kehle herunterrann.

»Träumen Sie manchmal, mein Junge?«

»Ja.«

»Sie machen nicht viel Worte. Eine bewundernswerte Eigenschaft. Neulich hatte ich einen Traum – das heißt, es war ein Tagtraum, während ich meinen Gedanken nachhing«, sagte er, »über die Seele. Ich habe mich gefragt, ob jeder Mensch mit einer Seele geboren wird. Ich meine nicht in einem religiösen Sinn – nein, ich habe mich gefragt, ob einige Menschen keine Seele bekommen. Was erfüllt uns mit Leben, wenn nicht die Seele? Aber manchmal trifft man einen Menschen und spürt diese Unfähigkeit, menschliche Gefühle zu empfinden, und das übliche Maß an Güte und Barmherzigkeit.«

Er nahm einen Schluck aus der Flasche und schüttelte sich wie ein nasser Hund.

»Kann es sein, dass die Engel mit ihrem Job überfordert sind? Dass die eine oder andere Seele nicht ankommt? Und dann wird ein Kind ohne Seele geboren – durch ein Versehen im Himmel. Nehmen wir mal an, dass es sich bei dem Kind um einen Jungen handelt, und dass dieser Junge inzwischen ein Mann ist. Und nehmen wir weiter an, dass dieser Mann selbst glaubt, dass er keine Seele hat.« Er ließ einen Finger um den Flaschenrand wandern und fuhr sich über den Hals, als würde er Aftershave auftragen. »Sagen Sie mir – warum sollte dieser Mensch Angst vor einem Ort wie der Hölle haben?«

»Warum haben Sie mich angerufen, Sir?«

»Sie machen wirklich nicht viel Worte. Wunderbar.« Schwankend erhob er sich von seinem Platz. »Kommen Sie mit in die Küche.«

Auf dem Tisch dort stand eine Lademaschine, und neben Hollis' Dienstrevolver waren sechs Zentralfeuerpatronen aufgereiht. Außerdem lag dort ein Bilderrahmen ohne Glasscheibe, auf dessen ausgebleichtem Samt sich der Umriss eines Sterns abzeichnete.

»Ich habe Kugeln daraus gegossen«, erklärte er mir. »Aus meinem Gilead-Stern. Wie sich herausstellte, bestand er aus Zinn. Das weichste, billigste Metal, das es gibt! Auf den fünf Zacken befanden sich Schmucksteine, und als ich den Stern eingeschmolzen habe, sind sie ebenfalls geschmolzen. Sie waren nicht mal aus Glas.«

»Darf ich fragen, warum Sie das getan haben?«

»Sie sind hinter mir her«, sagte er, und nach einer Pause fügte er hinzu: »Die Fünflinge. Sie sind keine richtigen Menschen, oder?«

»Das trifft es ziemlich genau.«

Er kicherte höhnisch. »Für einen Werwolf nimmt man eine Silberkugel. Für einen Vampir einen Pflock.« Er drehte eine Kugel im Kerzenlicht. »Jedes Monster ist sterblich. Man braucht nur die richtige Waffe. Was meinen Sie?«

Ich sagte nichts.

»Exeter«, fuhr er fort, »war ein Episkopale – diese armen Schweine sind zu nichts zu gebrauchen. Ich hätte ihm auch gerne des Öfteren ein Messer zwischen die Rippen verpasst. Aber sie haben ihm wie einem ganz gewöhnlichen Ungläubigen mit einem Sack über dem Kopf das Messer in den Hals gerammt, als wäre er eine Weihnachtsgans ... Wir hatten einen Deal. Und die Sache mit Exeter war gegen die Abmachung.«

»Wer hatte einen Deal – Sie und Exeter?«

Er schüttelte den Kopf. »Wir waren Teil der Abmachung, aber der Deal selbst wurde woanders ausgehandelt. In der Zentrale. Die Mitteilungen kamen aus Kingdom City. Von ganz oben.«

»Was für Mitteilungen?«, fragte ich verwirrt. »Worum ging es darin?«

»Um die Bombenattentate, mein Junge.« Er nahm erneut einen Schluck, während er mich musterte. »Wir waren bereits vorher über die Attentate informiert.«

»Sie meinen ...« Ich begriff nicht, was er da sagte. »Der Göttliche Rat hat die Attentate selber veranlasst?«

Er zuckte mit den Achseln. »Zumindest wusste er davon.«

»Wer wusste noch davon?«

»Exeter, so viel ist sicher. Wir sollten so tun, als würden wir in der Sache ermitteln. Exeter hat ganze Arbeit geleistet – alle Bau- und Gartenmärkte auf Kunden zu überprüfen, die dort Dünger gekauft haben?« Er lachte affektiert. »Was für eine Zeitverschwendung!«

»Wussten Sie, wer hinter ganzen Sache steckt?«

»Ich wusste nur, wer nichts damit zu tun hat, und habe dafür gesorgt, dass sich unsere Ermittlungen auf diese Personen konzentrierten.«

»Was ist mit den Zielen und dem Zeitpunkt der Attentate? Wussten Sie, dass man Eve ... Haben Sie Doe und mich zum Manger geschickt, obwohl Sie wussten, was passieren würde?«

»Nein«, sagte er. »Aber wenn Sie wissen wollen, ob ich Sie auch dorthin geschickt hätte, falls ich Bescheid gewusst hätte – ja, vielleicht schon. Man sagt euch nur so viel, wie ihr wissen müsst, ohne dass ihr bei einer übergeordneten Dienststelle nachfragt. Dasselbe gilt auch für mich.«

»Welchen Nutzen haben Sie sich von Ihrem Täuschungsmanöver versprochen?«

»Exeter und ich haben uns darüber unterhalten – ja, das war unser einziges privates Gespräch. Nachdem sich der Rauch gelegt hatte, hielten wir eine Belohnung für angebracht. Aber dafür ist es jetzt zu spät. Nun, mein Junge, Sie habe mich gefragt, wer bereits vorher von den Bombenattentaten wusste – aber das ist nicht ganz die richtige Frage.«

»Okay, wer wusste nicht davon?«

Hollis antwortete nicht und schaute mich bloß an.

»Der Prophet«, sagte ich.

»Bingo.«

Ich hatte genug gehört. Darum ließ ich ihn alleine in der Küche zurück und ging hinaus zum Wagen. Doch Hollis folgte mir nach draußen. Im Westen zogen Gewitterwolken auf.

»Hatten Sie je das Gefühl, dass sich eine Schlinge um Ihren Hals legt, mein Junge?« Er überprüfte jede Patrone in seinem Revolver und ließ dann die Trommel zuschnappen. »Ich sage Ihnen – wenn sich die Schlinge langsam zuzieht, weiß man, dass einen der Teufel am Arsch hat.«

Er lehnte sich auf die Motorhaube meines Wagens, denn er wollte mich noch nicht gehen lassen.

»Ich habe die Tochter des Farmers getötet.«

Das Mädchen auf der Mormonen-Farm an der Eisenbahnroute 7. Der junge Streifenpolizist Hollis hatte auf einen 533 geantwortet: *Nonkonformes Verhalten.* Er war damals für besondere Tapferkeit mit dem Gilead-Stern ausgezeichnet worden.

»Ich habe dem kleinen Mädchen die Kehle durchgeschnitten. Ich fand sie in den Stacheldrahtzaun gewickelt … es fehlte nicht viel, und ich hätte ihr den Kopf abgetrennt. Ich war vollgepumpt mit Adrenalin. Wenn man jemanden umbringt, sieht man alles wie durch einen rötlichen Schleier und riecht nur noch den Geruch von Blut.«

»Warum erzählen Sie mir das alles?«

Hollis schob seine Zungenspitze durch die Zähne und kaute nervös darauf herum.

»Was ich damit sagen will: Wenn ich ein böser Mensch bin – und das bin ich –, sollte man mich für meine Bösartigkeit nicht alleine zur Verantwortung ziehen. Leben wir nicht in einer Welt, die so etwas zulässt und uns manchmal sogar dafür belohnt? Ich habe also diese grausame Seite in mir, vielleicht wurde ich damit geboren. Aber die Monster, die es auf mich abgesehen haben, sind ebenfalls grausam. Darum kann ich sie töten. Denn wir sind einander ebenbürtig. Was glauben Sie? Kann ich sie töten?«

»Das ist mir eigentlich egal.«

Er drückte sich von der Motorhaube hoch. »Los, Sie Held, retten Sie, wen Sie retten können. Möge Gott alle anderen retten.«

»Und Sie? Wer wird Sie retten?«

Er berührte mit den Lippen sein Skapulier.

»Ich bin ein zäher irischer Mistkerl von altem Schrot und Korn. Ich werde mich selbst retten.«

38 ENDSTATION

Als ich von Hollis' Haus fortfuhr, fing es wie aus Kübeln zu schütten an. Die spärlichen dicken Tropfen, die auf die Windschutzscheibe klatschten, verwandelten sich zügig in ein stetiges Prasseln. Ich hatte das Gefühl, als würde ein Blitz meinen Körper durchzucken und meine Knochen elektrisch aufladen, obwohl am Himmel kein einziger Blitz zu sehen war.

Ich dachte über Hollis' Geständnis nach. Sie hatten also Bescheid gewusst. Man hätte keine zwei willigeren Erfüllungsgehilfen finden können: einen Bürokraten und einen Schlägertypen. Beide völlig gefühlskalt. Sie hatten den Propheten hintergangen und die Sicherheit der Stadt aufs Spiel gesetzt.

Im Rückspiegel tauchte ein Paar Scheinwerfer auf; das Fernlicht war so grell, dass ich meine Augen bedecken musste. Der Wagen fuhr dicht auf und raste an mir vorbei. In dem strömenden Regen konnte ich weder den Fahrer noch die Marke erkennen. Der Wagen scherte vor mir ein, und dann waren nur noch die Rücklichter zu sehen, die unweit des Kontrollpunktes von Kiketown um die Kurve bogen.

Meine Nerven waren zum Zerreißen gespannt, während ich im Schneckentempo ins Ghetto fuhr.

Am Ende einer Gasse hielt ich schließlich an und schaltete den Motor aus. Der Regen lief von den Markisen der Geschäfte und strömte aus den Regenrohren. Ich schleppte mich ein schmales Treppenhaus zu einer verschlossenen

Tür hinauf. Als auf mein Klopfen hin niemand öffnete, tastete ich den Rand des Türrahmens ab, bis ich einen Schlüssel gefunden hatte.

Die Einrichtung der Wohnung spartanisch zu nennen wäre übertrieben gewesen. Im Licht der Halogenlampen wirkte sie wie ein Terrarium. Das Einzige, was im Schein der Lampen zu sehen war, war ein Feldbett in der Mitte des Hauptraums, das mit einer dünnen Plastikfolie überzogen war. Daneben stand ein Aktenschrank mit Verbandszeug und medizinischem Klebeband – und daneben der Apparat.

Die Schubladen und Schränke in der Küche waren leer, und auf der Spüle gab es eine Pumpflasche mit Desinfektionsseife. Ich ging ins Badezimmer. Am hinteren Ende der Wanne stand ein Kunststoffstuhl, der mit zartroten Flecken übersät war.

Ich kehrte in den Hauptraum zurück. Der Apparat ... es handelte sich um ein kompaktes kastenförmiges Ding, das aussah wie ein primitiver Roboter. Sein Gestell war mit einer Pulverschicht überzogen. Er verfügte über mehrere Skalen, Knöpfe und Druckmesser, stand auf rostigen Rollen und hatte einen großen roten »Ein«-Schalter. Die Vorrichtung selbst bestand aus einer elektrisch-manuellen Absaugvorrichtung, zwei durchsichtigen Behältern, die mit Vakuumdeckeln verschlossen waren, und drei Schläuchen; einer führte in die Behälter, ein anderer war mit der Absaugvorrichtung verbunden, und der dritte hing lose herunter.

Sie würde das nicht wirklich tun. Ich durfte das nicht zulassen, oder? Wir mussten miteinander reden. Ich fand es eine unerträgliche Vorstellung, wie sie mit den Schläuchen in ihrem Körper an dieses schreckliche Ding geschnallt war, während das Leben in ihrem Bauch auf so kalte klinische Weise entfernt wurde.

Im Treppenhaus waren Schritte zu hören. Gefolgt von Klopfen.

»Ich bin's.«

»Komm rein.«

Durchnässt und zitternd betrat Doe die Wohnung. Ihre Zähne klapperten. Ich zog ein Handtuch aus dem Badezimmerregal, und sie setzte sich auf das zerknautschte, in Plastikfolie gehüllte Bett. Ich schob die Sicherheitskette vor die Tür, denn ich wollte mir den Quacksalber genau anschauen, bevor er die Wohnung betrat.

Ich setzte mich neben Angela. »Ich will nicht versuchen, dich umzustimmen, aber ... bist du dir sicher?«

Sie schaute zu dem Apparat hinüber, auf die Absaugvorrichtung, dann zu mir und auf ihre Füße.

»Goldberg meinte, der Arzt hätte was gegen die Schmerzen«, sagte sie. »Das ist also kein Problem.«

»Wenn das hier vorbei ist, kommst du mit mir«, sagte ich. »An einen ruhigen Ort, wo du dich erholen kannst. Ich werde dich nicht fragen, ob du mich heiraten willst, und ich werde auch nicht versuchen, dein Herz zu erobern. Okay?«

»Okay.«

»Versprich mir, dass du mitkommst.«

»Bis ich mich erholt habe. Versprochen.«

Im Treppenhaus näherten sich Schritte. Dann ertönte ein zaghaftes Klopfen, und ich öffnete die Tür einen Spaltbreit.

Für einen kurzen, flüchtigen Schreckmoment blitzte etwas Weißes auf, während die Tür in mein Gesicht knallte und die dünne Sicherheitskette auseinandergerissen wurde. Ein blutbespritzter Medikamentenkoffer sauste auf mein Gesicht zu; ich konnte ihn mit dem Ellbogen zwar abwehren, aber nicht den Stiefel, der ihm unmittelbar folgte und mich am Kinn traf. Das Zimmer neigte sich zur Seite und drehte sich um eine imaginäre Achse; dann kam die Decke auf mich zugerast, bevor ich mit dem Gesicht auf die dunkle Holzmaserung des Fußbodens krachte.

39 ALBTRAUM

Blut.

Es durchtränkte die Fasern meines Hemds, und ich konnte es auf meiner Zunge schmecken. In meinen Nebenhöhlen war geronnenes Blut, und meine Augen waren damit verklebt. Mein linker Arm hing, umschlossen von kaltem Stahl, über meinem Kopf und war irgendwo festgebunden – den Stahlrippen nach zu urteilen, die gegen meinen Rücken drückten, handelte es sich um einen Heizkörper.

Eine riesige Hand, eher eine Klaue, hielt meinen Schädel, und man wischte mir mit einem feuchten Lappen über Mund und Augen.

»Aufwachen.«

Sobald ich die Augen geöffnet hatte, konnte ich sie nicht mehr schließen.

Angela lag, die Gliedmaßen wie ein Malteserkreuz von sich gestreckt, nackt auf dem Bett. Ihre Handgelenke und Fußknöchel waren an die Bettpfosten gefesselt, und ihr Körper war unbedeckt. Die kleine Beule an ihrem Bauch war nicht zu übersehen. Ein Katheterschlauch führte zwischen ihre Beine, und an einer Stange hing ein Infusionsbeutel mit einer durchsichtigen Substanz, der mit einer Nadel in Angelas Arm verbunden war.

»Eine PDA habe ich noch nie durchgeführt.«

Einer der Fünflinge – die Nummer 2, die auch Exeter erstochen und die Säufer in der Bar getötet hatte – saß neben uns auf dem Badezimmerhocker.

»Vielleicht habe ich die Nadel zu weit oben eingeführt«, sagte er unbekümmert. »Das Einzige, was sich noch bewegt, sind ihre Lungen.«

»Bitte ... Was ...« Ich spuckte einen roten Klumpen auf den Boden. »... was wollen Sie?«

»Es entfernen.«

»... Ent... Entfernen?«

»Das hatten Sie und Gefolgsfrau Doe doch vor, oder?«

Etwas, das aus Bärenkrallen, Piranhazähnen und Angelhaken bestand, wand sich unerbittlich in meinem Körper, durchbohrte meine Organe, zerfetzte meine Magenschleimhaut.

»Wir haben gegen das Gesetz verstoßen«, sagte ich. »Verhaften Sie uns.«

»Ich habe noch nie jemanden verhaftet.« Indem er leicht auf und ab hüpfte, rutschte er mit dem Hocker auf mich zu, bis sein Gesicht nur noch wenige Zentimeter von meinem entfernt war. »Du kannst zwischen zwei Möglichkeiten wählen. Entweder du entfernst es, oder ich tue es. Wenn ich es tue, wird es sehr viel mehr wehtun.«

»Was Sie da von mir verlangen ... Das ist ... Ich kann das nicht.«

»Stell dir vor, ich wäre dein Vater, der dich beim Rauchen erwischt hat.« Er hob seinen Zeigefinger. »Du wirst jetzt jede einzelne Zigarette in der Packung aufrauchen, junger Mann.«

»Tom Swift«, sagte ich. »Victor Appleton. Ich kann Ihnen helfen, ihn aufzuspüren.«

Ich würde diesem Geschöpf alles erzählen, jeden ans Messer liefern und auf einen Stapel satanischer Bibeln schwören, wenn ich es dadurch nur von seinem Vorhaben abbringen könnte.

»Warum nimmst du an«, sagte er und öffnete die Lippen, sodass dahinter ein Streifen Zähne zum Vorschein kam, »dass wir deine Hilfe brauchen? Dass wir nicht wissen, wo Swift sich aufhält – dass wir das nicht die ganze Zeit wussten?«

Das Unwetter, das draußen tobte, peitschte Regentropfen gegen das Fenster. Der Fünfling betrachtete mich mit Augen, die grau wie arktisches Eis waren.

»Sie werden uns so oder so töten«, sagte ich.

»Das glaubst du nicht wirklich.«

»Doch. Absolut.«

»Dann sag mir, Gefolgsmann Murtag: Warum sehe ich in deinen Augen immer noch ein Fünkchen Hoffnung?«

Er löste mir die Fesseln, und ich trat ans Bett. Angela lag nackt darauf, fast wie eine Leiche in der Pathologie. Ihre rechte Brust war mit gezackten Narben übersät, und zwischen ihren Beinen wucherte ein Büschel Haare. Aus ihrem Mund rann Speichel. Das Einzige, was sich bewegte, waren ihre Augen, die wild hin und her wanderten.

»Ich weiß nicht, was ich sonst tun soll, Angela. Er wird uns töten.«

Ich durchwühlte den Arztkoffer und fand eine elastische Kanüle, die auf den Schlauch der Absaugvorrichtung passte. Sowie ein Instrument, das aussah wie eine Zange – ein Spekulum? –, und eine Tube Silikoncreme.

»Wie funktioniert das Ding?«, fragte ich den Fünfling. »Muss ich es erst einschalten, oder muss ich ... Muss man erst den Schlauch in ihren Körper einführen und es dann einschalten?«

»Genauso gut könntest du mich fragen, wie man am besten eine Bibel verbrennt, Gefolgsmann Murtag.«

Ich kniete mich auf dem Bett zwischen Angelas Beine und achtete darauf, dass ich den Infusionsschlauch nicht berührte. Ich probierte aus, wie das Spekulum funktionierte, öffnete die beiden Blätter, klappte sie wieder zusammen und fixierte sie, sodass ein rostiges Quietschen ertönte.

Dann rieb ich die Blätter mit der Creme ein und hockte ratlos da, während ich mich fragte, wie man das Spekulum richtig einführte. Das Instrument in meinen Händen sah grauenvoll aus; sein glänzendes Metall erinnerte an einen Entenschnabel.

Das Spekulum glitt ein paar Zentimeter in Angelas Körper, bis es irgendwo anstieß. Ich hatte keine Ahnung, wie es da drinnen aussah, wie die Organe verliefen. Ich zog das Spekulum wieder heraus, schmierte es erneut mit Gleitgel ein und führte es aufrecht ein. Auf diese Weise folgte es den Windungen der Anatomie, und ich konnte die Blätter fixieren.

Ein Rinnsal Blut lief heraus, nicht viel, aber trotzdem hatte ich das Gefühl, als würde in meinem Brustkorb eine Schar eiskalter Spatzen umherflattern. Meine Hände zitterten heftig, während ich das Blut mit einem Stück Verbandsmull abtupfte. Die Knöpfe des Apparates ließ ich in ihrer aktuellen Position. Vor meinem geistigen Auge fertigte ich eine Karte von Angelas Innenleben an, mit der Position ihrer Gebärmutter – irgendwo auf Höhe ihres Nabels? –, und bog den Schlauch mit der Kanüle dorthin, wo ich sie vermutete; ich kam mir vor wie ein Blinder, der eine Karte von einem Ort zeichnete, den er nicht kannte.

Ein Donner wälzte sich tief über den Himmel, und ein bebendes Grollen toste wie ein Güterzug über die Dächer hinweg. Das Licht wurde schwächer, als sich der Dampf in den Leuchtstoffröhren verflüchtigte, und sie tauchten das Zimmer in einen schaurigen grünblauen Schein. Der Fünfling schaute mir mit erwartungsvollem Grinsen zu.

»Ich werde ... Ich werde das hier jetzt einführen, okay?«, sagte ich zu Angela.

Ich wischte mir mit dem Handrücken den Schweiß von der Stirn, nahm den Schlauch und schob ihn langsam hinein. Als ich auf einen knochigen Überhang traf, zog ich ihn wieder heraus und führte ihn in einem anderen Winkel erneut ein. Die Plastikfolie auf dem Bett quietschte unter meinen Knien. Wieder stieß der Schlauch gegen die Wölbung, und ich drehte ihn ein wenig, sodass das Ende an dem Hindernis vorbeiglitt und ungehindert in einen Hohlraum vordrang. Eine von Blutschlieren durchzogene Flüssigkeit, offensichtlich Fruchtwasser, lief am Griff des Spekulums herunter.

»Moment«, sagte ich. »Da ... schauen Sie. Ich glaube, das war's.«

Der Fünfling, der bestenfalls mit nüchternem Interesse zugesehen hatte, schüttelte den Kopf.

»Hören Sie«, flehte ich ihn an, »das Ei, die Plazenta oder was auch immer ... ist offensichtlich geplatzt. Hier, sehen Sie.«

Er kratzte sich mit dem Lauf seines Revolvers an der Schläfe. »Wenn es dir lieber ist, dann übernehme ich ...«

»Nein, ich, nein ... nicht, bitte.«

»Dann mach weiter. Wenn du dich wieder beruhigt hast.«

Ich wusste nicht, ob ich den Schlauch richtig eingeführt hatte, aber ich hatte keine Ahnung, was ich sonst noch hätte tun sollen. Es gab keine Bedienungsanleitung; außerdem hätte der Fünfling sie mich sowieso nicht lesen lassen.

»Ich werde den Apparat jetzt einschalten, Angela. Sollte irgendwas nicht stimmen, werde ich ihn wieder ausschalten.«

Sie sagte nichts. Sie konnte nicht. Die Betäubung war zu stark, sie war zu benommen. Ich drückte ihre Hand, obwohl ich nicht glaubte, dass sie viel spürte. Wir würden das hier durchstehen. Sie würde das hier überleben. Und dann würden wir von hier verschwinden. Fort von all dem Wahnsinn. Wir könnten es noch mal miteinander versuchen. Alles war möglich.

Ich streckte die Hand aus und drückte den roten Knopf. Nichts passierte. Vielleicht war eine Sicherung durchgebrannt. Oder war durch den Spannungsabfall die Voltzahl zu gering? Ich stieg vom Bett und ging zur Steckdose, zog das Kabel heraus, pustete auf die Stifte und stöpselte den Stecker wieder ein. Immer noch nichts.

Der Fünfling streckte die Hand aus und schaltete beiläufig das Licht aus.

Die Spannung war zurück, und der Apparat erwachte zischend zum Leben. Er war verdammt *laut*.

Oh mein Gott gütiger Herr im Himmel

In der Dunkelheit wankte ich zu Angela hinüber und tastete verzweifelt nach ihrem Körper. Um ihr zu helfen. Um sie zu retten. Sie gab entsetzliche Gurgellaute von sich, die das Zischen der Vakuumpumpe übertönten.

Ich griff nach dem Schlauch, der in ihrem Körper steckte, und spürte eine merkwürdige Spannung, eine Art Widerstand, aber ich war dermaßen mit Adrenalin vollgepumpt – außerdem war es dunkel und mir dröhnte der Schädel –, dass ich dem keine Beachtung schenkte.

Ich ... Ich zog einfach daran.

Ein Seufzen. Entweder kam es aus Angelas Mund oder von irgendeinem anderen ihrer Körperteile; ich würde es nie erfahren.

Schließlich kam der Schlauch wieder zum Vorschein. Kurz darauf ging das Licht wieder an, worauf der Apparat verstummte.

Und ich fing an zu schreien.

40 GEDÄCHTNISLÜCKE

Wo war ich? Und wo war hier?

In einer Küche. In einer Wohnung, die ich nicht kannte ... oder? Draußen dämmerte es bereits, und die aufgehende Sonne stieg über der Skyline der Stadt empor. Ein schmaler Sonnenstrahl fiel auf den Linoleumboden neben meiner Hand. Meiner blutigen Hand.

Wo kam das Blut her? Ich ging ins Badezimmer und betätigte den Lichtschalter. Kein Strom. Komisch. Ich drehte den Wasserhahn auf und hielt meine Hände unter den kalten Strahl, bis das Blut abgespült war.

In der Wohnung befanden sich ein Bett, eine merkwürdige Apparatur, Glasscherben und Schläuche, und die Wände waren voller Blut, überall war Blut. Auf dem Bett lag eine Frau, und die Frau war tot.

Ich kannte die Frau, aber ich wusste nicht, woher.

Durch das Einsetzen der Leichenstarre war ihre Schulter ausgekugelt worden. Die Frau war gefesselt, und zwischen ihren Beinen stimmte irgendetwas nicht. Ich lehnte mich gegen den Durchgang, der die Küche mit dem Wohnzimmer verband, und starrte die Frau an – nicht direkt auf ihren Körper, sondern auf eine Stelle an der Wand darüber. Sie kam mir irgendwie bekannt vor. Sie machte einen robusten Eindruck. Allerdings wirkte sie nicht robust genug, um das hier zu überstehen. Aber wer war das schon?

Ich warf einen Blick aus dem Fenster. Es war ein klarer, wolkenloser Tag. Der nächtliche Regen hatte Pfützen auf der Straße hinterlassen. Ich würde meinen Mantel nicht brauchen, also bedeckte ich damit die Frau, indem ich den Kragen um ihren Hals legte. Sie tat mir leid, aber mehr konnte ich nicht für sie tun. Das Einzige, was ich mit Sicherheit wusste, war, dass ich nicht für ihren Tod verantwortlich war – obwohl ich nicht sagen konnte, ob ich versucht hatte, sie zu retten.

Ich wollte, ja *musste* weg von hier.

Auf dem Türknauf lag eine weiße Visitenkarte. Darauf stand eine Telefonnummer, und darunter: *Wenn du bereit bist.*

An einem Tag wie diesem wünschte man sich, wie man so schön sagt, dass man öfter früher aufsteht. Die Luft war kühl, aber nicht kalt, frei von den Autoabgasen, die sich im Laufe des Tages ausbreiten würden.

Ich lief den Weg zurück, den ich gekommen war, und kam an einer Gasse vorbei. Dort stand ein Wagen. Und dann fiel es mir wieder ein: Das war *mein* Wagen. Ich durchsuchte meine Taschen nach den Schlüsseln, schloss die Tür auf und glitt auf den Sitz. Dann fuhr ich im Kreis um das Ghetto herum. Aus den Wohnungsfenstern flogen Glasflaschen und zerschellten auf der Motorhaube. Ich verstand den Wink und fuhr in die Stadt. Ich zitterte, wusste allerdings nicht, warum.

Hollis. Garvey. Swift. Newbarr. Amira. Lauter Namen, die mir wieder einfielen, ohne die passenden Gesichter dazu. Wie ein Vogel, der ein Nest baut, sammelte mein Gedächtnis die Bruchstücke meiner Erinnerung zusammen.

Ich hielt gegenüber einer Wohnung, die ich wie den Wagen als meine eigene identifizierte. Auf dem Briefkasten stand mein Name: J. Murtag. Als ich auf den Knopf drückte, blieb die Klingel stumm. Offensichtlich gab es keinen Strom. Ich probierte jeden Schlüssel am Bund. Der letzte passte schließlich. Ich lief das Treppenhaus hinauf und öffnete die Tür. Die Tür zu meiner Wohnung, wie ich vermutete.

In der Wohnung befand sich ein alter Mann mit einem albernen Hut. Ich hatte das Gefühl, dass ich ihn kennen müsste. Hinter ihm standen eine alte und eine junge Frau. Das Mädchen war eine Ungläubige. Aus irgendeinem Grund waren beide kahl. In einem Käfig hüpfte ein Kaninchen umher, und irgendwo zwitscherte ein Vogel.

»Ich würde gerne duschen«, sagte ich. »Dürfte ich wohl eure Dusche benutzen?«

Der alte Mann biss sich auf die Lippe und sagte: »Es ist Ihre Dusche, mein Sohn. Sie können tun, was Sie wollen.«

Im Badezimmer zog ich mich aus und begutachtete meinen Körper. Ein Band aus getrocknetem Blut umschloss meine Hüften. Das Wasser war kalt wie ein Gebirgsbach; ich stand ein paar Sekunden unter dem Strahl, bevor meine Knie nachgaben und ich zusammensackte. Der eisige Strahl benetzte meine Schultern und lief an meinem Rücken hinunter. Nach und nach kehrte die Erinnerung zurück, und vor meinem geistigen Auge stiegen verschiedene Bilder auf …

Da klopfte es an die Badezimmertür. Jemand fragte, ob ich in Ordnung sei. Ja … nein … ich wusste es nicht – lasst mich um Himmels willen in Ruhe. Ich starrte auf die Tapete, die die Wanne umgab … auf das Muster aus winzigen Engeln mit Trompeten …

Engel. *Angel.*

Angela.

Irgendetwas knackte. Kein Knochen, obwohl mir das lieber gewesen wäre. Es knackte in meinem Kopf, während ein Schwall grauenvoller Erinnerungen über mich hereinbrach …

Kreischend und brüllend malträtierte ich mit Händen und Füßen das Duschbecken. Offensichtlich schrie ich so laut, dass ich das Bewusstsein verlor, denn das Nächste, woran ich mich erinnere, war, wie die Tür aufgebrochen wurde und die drei neben mir standen: Newbarr, Amira und Mom.

Sie brachten mich tropfend und zitternd ins Schlafzimmer.

»Hol ein Seil, Amira«, hörte ich Newbarr sagen.

Eingewickelt wie ein Baby legten sie mich aufs Bett. Mit mehreren gelben Schnüren, die Amira irgendwo aufgetrieben hatte, kehrte sie zurück, und sie banden mich fest.

»Bis er sich beruhigt hat«, sagte Newbarr, während er ein zweites Stück Schnur um meine Hüften knotete.

Ich habe keine Ahnung, wie lange ich dort lag. Alles um mich herum verschwamm vor meinen Augen und wurde wieder scharf. Ich weinte und schwitzte die Laken nass, bis ich völlig ausgelaugt war. Irgendwann band man mich wieder los, und jemand kroch zu mir ins Bett. Ein Bauch drückte sich durch die feuchten Decken gegen meinen Rücken, und Mom schmiegte ihr Kinn an meine Schulter. Ein weiterer, junger Körper presste sich fest gegen meine Brust.

Keiner von uns sagte etwas. Wir atmeten alle im selben Rhythmus – drei Brustkörbe, die sich im Einklang hoben und senkten. Ich wollte den beiden sagen, dass es zwecklos sei, dass ich trotz dieser Geste nicht mehr zu retten sei. Aber es fühlte sich so gut an – die Wärme, die beruhigenden Bewegungen ihrer Körper –, dass ich nichts sagte. Als ich schließlich aufstand, war es hinter dem Rollladen dunkel geworden. Mom und Amira schliefen noch. Ich ließ sie im Bett liegen und ging ins Wohnzimmer, wo Newbarr auf dem Fensterbrett saß und eine Zigarette rauchte.

»Ich habe vor Jahren damit aufgehört«, sagte er, als er mich sah. »Meine Frau fand das furchtbar. Sie habe das Gefühl, einen Aschenbecher zu küssen, sagte sie immer. Aber es beruhigt die Nerven.«

Meine Hose lag ordentlich gefaltet über dem Küchenstuhl, und ich zog sie an.

»Ich muss für ein paar Stunden weg«, sagte ich zu ihm. »Geben Sie mir Zeit bis morgen früh.«

»Was haben Sie vor?«

In meiner Tasche hatte ich zwei verschiedene Telefonnummern, die ich anrufen sollte für den Fall, dass ich bereit sei. Ich rieb die Karten aneinander, um zu sehen, ob sie vielleicht Funken sprühten.

Zwei Nummern. Zwei Verrückte. Zwei Ziele. Spiel beide Parteien gegeneinander aus. Gib ihnen, was sie wollen. Und wenn jeder bekommen hat, was er will, werden alle tot sein.

ARTIKEL V

ER WIRD SEINER KLEIDER BERAUBT

41 ZWEI AUFEINANDER ZURASENDE ZÜGE

Ich lief die Straße hinunter und hob die Hörer der Münztelefone ab, und wenn eines tot war, legte ich wieder auf. Über den grauen Himmel wälzten sich Gewitterwolken – dieser kopfstehende Ozean erstreckte sich weit bis zum Horizont.

Ich sah Rudel streunender Hunde, die früher offensichtlich mal Haustiere gewesen waren. Schließlich lief ich durch die Tore eines Friedhofs, der von leer stehenden Häusern umgeben war, mit Fenstern, die von einer grauen Staubschicht überzogen waren. Von sämtlichen Grabmalen mit Engelsstatuen waren die Köpfe abgeschlagen worden.

Als ich es an einer weiteren Telefonzelle versuchte, ertönte ein Freizeichen. Ich warf eine Münze ein und wählte.

»Du sagtest, wann immer ich bereit bin.«

»Das war knapp«, sagte Tom Swift. »Wir wollten schon ohne dich anfangen.«

Als ich ihm erklärte, wo ich war, sagte er: »Ich bin gleich da.«

Es wurde allmählich kühler, und eine kleine Windhose wirbelte einen Haufen Abfälle über den Gehweg. Da kam ein kobaltblauer Lieferwagen um die Ecke gebogen, und Swift streckte seinen Kopf aus dem Beifahrerfenster.

»Spring rein. Wir haben einiges zu erledigen.«

Porter Rockwell saß hinterm Steuer. Swift sah bleich und krank aus.

»Wartet hier«, sagte ich zu ihm. »Ich muss noch mal telefonieren.«

Swift starrte durch die Windschutzscheibe. »Mit wem?«

»Mit dem Propheten. Ich weiß, wie wir an ihn rankommen.«

Swift trommelte mit den Fingern auf die Armlehne. »Warum jetzt, Jonah? Woher der Sinneswandel?«

Die Antwort fiel mir nicht schwer. »Du bist nicht schlimmer als all die anderen. Und Angela ist tot. Was zum Henker spielt es da noch für eine Rolle?«

Vielleicht zum ersten Mal zeigte Swifts Gesicht einen Anflug von Gefühlen.

»Wie ist das passiert?«, fragte er.

»Die Fünflinge hatten damit zu tun.«

Swift wischte das durchsichtige Wundsekret unter seiner Sonnenbrille fort. »Tut mir leid, das zu hören. Wie sieht dein Plan aus, Jonah?«

»Ich werde telefonieren. Nur einen Anruf. Dann bringe ich euch zu ihm.«

»Einfach so?«

»Einfach so.«

»Dann mach deinen Anruf, Jonah.«

Ich lief zum Telefon und rief die Einsatzzentrale für die Gefolgsleute an. Nach zweimaligem Klingeln sprang ein automatischer Router an, der mich mit dem noch verbliebenen ranghöchsten Gefolgsmann verbinden würde, was jetzt, wo Hollis nicht mehr da war …

»Ja?«

»Brewster. Hier ist Murtag.«

»Ein Geist aus dem Äther.« Er klang todmüde. »Was wollen Sie?«

»Ich habe ihn«, sagte ich. »Den Mann, der das alles zu verantworten hat. Den Zauberer von Oz. Ich werde ihn vorbeibringen.«

»Großartig. Sie müssen sich selbst darum kümmern. Ich habe einen eigenen Auftrag auszuführen.«

Ich wusste, was sein Auftrag war – er beschützte den Propheten. Jede Wette.

»Warum bringen Sie ihn nicht einfach um?«, wollte Brewster wissen.

»Würde der Prophet diesen Mann nicht mit eigenen Augen sehen wollen?«, fragte ich. »Nur, um sicherzugehen? Ich bringe ihn vorbei. Er ist harmlos wie ein Kätzchen.«

Ich wünschte, ich hätte es mit Henchel statt mit Brewster zu tun. Henchel war ein Idiot. Brewster hingegen war halbwegs intelligent.

»Sind Sie sicher, dass er der Richtige ist?«

»Ja.«

Brewster nannte mir eine Adresse. »Kommen Sie alleine – nur Sie beide.«

Ich legte auf und sagte: »Wir sind fast startklar.«

»Was soll das heißen?«, fragte Swift.

»Du hättest dich nicht freiwillig festnehmen lassen.«

Er lachte. »Du meinst, ich müsste etwas fertiger aussehen.«

»Rockwell kann das erledigen, wenn dir das lieber ist.«

»Nein, ich möchte lieber, dass du es tust.«

Ich setzte mich auf die Stoßstange und zog die Schnürsenkel aus meinen Schuhen, knotete sie zusammen und wickelte sie um die Knöchel meiner rechten Hand.

»Nimm deine Sonnenbrille ab«, sagte ich.

Swift schüttelte den Kopf. »Nicht auf die Augen. Du weißt ja, sie sind die Fenster zur Seele.«

Ich prügelte so fest ich konnte auf Swift ein. Auf Rippen, Bauch und Kinn. Zunächst mit präzisen, heftigen Schlägen, doch als das Adrenalin verbraucht war und die Erschöpfung einsetzte, sausten meine entkräfteten Arme nur noch unkontrolliert durch die Luft. Die Schnürsenkel an meinen Fingern entwirrten sich und hinterließen auf meiner Haut gewundene geriffelte Abdrücke. Trotzdem prügelte ich weiter auf ihn ein und rammte ihm meine Faust in die Rippen, bis er einen dünnen Schwall grauen Schleim hervorwürgte, der wie Quecksilber an seiner Brust herunterlief.

Es war ein gutes Gefühl. Ein *echt* gutes Gefühl. Das gehörte alles zu meinem Plan, aber ich hätte es auch einfach so getan.

42 DER BUNKER

Brewster erwartete mich bereits, als ich auf den leeren Parkplatz vor der MegaKirche fuhr. Er stand mit verschränkten Armen da, während ich die Hecktüren öffnete und Swift auf den Kiesbelag hob. Rockwell hatte ich einen halben Block von hier entfernt abgesetzt.

Ich schleuderte Swift auf den Parkplatz, und Brewster trat näher. Das Mondlicht fiel auf die zerklüfteten Ebenen seines Gesichts, auf seine schroff emporragenden, ausgedorrten Züge, auf diesen kahlen Felsen, der Anzeichen eines ungezähmten Verstandes verströmte.

»Ist das der Dreckskerl, Murtag?«

»Der Kopf der ganzen Bande«, sagte ich. »Wenn Sie ihm Feuer unterm Arsch machen, führt er sie direkt zu seinen Leuten.«

»Offensichtlich hat man ihm bereits gehörig Feuer unterm Arsch gemacht. Gehen wir rein.«

In der gewölbten Kuppel der MegaKirche klaffte ein halbes Dutzend Löcher, und der verschimmelte Teppich war mit aufgequollenen Gebetsbüchlein übersät, die wie hellblaue Giftpilze aussahen.

»Gefällt mir, was ihr aus der Kirche gemacht habt«, sagte Swift.

Brewster verpasste ihm für seine Bemerkung eine Ohrfeige. Doch Swift, den Mund voller Blut, lachte bloß. Brewster führte uns hinter die Bühne, während Swift mit quäkender, bluterstickter Stimme sang:

Plastic Jesus, you've got to go
Your magnet's burst my radio
Sitting on the dashboard of my car
But I won't lose faith and I won't lose hope
'Cause now I've got a pope on a rope
Swinging from the dashboard of my car ...

Wir kamen an eine Stahltür, die in einen staubigen Gang mit Betonwänden führte. Brewster schubste Swift den Gang hinunter, und ich folgte ihnen.

»Was ist das hier?«, fragte ich.

»Ein exklusiver Luftschutzbunker«, sagte Brewster. »Es gibt hier mehrere Räume, ein paar Feldbetten und Lebensmittelkonserven. Ist nicht gerade das Ritz.«

Irgendwo brummte ein Generator. Die Lampen hier leuchteten mit halber Leistung und tauchten dort, wo die Wände auf die Decke trafen, die Spinnenweben in ein gelbes Licht.

»Es gibt hier ein CB-Funkgerät«, sagte Brewster. »Wir haben versucht, die Verantwortlichen in Kingdom City zu verständigen.«

»Hat es geklappt?«

»Noch nicht. Möglicherweise dringt das Signal nicht aus dem Bunker. Oder es gab atmosphärische Störungen.«

Er führte uns in einen Raum voller Kisten mit der Aufschrift HALLELUJA ENERGIEDRINK. Zwischen den Kisten stand ein Holzstuhl. Brewster warf Swift auf den Stuhl – man musste Swift zugute halten, dass er die brutale Behandlung heldenhaft hinnahm – und fesselte ihn mit den Handgelenken an die Lamellen der Rückenlehne.

»Was haben Sie vor?«, wollte Swift wissen. »Wollen Sie mir erklären, was die wahre Bedeutung von Weihnachten ist?«

Brewster verpasste ihm einen Schlag auf den Kiefer – er war nie jemand gewesen, der Sticheleien austauschte –

und sagte: »Warten Sie hier, Murtag – ich muss was nachschauen.«

Als er verschwunden war, sagte Swift: »Irgendwie hatte ich mir das anders vorgestellt.«

Den Bunker konnte er nicht meinen. Wahrscheinlich meinte er die Umstände, unter denen er dem Propheten begegnen würde. Er drehte den Kopf herum, um Rockwell, der hinter uns den Bunker betreten hatte, mit einem beiläufigen Nicken zu begrüßen. Er hatte keine Sekunde daran gezweifelt, dass er auftauchen würde. Rockwell bezog hinter der Tür Position.

Kurz darauf kehrte Brewster in den Raum zurück und schlug einen Gummischlauch in seine Handfläche. »Okay, Murtag, knöpfen wir uns diesen Irren mal ...«

Lautlos trat Rockwell hinter der Tür hervor. Er war unglaublich groß; neben ihm wirkte Brewster, der etwas über einen Meter achtzig groß war, wie ein Zwerg.

Zu spät bemerkte Brewster die Gefahr. Fingerknochen trafen auf Kieferknochen und Haut auf Haut. Brewsters Kiefer splitterte an ungefähr zehn Stellen gleichzeitig; auf der einen Seite wurde der u-förmige Knochen knackend nach oben, auf der anderen nach unten geschoben; die untere Hälfte seines Gesichts, die jetzt keinen Halt mehr hatte, sackte in sich zusammen und war nur noch eine zertrümmerte breiige Masse. Sein weicher Gaumen löste sich wie rohe Hühnchenhaut, und die Unterlippe klappte herunter, als wäre sie mit Bleigewichten gefüllt.

Brewster fiel zu Boden. Rockwell hob einen Fuß und trat auf sein Gesicht, worauf ein Geräusch ertönte, das ich lieber nicht gehört hätte. Dann zog Rockwell einen Schlüsselbund aus Brewsters Tasche, dessen Zähne unter seinen Stiefeln knirschten wie Meeresschnecken. Sobald wir Swift die Fesseln abgenommen hatten, sagte dieser: »Auf geht's.«

»Einen Moment«, erwiderte ich.

Ich durchsuchte Brewsters Taschen, bis ich sein Handy gefunden hatte. Ich fragte die kürzlich eingegangenen Anrufe ab; alle kamen vom selben Anschluss: REPUBLIK. WAFFENK.

Die republikanische Waffenkammer. Gab es ein besseres Versteck für das Heilige Kind?

Ich drückte auf die Wahlwiederholung. Eine Stimme – die von Henchel – meldete sich: »Ja?«

Ich legte auf, und wir gingen zurück in den Gang, an dessen Ende sich eine Stahltür befand. Swift nahm Brewsters Schlüsselbund, und der erste Schlüssel, den er probierte, glitt problemlos in das Schloss. Swifts Gesicht war grau und schweißgebadet. Offensichtlich war er krank.

»Der Moment der Wahrheit«, sagte er und drehte den Schlüssel herum.

Der Mann, der alleine hinter der Tür saß, hatte blutunterlaufene Augen und abgebissene Fingernägel – ein Bettler in einem Bunker. Unser Prophet. Der Bote, den der Himmel geschickt hatte.

»Vater«, sagte Swift zu ihm.

Ich hielt das fälschlicherweise für ein Zeichen von Verachtung: Vater, unser Vater, der du bist im Himmel, geheiligt werde dein Name. Doch Swift nahm die Sonnenbrille ab, sah ihn an und sagte:

»Aber ist das nicht ein wenig förmlich? Eigentlich sollte ich ›Dad‹ sagen. Es ist so schön, dich zu sehen, Dad, nach all den Jahren.«

43 VATER-SOHN-KONFLIKT

Eine gängige Redewendung in Bezug auf die polizeiliche Ermittlungsarbeit lautet: Meist ist das einfachste Motiv tatsächlich das Motiv. Wenn eine Frau ihren Mann ermordet, dann tut sie das, weil sie ihn gehasst oder es auf sein Geld abgesehen oder herausgefunden hat, dass er eine Affäre mit der Babysitterin hatte. Es gibt keine tieferliegenden Gründe oder verborgenen Absichten. Menschen sind grundsätzlich ziemlich einfach gestrickt. Ihre Beweggründe gehen oft auf ganz ursprüngliche Gefühle zurück: Gier, Eifersucht, Wut.

Rachegefühle.

»Dad.«

Der Prophet verzog gleichgültig das Gesicht; offensichtlich hatte er seit Jahren damit gerechnet, dass es auf die eine oder andere Weise so kommen musste. Ich hatte das Gefühl, als hätte man in meinem Kopf einen Sicherungssplint gezogen: Die verschiedenen Fakten, Hinweise und Vermutungen fügten sich jetzt schlüssig und überzeugend zusammen, sodass ich über meine eigene Dummheit fluchen musste.

»Dad«, wiederholte Swift.

Hatte je jemand dieses Wort weniger liebevoll ausgesprochen?

Der Prophet musterte seinen Sohn – seine Hühnerbrust und das Blut –, und schaffte es trotz seines beklagenswerten Zustands, aufrichtige Abneigung zum Ausdruck zu bringen, indem er achtlos mit den Schultern zuckte. Swift hingegen schien sich mit dem Anblick seines Vaters schwerzutun. Wahrscheinlich hatte er erwartet, ihn so anzutreffen, wie die meisten ihn in Erinnerung hatten: in seinem vanillefarbenen Anzug, braun gebrannt, während er auf und ab schreitend das Evangelium verkündete.

Rockwell schob einen zweiten Stuhl zum Propheten hinüber, auf dem Swift Platz nahm. Die beiden saßen sich jetzt Auge in Auge gegenüber. Beide hatten die gleichen kantigen Kieferknochen. Den gleichen spitzen Haaransatz.

»Lydia Cromwell. Meine Mutter.« Da der Name dem Propheten nichts sagte oder er keine Person damit verbinden konnte, fragte Swift: »In all den Jahren, die du damals unterwegs warst, wie viele Frauen hast du da gevögelt, Dad?«

»Hör auf, mich so zu nennen«, sagte der Prophet. »Du hast keine Beweise dafür.«

»Versteh mich nicht falsch«, fuhr Swift fort, »jeder Mann hat Bedürfnisse. Du hast dich also quer durch Amerika gevögelt, du geiler armseliger Bibelverkäufer – schön, was soll's. Was ich allerdings nicht ganz auf die Reihe kriege: Warum hast du all deine Eroberungen töten lassen, nachdem du dieses Amt übernommen hast?«

Ich zog die Möglichkeit in Betracht, dass Swift sich irrte, als der Prophet es zugab.

»Sie hätten die Situation ausnutzen können«, sagte er bloß. »Womöglich hätten sie mich verleumdet und all die guten Dinge, die ich in die Tat umsetzen wollte, zunichtegemacht.«

Swift nickte, als könnte er diese pragmatische Haltung verstehen. »Hat man dir je erzählt, wie sie getötet wurden? Oder hattest du je den Mut, zu fragen, wie das genau abgelaufen ist?«

»Als es passierte, wurde in New Bethlehem gerade ein neues Ministerium gegründet«, sagte der Prophet. »Man erklärte mir, dass ich mich darum nicht zu kümmern bräuchte; ich müsse mich ganz in den Dienst des Herrn stellen. Und er hat mir meine früheren Verfehlungen längst vergeben.«

»Meine Mutter und ich lebten damals in einem abgeschiedenen Farmhaus«, sagte Swift. »Wir wären sicherer gewesen, wenn wir näher an der Stadt gewohnt hätten, aber meine Mutter, deine Geliebte, war eine eigensinnige Frau. Ich erinnere mich kaum an sie – ich war vier, als sie getötet wurde. In dem Alter erinnert man sich kaum an andere Menschen, nur an ihre Stimme und an ihren Geruch. Mutter roch immer nach Flieder. Damals wusste ich nicht, dass ich das Produkt eines redegewandten Erweckungspredigers war, der inzwischen als Anwärter für das Amt des Propheten in New Bethlehem gehandelt wurde. Diese Umstände trieben sie in die Isolation, sonst wäre sie vielleicht an einen sichereren Ort gezogen. Auch wenn das letztlich nichts geändert hätte.«

Das Licht wurde schwächer. Der Generator röchelte und lief dann störungsfrei weiter. Von den Benzindämpfen wurde mir schwindelig.

»Eines Tages hielt ein Wagen in unserer Auffahrt. Mit drei Männern in weißen Anzügen. Als meine Mutter sie durch das Fenster sah, setzte sie mich in den Kleiderschrank und forderte mich auf, still zu sein. Im Dunkeln, eingehüllt in den Geruch ihres Wollmantels, spähte ich durch die Lamellen. Ein Mann nahm sie sanft am Ellbogen und führte sie den Flur hinunter. Doch sie riss sich los und erklärte ihm, dass sie selber laufen könne. Dann wurde die Hintertür geöffnet, und lange Zeit passierte nichts. Ich stand im Wandschrank und atmete den Wollgeruch ihres Mantels ein. Außerhalb des Hauses waren Schritte zu hören, und eine Stimme sagte: ›Auf diesem Foto, da ist ein Junge.‹ Die Männer suchten so lange, bis sie mich gefunden hatten. Einer von ihnen zerrte mich aus dem Schrank und hielt mir die Spitze eines Messers unters Auge. Dann schlitzte er mir, so vorsichtig wie möglich, die Haut an meiner Wange auf.«

Swift nahm seine Sonnenbrille ab. Darunter klaffte eine offene Wunde. Offensichtlich hatte er damals genauso ausgesehen.

»Ein Brandzeichen. Ein Schandmal.« Er sah mich an und sagte: »Aber ich habe mich nie für meine Mutter geschämt. Die Wunde könnte verheilen. Aber jedes Mal, wenn sich die Haut schließt, nehme ich ein Rasiermesser und schlitze sie wieder auf. Das hält die Erinnerung wach. Aber ich frage mich«, sagte er, »warum diese Männer mich nicht getötet haben.«

»Ich habe es ihnen befohlen«, sagte der Prophet. »Nicht das Kind, habe ich ihnen gesagt.«

Swift schaute seinen Vater prüfend an. »Nein, hast du nicht.«

Die Augen des Propheten wanderten in eine leere Ecke des Raumes.

»Schließlich stiegen die Männer wieder in den Wagen, und ich stand blinzelnd und mit blutverschmiertem Gesicht im Flur. Es wurde bereits dunkel, als ich zu dem Schuppen in unserem Garten ging. Meine Mutter lag dort auf Säcken voller Torf. Ihre Haut glänzte lila, und ihr Mund war mit getrockneter Spucke verklebt.«

»Anschließend kam ich in ein republikanisches Waisenheim«, fuhr Swift fort. »In das ›Kinder Gottes‹ in Kingdom City. Ich blieb dort, bis ich von einem Ehepaar adoptiert wurde. Der Mann hieß Elwood Chalmers. Das Ganze war ein PR-Gag; er adoptierte drei Kinder gleichzeitig – man nannte uns die ›Chalmers-Kinder‹. Er strebte kein politisches Amt an, zumindest damals nicht, doch er wusste, dass eine derart uneigennützige Tat ihm den Weg dorthin ebnen würde.«

Elwood Chalmers hatte früher für die Christian Family Coalition Spendengelder gesammelt und knallhart ihre Interessen vertreten. Nach Gründung der Republik arbeitete er im Auftrag mehrerer vom Staat bestimmter Kandidaten und wurde später dann zu einem der fünf Väter des Göttlichen Rates ernannt.

»Chalmers wusste, woher ich das hatte« – er fuhr mit dem Finger über die Wunde unter seinem Auge –, »und ihm war klar, dass ich ihm vielleicht noch nützlich sein könnte. Er unterrichtete mich in der Kunst der Staatsführung und darin, wie man den Glauben als Machtinstrument einsetzt: als Strafe, als Placebo, als Trostspender ... als Bombe. Ich war ein gelehriger Schüler.«

Elwood Chalmers hatte also den jungen Tom Swift – Tom Cromwell? – unter seine Fittiche genommen. Ihn auf eine mögliche Situation in der Zukunft vorbereitet. Und diese Situation stand jetzt kurz bevor. Aber wozu das alles?

»Dachtest du etwa, die anderen hätten nichts davon mitbekommen, Dad?«, sagte Tom. »Von deinen Mauscheleien, von dem Geld, das du angehäuft hast? Du hast den Großteil der Steuern für dich behalten und nur einen Bruchteil davon an Kingdom City weitergeleitet. Du hast den Fehler gemacht, den Boss übers Ohr zu hauen. Und der war davon nicht sonderlich begeistert.«

»Aber warum hat man uns alle töten lassen?«, fragte ich unwillkürlich. »Dass man aus dem Propheten eine Witzfigur macht oder ihn *tötet*, schön und gut. Aber auf diese Weise ... Wir reden hier von Zehntausenden unschuldiger Menschen.«

»Kennst du den Ausdruck ›kontrolliertes Abbrennen‹, Jonah?«, fragte Swift. »Der stammt aus der Forstwirtschaft. Die beste Möglichkeit, ein Stück Land wieder urbar zumachen, besteht darin, es abzubrennen. Man hebt um die Fläche herum einen Graben aus, begießt sie mit einer brennbaren Flüssigkeit und zündet sie an. Auf diese Weise beseitigt man das Gestrüpp und befreit die nützlichen Bäume vom Unkraut. Das ist zwar nicht besonders wirtschaftlich. Aber wenn alles völlig überwuchert ist, ist es sinnvoll, das Gestrüpp zu beseitigen. Das hat man in New Beersheba gemacht.«

»Aber warum habt ihr ausgerechnet New Beersheba zerstört? Die Menschen haben euch nichts getan.«

»Das war eine Entscheidung des Göttlichen Rates«, sagte Swift. »Ich musste es tun, um das hier tun zu können. Darauf hatten wir uns geeinigt.«

»Du bist also mit Unterstützung des Göttlichen Rates nach New Beersheba gefahren«, sagte ich. »Er hat dich mit Sprengstoff versorgt, und du hast Leute wie Lucas Hogan, seine Frau und ihre Tochter benutzt und getäuscht, um die Bevölkerung für dich zu gewinnen. Dabei hattest du die Führungskräfte der Polizei auf deiner Seite. Denn du kanntest ihre Geheimnisse, ihre Vorgeschichte – alles, was auch die Väter des Göttlichen Rates wussten. Und der Prophet von New Beersheba hatte nicht die geringste Ahnung.«

Alles, was ich sagte, bedachte Swift mit einem Nicken.

»Dann wurden die Fünflinge in die Stadt geschickt, angeblich, um dir das Handwerk zu legen, aber in Wirklichkeit habt ihr bei der Zerstörung der Stadt gemeinsame Sache gemacht.«

»Die Fünflinge wollen mich töten«, sagte Swift. »Bestimmt hat man ihnen versprochen, dass sie die Gelegenheit dazu bekommen werden – vielleicht sogar Chalmers selbst. Aber vorher musste jeder von uns seinen Auftrag ausführen. Die Bevölkerung destabilisieren, das soziale Gefüge zerstören und alles dem Erdboden gleichmachen.«

»Der Morgen, an dem die Damaskus-Türme in die Luft gesprengt wurden ...«

»Einer der Fünflinge hat mich vorher aufgefordert, die Türme zu verlassen. Was ich getan habe. Und Rockwell auch. Andere blieben dort.«

»Warum hast du sie nicht gewarnt?«

»Er hatte keine Verwendung mehr für sie«, sagte der Prophet.

»Ich bin in New Beersheba gewesen«, sagte ich. »Von der Stadt ist nichts mehr übrig.«

»Diese Stadt hier wird in Kürze ebenfalls mit einem Flächenbombardement überzogen«, sagte Swift zu mir. »Die Flugzeuge starten von Kingdom City aus, um ihre Ladung abzuwerfen. Sie werden eine schwarze Schneise durch die Stadt ziehen.«

Ich stellte mir vor, wie alles begonnen hatte. Wie Lydia Cromwell in der staubigen Luft eines gestreiften Zeltes, das auf einem sommerlichen Feld stand, dem Propheten in die Augen geschaut hatte. Wie sie sich mit einem Gebetsbüchlein Luft zufächelte, während der Prophet gemeinsam mit seiner Frau, die für einen Zwerg, der zu ihrer Belustigung seinen Schrumpfkopf in eine Seifenblase steckte, die Beine breit gemacht hatte, auf der Bühne stand. »Astronautenhelm« nannte er diese Nummer, damals, als es noch Astronauten und Raumschiffe gab. Es war nicht mehr als ein flüchtiger Blick gewesen, während zwei Gehirne alle möglichen Substanzen ausschütteten. Jahre später dann ließen mehrere Männer in weißen Anzügen einen Jungen in einer nassen Hose und mit einer Stichwunde im Gesicht alleine in seinem Haus zurück, worauf dieser Junge in einem staubigen Schuppen seine blau angelaufene Mutter fand. Und jetzt, viele Jahre später, wurden zwei Städte dem Erdboden gleichgemacht. Gab es Tausende von Toten. Wurden die Leben unzähliger Menschen zerstört.

Angela ...

Und all das nur, weil sich zwei Blicke in der staubigen Luft eines Zeltes der Erweckungsbewegung getroffen hatten.

Rockwell zog ein merkwürdiges Bündel aus seiner Tasche und reichte es Swift.

Eine Sprengschnur. Mit einem grauen Kolben. Und einem roten Knopf. Mein Gott.

Swift nahm ein Ende der Sprengschnur und schob es hinten in seine Hose.

»Ich fürchte«, sagte er und zuckte zusammen, »das hier lässt sich nicht auf freundliche Art erledigen.«

Mein Gott. Jetzt bemerkte ich ihn. Swifts gewölbten, unförmigen Bauch. Wie viele Metallkugeln hatte er geschluckt, wie viel Plastiksprengstoff steckte in seinen Eingeweiden? Er setzte sich vorsichtig hin. Die Sprengschnur schlängelte sich um seine Hüften, während der Kolben sanft zwischen seinen Beinen baumelte.

»Bevor du gehst«, sagte er zu mir, »solltest du noch eines wissen.«

»Was?«

»Ich bin nicht das einzige Kind, das man ausgesetzt hat, Jonah.«

Er musste den Namen nicht aussprechen. Er geisterte mir schon seit geraumer Zeit durch den Hinterkopf. Sie war ebenfalls adoptiert worden. Ihre leiblichen Eltern hatte sie nie kennengelernt. Die anonymen Briefe, die sie jeden Monat bekam – jemand hatte versucht, seinen Fehltritt wiedergutzumachen. Sie war die erste Gefolgsfrau der Republik gewesen. Wer hatte da seine Finger im Spiel gehabt? Sie sagte immer, sie sei eben ein Glückskind, aber wer hatte sie mit Feenstaub bestreut? Und dann gab es da stapelweise nicht eingelöste Schecks, die stets mit *Wir werden dich immer lieben* unterschrieben waren.

Die Unbefleckte Mutter hatte zu mir gesagt: *Sie sind ihr Freund. Der Freund meiner Tochter …*

»Angela war meine Halbschwester«, sagte Swift. »Im Gegensatz zu mir war sie nicht das Ergebnis eines Seitensprungs. Trotzdem haben sie sie weggegeben.«

»Warum?«

Doch bevor ich das Wort überhaupt ausgesprochen hatte, wusste ich, warum. Sie war ohne Missbildungen geboren worden. Sie war völlig gesund und damit nutzlos gewesen. Darum hatten ihre Eltern sie heimlich zur Adoption freigegeben und verschwiegen, dass sie ihre Eltern waren ... mehr oder weniger.

»Ihre Mutter hat für sie gesorgt, so gut sie konnte«, sagte der Prophet. »Aus der Ferne.«

»Sie ist tot«, sagte ich. »Ihre Tochter ist tot.«

»Alle meine Töchter sind tot. Und ich wünsche mir nichts sehnlicher, als dass meine Söhne auch alle tot sind.«

Tom fletschte die Zähne. »Dazu kommen wir gleich, Dad.«

44 ENDSPIEL

Draußen blies ein stürmischer Wind, als Rockwell und ich die MegaKirche verließen. Die Fahnen mit dem Wappen der Republik flatterten an ihren Stangen hin und her. Ich packte Rockwell am Ärmel, und als er sich zu mir umdrehte, sagte ich: »Ich muss mal telefonieren.«

Er hielt mir Swifts Handy hin – ein glänzender silberner Fleck in seiner riesigen Bärenklaue –, aber ich schüttelte den Kopf, weil die Fünflinge wahrscheinlich die Nummer kannten. Wir stiegen in den Lieferwagen, und als wir vom Parkplatz fuhren, erschütterte eine heftige Explosion die MegaKirche. Ein flirrender Feuerball schoss aus den Türen, und aus der zerfetzten Kuppel regnete es Trümmerteile, die mit einem dumpfen Geräusch auf das Wagendach prasselten. Ich schaute zu Rockwell. Er weinte. Er weinte gut zehn Minuten, stumm wie ein verstörtes Kind, während er sich die Ellbogen hielt und sich hin und her wiegte.

Wir fuhren durch Straßen, die von den Ausdünstungen der Nacht glatt waren, und schlängelten uns die Serpentinen eines Hügels hinunter. Neben einer Reihe Münztelefone hielt ich schließlich an. Ich lief zu den Apparaten hinüber und hob einen Hörer nach dem anderen ab: tot, tot, tot, tot … ein Freizeichen. Ich kramte in meinen Taschen nach der zweiten Telefonnummer – und wählte.

Keine Begrüßung, nur ein Rauschen am anderen Ende der Leitung.

»Ich bin bereit.«

Der Fünfling – keine Ahnung, welcher von ihnen – sagte: »Bereit wofür, Gefolgsmann Murtag?«

»Ich weiß, wo sich das Heilige Kind befindet.«

»Ach jaaaa?«, trällerte der Fünfling.

»Wenn ich Ihnen sage, wo, will ich, dass ihr verschwindet.«

»Das könnten wir«, sagte er unverbindlich.

»Das solltet ihr. Victor Appleton ist tot.«

Schweigen. Dann: »Woher wissen Sie das?«

»Weil er eben tot ist. Und der Prophet auch. Es gibt keinen Grund hierzubleiben.«

»Wo ist das Kind?«

»Verschwindet ihr dann? Geben Sie mir Ihr Wort?«

»Wenn das mit Appleton gelogen war ...«

»Leck mich«, sagte ich ausdruckslos und genoss die Anspannung am anderen Ende der Leitung.

»Wo ist das Heilige Kind?« Er machte zwischen jedem Wort eine Pause.

»In der Waffenkammer. Holt es euch, und dann fahrt zur Hölle.«

Ich eilte zum Lieferwagen zurück. Da wir nur einen Block von der Waffenkammer entfernt waren, blieb uns noch genug Zeit, um Vorbereitungen zu treffen.

Die Waffenkammer der Republik befand sich in einer Reihe heruntergekommener Kalksteinkasernen, die von Baracken, Bretterbuden und Wellblechhütten umgeben waren. Die Gebäude wurden seit über einem Jahrzehnt nicht mehr genutzt – alle militärischen Angelegenheiten hatte man aus Kingdom City ausgelagert –, aber man hatte sie für den Notfall stehen lassen. Falls es im Ghetto zu einer Revolte kam, konnte man die Kasernen als Gefängnis benutzen.

Ich rammte mit dem Kühlergrill des Lieferwagens vorsichtig das Maschendrahttor, sodass das Schloss aufsprang. Zwischen mehreren herrenlosen Fahrzeugen auf dem Parkplatz stellten wir den Wagen ab und schlichen um das Gelände herum, bis wir an eine abgelegene Baracke kamen. Schwache Lichtstrahlen drangen unter den Wellblechwänden hervor. Ich folgte Rockwell zu einem dunklen Zwischenraum zwischen zwei Kasernengebäuden. Von dort hatte man freien Blick auf die Baracke. Rockwell griff in seine Tasche und zog einen grauen Klumpen heraus – es handelte sich um C4-Sprengstoff. Er knetete und walkte ihn, und der Sprengstoff knackte zwischen seinen Fingern, als mehrere kleine Luftbläschen zerplatzten.

Wir warteten. Der Wind fegte über den Kalkstein und zerrte am Saum unserer Staubmäntel.

»Der Stand der Gnade.«

Beim Klang von Rockwells Stimme – auch wenn er nur ein paar Worte sagte – zuckte ich augenblicklich zusammen.

»Er war nicht gläubig«, fuhr Rockwell fort. »Swift, meine ich. Aber ich bin es.« Seinen Augen wanderten Richtung Himmel. »Wenn man stirbt, sollte man im Stand der Gnade sein.«

Ein Begriff aus dem Katholizismus, der den Zustand göttlicher Reinheit bezeichnet.

»Hältst du das noch für möglich?«, fragte ich ihn unwillkürlich. »Nach allem, was du getan hast?«

»Sobald die Fünflinge tot sind.«

Motorengeheul hallte über die Dächer der Kasernen, und ein grauer Buick rollte an der Baracke vorbei, hielt und setzte zurück. Der Lichtstreifen, der die Unterseite der Baracke säumte, wurde immer wieder unterbrochen; wer auch immer das Heilige Kind bewachte – Henchel, das war sicher, aber wahrscheinlich noch weitere Personen –, hatte den Wagen gehört.

Der Buick parkte an der Vorderseite der Baracke, und einer der Fünflinge stieg aus. Ich konnte die Zahl an seinem Hals nicht erkennen.

In der Baracke ertönte der Schuss einer Schrotflinte, und in der Wellblechwand erschienen mehrere kleine Löcher. Der Fünfling zog seinen Revolver und feuerte zwei Schüsse ab. In die Wand der Baracke wurden zwei faustgroße Löcher gerissen. Erneut ertönte die Schrotflinte. Der Fünfling rannte los und spähte durch eines der Einschusslöcher in der Metallwand. Dann trat er die Tür ein und stürmte ins Innere.

Rockwell lief Richtung Wagen, doch ich packte ihn am Handgelenk.

»Das darfst du nicht. Du wirst das Kind töten.«

Er schüttelte den Kopf. »Die Explosion ist absolut zielgerichtet.«

Während Schüsse durch die Baracke hallten, trabte er zum Wagen und kroch unter das Fahrgestell. Er blieb dort weniger als eine halbe Minute. Die Schüsse verstummten, und es waren erstickte Schreie zu hören. Rockwell krabbelte unter dem Wagen hervor und eilte zu mir zurück.

Aus der Baracke drang ein schrilles, schmerzerfülltes Kreischen. Gefolgt von einem weiteren Schuss.

Mit einem Bündel vor der Brust trat der Fünfling ins Freie. Rockwell zog die Antenne des Fernzünders heraus. Ein leises Geräusch, lieblich und melodisch, hallte über das Gelände. Das Heilige Kind weinte.

Nachdem der Fünfling das Kind sicher auf den Beifahrersitz gelegt hatte, knallte er die Tür zu und lief auf die Fahrerseite. Er setzte sich hinters Steuer, ließ den Motor aufheulen ...

Rockwell drückte auf den Knopf.

Es war eine schwache Explosion. Die Vorderräder des Wagens wurden etwa zehn Zentimeter in die Höhe gehoben, und die Fenster verdunkelten sich, als Asche die Scheiben bedeckte. Aus den Türritzen quoll Rauch hervor.

Die Fahrertür wurde aufgestoßen, und der Fünfling krabbelte heraus. Er war von oben bis unten schwarz, und seine Haare waren verkohlt. Durch den Sauerstoff in der Luft wurden die Flammen auf seinem Kopf neu entfacht, und an seinem ganzen Körper loderten gekräuselte Flammen empor. Er fiel auf den Rücken und starrte in den Himmel. Irgendetwas steckte in seinem Bauch.

Vorsichtig traten wir näher. Er hörte uns nicht. Eines seiner Augen war verbrannt, doch mit dem anderen sah er uns und griff nach seinem Revolver. Ein Ausdruck der Verwirrung huschte über sein zerfetztes Gesicht. Die Hand, mit der er normalerweise die Pistole hielt, war abgerissen worden, und er langte mit dem Stumpf nach der Waffe. Nicht, dass das eine Rolle spielte, denn seine Pistole war durch die Hitze mit der Haut über seinen Rippen verschmolzen.

Er lächelte uns an. In diesem Moment bemerkte ich, dass das Bremspedal aus seinem Körper ragte. Es war durch die Explosion abgerissen worden und hatte sich in seinen Bauch gebohrt.

Rockwell hob einen Fuß und trat langsam auf das Pedal, sodass dessen Stange noch weiter in den Bauch des Fünflings eindrang.

Das Lächeln wich nicht aus seinem Gesicht, sondern wurde *breiter*.

Ich warf einen Blick ins Wageninnere, das in dunkle Rauchschwaden gehüllt war. Die abgetrennte Hand des Fünflings umklammerte den Schaltknüppel.

Vom Beifahrersitz kam eine Mischung aus Gesang und Husten.

Ich verbrannte mir die Hände am Türgriff. Auf dem Beifahrersitz hockte ein eingewickeltes Bündel, das wie alles andere schwarz war. Ich nahm das Heilige Kind – es war verdammt leicht – und drückte es gegen meine Brust, sodass ich seinen pochenden Herzschlag spüren konnte. Wie durch ein Wunder war es unverletzt geblieben. Vielleicht war es tatsächlich gesegnet.

Als ich zurück um den Wagen lief, trat Rockwell immer noch auf das Bremspedal, das aus dem Bauch des Fünflings ragte. Aus den Ritzen zwischen seinen Zähnen lief Blut, aber er hörte nicht auf zu lächeln. Als er schließlich tot war, gab ich Rockwell das Heilige Kind. Es weinte. Etwas derart Schönes hatte ich nie zuvor gehört. Wir starrten es beide ehrfürchtig an.

Das Heilige Kind war nackt. Vielleicht war es sein ganzes Leben lang nackt gewesen. Rockwell suchte den Körper nach Verletzungen ab; um dem Kind seine Würde zurückzugeben, legte ich die Decke über seine spindeldürren, klobigen Beine, nicht ohne vorher einen Blick auf die Narben überall auf seinem Körper zu werfen, dort, wo sein Vater, Caleb Murphy, Pliny der Stecknadelkopf, auf ihn eingestochen hatte. Seine Brust war weich wie die eines Babys. Aber seine Haut hing wie die eines alten Mannes in Falten schlaff herab.

Sein Gesicht ... mein Gott, sein Gesicht. Darin passte nichts zusammen. Eines seiner Augen befand sich mitten auf der Wange, das andere, mit getrübter Linse, war zu seiner Schläfe hinaufgewandert. Das Kind hatte keine Nase, sondern nur zwei Nasenlöcher, durch die es nach Luft schnappte. Sein Mund, mit dem es die Geräusche erzeugte, befand sich ganz oben auf seiner Stirn und war nichts weiter als ein senkrechter zahnloser Schlitz, der von einem Haarflaum umgeben war.

Wegen dieses Kindes waren zwei Städte und Tausende von Menschenleben zerstört worden.

Ich zog dem Fünfling seinen blutverschmierten Staubmantel aus und nahm Rockwell das Heilige Kind wieder ab.

»Ich brauche deinen Lieferwagen.«

»Und das, was sich im Kofferraum befindet, wirst du auch brauchen«, sagte Rockwell.

»Was ist da?«

»Was du brauchen wirst«, wiederholte er. »Für das, was du tun wirst.«

Ich ließ ihn neben dem Autowrack stehen. Der Innenraum hatte inzwischen Feuer gefangen, und die Flammen schlugen aus den Fenstern. Rockwell ging neben dem Körper des Fünflings in die Knie. Offensichtlich waren sie miteinander noch nicht fertig.

Ich hätte Rockwell sagen können, dass auf dem Rücksitz des Wagens mit Granaten bestückte Teddys und Puppen lagen. Ich hätte ihm sagen können, dass sie in der stärker werdenden Hitze explodieren würden.

Ja, das hätte ich.

45 FLUCHT

»Wir brechen auf. Jetzt sofort.«

Ich stand keuchend in der Wohnungstür, nachdem ich im Affenzahn das Treppenhaus hinaufgerannt war. Es war morgens kurz nach vier. Der Lieferwagen stand unten auf der Straße; ich war mit ihm über den Bordstein gerast und hatte die Hecktüren aufgerissen. Das Heilige Kind saß angeschnallt auf dem Beifahrersitz.

Mom und Amira kamen aus dem Schlafzimmer. Als sich die Tür der Nachbarwohnung öffnete, lehnte ich mich hinaus in den Flur und sah Newbarr. Dighet, die Ziege, stand neben ihm und klapperte mit den Hufen.

»Wir machen uns auf den Weg.«

»Freut mich auch, Sie zu sehen«, sagte Newbarr.

Ich schnappte mir »Vogels« Käfig, trug ihn die Treppe hinunter und verstaute ihn im Lieferwagen. Dann schaute ich in beide Richtungen die Straße hinunter. Drei der Fünflinge streiften noch durch diese Stadt, die flächendeckend bombardiert werden sollte.

Ich lief schnurstracks wieder die Treppe hinauf und hätte beinahe Amira über den Haufen gerannt, die den Pfau auf seinem Styroporfloß in den Händen hielt. Ich eilte zurück in die Wohnung, vorbei an Newbarr und Dighet, vorbei an Mom und Hoppsy, dem Kaninchen, hievte das Terrarium mit Garveys Schlange Duke in die Höhe und schleppte es hinunter zum Lieferwagen, wo Newbarr, Amira und Mom auf den Beifahrersitz starrten.

»Ist das ...?«, sagte Newbarr ehrfurchtsvoll.

»Ja«, sagte ich bloß. »Das Heilige Kind.«

Das Heilige Kind brabbelte und quietschte vergnügt.

»Er ist wunderschön«, sagte Mom.

Nach drei weiteren Abstechern in die Wohnung war der Lieferwagen mit allem, was darin Platz hatte, schwer beladen: mit sämtlichen Tieren, dem Futter, der Bettwäsche und einer Kiste voller Lebensmittelkonserven. Newbarr fuhr mit seinem Wagen vor der Wohnung vor.

»Wie viel Benzin ist noch im Tank?«, fragte er.

»Der Tank ist fast voll.«

»Das sollte reichen.«

Mom hatte das Heilige Kind aus dem Kindersitz genommen und saß mit ihm auf dem Schoß auf der Rückbank. Amira hatte den Kindersitz wieder verstaut und hockte auf dem Beifahrersitz. Das Wageninnere war von Kreischen, Zwitschern, Zischen und Blöken erfüllt.

Die Straßen und der Himmel waren dunkel. Die Nervenfasern unter meiner Haut waren zu harten Bündeln zusammengepresst; ich fuhr langsam und hielt auf der Straße Ausschau nach Nagelbändern und Glasscherben. Es schien ewig zu dauern, bis wir die Stadtgrenze überquert hatten, aber sobald wir sie hinter uns gelassen hatten, fiel eine riesige Last von meinen Schultern.

Über der gewölbten Linie des Horizonts brach in einem schmalen roten Streifen ein neuer Tag an, in einem natürlichen Rotton, im Gegensatz zu dem von Newbarrs Rücklichtern vor uns; es war das Rot von Wüstenfelsen oder von Herbstblättern, kurz bevor sie vom Baum fallen, ein Rot, an dem noch die Spuren der Nacht hafteten, der Rotton einer Vene, der pulsierenden Hauptschlagader unseres Planeten, die sich mit Tageslicht füllte, und ich fuhr direkt auf dieses Rot zu, in dem Gefühl, dass es meine letzten Stunden auf Erden ankündigte.

Plötzlich leuchteten Newbarrs Bremslichter auf, und er fuhr an den Straßenrand und winkte mich zu sich. Mit vereinten Kräften trugen wir einen morschen umgestürzten Baum fort, und dahintcr kam ein ausgefahrener Bohlenweg zum Vorschein.

Als ich wieder im Lieferwagen Platz nahm, kamen die anderen zu sich. Wir fuhren etwa drei Kilometer in ein Dickicht aus Weiden, das in eine sonnengesprenkelte Lichtung mündete.

Mit einem Häuschen. Und einem Teich.

Es war das Paradies auf Erden.

46 NIRWANA

»Wir haben es selbst gebaut. Meine Frau und ich, Gott hab sie selig.«

Newbarr stand in der Küche des Häuschens mit einem Holzofen, einem Arbeitstisch aus dem Second-Hand-Laden und einem kleinen Kühlschrank. Das Häuschen hatte zwei Schlafzimmer, außerdem gab es ein Bücherregal und ein paar Brettspiele. Bei dem Monopoly-Spiel handelte es sich um die Kirchenversion – die einzige, die noch hergestellt wurde.

Gehe direkt ins Fegefeuer. Gehe nicht über Erlösung. Ziehe keine zweihundert Schekel ein.

Amira und Mom trugen die Tiere ins Häuschen, während Newbarr und ich mehrere Schichten Sackleinen und Plastikplanen vom Generator zerrten. Dann schraubte Newbarr die Kappe ab und füllte Benzin hinein. Nachdem er ein paarmal am Starterseil gezogen hatte, sprang der Generator an.

»Wir werden das restliche Benzin aus dem Tank des Lieferwagens abpumpen«, sagte er. »Das sollte eine Weile reichen.«

»Tut mir leid, aber den Lieferwagen brauche ich noch.«

»Wozu?«

Ich wartete geduldig, bis er eins und eins zusammengezählt hatte.

»Warum wollen Sie das tun, mein Sohn? Alles, was Sie je wollten, alles, wofür Sie gearbeitet haben, ist hier. Sie haben es verdient.«

»Habe ich nicht«, sagte ich zu ihm. »Und falls doch, dann habe ich auch noch etwas anderes verdient.«

»Das wird nichts ändern«, sagte er. »Ich weiß, es ist eine schöne Vorstellung, dass Sie damit einen Aufstand anzetteln, aber das wird nicht passieren.«

Mir fiel das Mantra ein, das ich als Kind immer gehört hatte:

Ich bin nur ein unbedeutender Mann. Nur eine unbedeutende Frau. Ein einzelner Mensch kann die Zukunft nicht aufhalten.

Und die Zukunft kam. Wurde Gegenwart. Irgendwie war sie plötzlich da.

Für einen Moment – für den Bruchteil einer Sekunde – hasste ich Calvin Newbarr.

»Ich habe das, was diese Leute wollen«, sagte ich. »Wie weit ist es von hier noch bis Kingdom City?«

»Sie wollen mich alten Mann hier mitten im Wald zurücklassen?«

»Sie haben sich Ihr ganzes Leben lang um andere Menschen gekümmert.«

»Um tote Menschen!«, rief er mir in Erinnerung. »Was brauchen die schon für Beistand?«

»Ich möchte Ihnen für alles danken, was Sie getan haben, Calvin. Ehrlich.«

Er schüttelte den Kopf. »Ich weiß, warum Sie das tun. Wahrscheinlich aus demselben Grund, aus dem ich Sie hierhergebracht habe. Weil Sie das Bedürfnis haben, ein Opfer zu bringen – das hat man uns allen eingebläut. Schön, aber reden Sie erst mit den anderen. Schauen Sie ihnen in die Augen. Das erwarte ich von Ihnen.«

Ich lief hinter die Hütte und am Ufer des Teiches entlang. Ich zog meine Schuhe und meine Socken aus, krempelte meine Hose hoch und tauchte die Füße ins Wasser. Amira trat zu mir und setzt sich neben mich. Sie hatte das Aquarium mit »Frosch« dabei. Sie zog ebenfalls ihre Schuhe aus und tauchte sie ins Wasser.

»Du bleibst nicht hier«, sagte sie. Sie war also irgendwie dahintergekommen.

»Das stimmt.«

Newbarr hatte recht gehabt, als er sagte: »Schauen Sie ihnen in die Augen.« Es war hart.

»Wo fährst du hin?«

»Ach«, sagte ich gut gelaunt, »hierhin und dorthin.«

Wir ließen unsere Zehen im Wasser kreisen. Ruderwanzen huschten über unsere Knöchel. Und ich dachte: *Was, wenn ich es nicht tue? Was, wenn ich bleibe?*

Mir kam die völlig abwegige Idee, dass wir einen Garten anlegen könnten. Mit Tomaten, Kartoffeln und Erbsen, auf dem Stück Land, das das Wasser umgab. Die Zukunft schien, wie noch nie, unbegrenzt viele Möglichkeiten bereitzuhalten – plötzlich keimte eine neue Zuversicht in mir auf.

Ich deutete mit dem Kopf auf den Frosch. »Wirst du ihn freilassen?«

»Ich glaube, er will dich lieber begleiten«, sagte sie. »Um zu sehen, was auch immer du siehst.«

»Ich werde ihn mitnehmen.«

»Du musst nicht.«

»Ihn mitnehmen? Oder fortgehen?«

»Fortgehen.«

Sie legte ihren Kopf auf meine Schulter. Das Gewicht ihres Kopfes auf meiner Schulter – »Satori« nannten die Hindus das. Glückseligkeit.

»Komm.« Ich gab ihr die Hand. »Verabschieden wir uns.«

Wir gingen zum Lieferwagen, neben dem Mom und Newbarr standen; sie hielt das Heilige Kind in den Armen, das ein Nickerchen machte.

»Ich muss es mitnehmen, Mom.«

»Du verlässt uns?«

»Wir haben etwas zu erledigen.«

»Etwas zu erledigen.« Das Heilige Kind wanderte von ihren Armen in meine. »Was denn?«

»Ich werde nicht lange fort sein. Ich komme wieder.«

»Nein, wirst du nicht«, sagte sie.

Ich nickte. »Du hast recht, Mom. Ich komme nicht zurück.«

Ich schnallte das Heilige Kind auf dem Beifahrersitz fest und nahm Amira das Aquarium mit »Frosch« ab.

»So etwas nennt man wohl wahren Heldenmut«, sagte Mom.

War das heldenhaft? Keine Ahnung, ob ich je heldenhaft gewesen war. Mir wurde klar, dass von allen Möglichkeiten diese eine übrig geblieben war. Heldenmut hatte absolut nichts damit zu tun.

ARTIKEL VI

ER WIRD ANS KREUZ GENAGELT

47 KIRCHE

Die Straße wand und schlängelte sich, und wenn ich einen Berg hinauffuhr, ragte vor der Motorhaube die Fahrbahn empor und fiel hinter dem Gipfel wieder nach unten ab. Die Sonne schien durch die Windschutzscheibe. Ich betrachtete das Heilige Kind; sein Gesicht war ganz rot – wie oft war seine Haut der Sonne ausgesetzt gewesen? Ich fuhr an den Straßenrand, holte den verkohlten Staubmantel des Fünflings und befestigte ihn als provisorischen Vorhang an der Sonnenblende.

Kurz darauf erreichten wir einen Straßenabschnitt, der durch eine Apfelplantage führte. Die Straße war mit lauter Blüten übersät, die von den Reifen des Lieferwagens zu einem seltsamen Schneesturm aufgewirbelt wurden; unzählige Blütenblätter wehten durch den Wagen. Sie fühlten sich weich auf der Haut an, dufteten nach Äpfeln und verbreiteten das entfernte Summen von Honigbienen. Das Heilige Kind lachte und spuckte die Blüten wieder aus.

In östlicher Richtung ragte die Spitze einer Dorfkirche in den Himmel empor. Ich bog in ein ramponiertes Sträßchen ab, das zu der Kirche führte. Sie hatte keine Seitenschiffe. Von der Holzverkleidung blätterte die Farbe, und die Dachschindeln waren verzogen. Ich trat auf die Bremse und warf einen Blick auf die Kraftstoffanzeige; der Tank war fast leer. Zu meinem Glück stand vor der Kirche ein Wagen. Irgendwo da oben passte jemand auf uns auf.

Ich stieg aus, um den Wagen zu begutachten. Er war noch recht neu und mit einer Staubschicht überzogen. Es handelte sich um eine Marke, die ich nicht kannte, einen Peugeot. Es war ein schnittiges, sportliches Modell. Ich ließ meine Finger über das Löwen-Symbol auf der Motorhaube gleiten und fragte mich, welcher anständige Geistliche so einen Wagen fahren würde.

Hinter der Kirche befand sich ein Fluss, der in einen See mündete; reglos und starr glitzerte die Wasseroberfläche und war von dem Himmel darüber nicht zu unterscheiden.

Ich schnallte das Heilige Kind los, nahm den Frosch und trat mit dem Fuß gegen die Kirchentür.

»Hallo! Hallo?«

Als niemand öffnete, stieß ich mit dem Fuß die Tür auf. Ein Feuer hatte die linke Seite des Innenraums entlang einer fast geraden Linie verkohlt. Oberhalb der Sakristei, genau in der Mitte der Kirche, hing ein Kreuz mit einem hölzernen Jesus. Er war zur Hälfte verbrannt, und seine Beine waren an der Hüfte ungleichmäßig abgebrochen.

Das gesunde Auge des Heiligen Kindes war auf das Kreuz gerichtet. Es begann zu weinen – oder zu singen, glaube ich. Ein Pawlowscher Reflex.

Sein Gesang erfüllte den Vorraum und hallte von den verkohlten Holzwänden wider. Mehrere Schwalben sausten auf ihren messerscharfen Flügeln zwischen den Dachsparren umher und zum Glockenturm hinaus.

Ich lief durch die Sakristei in ein Dickicht aus Weiden und Maulbeerbäumen und weiter einen grasbewachsenen Hügel hinunter, der zum Flussufer führte. Dort setzte ich das Heilige Kind auf eine Sandbank und ließ den Frosch bei ihm, damit er auf das Kind aufpasste. Dann ging ich durch das Dickicht zurück zum Lieferwagen.

Im Kofferraum des Wagens stand eine rote Werkzeugkiste. Er enthielte sämtliche Gegenstände, die ich brauchen würde, so wie Rockwell gesagt hatte. Es schien, als wüsste er ebenfalls Bescheid. Offensichtlich wussten alle

Bescheid, außer mir. Als ich die Werkzeugkiste hochhob, ertönte ein metallisches Klappern. Ich ließ die Schnappverschlüsse aufspringen und öffnete den Deckel.

In der Kiste befanden sich ein grauer Klumpen Plastiksprengstoff, eine Packung Batterien, eine Rolle Klebeband und ein Kolben mit einem roten Knopf.

Außerdem unzählige glänzende Metallkugeln.

Ich drückte die Schnappverschlüsse wieder zu und schleppte die Werkzeugkiste hinüber zur Sandbank. Der Fluss plätscherte sanft das Ufer entlang, aber in der Mitte, wo das Wasser dunkelblau war, war die Strömung stärker. Die Sonne überzog die unbewegliche Oberfläche des Sees mit einem gleißend hellen Schimmer, als hätte man die oberste Schicht der Sonne abgekratzt und ihn mit ihrer Glut bedeckt.

Ich zog meine Schuhe, meine Socken und meine Hose aus und kniete mich mit dem Werkzeugkasten in das Wasser …

Das Wasser rann durch meine Finger, kalt und klar. Ich steckte mir eine Metallkugel in den Mund. Ein stechendes metallisches Brennen wanderte hinunter zu meiner Zungenwurzel. Ich füllte meine Hand mit Wasser, trank davon und schluckte.

Ich habe keine Ahnung, wie lange ich dort kniete. Ich hatte jedes Zeitgefühl verloren. Immer wieder war ich mit meinen Gedanken ganz woanders. Ich schluckte vier oder fünf Metallkugeln gleichzeitig. Und musste würgen. An meinem Hemd liefen Speichelfäden herunter. Ich spuckte, trank und schluckte …

… Mein Bauch begann zu rumoren. Mein Körperschwerpunkt verlagerte sich, und ich spürte einen heftigen Druck auf meiner Blase. Ich zog meine Unterwäsche aus und pinkelte im Knien mit der Strömung …

Die Sonnenstrahlen, die in das Wasser fielen, krümmten und bogen sich, und mit ihnen verzerrten sich auch meine Erinnerungen. Als ich mich wieder aufrichtete, sah ich, dass in der Werkzeugkiste nur noch ein paar verlorene Metallkugeln herumkullerten. Meine Knie knackten, und meine Beine zitterten, denn ich war jetzt um einige Kilo schwerer.

Ich nahm das Aquarium mit »Frosch« und watete ins Wasser, bis die Strömung an meinen Fersen saugte. Der Fluss strömte über den Glasrand in das Aquarium und riss »Frosch« mit sich fort.

Doch die eigensinnige Kreatur schwamm *gegen* die Strömung an. Für eine Weile kam »Frosch« nicht von der Stelle – seine zierlichen Beine strampelten beharrlich, ohne dass er vorwärtskam –, aber schließlich bewegte er sich quälend langsam flussaufwärts. Ich sah dabei zu, wie er sich zappelnd fortbewegte und gegen die Strömung ankämpfte, eine Strömung, die nichts von dieser unbeugsamen Kreatur wusste, die wild entschlossen war, ihr zu trotzen.

»Ich liebe diesen Frosch«, hörte ich mich selbst sagen.

Er schwamm seitwärts dorthin, wo die Strömung stärker war und der Fluss eine kalte Blaufärbung hatte.

Ich kletterte zurück ans Ufer. Das Heilige Kind hatte sich nicht von der Stelle bewegt, die Sonne allerdings schon, sodass es erneut ihrem grellen Licht ausgesetzt war. Ameisen krabbelten über sein Gesicht, und es schnaufte wütend, doch die Tiere waren überall, sogar in seinen Haaren, und einige klebten in seiner Augenflüssigkeit. Ich trug das Kind in den Schatten und wischte die Ameisen fort. Dann holte ich die Werkzeugkiste. Ich knetete den Plastiksprengstoff und rollte ihn zu einem länglichen Schlauch, den ich mir über meiner klitschnassen Unterhose um die Hüfte wickelte und mit Klebeband befestigte. Anschließend zog ich meine Hose wieder an. Es war kaum etwas zu sehen.

Die spitzen Stifte des Zündsatzes bohrte ich durch den Stoff meiner Hosentasche in den klebrigen Sprengstoff. Die Batterie hatte problemlos in der anderen Tasche Platz. Ich riss von der Klebebandrolle mehrere lange Streifen ab und hängte sie an den Ast einer Weide, nahm das Heilige Kind und drückte es gegen meinen Bauch. Dann befestigte ich einen Streifen unter meiner Achselhöhle, zog ihn über meine Brust und die Brust des Heiligen Kindes und klebte das lose Ende auf meine Hüfte. Das Kind gab einen merkwürdigen Laut von sich.

»Pssssst«, machte ich. »Dir passiert nichts.«

Unter der anderen Achselhöhle befestigte ich ebenfalls einen Streifen Klebeband, sodass über meiner Brust ein graues X verlief. Das Heilige Kind war jetzt an meinem Körper fixiert, und wir atmeten im selben Rhythmus. Als mein Oberkörper vollständig mit grauem Klebeband umwickelt war, vergewisserte ich mich, dass meine Konstruktion auch stabil genug war. Das Heilige Kind saß fest an meinem Körper.

Zusammen mit dem Kind lief ich zurück zum Lieferwagen, zerrte den verkohlten Staubmantel des Fünflings von der Sonnenblende und zog ihn an. Die Ärmel krempelte ich nach oben und knöpfte sie neben dem Kopf des Kindes fest.

Die Tür des Peugeots war nicht abgeschlossen, und der Tank war fast voll. Auf gut Glück klappte ich die Sonnenblende herunter, worauf ein Paar Schlüssel auf den hellbraunen Ledersitz fiel.

Ein herrenloser Luxuswagen mit einem vollen Tank.

Hey, irgendjemand da oben musste es wirklich gut mit uns meinen.

Ich drehte den Schlüssel herum, und der Wagen sprang an.

48 DER STAND DER GNADE

Als wir uns unserem Ziel näherten, öffnete ich meinen Mund und biss dem Heiligen Kind in den Kopf. Da es eingeschlafen war, musste ich es wecken. Vor lauter Schreck fing das Kind an zu röcheln und zu schreien. Aus seinen merkwürdig angeordneten Augen liefen Tränen. Aber die Laute, die es von sich gab, waren himmlisch.

»Tut mir leid«, sagte ich. »Aber ich muss dich hören. Und ich will, dass die anderen dich auch hören.«

Sein lieblicher Gesang wurde lauter, drang aus den Fenstern und schwang sich zu Höhen auf, die durch Mark und Bein gingen. Das Kind hörte nicht mehr auf zu singen, und die Töne wehten hoch hinauf über die Wolken, über den aufgewühlten Himmel.

Die Straße wurde von dreißig Meter hohen Kreuzen gesäumt. Ihre Spitzen waren mit farbenfrohen Schärpen in Rot-, Gold- und Blautönen geschmückt, die in der Abendluft flatterten. Hinter ihnen, in Sichtweite, funkelten die Lichter von Kingdom City. Ich trat aufs Gaspedal, und wir rasten in die Dunkelheit zwischen den Kreuzen.

Das Heilige Kind und ich waren zwei Marionetten der Republik, die taten, wozu Marionetten sonst keine Gelegenheit hatten – zurückzuschlagen.

Wenn das nicht der Stand der Gnade ist, dann weiß ich auch nicht.

Eines möchte ich noch sagen, denn dies ist zweifellos meine letzte Chance dazu:

Ich nehme alles zurück.

Alles, was ich gesagt habe, all meine Zweifel. Ich nehme alles zurück.

Ich *glaube*.

DANKSAGUNG

Zunächst möchte ich mich bei Brett und Sandra sowie bei den Mitarbeitern von ChiZine dafür bedanken, dass sie einem so schwierigen Buch eine Chance gegeben haben. Sie sind ein Glücksfall für jeden Autor, und darum bin ich ihnen dankbar.

Außerdem bin ich James Ellroy, dem »Höllenhund der amerikanischen Kriminalliteratur«, zu großem Dank verpflichtet. Bevor ich mich an die Arbeit zu diesem Roman machte, habe ich offensichtlich zu viele seiner Bücher gelesen, denn in einigen Passagen habe ich versucht, seinen knackigen, prägnanten und einzigartigen Stil zu imitieren. Glücklicherweise stellte ich fest, dass sein Stil tatsächlich einzigartig ist, und schrieb den Großteil des Buches in meinem eigenen Stil. Aber in den Szenen auf dem Polizeirevier und einigen anderen fühlt sich der Leser vielleicht ein wenig an Ellroy erinnert. Ehre, wem Ehre gebührt.

Zum Schluss noch eine Anmerkung oder der Versuch einer Rechtfertigung. Ein Großteil dieses Buches war nicht leicht zu schreiben. In jedem Buch gibt es schwierige Szenen oder einen moralischen Subtext, die dem Autor Kopfzerbrechen bereiten, aber ich habe noch nie ein Buch geschrieben, dass so voller Hass war. Dem Hass der Figuren auf andere Rassen, Weltanschauungen, Kulturen und Religionen. Wenn man versucht, eine Dystopie zu schreiben, entwirft man ausgehend vom aktuellen Zustand der Welt und einigen besorgniserregenden Entwicklungen die schlimmstmögliche Zukunftsversion. Für mich haben Religionen immer eine gute und eine schlechte Seite. Sie sind nicht grundsätzlich verkehrt, und das Bedürfnis nach Religionen ist von einem menschlichen Standpunkt aus vollkommen nachvollziehbar – das wäre es bei jeder Spezies mit einer begrenzten Lebenszeit. Aber meiner Meinung nach gibt es die Tendenz, Religionen zu *benutzen*, um eine Vielzahl von Menschen zu manipulieren, und diejenigen, die das tun, haben nicht immer die edelsten Absichten.

Die tiefe Furcht davor hat mich beim Schreiben von *Die Erlöser* angetrieben. Und um diese Furcht in meiner Geschichte deutlich zum Ausdruck zu bringen, war ich gezwungen, bestimme Entscheidungen zu treffen, Begriffe zu verwenden und mir einen Geisteszustand zu eigen zu machen, den ich für verwerflich halte. Das Schreiben dieses Buches war sicher nicht die angenehmste Erfahrung, aber das war wohl unvermeidbar. Es war auf jeden Fall nicht meine Absicht, irgendjemanden, ob tot oder lebendig, zu beleidigen.

Euer
Nick Cutter

Joe Hill

»Er hat den Grusel im Blut.« *Norddeutscher Rundfunk*

»Ein Trip auf dem Highway in die Hölle.«
Süddeutsche Zeitung über *Blind*

»Eine moderne amerikanische Gothic Novel, die auch mit Sex und Gewalt spielt.«
Playboy über *Christmasland*

978-3-453-56512-8

978-3-453-43797-5

Nick Cutter

»So nervenzerfetzend, dass ich es kaum aushalten konnte – faszinierender Horror der Extraklasse!«
Stephen King

978-3-453-43779-1

978-3-453-41896-7